Erschaffen und gestaltet

Karin Franke

Erschaffen und gestaltet

Impressum

Copyright: Karin Franke 2022

Lektorat: Tobias Franke

Covergestaltung: Ralf B. Franke
Foto: 123rf.com/ marynavramchuk

Herstellung und Verlag:
BoD - Books on Demand, Norderstedt

ISBN: 9783756828814

Prolog

Es war eine beschissene Idee gewesen, zu Fuß zu gehen. Sascha bereute es schon nach den ersten paar Metern. Aber er konnte sich keine Blöße geben, schließlich war er es, der getönt hatte, das sei überhaupt kein Problem. Nur um die paar Euro zu sparen!

Es wurde nachts noch empfindlich kalt, er fror erbärmlich in seiner dünnen Lederjacke, da kam auch der ganze Alkohol nicht gegen an. Außerdem hatte er Probleme damit, seinen Weg zu halten. Irgendwie driftete der Bürgersteig immer nach links weg.

Als Sky ihn anstieß, hätte er beinahe das Gleichgewicht verloren. „Ey! Spinnst du?"

„Ich muss mal pissen!", grölte der.

Die Autos standen dicht an dicht, Bäume gab es hier nicht. „Geh in den Vorgarten da." Sascha deutete auf das nächste Haus, vor dem sich eine kleine Rasenfläche auftat. Aber als sein Freund gehorsam in die Richtung torkelte, reagierte ein Bewegungsmelder und er wurde in ein helles Licht getaucht.

„Scheiße!" Sky, der bereits an seinem Hosenschlitz herumgefummelt hatte, wich zurück.

„Stell dich nicht so an!" Er wollte langsam weiter.

„Ich piss doch nicht im Scheinwerferlicht!"

Blödmann! Er packte ihn am Arm und zog ihn mit sich. „Gleich kommt ein Spielplatz, gehst du eben da in die Büsche."

Sky maulte und jammerte. Er reagierte nicht. Nie wieder, schwor er sich. Und wenn ich mir ein Taxi allein nehme.

Die kleine Grünfläche war von einem hohen Zaun umgeben, dahinter befanden sich dichte Büsche, die den Platz abschirmten. Sky visierte den Eingang an und hangelte sich an den Begrenzungspfosten entlang. Sascha kramte in seiner Jackentasche nach der Zigarettenpackung. Wetten, dass er die Kippe schaffte, bis der Kumpel zurück war?

„Ey! Was …. Wer hat … ey, guck mal!"

Konnte der nicht mal alleine pissen? Wütend zündete Sascha die Zigarette an. „Was?"

„Ein Feuer." Sky kicherte. „Ey, das musst du dir angucken. Das ist echt krass. Die spielen hier …"

Nein, er hatte keine Lust, ihm zu folgen. Er wollte endlich nach Hause.

Der Freund brabbelte weiter vor sich hin, seine Stimme wurde immer leiser. Anscheinend hatte die Neugier gesiegt. Frustriert stieß er den Rauch aus. „Mach endlich!"

Der plötzliche schrille Aufschrei erwischte ihn auf dem falschen Fuß. Vor Schreck ließ er die Kippe fallen.

„Shit! Komm! Komm schnell!"

Wenn das ein Fake war! Vor Wut schäumend nahm Sascha Kurs auf den Eingang. Dunkelheit empfing ihn. Wo war der Spinner?

Würgende Geräusche wiesen ihm die Richtung. Ganz weit hinten entdeckte er ein flackerndes Feuer und davor eine sich krümmende Gestalt, Sky. Vor sich hin fluchend setzte er sich in Bewegung. Also den restlichen Weg den Kumpel mit sich schleppen, konnte der vergessen. Sobald sie zurück auf der Straße waren, würde er ein Taxi rufen. Er hatte die Schnauze gestrichen voll.

Sky gab ein grausliches Stöhnen von sich und kippte um, wie es aussah, direkt in sein Erbrochenes. Sascha seufzte. Was für ein Idiot!

Das Feuer war rings um einen schmalen Baum gelegt worden, erkannte er im Näherkommen. Es warf sein flackerndes Licht auf eine Gestalt, die anscheinend daran festgebunden war, eine Puppe? Langsam neugierig werdend ging er weiter darauf zu. Eine Jeans, ein nackter, blutverschmierter Oberkörper, ein herabhängender Kopf, das war ein echter Mensch! Ein Kind!

Wie von selbst verhielt sein Fuß, er schluckte kräftig. Instinktiv weigerte sich alles in ihm, sich von der Richtigkeit dieser Annahme zu überzeugen. Er stierte auf das Bild, das sich ihm bot. Der regungslose Körper wurde von schmalen Riemen um Beine, Bauch und Hals gehalten. Die blutigen Ritzer auf der Brust sahen eher nach einer Kriegsbemalung aus - wären da nicht die herabgelaufenen Tropfen gewesen.

Quatsch! Er schüttelte die seltsame Befangenheit ab und trat näher. Irgendein Spinner hatte dieses makabre Bildnis konstruiert, um die Leute zu erschrecken. Beinahe wäre er darauf hereingefallen.

Das Feuer loderte nur noch schwach, er konnte mit einem Schritt darübersteigen. Abrupt verhielt er. Das war echte Haut! Ein echtes Kind! Eine echte Leiche?

Widerstrebend trat er näher. Die Haut schimmerte bleich, das Blut war längst geronnen. „He", krächzte er. Die Gestalt vor ihm rührte sich nicht. Obwohl alles in ihm auf sofortige Flucht drängte, ging er in die Hocke, um dem Kind ins Gesicht zu schauen.

Tote Augen, die blutige Tränen geweint hatten, starrten ihn an. Saschas Beine gaben nach, er plumpste auf den Boden. Panisch begann er rückwärts zu krabbeln, er bemerkte die leckenden Flammen nicht. Bloß weg!

1

Freitag, 11. März 2022

Alex

Das Klingeln meines Handys riss mich aus tiefem Schlaf. Ich öffnete ein Auge, um auf den Wecker zu schauen. Zehn Uhr! Trotzdem rührte ich mich nicht, sondern reckte und streckte mich genüsslich, bevor ich nach meinem Telefon angelte, das auf dem Nachttisch lag und inzwischen verstummt war. Unbekannte Nummer, und keine Nachricht auf der Mailbox. Ich würde garantiert nicht zurückrufen.

Eine ausgiebige Dusche und ein fulminantes Frühstück später versuchte derselbe Anrufer mich wieder zu erreichen. Tja, Pech gehabt. Der heutige Tag war allein für mich reserviert. Ich würde mich auf die Couch legen und das neueste Werk meines Lieblingsschriftstellers lesen, so lautete mein Plan. Und von diesem würde ich mich durch nichts abbringen lassen.

Felicitas hatte heute ihren letzten Arbeitstag, bevor zwei Wochen Urlaub auf uns beide warteten. Ich war schon mit meiner Arbeit fertig, das neue Manuskript lag seit Donnerstagmorgen bei meinem Verleger und mit der gestrigen Onlinelesung hatte ich mir diese Freizeit mehr als verdient. Gut, es war angenehmer verlaufen als eine Lesung in einer Buchhandlung. Das war eindeutig nicht meins. Die interessierten Augen des Publikums auf mir zu wissen, ließ mich immer noch nervös werden. So anonym vor dem Rechner zu sitzen und den Text abzuspulen, kam mir entgegen, auch wenn die anschließende Fragerunde genauso extrem verlief. Was die Leute alles wissen wollten!

Nicht dass wir uns falsch verstehen! Ich habe keine Probleme, über das Buch zu sprechen und zu erklären, wie ich vorging, also wie sich ein Manuskript entwickelte, welche Hindernisse und Störfaktoren sich ergaben und wie gerade bei den Fantasy-Büchern die Story sich durch die handelnden Charaktere mehr als einmal änderte. Und dass ich bei den Dortmund-Krimis manches nicht offiziell verwenden und deshalb einige Passagen abändern musste, gab ich auch offen zu. Im Großen und Ganzen fand sich immer eine Antwort.

Schwieriger zu händeln, war für mich, dass sich einige Leser nicht mit dem offiziellen Austausch über die Geschichten zufriedengaben, sondern nach Einzelheiten aus meinem privaten Leben fragten. Da hatte ich immer noch Mühe, unverfänglich beziehungsweise so zu antworten, dass das meiste im Dunkeln blieb.

Trotzdem empfand ich diese Art von Lesung - Corona sei Dank - als angenehmer, weil anonymer, und bevorzugte sie eindeutig. Hoffentlich würde es möglich sein, auf Dauer dabei zu bleiben.

Obwohl es mittlerweile meine dritte derartige Veranstaltung war, hatte ich anschließend Probleme, wieder runterzukommen. Aufregend fand ich es immer noch. Kaum beendet hatten mir Tom und Mirko natürlich kurze WhatsApp-Nachrichten geschickt und lobende Worte für meine Präsentation gefunden. Mit Tim hatte ich fast eine Stunde telefoniert - und gleich die wichtigste Neuigkeit erfahren: Er hatte eine Freundin!

Er und eine Kommilitonin waren sich in den letzten Wochen nähergekommen und nun zusammen. Er schwärmte in den höchsten Tönen von ihr, klar: schwer verliebt! In den Semesterferien würde er mit ihr vorbeikommen, damit wir sie kennenlernen konnten. Er hatte mir umgehend ein Foto geschickt. Es zeigte eine schwarzhaarige junge Frau mit wilden Locken und einem spöttischen Lächeln auf den Lippen. Die grünen Augen blickten direkt in die Kamera, von ihrer Ausstrahlung her vermittelte sie den Eindruck, dass sie genau wusste, was sie wollte.

Ich war echt gespannt, wie sich die Beziehung der beiden entwickelte. Tim hatte sein Studium jahrelang schleifen lassen. Erst mit Ende des Bachelors entdeckte er seinen Ehrgeiz, seitdem gab er sich richtig Mühe, um den Master in der vorgesehenen Zeit zu schaffen. Seine Freundin Alika war wesentlich jünger als er und genauso weit. Hoffentlich stellte sie nicht übertrieben hohe Ansprüche an ihn.

Na ja, ich freute mich natürlich für Tim. Schon seit längerem war mir aufgefallen, dass er sich trotz der WG ein wenig einsam fühlte. Zweisamkeit war nicht nur für das Herz, sondern auch für viele andere Dinge des täglichen Lebens wesentlich angenehmer.

Ich räumte die Frühstücksreste fort, schnappte mir mein Buch und warf mich auf die Couch. Innerhalb von Sekunden nahm mich die Geschichte gefangen.

Das nächste Handyklingeln zwei Stunden später riss mich aus meiner Versunkenheit. Wow! Die Geschichte war genial. Ich hatte glatt vergessen, zu lüften und aufzuräumen.

Wieder ignorierte ich das Telefon nach einem Blick auf die unbekannte Nummer. Wer etwas von mir wollte, sollte auf die Mailbox sprechen. Irgendwann würde ich zurückrufen, nur nicht jetzt.

Mit dem Buch neben mir nahm ich das Mittagessen ein, danach wanderte ich wieder auf die Couch. Dort lag ich immer noch, als Feli von der Arbeit kam.

Die wenigen Seiten, die ich noch zu lesen hatte, sagten ihr genug. „Na, einen schönen Tag verbracht?“

„Hm“, brummte ich, nicht bereit, das Buch wegzulegen.

„Urlaub, Urlaub", vor sich hin summend, verschwand sie in der Küche.

Eine Viertelstunde später folgte ich ihr.

„Fertig?"

„Sein bisher bestes Buch", schwärmte ich.

Sie lächelte verschmitzt. „Ich werde gleich heute Abend anfangen."

Zum Glück teilten wir unsere Vorliebe für Fantasyromane, hatten dieselben Favoriten und ähnliche Ansichten. Meist fanden wir die gleichen Geschichten lesenswert und tauschten unsere Käufe aus. „Wollen wir vielleicht vorher einen Spaziergang machen?" Seit fast zwei Wochen erlebten wir einen sonnigen Tag nach dem anderen, nach einer extrem langen Regenperiode ein Highlight. Bis gestern war ich kaum aus dem Haus gekommen, allerhöchstens bis zur Mülltonne und zurück. Außerdem war das eine gute Einstimmung auf den Urlaub. Wir konnten Pläne schmieden, was wir alles unternehmen wollten.

Sie sprang auf. „Lass uns gucken, ob die Eisdiele schon geöffnet hat."

Mein Leckermäulchen! Ich warf ihr eine Kusshand zu. „Dein Wunsch ist mir Befehl."

Wieder klingelte mein Handy, zum fünften oder sechsten Mal.

„Willst du nicht rangehen?"

„Nein, ich weiß nicht, wer das ist. Der soll auf die Mailbox sprechen", redete ich mich heraus. Warum hätte ich eine langatmige Erklärung abgeben sollen, dass ich das Verhalten des Anrufers reichlich seltsam fand, mich immer wieder anzurufen, anstatt auf die Mailbox zu sprechen?

„Und wenn es was Wichtiges ist?"

„Kann derjenige mir eine Nachricht hinterlassen." Ich winkte ihr auffordernd zu. „Los, komm!"

Eine gute Stunde schlenderten wir durch Körne, machten natürlich einen Abstecher zu der schon geöffneten Eisdiele und setzten unseren Spaziergang mit einem großen Waffeleis für sie fort.

„Einfach köstlich!“ Sie warf mir einen Blick zu. „Ich verstehe nicht, wie du standhaft bleiben konntest.“

Mir war eher nach einem Döner, zu Mittag hatte ich mir eine Konservendose aufgewärmt, um nur ja nicht zu lange von meinem Buch zu lassen.

Meine Freundin kannte meine Vorliebe genau. Es war wohl kein Zufall, dass sie den Weg direkt zu meinem bevorzugten Imbiss einschlug.

Ich konnte nicht widerstehen und verputzte meinen Döner zum Mitnehmen schneller als sie ihr Eis.

„Der Besuch bei Tim hat sich erledigt, denke ich.“ Da sie gestern direkt nach meiner Leserunde ins Bett gegangen war, hatte ich ihr nicht mehr von Tims „Glück“ erzählen können. Umso ausführlicher berichtete ich jetzt.

„Er kommt ständig, wir fahren nie hin“, protestierte sie. „Fühl mal vorsichtig nach, wie er dazu steht. Vielleicht freut er sich, wenn wir auftauchen.“

Großartige Pläne hatten wir bisher nicht gemacht. Denn nach wie vor saß uns Corona im Nacken. Die Regeln wurden ständig geändert, keiner wusste genau, wie es in den nächsten Wochen aussehen würde. Dazu kam, dass Feli zwar geboostert war, ich mir jedoch im November eine Coronainfektion eingefangen hatte, man allerdings nur neunzig Tage als genesen galt. Auf Empfehlung meines Hausarztes hatte ich extra einen Antikörpertest durchführen lassen. Dieser sprach von einer guten Immunität. Also warum hätte ich das Risiko eingehen sollen, darüber impfen zu lassen, vor allem da sich an der neuen Variante Geimpfte und Ungeimpfte gleichermaßen ansteckten?

Immerhin waren die Einschränkungen vor Ort gelockert worden. Wir würden schon genügend interessante Dinge finden, die wir unternehmen konnten.

„Ich möchte unbedingt mal wieder auf einen Trödelmarkt“, begann Feli, als wir zurück in unsere Straße einbogen. „Am besten auf den an der Uni. Der bietet die größte Auswahl.“

„Müssen wir gucken, ob dort 2G oder 3G gilt“, wandte ich ein.

Sie verzog das Gesicht. „Ich bin es so leid. Ich …“ Sie hatte mein Zusammenzucken bemerkt. „Was ist?“

Wenn mich nicht alles täuschte, stand Kaya vor unserem Haus und blickte uns entgegen. Sofort beschlich mich ein unbehagliches Gefühl. Was wollte er von mir? „Der Typ vor uns ist ein alter Bekannter“, teilte ich Felicitas mit. „Kaya, der aus dem ersten Krimi.“ Seit meinem Einsatz in der Nordstadt, um den Tod meines besten Freundes aufzuklären, hatte ich die Gegend weiträumig gemieden. Meine Freundin wusste, warum. Den dortigen Dealern hatte ich zu viel herumgeschnüffelt, sie vermuteten in mir einen Spitzel der Polizei. Kemal, einer der Oberbosse, wie ich vermutete, hatte mich gewarnt, meine Besuche besser einzustellen. Er war mir relativ freundlich gegenübergetreten, vermutlich weil sein behinderter Bruder, ein guter Freund des Toten, auf Aufklärung drängte. Der Mord hatte tatsächlich einen anderen Hintergrund und mir gelang es, die Schuldigen zu finden. Trotzdem hielt ich weiterhin Abstand, hatte sämtliche Kontakte gelöscht und besuchte nicht einmal mehr meinen Bekannten Olaf, der als Sozialarbeiter im nahegelegenen Blücherbunker vor Ort arbeitete. Ich hatte eindeutig keine Lust, auf diese Leute zu treffen.

Mittlerweile waren wir näher heran. Ja, er war es eindeutig. Mit einem breiten Grinsen trat er auf mich zu. „Yo, Mann, Alex. Lang nich gesehn.“

„Was bringt dich denn hierher?“, gab ich mich erstaunt, während meine Gedanken durcheinanderwirbelten. Warum war er hier? Es handelte sich bestimmt nicht um einen Freundschaftsbesuch.

Sein Gesicht verfinsterte sich. „Mächtig Stress, echt heftig. Kemal will, du sollst helfen, unbedingt."

Nein, niemals! Ich würde mich nicht in deren Machenschaften reinziehen lassen, unter keinen Umständen. „Dafür bin ich …"

„Kind von Cousine is tot", unterbrach er mich. „War erst fünf, kleiner Junge. Bullen kein Ahnung, stehn auf'm Schlauch. Kriegen den nie, den Mörder."

Das war für ihn schon eine äußerst lange Erklärung, normalerweise gab er sich wortkarger.

„Der Junge auf dem Spielplatz", flüsterte mir Felicitas zu.

Langsam dämmerte es mir. Letzte Woche hatte ein entsprechender Artikel in der Zeitung gestanden. Wenn ich mich richtig erinnerte, war der vermisste Junge noch in der Nacht von zufällig vorbeikommenden Passanten gefunden worden. Man hatte ihn erwürgt und dort zurückgelassen. Bisher gab es keine Hinweise auf den oder die Täter.

„Kemal hat versucht was rauszukriegen. Is schwer, Leute reden nich, keiner was gesehn. Du bist Detektiv, du schaffst das."

2

Eigentlich hatte ich einem Treffen mit Kemal nur zugestimmt, um ihn davon zu überzeugen, dass ich nicht der Richtige für diese Aufgabe war. Kaya hatte es anders verstanden und erfreut gegrinst, gleich sein Handy gezückt und seinem Boss Bescheid gegeben. So kam es, dass Felicitas, die sich diesen Ausflug nicht nehmen lassen wollte, und ich eine halbe Stunde später Kemal gegenübersaßen.

Wir hatten uns auf eine Kneipe auf halber Strecke von uns und ihm geeinigt, eher eine düstere Kaschemme, in der hauptsächlich Männer abhingen. Kaya führte uns an ihnen vorbei in einen kleinen Nebenraum mit zwei Tischen. An einem von ihnen saß Kemal. Im Gegensatz zu uns trug er keine Maske, hatte auch keine griffbereit neben sich liegen. Er hatte sich kaum verändert, außer dass er sich einen Vollbart hatte wachsen lassen, der ihn noch düsterer und gefährlicher aussehen ließ. Während er Feli und mich ausgiebig musterte, wies er uns mit einer Handbewegung an, uns ihm gegenüber niederzulassen, während Kaya sich den Stuhl neben ihm heranzog. „Wollt ihr was trinken?"

Garantiert nicht! „Nein, danke. Fang ruhig an."

Noch einmal unterzogen mich seine dunklen, unergründlichen Augen einer genauen Musterung. „Der jüngste Sohn meiner Cousine wurde ermordet", begann er, ohne eine Regung zu zeigen. „Er ist am Nachmittag verschwunden und in der Nacht auf einem Spielplatz ungefähr zehn Kilometer

15

entfernt wieder aufgetaucht. Da war er schon eine Stunde tot, sagt der Rechtsmediziner.“

„Es gibt keine Anhaltspunkte, wer es gewesen ist?“

„Ein Irrer“, platzte Kaya dazwischen. „Hat ihn gefoltert, Feuer gemacht. Is so klein! Unschuldig Kind!“

Ich sah Kemal fragend an, damit er mir eine genauere Erklärung gab.

„Die Ermittler sprachen nur von einem Mord.“ Er räusperte sich. „Mir ist es gelungen, die Zeugen zu finden. Ich habe selbst mit ihnen gesprochen. Der Junge war an einen Baum gebunden worden, auf seinem nackten Oberkörper befanden sich mehrere Schnitte, rundherum war ein Feuerkreis, der noch brannte, als sie auftauchten.“

„Diese Angaben sind nicht an die Öffentlichkeit gelangt“, stellte ich fest.

Er schüttelte nachdrücklich den Kopf. „Nein, auch seine Mutter weiß nichts davon. Würde sie nur zusätzlich aufregen.“

„Wie und wann ist der Junge verschwunden?“ Besser, erst einmal die Fakten abklären.

„Er war am Nachmittag zusammen mit seinen Brüdern auf der Wiese zwischen den Häusern, wo er wohnt. Die Großen haben Fußball gespielt, er war auf dem kleinen Spielplatz.“

„Sie hatten ihn die ganze Zeit über im Auge?“

„So gut wie. Also sie haben immer wieder rüber geguckt, weil er öfter mal wegläuft. Sie haben gedacht, er wolle sie wieder nur ärgern und haben sofort angefangen, ihn zu suchen, überall, sogar in den umliegenden Straßen. Keiner hatte ihn gesehen. Am Abend hat die Mutter die Polizei angerufen. Die haben ihn auch nicht gefunden. Am Morgen kamen dann die Ermittler.“ Er hielt abrupt inne.

Trotz seiner Worte war ihm nicht die kleinste Regung anzumerken. War er tatsächlich betroffen? Andererseits wusste ich, dass es in diesen speziellen Communitys üblich war, zusammenzuhalten und sich gegenseitig zu unterstützen.

Immerhin war Kemal so was wie ein Oberhaupt - vermutete ich zumindest. „Wovon wird ausgegangen? Dass er weggelaufen ist oder dass ihn jemand auf dem Spielplatz ansprach?"

„Da waren andere Mütter und andere Kinder. Niemand hat einen Fremden bemerkt. Wir wissen es nicht", gab er schließlich zu. „Es kann so oder so gewesen sein."

Wollte ich mich in diesen Fall reinziehen lassen? Nein. Die Gefahr war viel zu groß, dass ich ständig mit Kemal und seinen Leuten zu tun hatte. Vor allem wenn es mir nicht gelang, ihn aufzuklären. Keine Ahnung, wie er dann reagierte.

Noch während ich überlegte, wie ich eine Absage formulieren konnte, sprach er weiter. „Es ist nicht der erste Mord an einem Kind. Ungefähr einen Monat vorher wurde ein kleines Mädchen umgebracht. Spaziergänger fanden ihre Leiche auf dem Hauptfriedhof. Sie war ebenfalls in Szene gesetzt worden, fast komplett im Sand vergraben, nur der Kopf ragte heraus. Und sie ist auch erwürgt worden."

Felicitas entschlüpfte unwillkürlich ein leises Stöhnen. Aber sie hielt sich weiterhin zurück.

Ich konnte mich auch an diese Schlagzeile erinnern. Die makabren Details, von denen Kemal berichtete, hatten wiederum nicht in der Zeitung gestanden, war ich mir sicher. „Woher weißt du die Einzelheiten?"

Er verzog das Gesicht zu einem unergründlichen Lächeln. „Ich habe meine Quellen. Es stimmt. Die Ermittler halten die wichtigen Dinge zurück. Das Einzige, was die rausgaben, war, dass die Kleine umgebracht und auf dem Hauptfriedhof gefunden wurde."

„Wer war sie?"

Er hob die Schultern und ließ sie wieder fallen. „Eine Sechsjährige, nicht ganz normal", er tippte sich gegen die Stirn, „und vorher allein draußen unterwegs. Es heißt, sie war sehr zutraulich, hat mit jedem geredet. Wieder hat keiner was gesehen. Ihre Mutter hat am Abend, als sie nicht heimkam, die

Polizei angerufen. Am nächsten Morgen wurde sie tot gefunden."

Felicitas stieß mich unter dem Tisch mit dem Fuß an. Ich warf ihr aus den Augenwinkeln einen Blick zu. Was wollte sie von mir? Wieder tippte ihr Fuß gegen mein Bein und noch einmal. „Ich glaube nicht, dass ich helfen kann." Daraufhin erntete ich ein regelrechtes Stakkato gegen mein Bein, immer heftiger, sodass ich aufpassen musste, nicht schmerzhaft das Gesicht zu verziehen. „Der einzige Zusammenhang scheinen diese Inszenierungen zu sein. Es gibt nicht einen Ansatzpunkt." Die beiden toten Kinder stammten aus verschiedenen Vororten, wie ich mich erinnerte. Die Zeitungen hatten nicht einmal einen Zusammenhang zwischen den Taten hergestellt. Die Ermittler anscheinend schon, waren jedoch bisher erfolglos bei ihrer Suche nach dem Täter gewesen. Meine Chance, mehr zu erreichen, war gering.

„Den hattest du bei deinem Freund auch nicht."

„Doch", widersprach ich. „Es gab sogar einige, die in die verschiedensten Richtungen deuteten." Wieder ein Stoß gegen mein Bein.

Um es kurz zu machen: Ich wand mich, Kemal blieb hartnäckig: Es sei ihm schon klar, dass er von mir keine Wunder erwarten könne. Aber ich sei viel besser für diese Aufgabe geeignet als er und seine Leute. Natürlich würden sie mich unterstützen, mir zur Seite stehen. Das eigentliche Denken und Kombinieren solle mir überlassen bleiben. Ich könne frei über seine Männer verfügen. Und Kaya bleibe sowieso in Rufbereitschaft oder besser noch an meiner Seite. Ja, in den Gegenden, in denen ich zu ermitteln hätte, wäre etwas Schutz angebracht. Für diesen würde er sorgen.

Nicht gerade das, was ich hören wollte.

Es war schließlich Felicitas, die die Initiative ergriff. „Wir müssten selbst mit den betroffenen Familien sprechen. Können Sie das für uns organisieren?"

Kemal warf ihr einen irritierten Blick zu. Zum ersten Mal, dass ich bei ihm eine Art von Überraschung entdeckte. „Sie wollen dabei sein?“

„Meine Freundin hilft mir immer“, behauptete ich. „Sie hat ebenfalls gute Kontakte“, zumindest zu den verschiedenen Ärzten im Klinikum, ihrem Arbeitgeber. „Wenn, ermitteln wir gemeinsam.“

Er hatte längst wieder seine unergründliche Miene aufgesetzt. „Gut, wenn ihr so vorgehen wollt. Am besten gebe ich euch Kaya mit. Er kennt die Mütter schon und wird euch die Termine besorgen.“

„Wir werden uns ebenso die Gegebenheiten vor Ort anschauen und versuchen, mit weiteren Personen zu reden“, wandte ich mich an diesen. „Du musst entsprechend viel Zeit einkalkulieren.“

Er winkte ab. „Hab ich. Boss bist du.“

Er versprach, sich heute noch mit den Familien in Verbindung zu setzen, sodass wir morgen loslegen konnten. Er würde mich anrufen.

Während der Rückfahrt schwiegen Felicitas und ich. Kaum hatten wir unsere Wohnung betreten, legte ich los. „Ich hätte mich nicht darauf eingelassen, ich wäre standhaft geblieben. Das ist kein Fall für mich. Daran werden wir uns die Zähne ausbeißen.“

„Es wäre dir so oder so nichts anderes übriggeblieben“, konterte sie. „Hast du nicht gemerkt, wie Kemal geguckt hat?“

Ich brauchte meine Überraschung nicht mal zu spielen. „Klar wollte er, dass ich übernehme. Aber …“

„Der ist eisenhart“, unterbrach sie mich. „Ich konnte richtig fühlen, wie er immer saurer wurde. Wahrscheinlich, weil man normalerweise das tut, was er sagt. Er hat sich in den Kopf gesetzt, dass du den Fall aufklären sollst, und du hast gefälligst zu spuren.“

Mir ging ein Licht auf. „Deshalb hast du zugestimmt?“

„Wir wären eh nicht aus der Nummer rausgekommen. Er hätte richtig Druck aufgebaut. Schon dass er seinen Helfer vorbeischickte, das sollte heißen: Ich weiß, wo du wohnst."

„Er hatte mich zuvor mehrfach versucht anzurufen."

„Dir jedoch nicht einmal eine Nachricht hinterlassen." Sie gab ihren Platz auf der Couch auf und kuschelte sich an mich. „Alex, der ist eiskalt und berechnend. Der hätte uns das Leben zur Hölle gemacht, wenn wir nicht angenommen hätten."

„Ganz meine Einschätzung", gab ich zu. „Trotzdem hätte ich es darauf ankommen lassen."

Sie schüttelte an meine Brust geschmiegt heftig den Kopf, sodass ihre Haare mich in der Nase kitzelten. „Du hättest den Kürzeren gezogen. Nachtragend ist der garantiert auch."

Keine tollen Aussichten für unser weiteres Leben. Und wenn Kemal nun gedachte, bei jedem außergewöhnlichen Ereignis auf mich zurückgreifen zu können? Diesen Gedanken behielt ich besser für mich beziehungsweise ich würde mich mit Mirko, Tim und Tom besprechen, wie ich aus dieser Falle wieder herausfand.

„Außerdem ist das schon heftig", murmelte Feli. „Zwei Kinder mussten sterben und wurden vermutlich vor ihrem Tod gequält. Wer tut so was?"

„Damit fällt unser Urlaub flach." Seufzend schob ich sie von mir und stand auf, um an den Computer zu gehen.

„Sieh es einfach als eine andere Art Urlaub", beschwichtigte sie mich. „Immerhin sind wir zusammen unterwegs."

Bloß gut, dass sie nicht von Abenteuer gesprochen hatte! Und dass ich sie überall mit hinnahm, das konnte sie getrost vergessen.

Ich fuhr den Computer hoch und suchte die Zeitungsartikel der beiden Morde heraus. Das sechsjährige Mädchen stammte aus Bövinghausen und war in der dortigen Siedlung unterwegs gewesen, als sie verschwand, hieß es. Am nächsten Tag fanden Spaziergänger sie tot auf. In dem ersten Bericht wurden Zeugen, die die Kleine gesehen hatten, aufgerufen, sich zu melden. Zwei Tage später gab es keine Neuigkeiten. Der letzte Artikel stammte vom Tag der Beerdigung, eine auf die Tränendrüsen drückende Schilderung von der verzweifelten Mutter und den weinenden Kindern aus ihrer Kindertagesstätte. Ganz am Schluss wurde kurz vermerkt, dass es bisher keine Hinweise auf den Täter gebe.

Ähnlich verhielt es sich mit dem neuen Fall von dem in Dorstfeld verschwundenen Jungen. Meine Erinnerung stimmte, nicht einmal die Verbindung zu dem ersten wurde gezogen, von Misshandlungen oder den bizarren Auffindegegebenheiten war bei beiden nicht die Rede.

„Die Zeugen werden nicht namentlich erwähnt", stellte Felicitas fest, die hinter mir stehend die Artikel mitgelesen hatte. „Woher weiß Kemal von ihnen?"

„Woher weiß er überhaupt, dass die beiden Fälle zusammenhängen?", verbesserte ich sie. Dabei hatte ich durchaus meine Vorstellungen, wie er an die Informationen gekommen war.

3

Samstag, 12. März

Mein Handy klingelte um neun Uhr. „Yo, Mann. Kann ich kommen?"

„Sag mir, wo wir uns treffen. Meine Freundin und ich fahren mit dem eigenen Auto."

„Is keine gute Idee. Gegend is nich so toll." Bövinghausen? Und das von einem, der aus der Nordstadt kam?

Felicitas wedelte besänftigend mit der Hand und nickte.

„Gut, hol uns in einer halben Stunde ab." So konnte ich noch einige wissenswerte Details googeln.

Bövinghausen war mir ein Begriff, da Felicitas und ich natürlich längst das Industriedenkmal Zeche Zollern besucht hatten, das sich dort befand. Dass der westliche Vorort mittlerweile ein gesellschaftliches Problem hatte, erfuhr ich nun aus dem Sozialbericht der Stadt Dortmund. Gut jeder fünfte Erwerbstätige erhielt Hartz IV, zudem gab es einen starken Zuwachs an hilfsbedürftigen Kindern unter fünfzehn Jahren.

Im gleichen Artikel fand sich eine ähnliche Beschreibung über Dorstfeld. Für mich waren bisher die Schlagzeilen eher von den dort wohnenden Neonazis angeführt worden, und von der Räumung eines riesigen Hochhauskomplexes, quasi von heute auf morgen, wegen fehlendem Brandschutz. Im „Hannibal" hatten viele Hartz IV - Empfänger gewohnt, sie standen vor dem Nichts, konnten nicht einmal ihr Hab und

Gut mitnehmen. Das war schon viereinhalb Jahre her, allerdings lief die Berichterstattung weiter. Zum einen, weil Wohnungseinbrüche und Verwüstungen des leerstehenden Gebäudes keine Seltenheit waren, zum anderen, weil bis heute vor den Gerichten gestritten wurde, ob diese Räumung rechtmäßig war oder nicht.

„Na, dann bin ich ja mal auf die Gegenden gespannt, in denen wir landen werden", kommentierte Felicitas meine Nachforschungen. „Sollen wir uns lieber was zu essen einpacken?"

„So schlimm wird es wohl nicht werden. Ich wette, Kaya kennt genügend Lokale, in denen man einen guten Döner kriegt", setzte ich grinsend hinzu. Meine Freundin stand eher auf andere Köstlichkeiten und ließ sich nur hin und wieder mir zuliebe dazu überreden.

Sie knuffte mich und griff zu ihrer Jacke.

„Warum hast du mich gestern andauernd getreten?", fiel mir endlich ein zu fragen.

„Um dich auf seine Gemütslage aufmerksam zu machen. Seine gesamte selbstbewusste Haltung, der starre, fixierende Blick, wie seine Augenbrauen sich zusammenzogen, als du anfangs ablehntest, das wies darauf hin, dass er sich mit einem Nein niemals abfinden würde. Er ist ein Macher, der, der das Sagen hat, was er will, setzt er durch."

„Meine Psychologin!" Feli konnte tatsächlich wesentlich schneller und besser hinter die Kulissen schauen als ich. „Gut, dass ich dich dieses Mal dabeihabe."

In selben Moment, in dem wir den Bürgersteig erreichten, schoss ein Auto heran und hielt mit quietschenden Reifen direkt vor uns. Kaya saß am Steuer eines älteren Mercedes', neben ihm ein weiterer Mann, ungefähr in seinem Alter. Er bedeutete uns, hinten einzusteigen.

„Wir fahren zuerst nach Bövinghausen", erklärte dieser uns, ohne sich vorzustellen.

Wieder waren Felicitas und ich die Einzigen, die eine Maske trugen.

Kurze Zeit später bereute ich es nicht mehr, auf mein eigenes Auto verzichtet zu haben. Kaya fuhr einen dermaßen heißen Reifen, ich hätte nie mithalten können und wollen. Und natürlich regte er sich über die anderen Fahrer auf, allesamt Idioten, die keine Ahnung hatten, wie es auf den Straßen lief. Für ihn war es definitiv ein riesiges Hauen und Stechen, das er mit seinem spurtstarken Mercedes fast immer gewann. Dementsprechend gut war seine Laune, als wir unser Ziel erreichten. Bövinghausen war ein Vorort mit eindeutig städtischer Charakteristik, die Straße, in der die Mutter der Toten wohnte, erinnerte mich dagegen an die Nordstadt in ihrer übelsten Ausprägung. Der Gebäudekomplex vor uns war deutlich heruntergekommen, überall lag Unrat, lärmende, verwahrlost wirkende Kinder tobten auf oder fuhren mit ihren Fahrrädern über die kleinen Wiesen vor den Häusern, bei den zwei Hunden, die vorbeigeführt wurden, handelte es sich um Bullterrier, eine Kampfhunderasse und in solchen Gegenden beliebt. Ihre Besitzer musterten uns misstrauisch, als wir ausstiegen, vor allem jedoch Kaya und seinen Begleiter, einen muskelbepackten großen Typ, allein schon durch seine Haltung und seinen Gesichtsausdruck respekteinflößend, den er uns als Ilias vorgestellt hatte.

Kaya beachtete die Männer mit den Hunden nicht, sondern strebte an ihnen vorbei zu dem Eingang vor uns. Auf sein Klingeln wurde sofort geöffnet, er winkte uns, ihm die Treppe hinauf zu folgen.

Wie erwartet war der Hausflur schmuddelig und mit allem möglichen Kram vollgestellt, es roch säuerlich nach Erbrochenem. Vorsichtig setzten Felicitas und ich einen Fuß vor den anderen und versuchten die größten Flecken auf dem Boden zu umgehen. Als Kaya und Ilias schon die Frau begrüßten, hatten wir gerade mal den ersten Treppenabschnitt geschafft.

Die Mutter der Kleinen, eine dünne Blondine in Jogginghose und Tanktop wirkte nicht erfreut über unser Erscheinen, sondern musterte uns misstrauisch.

„Is Detektiv", erklärte Kaya. „Sehr gut. Findet Mörder."

Sie wich in die Diele zurück, sodass wir eintreten konnten. Wieder übernahm Kaya die Führung, dafür wartete Ilias, bis wir an ihm vorbei waren, und schloss hinter uns die Tür.

Wir betraten das Wohnzimmer und sie wies auf zwei große Couchen an den Wänden. „Setzen Sie sich. Und nehmen Sie bitte die Masken ab", wandte sie sich an uns.

Felicitas und ich gehorchten und nahmen das erste Sofa, die beiden Männer setzten sich auf das andere, während die Frau stehen blieb und nervös ihre Hände knetete.

„Vielleicht Stuhl?" Kaya deutete auf den, der am Fenster stand.

Sie schüttelte heftig den Kopf. „Ich steh lieber."

„Wie war das an dem Tag, als Ihre Tochter verschwand?", begann Felicitas behutsam.

Sie zuckte die Schultern. „Wie immer. Brianna war tagsüber in der Kita und ich habe sie am Nachmittag abgeholt. Dann sind wir nach Hause gegangen und sie hat in ihrem Zimmer gespielt." Sie wies vage in die entsprechende Richtung. „Dann kam sie an und sagte, sie will rausgehen. Sie kann nicht gut alleine spielen. Das klappt nie lange. Sie ist sehr unruhig, muss sich immer bewegen." Erst nach ihren Worten fiel ihr auf, dass sie von dem Kind in der Gegenwart gesprochen hatte. Sie zuckte zusammen und griff nach der Zigarettenschachtel, die neben ihr auf dem Schrank lag. Mit nervösen Bewegungen zündete sie sich einen der Glimmstängel an, atmete den Rauch tief ein und stieß ihn heftig wieder aus. „Jedenfalls ist sie raus", setzte sie nach einem zweiten Zug hinzu.

„Um wie viel Uhr war das?"

Felicitas machte es perfekt, deshalb ließ ich sie gewähren. Außerdem hatte ich den Eindruck, dass unser Gegenüber mit ihr besser klarkam als mit uns Männern. Während die Mutter berichtete, es sei ungefähr fünf gewesen, als Brianna die Wohnung verlassen hatte, sah ich mich im Zimmer um. Die Einrichtung bestand aus einem uralten Wohnzimmerschrank, übersät mit Kratzern und Macken und reichlich staubig, den zwei durchgesessenen Couchen – zumindest nahm ich an, dass die von Kaya und Ilias genauso durchhing wie unsere – und einem großen Flachbildfernseher mit kleiner Stereoanlage darunter. Auf dem Teppichboden lag ein riesiger graubrauner Teppich voller Fusseln und Flecken. Überall standen große Kartons bis oben hin mit Kram gefüllt, auch sämtliche offenen Regale des Wohnzimmerschrankes waren vollgestopft, auf dem Couchtisch stapelten sich diverse Zeitschriften, dazwischen entdeckte ich mehrere ungeöffnete Briefumschläge, die als Untersetzer für ein Glas, einen Kaffeebecher und einen bis zum Rand gefüllten Aschenbecher dienten.

Diesen visierte die Frau jetzt an. „Ja", erwiderte sie auf Felis Frage. „Das war normal, dass sie alleine loszog. Sie ist ja nie weit weg, nur in die umliegenden Straßen. Um Leute zu treffen. Die hat sich gerne unterhalten. Das war kein Problem, alle kannten sie."

„Wie lange blieb sie normalerweise draußen?"

„Bis der Hunger sie heimtrieb. Also meist gegen sechs, halb sieben. Hing auch damit zusammen, wie kalt es draußen war oder ob es regnete."

„Wann haben Sie angefangen, sich Sorgen zu machen?"

„Um sieben?" Sie legte den Kopf schief und dachte nach. „Ja, so ungefähr. Da habe ich aus dem Fenster geguckt, ob ich sie sehe." Sie wies auf die Scheibe vor sich.

„Sind Sie sie suchen gegangen?"

„Ja, um halb acht, mit meinem Nachbarn zusammen." Sie wedelte Richtung Hausflur. „Der war vorher auf der Straße an seinem Auto zugange. Wir sind die ganze Gegend abgelaufen. Eine Nachbarin hat so lange hier gewartet, falls sie auftaucht. Dann meinte der Achim, wir sollten zur Polizei, das wäre besser. Der Beamte war ziemlich unfreundlich. Ich glaube nicht, dass die großartig was gemacht haben." Sie hielt inne und holte die nächste Zigarette hervor. „Am nächsten Morgen klingelt es und zwei von der Kripo stehen vor der Tür. Da wusste ich gleich Bescheid."

Ihr Handy meldete sich und sie trat vor, um einen Blick darauf zu werfen. Den Anruf ignorierend wandte sie sich wieder an Felicitas. „Das ist gar nicht so wie im Fernsehen. Ich musste sie nicht identifizieren oder so. Ich wollte sie auch nicht mehr sehen. Nee, besser nicht."

„Hat Brianna bestimmte Wege genommen, wenn sie draußen war?", fragte meine Freundin.

„Immer rund ums Haus. Weil sie da die Leute traf, die hier wohnen. Jeder kannte sie."

„Was ist mit anderen Kindern", warf ich ein. „Gab es welche, mit denen sie spielte?"

Sie zuckte tatsächlich erschreckt zusammen, als ich zu sprechen begann.

Felicitas nickte ihr aufmunternd zu.

„Nee, die kamen nicht mit ihr klar. Brianna ist ein bisschen speziell."

Es dauerte eine Weile, bis sie uns erklärt hatte, was sie meinte. Die Tochter war geistig behindert und konnte nur wenig sprechen. Zudem hatte sie die Angewohnheit, ständig Körperkontakt zu suchen, griff nach der Hand ihres Gegenübers, drückte sich an ihn oder umarmte ihn spontan. Die Kinder gingen ihr aus dem Weg, spotten über sie und ärgerten sie teilweise sogar. Die Erwachsenen reagierten freundlicher, jeder wusste, was mit dem Mädchen los war.

„Der Achim und seine Freundin, da war sie oft", erwiderte sie auf meine Frage, ob jemand besonderen Kontakt zu ihr gehabt hatte. „Und die Frau Wesel ganz unten hat ihr immer was Süßes geschenkt."

„Gab es in der letzten Zeit mal Ärger? Hat sich jemand über Brianna beschwert oder sie sich über wen?", verdeutlichte ich.

Sie schüttelte den Kopf. „Nee, nicht dass ich wüsste.“

„Wie hätte sie reagiert, wenn ein Fremder sie angesprochen hätte?“, übernahm Feli wieder.

„Sie hätte sich gefreut. Sie fand alle Menschen toll.“

„Was ist mit ihrem Vater? Könnte sie zu ihm gegangen sein?“

Die Frau verzog abweisend das Gesicht. „Der hat sich, seitdem sie geboren wurde, nie mehr gekümmert. Der wohnt irgendwo in Berlin jetzt.“

„Omas und Opas?“

„Meine Mutter lebt in Duisburg, seine Eltern - keine Ahnung. Die melden sich nicht.“

Wie es aussah, waren wir hier fertig. Weder Felicitas noch mir fielen weitere Fragen ein.

Wir Männer nickten ihr den Coronaregeln gemäß zu, als wir uns verabschiedeten, meine Freundin trat spontan vor und schloss sie in ihre Arme. „Es ist entsetzlich, was geschehen ist. Ich wünsche Ihnen ganz viel Stärke, damit sie darüber hinwegkommen.“

4

Achim, der Nachbar, öffnete uns im hellblauen Unterhemd, sodass wir seine tätowierten Arme und seine ausgeprägten Muskeln bewundern konnten. Ich gestehe, ich überlegte spontan, als ich in sein hageres Gesicht mit dem Stoppelbart und der Glatze blickte, ob wir uns entgegen der gerade getroffenen Absprache nicht doch von Kaya und Ilias begleiten lassen sollten.

Felicitas war schneller als ich. „Dürften wir kurz stören, um mit Ihnen und Ihrer Frau über die kleine Brianna zu sprechen?", fragte sie. „Mein Freund und ich wollen helfen, ihren Tod aufzuklären."

Er nickte heftig. „Ist bestimmt eine gute Idee. Die Bullen sind nicht sonderlich da hinterher. Die tun so, als sei die kleine Maus selbst schuld. Kommen Sie rein!"

Hinter Felicitas betrat ich eine kleine schmale Diele, ähnlich der, durch die wir kurz zuvor gegangen waren. Auch die Räume schienen identisch, links die Küche, rechts das Wohnzimmer, dahinter noch zwei Räume.

„Schatz, da sind zwei Leute, die mit uns über Brianna sprechen wollen!", rief Achim laut.

Eine der hinteren Türen öffnete sich und eine kleine, zierliche Frau trat heraus. „Brianna?", echote sie.

„Wir wollen helfen, den Mörder zu finden", kam Felicitas mir wieder zuvor.

„Aha." Sie klang reichlich skeptisch.

„Wollen Sie was trinken? Einen Kaffee vielleicht?", mischte Achim sich ein und wies in Richtung Küche. „Ist schnell gemacht."

„Nein, danke." Noch konnte ich die beiden nicht einschätzen. Der Flur wirkte relativ sauber und ordentlich, bis auf die zwei Reihen Schuhe unter der Garderobe. Der scharfe Schweißgeruch allerdings vergällte mir sowieso jeglichen Durst.

„Kommen Sie trotzdem mit durch. Wir wollten gerade frühstücken." Er führte uns in eine kleine Küche, in deren Ecke ein Tisch mit vier Stühlen gequetscht war. „Moment!" Bevor er uns einen Sitzplatz anbot, räumte er schnell den vollgestellten Tisch leer und brachte das benutzte Geschirr, die Flaschen und Zeitungen mit Müh und Not noch auf einem der Küchenschränke unter.

Während er sich auf den Stuhl uns gegenüber fallen ließ, begann seine Frau das Frühstück zuzubereiten. Schlecht lebten die beiden nicht. Sie hatten einen Espressoautomaten vom Feinsten und es gab Brötchen vom Bäcker mit Wurst, Käse und Eiersalat.

„Sie wollen den Täter selbst suchen?", begann Achim, nachdem er die erste Tasse Kaffee hinuntergestürzt hatte.

„Letzte Woche ist ein zweites Kind ermordet worden." Dieses Mal übernahm ich. „Ein Junge, fünf Jahre alt. Es sieht so aus, als würden die Fälle zusammenhängen."

„Ehrlich?" Er musterte mich skeptisch.

Seine Frau stieß ihn an. „Der, der auf dem Spielplatz gefunden wurde. Es war wie bei Brianna. Er war plötzlich weg und am nächsten Tag fand man ihn."

„Echt?" Er schien selbst ihr nicht zu glauben.

Sie beugte sich vor. „Das war derselbe Täter, denken Sie?"

„Zumindest besteht der starke Verdacht", behauptete ich. „Deshalb wollen wir uns beide Fälle genauer ansehen."

„Und wieso?" Achim stützte die Unterarme auf den Tisch und musterte mich ungeniert, so nach dem Motto: Was willst du kleines Würstchen schon erreichen?

Ich beschloss, die Wahrheit zu sagen. „Weil mich ein naher Verwandter des Kleinen sehr nachdrücklich darum gebeten hat."

Er grinste verstehend. „Der Türke! Gruseliger Typ, der war drüben bei der Alice, seine Leute haben anschließend im Haus und in der ganzen Gegend rumgefragt. Die beiden im Hausflur waren auch dabei."

„Aber er hat nicht gesagt, warum er das wissen will", ergänzte seine Frau. „Und die sind irgendwie komisch rübergekommen."

„Komisch?", hakte ich nach, da sie nach ihrem Brötchen griff, als wäre damit alles erklärt.

„Machos halt." Achim zuckte die Schultern. „So mit Drohgebärden und so."

Ich musste mir ein wissendes Grinsen verkneifen. Vermutlich hatten sie die Befragten mehr eingeschüchtert, als dass sie sie zum Reden gebracht hatten.

„Und jetzt sind Sie dran?" Seine Frau schien tatsächlich Mitleid mit mir zu empfinden.

„Es sind zwei Kinder gestorben", mischte sich Felicitas ein. „Wir müssen es wenigstens versuchen."

Beide nickten zustimmend und widmeten sich wieder ihren Brötchen.

„Kannten Sie Brianna gut?", fragte ich.

„Ich habe ab und zu auf sie aufgepasst, wenn die Alice wegwollte", sagte die Frau. „Die war gern hier, hat viel mit Achim getobt."

Ein Lächeln glitt über sein Gesicht. „Das war ein richtig wilder Feger, wollte immer mit mir kämpfen."

„Die brauchte Abwechslung", verdeutlichte sie. „Zuhause war es ihr zu langweilig. Deshalb ist sie immer raus."

„Hat sie auch mal zwischendurch bei ihnen geklingelt?“, wollte Felicitas wissen.

Die beiden sahen sich an. „Ja, oft“, gab Achim zu.

„Fast jeden Tag“, ergänzte seine Frau. „Wir haben meist nicht aufgemacht. War ja nicht so, als würde die sich selbst beschäftigen.“

„Gibt es keine anderen Kinder im Haus?“

Im selben Moment setzte unter uns lautes Kindergeschrei ein.

„Doch, die Lafats haben zwei Jungen, die Ostmanns daneben ein Baby und die über uns zwei Kleinkinder.“

„Also war für Brianna kein Spielgefährte dabei“, stellte Felicitas fest.

Achim zögerte.

„Die konnte nicht normal spielen“, übernahm seine Frau die Antwort. „Erst mal verstand man sie nicht, wenn sie was sagte, und mit dem Stillsitzen hatte sie es auch nicht. Die wollte immer nur toben, auf ihre Art. Halt körperlich“, setzte sie hinzu, als sie unsere fragenden Blicke bemerkte. „Oder sie ist draußen rumgerannt.“

„War sie von Geburt an behindert?“

„Ja, das sah man sofort, dass mit der was nicht stimmte.“

Das Foto im Internet entsprach dieser Einschätzung. Briannas Gesicht wirkte aufgedunsen und unförmig, die Augen standen leicht schräg und schielten. Dazu trug sie einen topfartigen Kurzhaarschnitt, der die Auffälligkeiten noch betonte.

„Hat sie eigentlich viel gegessen?“

Die Frau lachte. „Sie hat alles in sich reingestopft, was sie kriegen konnte. Die hatte immer Hunger.“

Demnach hätte man sie bestimmt mit Essen locken können.

Ich beschloss, die Befragung zu beenden. Achim und seine Frau gaben sich zwar offen, aber ins Detail gingen sie nicht. Eine vernünftige Einschätzung, wie die Beziehung zwischen Mutter und Tochter gewesen war, würden wir von ihnen nicht bekommen.

Sie wünschten uns viel Erfolg und Achim brachte uns zur Tür. Kaya und Ilias warteten anscheinend unten auf uns, wir wandten uns zur Treppe und nahmen wieder vorsichtig Stufe für Stufe. Meinem Gefühl und den fehlenden Geräuschen nach stand Achim noch an Ort und Stelle und lauschte angespannt.

„Gleich zur Nächsten?", fragte Felicitas.

Ich nickte, trat vor und drückte auf die Klingel. Eine weißhaarige, gebeugte Frau öffnete. „Sind Sie die beiden Detektive? Wurde auch Zeit, ich muss noch einkaufen."

„Es dauert nicht lange", beruhigte meine Freundin sie. Dank ihres Berufs als Ergotherapeutin hatte sie ein Händchen für ältere Menschen. „Wir möchten nur ein wenig mehr über Brianna wissen."

Sofort wurde ihr Gesicht ernst. „Die arme Kleine! Sie war ein richtiges Schätzchen. Hat so gern mit mir geschmust. Kommen Sie rein." Sie wandte sich um und führte uns in ein karg eingerichtetes, aber sauberes Wohnzimmer.

Wir setzten uns nebeneinander auf die Couch und sie ließ sich in den Sessel uns gegenüber fallen. „Sie kam fast jeden Tag vorbei, wollte ihren Schokopudding." Sie lachte meckernd. „Hab ich immer für sie gekauft. War ein Schleckermäulchen."

„Fast wie eine Oma", nickte Felicitas verständnisvoll, obwohl mir unser Gegenüber für diese Bezeichnung viel zu fröhlich wirkte.

Sie hatte die richtigen Worte gefunden. „Ja, hat sich immer riesig gefreut, wenn sie kam."

„Blieb sie lange?"

„Nein, sie musste raus, hatte einen unglaublichen Bewegungsdrang. Was die sich so zusammengelaufen hat!"

„Seit wann kannten Sie Brianna?"

„Na, von Anfang an. War ein kleiner Schreihals, habe ich bis hier unten gehört. Tag und Nacht hat die geschrien."

„Und die arme Mutter war alleinerziehend", gab sich Felicitas mitfühlend.

„War schon heftig. Ist dann irgendwann besser geworden. Jetzt zuletzt war die ja schon selbstständig.“

Wieder so ein unergiebiges Gespräch! „Hat Brianna Sie auch draußen begleitet?“, mischte ich mich ein. „Zum Beispiel zum Einkaufen?“

„Nein, nein“, wehrte sie sofort mit wild fuchtelnden Händen ab. „Die konnte man nicht mit ins Geschäft nehmen. Die hat alles angefasst und rausgezogen. Sie verstand nicht, dass man das nicht darf.“

„Haben Sie sie denn manchmal draußen gesehen?“

„Sie freute sich immer, wenn sie Bekannte traf.“ Sie lächelte, in die Erinnerung versunken. „Ist auch oft ein Stück mitgegangen, na ja, bis sie den Nächsten entdeckte. Die Kleine kannte alle und jeden.“

Die gleiche Aussage wie bei den oberen Nachbarn. „Reagierte sie denn nicht zurückhaltend bei Fremden?“, hakte ich nach.

Sie lachte auf. „Nee, die nicht, war ein keckes Ding.“

„Ist sie mal weggelaufen?“

„Als sie klein war, da musste die Frau aufpassen.“ Sie kicherte, als wäre die Erklärung witzig. „Ist immer schnurstracks auf die Straße gerannt. Hat sich die Frau vom Amt große Mühe gegeben, das mit ihr zu üben.“

„Die Frau vom Amt?“, fasste ich nach. Davon war bisher nicht die Rede gewesen.

„Na, die Hilfe, die sie gekriegt hat.“

„Eine Art Unterstützung zur Erziehung vom Jugendamt“, fasste Felicitas zusammen.

Die alte Frau nickte heftig. „Die kam so einmal in der Woche vorbei. Ist meist mit der Kleinen irgendwohin gefahren, dass die mal rauskommt.“

Endlich ein Punkt, an dem wir ansetzen konnten. „Briannas Mutter, haben Sie mit ihr auch Kontakt?“, lautete meine letzte Frage.

„Ich seh sie ab und zu im Hausflur. Wie man sich halt so trifft“, lautete die unergiebige Antwort.

Ich gab Felicitas ein Zeichen, dass wir aufbrechen sollten. „Vielen Dank, für Ihre Zeit“, wandte ich mich an unser Gegenüber. „Und einen schönen Tag noch.“

5

„Wohin geht es jetzt?", erkundigte ich mich, als wir wieder im Auto saßen. Kaya und Ilias hatten rauchend vor der Tür gestanden und wortlos Kurs auf den Wagen genommen, nachdem wir aus dem Haus getreten waren.

„Zu den beiden, die den Jungen gefunden haben", gab Ilias über die Schulter zurück.

„Wart ihr dabei, als die Nachbarn befragt wurden?" Mal sehen, was Kemals Leute an Neuem anbieten konnten.

Kaya prustete laut heraus. Wieder war es sein Kumpel, der antwortete. „Die reden nicht mit uns. Keiner weiß was, keiner hat was gesehen. Bloß uns schnell wieder loswerden!"

„Die sin speziell, kein Wort zu viel sagen", ergänzte Kaya.

„Ist bei uns ähnlich abgelaufen", gab ich zu. „Aber um Brianna soll sich eine Frau von der Jugendhilfe regelmäßig gekümmert haben. Wenn wir mit der sprechen könnten."

„Die wird sich auf den Datenschutz berufen", wandte Felicitas ein.

„Kriegen wir hin", tönte Kaya von vorn. „Müssen nur Namen rauskriegen."

„Habt ihr den Weg der Kleinen nachverfolgen können?"

„Eine Frau im Geschäft hat sie gesehen", informierte Ilias uns. „War alleine, war auch keiner in der Nähe."

„Und wo war das?"

Der Straßenname sagte mir nichts. Ich recherchierte ihn auf meinem Handy. Das war fast zehn Straßen von ihrem

Zuhause entfernt. Der Umkreis, in dem die Kleine sich bewegt hatte, war riesig. Ich konnte mir nicht vorstellen, dass sie in jeder dieser Ecken bekannt war. Trotzdem bat ich meine Helfer, sich das gesamte Umfeld noch einmal intensiv vorzunehmen. Vielleicht hatte irgendjemand doch etwas gesehen.

Gut, dass du dich nicht selbst dorthin begeben musst, dachte ich bei mir, nachdem ich ihnen den Auftrag erteilt hatte. Die Nachbarn, die wir befragt hatten, waren noch ziemlich nett zu uns gewesen. Auf der Straße sah das bestimmt anders aus, wenn man als Außenstehender detaillierte Auskünfte einforderte. Offen darauf antworten, würde vermutlich keiner. Eher mussten die beiden noch aufpassen, dass man sie nicht anging.

Kaya fuhr wieder einen dermaßen heißen Reifen, dass ich mich unauffällig an meinen Sitz klammerte. Ich wagte nicht einmal, Felicitas einen Blick zuzuwerfen, weil ich spürte, dass Ilias uns beobachtete. Wollten sie uns beweisen, was für tolle Hechte sie waren, oder versuchten sie dadurch ihren Status klarzustellen, dass sie nicht als unsere Handlanger, sondern als gleichberechtigte Partner agierten?

Leider hatte ich keine Ahnung, welche Stellung sie in Kemals „Unternehmen" einnahmen. Als ich Kaya kennenlernte - ich schätzte ihn damals auf Anfang zwanzig -, arbeitete er offiziell als Gärtner, hatte allerdings gute Kontakte zum Boss und war nach Feierabend mit ihm unterwegs. In der Zwischenzeit war er anscheinend weiter aufgestiegen, wie es aussah, sogar zu seiner rechten Hand geworden. Ob er es unter seiner Würde fand, sich von mir Vorschriften machen zu lassen?

Als er mit quietschenden Bremsen vor einem alten, abbruchreifen Haus hielt und sich zu mir umdrehte, war ihm von seinen Gefühlen nichts anzusehen. „Wir hier warten. Is besser so."

Lieber nicht nachfragen. Ich nickte und Felicitas und ich stiegen aus.

Je näher wir herankamen, desto baufälliger wirkte das Haus. Es hatte sogar noch Fensterrahmen aus Holz, von denen die Farbe komplett abgesplittert war. Die Scheiben starrten vor Schmutz, so, wie der gesamte Anstrich. Im unteren Bereich zeugten Stockflecken von eingedrungener Feuchtigkeit. Aus dem Bogen über der Haustür waren große Stücke herausgefallen, diese selbst, aus Holz bestehend, hing ein wenig schief in den Angeln und schloss nicht richtig. Trotzdem drückte ich auf die Klingel unten links mit dem Namen, den Kaya mir genannt hatte.

Keine Sekunde später ertönte der Summer. Anscheinend erwartete man uns bereits.

Ein junger Mann, circa Anfang zwanzig, stand im Türrahmen und sah uns missmutig entgegen. „Kommen Sie rein." Er ließ uns an sich vorbeigehen und wies nach links. „Da rein."

Wir betraten ein kleines, chaotisch zugemülltes Wohnzimmer. Auf einer Couch saß ein weiterer junger Mann. Auch er wirkte nicht gerade begeistert von unserem Auftauchen. Mangels Sitzgelegenheit – es gab nur dieses eine Zweiersofa – blieben wir mitten im Raum stehen.

Sascha Kaiser, der Typ, der uns eingelassen hatte, nahm neben seinem Freund Platz und griff zu der Zigarettenschachtel, die vor ihm auf dem Tisch lag. Nachdem er sich eins der Stäbchen angezündet hatte, sah er uns durch den aufsteigenden Rauch mit zusammengekniffenen Augen an. „Einfach erzählen oder wie?"

„Legen Sie los. Wenn ich Fragen habe, stelle ich sie anschließend." Warum waren die beiden derart feindselig? Ob es was mit der aufgeplatzten Oberlippe von Sascha und dem großen blauen Fleck an der Schläfe seines Freundes zu tun hatte? Kemal und seine Leute bezahlten garantiert nicht für Auskünfte. Sie forderten sie ein.

Folgsam begann unser Gegenüber zu berichten: Dass sie auf einer Party gewesen seien, dass sie ganz schön getankt hatten und beschlossen, nach Hause zu laufen. Dass die Blase seines

Freundes drückte und er sich auf dem Spielplatz erleichtern wollte und dass sie dabei die Leiche des Kleinen fanden.

Dann wurde er zum ersten Mal zugänglicher. „Dieser Anblick, ich kriege ihn nicht aus dem Kopf. Wie der da mit hängendem Kopf an dem Baum lehnte, die toten Augen." Er schüttelte sich unwillkürlich. „Wer tut einem kleinen Kind so was an?"

„Genau das versuchen wir rauszukriegen." Was hätte ich sonst sagen sollen?

Felicitas fand natürlich viel bessere Worte. „Deshalb bringen wir uns ein. Der Kerl darf damit nicht davonkommen. Alle Kinder sind gefährdet, solange der frei herumläuft."

Sascha starrte sie aus großen Augen an. „Sie glauben, der macht das noch mal?"

„Wer sich einmal an einem Kind vergreift, tut das wieder", behauptete sie. „Bei dem sind alle Hemmungen weg."

Ich musste mir fest auf die Lippe beißen, um mich zurückzuhalten.

Doch die beiden jungen Männer schienen ihr zu glauben. Ihre Antworten kamen bereitwillig, als sie nun begann, sie einem richtigen Verhör zu unterziehen. Nein, sagte der Freund, er habe niemanden gesehen, habe allerdings auch nicht direkt darauf geachtet. Erst als er sich zum Gebüsch wandte, sei er auf das Feuer aufmerksam geworden. Er habe echt gedacht, da würden welche spielen – bis er die blutigen Wunden auf der Brust entdeckte. Dann sei ihm schlecht geworden.

„Da war keiner mehr", übernahm Sascha. „Das Feuer war schon runtergebrannt, war eher ein Flackern."

„Bevor Sie reingegangen sind, haben Sie irgendwen in der Nähe gesehen?", fragte Felicitas.

Beide schüttelten die Köpfe. „War keiner außer uns unterwegs", verdeutlichte Sascha.

„Auch kein Auto? Oder stand eines direkt vor dem Spielplatz und war anschließend weg?"

„Also die ganze Straße war zugeparkt. Ob später eins weg war? Keine Ahnung. Haben wir nicht drauf geachtet. Vorbeigefahren ist in der Zeit, bis die Bullen auftauchten, auf jeden Fall keins."

Wieder eine Sackgasse. Ich ließ mir die Adresse des Spielplatzes geben, damit wir vor Ort selbst die Gegebenheiten in Augenschein nehmen konnten.

Mittlerweile hatte sich die Stimmung aufgelockert, sodass Sascha zu fragen wagte: „Machen Sie das echt freiwillig? Also nach dem Täter suchen?"

Felicitas sah mich hilfesuchend an. Allein das sagte alles.

„Wir wurden ziemlich nachdrücklich um Hilfe gebeten", gab ich unumwunden zu. „In der Zeitung stand ja nicht mal was von den besonderen Umständen, also was genau mit dem Kleinen passierte."

„Heftige Typen!", platzte Sascha heraus. „Woher wissen die eigentlich von uns?"

„Das wüssten wir auch gern", erwiderte Feli im Brustton der Überzeugung.

Ich hingegen war eher froh, dass Kaya und Ilias uns darüber im Dunkeln ließen. Denn sonst hätte ich Kriminalkommissar Janzen informieren müssen.

„Ey, die haben uns total unter Druck gesetzt", beschwerte sich Sascha. „Die dachten, wir seien die Täter. Dabei hatten wir den Bullen schon gesagt, dass wir ab sechs durchgehend gefeiert haben. Blöder Scheiß auch! Die haben uns die halbe Nacht festgehalten."

„Und dann tauchten kurz drauf diese Typen auf." Unbewusst rieb sich sein Freund die Schläfe.

„Wir werden ihnen berichten, dass Sie beide sehr kooperativ waren", beruhigte ich sie, „und unsere Nachforschungen nun in eine andere Richtung betreiben. Sie sind definitiv raus aus dem Fokus."

Sascha bedankte sich doch tatsächlich bei mir, als er uns zur Tür brachte.

„Die sind noch heftiger, als ich dachte", raunte Felicitas mir zu, bevor wir hinaustraten.

Eine Antwort konnte ich nicht mehr geben, wieder standen Kaya und Ilias im Eingangsbereich und rauchten eine Zigarette.

„Alles klar?", fragte Ersterer und schnippte die Kippe in den Vorgarten.

„Haben wir Zeit, uns vor dem nächsten Gespräch den Spielplatz aus der Nähe anzusehen?"

Er warf einen Blick auf sein Handy und nickte. Gemeinsam schritten wir zum Auto.

Es war eine Fahrt von gerade mal fünf Minuten. Nur einen Parkplatz suchte Kaya vergeblich, die Autos standen dicht an dicht. Schließlich hielt er vor einer Tiefgaragenausfahrt. „Du bleibst", ordnete er an Ilias gewandt an.

Von außen war durch das dichte Gestrüpp, das sich rechts und links am Zaun entlang zog, nichts von irgendwelchen Spielgeräten zu erkennen. Erst als wir durch den Einlass hineingingen, wurde deutlich, dass es sich um eine recht große Anlage handelte, mit einem Sandkastenbereich, einer Rutsche, einem Karussell, drei Schaukeltieren, dem obligatorischen Klettergerüst und im hinteren Bereich einer Freifläche, auf der Fußball gespielt werden konnte, wie die zwei aufgestellten Tore verdeutlichten.

Im vorderen Teil spielten mehrere Kinder, die dazugehörigen Mütter saßen auf den Bänken und musterten uns argwöhnisch. Ohne diese zu beachten, zog Kaya uns weiter. „Der da." Er zeigte auf einen Baum, um dessen Fuß sich ein schwarzer, fast runder Kreis befand.

Es handelte sich um einen noch jungen Baum, stellte ich beim Näherkommen fest. Der Stammumfang betrug vielleicht fünfzig Zentimeter. Er befand sich fast in Höhe des rechten Fußballtores, allerdings von diesem noch gute hundert Meter entfernt am Rande eines Weges. Ich umrundete die Stelle, um mir einen Eindruck zu verschaffen. Der Eingangsbereich des

Spielplatzes war von hier aus gut zu erkennen. Sollte sich der Täter in der Nähe befunden haben, hatte er den Ankömmling vermutlich sofort bemerkt und das Weite gesucht.

„Wir gehen hier weiter und schauen, ob man in diese Richtung entwischen kann", forderte ich Kaya und Felicitas auf. Kaum hatte ich ausgesprochen, entdeckte ich zwei Fahrradfahrer, einen Mann und ein kleines Mädchen, die den Weg entlang geradelt kamen. Damit hatte ich meine Antwort schon, es gab einen zweiten Zugang.

Dieser befand sich auf der gegenüberliegenden Seite des ersten und mündete in die Parallelstraße.

„Schade, dass wir nicht erfahren, was bei der Anwohnerbefragung rausgekommen ist", seufzte Felicitas.

„Und was für Spuren die Ermittler gefunden haben", ergänzte ich.

Kaya blieb stumm. Noch deutlicher konnte ich nicht werden, ohne seinen Argwohn zu erwecken, daher beließ ich es dabei. Als er dann doch zu sprechen begann, hatte er das Thema gewechselt. „Jetzt wir fahren zu Mutter und Brüder von Amir. Nicht zu sehr fragen, sagt Kemal. Später mit ihm oder mir reden, okay?"

„Sie sind in Trauer." Felicitas reagierte wie immer schneller als ich und mit offensichtlichem Verständnis. Hervorragend, dass ich sie bei dieser Ermittlung dabeihatte!

6

Die Familie Yilmaz wohnte in einer großen Siedlung, die aus mehreren im Rechteck gebauten Häuserzeilen bestand. Die Anlage wirkte einfach, aber lange nicht so heruntergekommen wie die letzten Domizile, die wir aufgesucht hatten. Auf den großen Rasenflächen im Innenbereich und den sich dazwischen befindenden kleinen Spielplätzen tummelten sich viele Kinder. Erwachsene waren allerdings Mangelware.

„Siehst die Kleinen vom Balkon", erklärte mir Kaya, der meine suchenden Blicke richtig deutete. „Kannst die rauslassen, is sicher."

Dieses Mal stiegen er und Ilias mit aus und marschierten vor uns her zum nächstgelegenen Eingang. Direkt vor uns öffnete sich die Tür und ein älterer Mann trat heraus, der uns neugierig musterte. Kaya nickte ihm zu, drückte auf die entsprechende Klingel und drängte sich an ihm vorbei ins Innere.

Nicht schlecht! Ein heller Hausflur, Treppe und Geländer relativ sauber, intakte Briefkästen, wahrscheinlich gab es einen Hausmeister, der nach dem Rechten sah. Denn nach allem, was uns Kaya unterwegs berichtet hatte, war dies eine Sozialsiedlung, in der hauptsächlich die untere Schicht wohnte.

Du und deine Vorurteile, würde Felicitas bestimmt wieder sagen, wenn sie von diesen Gedanken wüsste. Dabei lag nach allem, was wir heute erlebt hatten, dieser Verdacht nahe. Briannas Mutter lebte ebenso in einer Bruchbude wie Sascha, nur nicht ganz so offensichtlich. Entweder legten die Hausbesitzer nur das Allernotwendigste an oder ließen die Gebäude extra verkommen, anscheinend reichte es aus, Wohnraum zu einem niedrigen Preis anzubieten, irgendein verzweifelter Mieter fand sich immer. Wie dieser hausen musste, interessierte nicht.

Daher fand ich, dass diese Siedlung angenehm herausstach, die Wohnungsgesellschaft sorgte offensichtlich dafür, dass Reparaturen und Verschönerungen regelmäßig durchgeführt wurden. Hier konnte man sich wohlfühlen.

In der zweiten Etage empfing uns der älteste Sohn. Er war sechzehn, wie Kaya gesagt hatte, wirkte jedoch älter. „Muss das wirklich sein?", herrschte er diesen mit bedrohlich zusammengezogenen Augenbrauen an. „Anne ist so schon total daneben."

„Leider", erwiderte der. „Detektiv muss selbst fragen."

Unser Gegenüber wechselte ins Türkische, die Sätze flogen hin und her, bis er entnervt zurücktrat und den Weg freigab. Kaya winkte uns, ihm zu folgen. Er führte uns ins Wohnzimmer. Dicht beieinander saßen die übrigen Familienmitglieder auf der Couch, rechts der Zweitälteste neben der Mutter, links lehnte sich der Jüngste an sie. Die Brüder sahen uns trotzig entgegen, ihre Mutter schaute überhaupt nicht auf, sondern hielt ihren Blick auf ihre ineinander verkrampften Hände gerichtet.

Wieder verfiel Kaya ins Türkische. Der Älteste kam gefolgt von Ilias herein und warf sich neben seinen jüngeren Bruder. Ilias stapfte an uns vorbei, holte vom Esstisch hinter uns vier der Stühle und bedeutete uns, uns zu setzen. Wir wählten die mittleren Stühle und warteten stumm darauf, dass wir beginnen konnten.

Der Zweitälteste, vierzehn und extrem übergewichtig, stieß eindeutig in dasselbe Horn wie sein Bruder und funkelte uns böse an. Obwohl es nicht sonderlich warm in dem Raum war, hatte er sein Sweatshirt bereits durchgeschwitzt. Der

Zwölfjährige warf nur hin und wieder ein paar Worte ein, seine Stimme klang leise und nörgelig, zudem presste er sich immer fester an die Mutter, die schon halb schief saß.

Endlich hob sie den Kopf. „Schluss!", verlangte sie mit harter, lauter Stimme und funkelte ihre Söhne der Reihe nach an. „Diese Leute wollen helfen, Amirs Tod aufzuklären. Wir sollten froh sein, dass die sich kümmern. Die Polizei", sie stieß einen verächtlichen Laut aus, „die wird seinen Mörder nicht finden. Wir müssen uns selbst darum kümmern, genau wie Kemal sagt." Sie nickte Felicitas und mir zu. „Fragen Sie!"

„Sollte Ihr Sohn auf dem Spielplatz bleiben oder wie war das geregelt?"

Sie nickte dem Ältesten zu. „Malik, sag du."

„Zuerst hat er mit uns zusammen Fußball gespielt. Dann war er sauer, weil er nicht mithalten konnte, und ist in den Sandkasten gegangen, wo sein Spielzeug lag. Er hat sich mit dem Rücken zu uns gesetzt."

Der Zweitälteste zischte einige Worte auf Türkisch. „Wie immer gleich beleidigt", übersetzte Ilias leise.

„Wann ist euch sein Fehlen aufgefallen?", fragte ich, da er keine Anstalten machte, weiterzusprechen.

„Hab nicht auf die Uhr geschaut", behauptete Malik.

„Wie lange saß da rum?", mischte sich Kaya ein.

Die Mutter knuffte auffordernd den Jüngsten und zischte einige Worte.

Der verzog weinerlich das Gesicht. „Ich bin einmal hin und wollte ihn zurückholen. Er hat gleich angefangen zu schreien."

„Wie lange hattet ihr ihn nicht im Auge?", wiederholte ich.

„Muss ein längerer Zeitraum gewesen sein, bis ihnen auffiel, dass er weg war", sagte Frau Yilmaz mit lauter Stimme.

„Wir haben ihn sofort überall gesucht", wehrte sich Malik.

„Wir dachten, der hat sich wieder versteckt und reagiert extra nicht auf unser Rufen."

„Tat er das öfter?", hakte ich nach.

Er zögerte. „Er hat nicht verstanden, dass wir auch spielen wollen“, sagte er dann. „Er wollte, dass wir uns mit ihm beschäftigen die ganze Zeit. Wenn wir das nicht machten, war er sauer und ist weggelaufen, sodass wir ihn suchen mussten.“

„Ist er immer draußen geblieben oder auch mal zu der Mutter hoch?“

„Ich habe ihn zurückgeschickt“, erwiderte diese. „Er sollte draußen toben und nicht allein in der Wohnung sitzen. Da sind so viele andere Kinder, mit denen er spielen konnte.“

„Hatte er Freunde?“

Die drei Jungen schüttelten den Kopf. „Er wollte immer bestimmen“, verdeutlichte Malik. „Doch, Anne, ist so“, wandte er sich an die Mutter. „Wenn die nicht wollten wie er, war er beleidigt.“

Sie warf ihm trotzdem einen anklagenden Blick zu. „Er hat die Trennung vom Vater nicht verkraftet“, erklärte sie an uns gerichtet. „Er war noch so klein, er vermisste ihn mehr als die anderen.“

Die beiden waren seit zwei Jahren geschieden, hatte mir Kaya erzählt. Davor hatten sie ein Jahr getrennt gelebt. Der Vater kümmerte sich seitdem nicht mehr regelmäßig, er tauchte nur in großen Abständen auf. Zurzeit befand er sich in der Türkei bei Verwandten.

„Wenn er weglief und sich versteckte, blieb er auf dem Gelände oder kam es schon einmal vor, dass er sich weiter entfernte?“

Wieder schüttelten alle drei die Köpfe. „Normalerweise ist er hinter die Büsche gegangen und hat sich da hingelegt“, sagte der Zweitälteste. „Wenn wir kamen, hat er geschrien und getobt und wollte nicht mit zurück. Einer von uns musste ihn dann tragen.“

Schien ein schwieriges Kind gewesen zu sein. Waren Teenager nicht mit einer derartigen Aufgabe völlig überfordert?

„Wir sind also zuerst da hin", fuhr der Junge fort. „Da war er
nicht. Also haben wir alles abgesucht und nach ihm gerufen.
Dann haben wir die Leute gefragt, keiner wusste was."
„Niemand hat ihn weggehen sehen?"
Die drei sahen sich an. „Doch", gab Malik zu. „Der hat nicht
lange da im Sand gesessen, ist wie immer gleich in Richtung
auf die Büsche, wo er sich normalerweise versteckte. Muss
von da aus verschwunden sein."
Demnach hatte der Täter ihn entweder beobachtet und abge-
fangen oder in seinem Versteck aufgestöbert und überredet,
mit ihm zu kommen. „Wie verhielt sich Amir gegenüber
Fremden? Ist er auf jeden zugegangen oder war er eher skeptisch?"
„Total misstrauisch", kam es wie aus der Pistole geschossen
von Malik. „Sobald ihn ein Fremder ansprach, hat er laut geschrien."
Ich musste mich am Riemen reißen, um nicht Felicitas einen
bedeutungsvollen Blick zuzuwerfen. Endlich mal ein echter
Hinweis. „Auch nicht, wenn derjenige ihn mit irgendwas Be-
sonderem gelockt hätte?", hakte ich vorsichtshalber nach.
„Nein", war sein Bruder sich sicher. „Vor allem nicht, wenn
er sowieso schon sauer war. Dann durfte ihn keiner ansprechen."
„Und wenn er schreit, dann so laut, dass es nicht zu überhören ist", pflichtete ihm der Zweitälteste bei. „Das hatten wir
schon öfter. Jeder wusste, dass man ihn links liegen lassen
muss."
Wobei wir wieder bei der alles entscheidenden Frage waren.
„Jetzt mal ganz ehrlich: Wie lange dauerte es, bis ihr Amir
vermisst habt?"
Malik verschränkte die Arme vor der Brust. „Eine Stunde ungefähr."
Na ja, eher länger, wie ich vermutete. Sonst hätten sie ihr Ver-
säumnis schneller zugegeben.

Die Mutter warf ihm einen giftigen Blick zu. „Ihr solltet auf ihn aufpassen!"

Alle drei sahen betreten zu Boden.

„Ist euch in der Zeit davor irgendein Fremder aufgefallen, der sich auf der oder rund um die Anlage aufhielt?", lenkte ich von diesem Thema ab. Es schien sich um einen wiederkehrenden Vorwurf der Mutter zu handeln, dass sie ihnen indirekt vorwarf, sie seien schuld an Amirs Tod.

Wieder schüttelten die drei die Köpfe.

„Wir Nachbarn befragen", setzte Kaya hinzu. „Nix Fremde, nix aufgefallen."

Ich erhob mich. „Falls euch noch etwas einfällt, sagt es bitte Kaya. Jeder einzelne seltsame Vorfall könnte wichtig sein."

Malik begleitete uns zur Tür. „Meinen Sie, Sie finden den Mörder?"

„Wir werden uns jedenfalls die größte Mühe geben", wich ich einer direkten Antwort aus. Große Hoffnungen hatte ich ehrlich gesagt nicht. Ob der eine kleine Hinweis auf die amtliche Hilfe von Brianna uns weiterbringen konnte? Auf jeden Fall bedeutete dieser Fall sehr viel Recherchearbeit.

„Is nich einfach für ihn", versuchte Kaya auf dem Weg die Treppe hinunter zu erklären. „Seit Vater weg, er is Mann, muss viel regeln."

„Weißt du, hinter welchen Büschen sich Amir versteckte?" Wir sollten uns wenigstens die genauen Gegebenheiten anschauen.

„Ich zeig dir." Er nahm den kleinen Weg, der in den Hinterhof führte, schritt an dem Spielplatz und der Grünfläche vorbei, bis wir fast das Ende der Häuserreihen erreicht hatten, und steuerte auf das dichte Gestrüpp zu.

Wir umrundeten es. Die langen dichten Zweige befanden sich fast ausschließlich auf der Vorderseite, im hinteren Bereich wies es kahle Stellen auf, genügend, dass man sich dicht daran hocken konnte und von vorn nicht zu sehen war. Ich drehte mich um. Wir befanden uns an dem Durchlass zwischen den

Häusern, der zur Straße führte. Von den Fenstern der Wohnungen war dieser Platz kaum einzusehen, man hätte schon auf den Balkon treten müssen. „Habt ihr die Bewohner des Hauses befragt?“, wandte ich mich an Kaya.

„Jeden, Bullen auch. Keiner was gesehen.“

Trotzdem folgte ich dem Weg. Wie erwartet endete er am Eingang, von dort aus waren es nur ein paar Schritte zur Straße. Ich verhielt. Sollte der Mörder tatsächlich so dreist gewesen sein? „Wenn wir wenigstens wüssten, was für Spuren die Ermittler gefunden haben!“, seufzte ich. „Ist Amir direkt getötet oder verschleppt worden? Fanden sich Schuhabdrücke oder Ähnliches? Irgendwelche Anhaltspunkte wird es garantiert geben.“

„Ich guck mal.“

„Hatte Amirs Mutter auch eine Unterstützung vom Jugendamt?“, fragte ich einer Eingebung folgend. Jeder der drei Jungen war mir ziemlich seltsam vorgekommen – was bestimmt nichts mit Amirs Tod zu tun hatte.

Er nickte bestätigend. „Du willst selbst mit ihr reden?“

„Unbedingt. Ich muss mit beiden sprechen.“

7

Tja, und dann stellte sich heraus, dass es für heute keine weiteren Termine gab. Die beiden Frauen, die Briannas Leiche gefunden hatten, waren nicht bereit, außer mit der Polizei über dieses Erlebnis zu reden. Sie hatten Kaya sogar mit selbiger gedroht, als er nicht lockerlassen wollte. Wahrscheinlich hatte er sie viel zu sehr unter Druck gesetzt. Ich musste darauf hoffen, dass sie mir gegenüber kompatibler sein würden. Er gab mir die Adresse und schien enttäuscht, dass ich nicht sofort vorbeifahren wollte.

„Ich werde zuerst telefonisch nachfragen“, erklärte ich ihm. „Vielleicht habe ich so eine Chance.“

„Wohin sonst?“

„Du fährst uns nach Hause, damit ich all das, was ich erfahren habe, notieren kann.“ Leider konnte ich nicht verhindern, dass meine Stimme reichlich belehrend klang. „Ich muss die Fakten rekapitulieren, viel haben wir ja nicht, wo wir ansetzen können.“ Das sollte kein Vorwurf sein, ich stellte nur Tatsachen fest. Im Moment sah ich nichts, was wir hätten tun können. „Wenn du die Namen der Hilfen rausbekommst, würde ich diese gern befragen.“ Obwohl uns das vermutlich auch nicht weiterbringen würde. „Und falls ihr irgendwie an Ermittlungsergebnisse rankommt, das wäre natürlich noch besser.“

Wir ließen uns am Körner Hellweg absetzen. So konnten wir uns gleich einen Imbiss mitnehmen, mein Magen verlangte schon seit dem Verlassen des Spielplatzes nach Nahrung.

„Das wird nicht einfach“, meinte Felicitas, als wir uns auf den Nachhauseweg machten. „Denkst du, wir finden den Täter?“

„Nein“, gab ich zu. „Nicht bei den wenigen Hinweisen. Es waren keine Beziehungstaten, hier hat jemand die Gelegenheit genutzt, die sich bot.“

„Ganz willkürlich?“ Ihre Skepsis war nicht zu überhören.

„Nein, ich vermute schon, dass er die Kinder zuvor beobachtete. Nur hat ihn anscheinend niemand bemerkt. Das heißt, entweder er wohnt an dem einen Objekt und kennt Leute aus dem zweiten oder hat regelmäßig dort zu tun.“

„Und wie sollen wir das rauskriegen?“

„Gar nicht. Das ist eine Aufgabe für die Polizei.“ Ich zwang mich zu einem Lächeln. „Ehrlich gesagt hoffe ich darauf, dass sie den Kerl findet.“

Sie verhielt ihren Schritt. „Weil sonst …?“

„… Kemal uns das Leben zur Hölle macht“, ergänzte ich. „Darauf kannst du wetten.“

Sie schwieg, bis wir uns am Küchentisch gegenübersaßen. „Und wenn du Herrn Janzen einweihst?“

„Was soll er machen? Kemal hat uns nicht mal gedroht. Wir wissen, dass er kein Nein akzeptiert hätte und sauer reagieren wird, wenn wir in seinen Augen versagen. Genau das ahnt auch der Kommissar. Aber wir müssten schon was Handfestes vorweisen, wenn wir ihn einschalten wollen.“

„Was für ein Scheiß!“ Felicitas war der Hunger vergangen, denn sie schob ihren Teller von sich.

„Na, er wird uns schon nicht umbringen.“

„Bist du dir sicher? Hast du die Verletzungen der beiden jungen Männer gesehen? Das waren seine Leute, ohne triftigen Grund.“

„Vielleicht solltest du dich rausziehen. Du musst nicht mit ermitteln.“

„Quatsch!“, fuhr sie auf. „Ich kann dich doch nicht alleine mit denen …“ Sie brach ab und schüttelte energisch den Kopf. „Das heute war ein echter Kulturschock für mich, in vielerlei Hinsicht. Erst mal Kaya und sein Kumpan. Kann der eigentlich kein richtiges Deutsch sprechen? Ich dachte, der wäre in Deutschland geboren?“

„Ich glaube, er hat sich das so angewöhnt, können, kann er schon.“

„Dann Briannas Mutter. Richtig betroffen kam die mir nicht vor. Vergleich sie mit Frau Yilmaz, der sah man die Trauer und Verzweiflung deutlich an. Es gab nicht mal ein Foto von der Tochter im Wohnzimmer, nicht ein einziges.“

Offensichtlich musste meine Freundin sich das Erlebte von der Seele reden.

„Alle in dem Haus waren komisch. Keiner hat Tacheles geredet.“

Aus diesem Grund hatte ich auf eine weitere Befragung verzichtet. „Die sind misstrauisch uns gegenüber, wollen möglichst wenig von sich preisgeben. Immerhin ist deutlich geworden, dass zu Briannas Mutter wenig Kontakt besteht. Das ist ein Punkt, an dem wir ansetzen können. Diese Hilfe von ihr weiß bestimmt Näheres.“

„Die wird nicht mit uns sprechen, denk an den Datenschutz.“

Ich grinste. „Wir besorgen uns eine Einverständniserklärung der Mutter beziehungsweise lassen sie uns besorgen. Für irgendwas muss Kaya schließlich gut sein.“

Sie zog überrascht die Augenbrauen hoch. „Ja, könnte funktionieren. Und was bringt uns das?“

„Wir erhalten Hintergrundinformationen, die eventuell den Kreis der Verdächtigen eingrenzen. Vielleicht gibt es Personen im näheren Umfeld, die der Hilfe verdächtig erschienen.“

„Machen die Ermittler nicht genau das Gleiche?“

Und die waren uns weit voraus! „Mir ist es egal, wer den Täter findet. Hauptsache, er kommt nicht davon.“ Vor allem, da die nicht geringe Wahrscheinlichkeit bestand, dass er erneut zuschlug.

„Was willst du jetzt tun?"

Mittlerweile hatte ich meiner Pizza den Garaus gemacht und fühlte mich angenehm gesättigt und bereit, den Fall wieder in Angriff zu nehmen. „Ich versuche die Zeugen vom ersten Mord zu überreden, sich mit uns zu treffen. Anschließend schreibe ich das, was wir bisher erfahren haben, auf. Dieses Mal will ich meine Notizen griffbereit haben."

Felicitas zögerte, sie hatte noch etwas auf dem Herzen. „Willst du Tom, Tim und Mirko erzählen, dass du an einem neuen Fall arbeitest?"

„Nein, wir behaupten, wir sind viel unterwegs, weil wir halt unseren Urlaub genießen." Bloß nicht den Fokus auf meine Freunde legen! Sie sollten außen vor bleiben. „Tom ist eh in seine momentanen Recherchen eingebunden, Tim mit seiner Freundin beschäftigt und Mirko im Wachdienst aktiv. Denen wird gar nicht auffallen, was wir treiben."

Sie nickte nachdrücklich. „Sehe ich genauso. So", sie sprang auf. „Nach dem, was ich heute gesehen habe, verspüre ich das dringende Bedürfnis zu einem ausgiebigen Hausputz. Wie kann man nur so leben!"

Ich wusste genau, was sie meinte. Selbst die Wohnung der Yilmaz' hatte nicht unseren Maßstäben entsprochen – obwohl wir garantiert nicht übertrieben reinlich waren. Dass man den Esstisch nach der Mahlzeit abputzte, nicht der gesamte Boden voller Krümel und Staub war, man wenigstens durch die Fenster das momentane Wetter erkennen konnte und die sanitären Anlagen keinen Ekel verursachten, reichte völlig.

Schon im Aufstehen begriffen hielt ich inne. Mir war ein neuer Gedanke gekommen. „Ist vielleicht besser, wenn wir bei den Zeuginnen vorbeifahren. Am Telefon wimmeln die uns höchstwahrscheinlich ab." Besonders wenn sie die Verbindung zu Kemal und seinen Leuten zogen.

„Willst du jetzt sofort los?“

„Lieber heute als am Sonntag.“ So spät war es noch nicht.

„Ich komme mit.“

Kaya hatte mir Telefonnummer und Adresse auf einen Zettel geschrieben. „Auf dem Hohwart“, las ich vor. „Die Straße ist irgendwo in Brackel.“

„Am Friedhof“, präzisierte Felicitas.

Also knappe zehn Minuten Fahrt.

Wir nahmen den Weg über den Körner und den Wambeler Hellweg, bogen in Richtung Rennbahn ab, stellten den Fiat auf den Parkplatz am Friedhof, der direkt an die Straße Auf dem Hohwart grenzte, und begannen nach der passenden Hausnummer zu suchen. Die Frauen wohnten im vorderen Bereich in einem schmucken Zweifamilienhaus.

„Willst du ihnen sagen, was uns antreibt?“, fragte Feli, bevor wir auf die Haustür zutraten.

„Mal sehen, wie die drauf sind“, gab ich zurück und widmete mich den Namensschildern. Das würde ich spontan entscheiden.

Auf mein Klingeln ertönte tiefes, zweistimmiges Gebell, sodass man die Frauenstimme, die sich nach unserem Begehr erkundigte, kaum verstehen konnte.

„Alexander Grahl“, versuchte ich es mit einem Trick. „Ich recherchiere für ein neues Buch und hätte Sie in diesem Zusammenhang gern gesprochen.“

Am anderen Ende blieb es still. Meine Freundin dagegen war mit meiner Vorgehensweise nicht einverstanden, wie ich an ihrem Gesichtsausdruck erkennen konnte. Gerade als sie loslegen wollte, ertönte der Summer. Ich grinste sie an, sie schüttelte entnervt den Kopf.

Ich bedeutete ihr, die Maske noch nicht aufzusetzen. Dieses Mal war es wichtiger, mein Gesicht zu zeigen.

Die Frau, die im Parterre in der Türöffnung stand, sah uns neugierig entgegen. „Tatsächlich“, staunte sie. „Sie sind es wirklich.“

Endlich einmal brachte mir mein gestiegener Bekanntheitsgrad einen Vorteil. In selben Moment, als ich das Gebell gehört hatte, erinnerte ich mich an einen meiner weiblichen Fans, die mit ihrer Freundin zusammen in Brackel wohnte und laut ihren Erklärungen eine Hundebesitzerin war. Deshalb hatte ich alles auf eine Karte gesetzt – war zwar ziemlich unwahrscheinlich, aber warum sollten wir nicht auch einmal Glück haben? Anscheinend hatte ich einen Volltreffer gelandet.

„Sie können die Masken ruhig weglassen“, wehrte sie ab, als wir uns diese aufsetzen wollten. „Wir sind beide geimpft und geboostert.“

Nur zu gern folgte ich ihrem Hinweis. „Wir möchten Sie und Ihre Freundin zu Ihrem Erlebnis auf dem Friedhof befragen“, begann ich unvorsichtigerweise, bevor wir eingetreten waren.

Sofort verschloss sich ihr Gesicht. „Darüber dürfen wir nicht reden.“

„Ich bin gebeten worden, in dem Fall ebenfalls zu ermitteln.“ Ich legte so viel Eindringlichkeit wie möglich in meine Worte. „Zwei Kinder sind gestorben und der Täter ist weiterhin unbekannt.“

„Zwei?“ Vor Überraschung entglitt ihr die Türklinke.

„Letzte Woche wurde ein Fünfjähriger tot aufgefunden, auch in einer sehr, sehr seltsamen Position. Es liegt nahe, dass es sich um ein und denselben Mörder handelt.“

„Kommen Sie rein“, gab sie nach und trat zur Seite. „Keine Angst, die Hunde sind eingesperrt.“ Die veranstalteten ein Riesentheater, als wir durch die Diele in den angewiesenen Raum, ein großzügiges Wohnzimmer, gingen und auf den Stühlen am Esstisch Platz nahmen.

„Sandra, kommst du bitte mal?“, rief unsere Gastgeberin.

Eine Tür klappte und eine zweite Frau betrat den Raum, ungefähr so alt wie ihre Freundin, also Anfang vierzig, wie ich schätzte, mit flotter Kurzhaarfrisur und einer sportlichen

Figur. Kaum entdeckte sie mich, begann sie zu strahlen. „Der Herr Grahl! Was verschlägt Sie denn zu uns?“

„Der Mord an der Kleinen“, setzte ihre Freundin sie in Kenntnis. „Er möchte von uns Einzelheiten erfahren. Er arbeitet selbst an dem Fall.“

„Wer hat Sie darum gebeten? Oder ermitteln Sie auf eigene Kappe? Kannten Sie die Kleine etwa?“ Sie setzte sich uns gegenüber und blickte mich neugierig an.

Sie hatte definitiv alle meine Bücher gelesen und wusste, dass ich normalerweise entweder in einen Fall reinschlitterte oder von Bekannten gedrängt wurde, mich einzubringen. Wahrscheinlich war sie der eigentliche Fan. „Klara, die Dritte“, platzte ich heraus, „Richtig?“

„Wow? Sie haben mich so schnell erkannt?“, staunte sie.

Nein, ich hatte ein gutes Gedächtnis. Außerdem war meine letzte Leserunde erst vor wenigen Tagen gewesen und sie hatte daran teilgenommen und mehrere Fragen an mich gestellt, relativ normale, die sich auf meine Arbeit und die Geschichte bezogen. „Sie haben mal die Hunde erwähnt und dass Ihre Freundin genauso lesebegeistert ist wie Sie“, zählte ich auf, „und Sie haben mich sofort erkannt.“

Sie wurde tatsächlich rot. „Ich bin durch Ines auf Ihre Bücher aufmerksam geworden. Sie hat mir damals den ersten Krimi geschenkt, weil ich früher mal in der Nordstadt wohnte. Ist das wirklich alles so passiert, wie Sie es schildern?“

Das hatte sie mich schon einmal gefragt. Ich erwiderte genau das Gleiche, was sie schon wusste, dass ich natürlich einige kleinere Dinge abgeändert hatte, im Großen und Ganzen der Fall jedoch identisch abgelaufen war. „Sie können es nun selbst überprüfen“, lehnte ich mich ganz weit aus dem Fenster. „Schaffe ich es, den Täter zu ermitteln, gibt es eine Geschichte darüber.“

Sie wandte sich ihrer Freundin zu. „Wir haben kein echtes Versprechen gegeben“, erinnerte sie diese. „Man hat uns nur aufgefordert, nicht darüber zu sprechen. Ich denke, das ist jetzt obsolet.“

8

Es hatte sich eingebürgert, dass sie ihre Runde vor dem Frühstück drehten. Morgens um sechs war wenig los auf dem Friedhof, da konnte man die Hunde an der langen Leine laufen und auch einmal in den abgelegenen Gebieten frei lassen, damit sie sich gegenseitig jagen konnten.

Nach einer halben Stunde wildem Toben hatte Hera genug und begann zu schnüffeln. Sunny tänzelte um sie herum und sprang sie schließlich laut kläffend an. Er wollte weiterspielen. „Du bist ein Quälgeist!", schimpfte Sandra. „Ich gehe mit ihm vor bis zum Spielplatz", wandte sie sich an ihre Freundin. „Hast du mich bis dahin nicht eingeholt, laufe ich in dem Bereich hin und her."

„Okay", erwiderte Ines erleichtert. Sie hasste es, wenn ihre Hündin derart drangsaliert wurde. Hera gab dem fordernden Sunny viel zu oft nach. So kam ihr Liebling auch auf seine Kosten.

Sandra nahm Sunny an die Leine und trabte mit ihm gemeinsam los. Im Gegensatz zu ihrer Freundin joggte sie gern und nutzte jede Gelegenheit, sich und den Hund auszupowern. Beide Frauen trugen Stirnlampen, um in der noch herrschenden Dunkelheit genug zu sehen, denn die Schwärze war allumfassend. Aber die Hunde mussten anständig toben, bevor sie zur Arbeit aufbrachen, damit sie keinen Unsinn anstellten. Sandra lächelte in sich hinein. Sie war Frühaufsteherin und joggte schon seit ihrer Jugendzeit in den Morgenstunden. Für sie hatte sich durch die Tiere nicht viel geändert, außer dass es wesentlich angenehmer war, nicht mehr allein unterwegs zu sein.

Sie behielt ihren lockeren Trab bei, bis sie sich in großen Kreisen dem Spielplatz näherten. Nein, von Ines war noch nichts zu sehen. Dafür reagierte Sunny plötzlich äußerst seltsam. Er blieb stehen, versteifte, seine Nackenhaare richteten sich auf. Dann begann er zu knurren, ein tiefes Grollen, dass ihr eine drohende Gefahr signalisierte. Sie drehte sich einmal im Kreis, damit der Lichtstrahl die Umgebung erfassen konnte. Nein, nichts zu sehen.

Sunnys Knurren wurde immer lauter. „Still!", flüsterte sie und schaltete die Lampe aus. Aufmerksam lauschte sie in die Richtung, in die der Hund blickte. Nichts, es blieb alles ruhig. Mit einem Satz sprang Sunny vor und riss ihr dabei die Leine aus der Hand. Laut bellend stürmte er vorwärts. Sandra, die ins Stolpern geraten war, fing sich im letzten Moment. „Sunny!", brüllte sie, „hierher!", wohl wissend, dass der Hund nicht reagieren würde.

Die Angst vor dem, was passieren könnte, trieb sie trotz ihres mulmigen Gefühls vorwärts. Nein, er würde nicht beißen, aber den Eindringling, vermutlich ein Obdachloser, der sich irgendwo in der Nähe verkrochen hatte, stellen und diesem einen gehörigen Schreck einjagen. Diese Art von Ärger konnte sie nicht gebrauchen.

Mit eingeschalteter Lampe hetzte sie los, von dem Hund war nichts zu entdecken. „Sunny!", schrie sie.

War da vorn nicht eine Bewegung? Sie versuchte an Tempo zuzulegen. Ja, am Ende des Spielplatzes zeichneten sich die unscharfen Umrisse eines Menschen und eines Hundes ab. „Sunny!", rief sie noch einmal.

Ein schriller Schrei ertönte, das jämmerliche Aufheulen eines Hundes, Sandra wurden die Beine schwach, sie verhielt abrupt. „Sunny!"

Lautes Gebell hinter ihr und Ines' Stimme gaben ihr neuen Aufschwung. Ohne auf die Freundin zu warten, jagte sie wieder los. Ihre Lampe zuckte durch die Bewegung wild hin und her, am Waldrand angekommen zwang sie sich stehen zu bleiben und den Boden langsam abzusuchen. Wo hatte sie die Bewegung bloß gesehen?

Hera schoss an ihr vorbei und lief zielstrebig auf einen Punkt weiter rechts zu. Ihre Beine fingen an zu zittern, als diese jämmerlich zu fiepen begann. Sunny!

Er lag am Boden und rührte sich nicht. Aus einer klaffenden Wunde am Kopf tropfte das Blut. Sandra hockte sich neben ihn. Er atmete, allerdings schwach und unregelmäßig. „Ruf einen Tierarzt!", schrie sie der Freundin zu. „Er stirbt."

„Was ist passiert?" Ines hatte das Handy bereits in der Hand. „Keine Ahnung! Irgendjemand hat ihn niedergeschlagen. Es muss sofort ein Tierarzt rauskommen."

„Ich versuche gerade, unseren zu erreichen." Ines brach ab. „Hallo, Dr. Clems, hier Brunnenstein. Unser Sunny ist auf dem Friedhof angegriffen und schwer verletzt worden. Er ist nicht bei Bewusstsein und blutet aus einer tiefen Kopfwunde." Sie lauschte kurz. „Wir sind am hinteren Ende des Spielplatzes. Ja, gut, ich sage vorn Bescheid, dass man Sie durchlässt. Er schickt einen Mitarbeiter", wandte sie sich an ihre Freundin.

Sandra nickte und überließ es ihr, den Mann an der Schranke zu informieren. Unablässig streichelte sie das Fell ihres Hundes und beobachtete aufmerksam seine Atmung. „Du schaffst es, Süßer", flüsterte sie. „Nicht aufgeben!"

Für sie vergingen endlose Minuten, bis das Brummen eines Motors und die aufflammenden Scheinwerfer verrieten, dass Hilfe eintraf. Sie wandte ärgerlich den Kopf, als das Auto mit quietschenden Bremsen weit ab von ihr anhielt. „Hier rüber!", rief sie. „Hier sind wir!"

Ein Mann sprang aus dem Fahrzeug. „Ach, du Scheiße! Was ist das denn?"

Ines begann zu schreien, Hera bellte, Chaos brach aus.
„Im Sand lag halb vergraben das tote Mädchen“, erklärte
Ines. „Wir hatten sie vorher gar nicht gesehen. Das war ein
Riesenschock, als die Szene plötzlich in Licht getaucht wurde.
Wir sind sofort hin, sie war schon tot.“ Sie schüttelte sich in
Erinnerung an das schreckliche Erlebnis. „Später fanden die
Polizisten noch mehrere Scheinwerfer. Der Mörder hat an-
scheinend den Platz ausgeleuchtet, warum auch immer.“
„Ich bin mit Sunny zum Tierarzt gefahren“, übernahm
Sandra. „Der Kerl hat ihm eins übergezogen, bevor er ihn
angreifen konnte. Zum Glück war es nicht so schlimm, wie
es ausgesehen hatte, nur eine tiefe Wunde und eine Gehirn-
erschütterung. Die Heilung verlief komplikationslos, er ist
mittlerweile wieder der Alte.“
„Nein“, widersprach ihre Freundin. „Er reagiert auf fremde
Männer seitdem aggressiv. Du musst ganz schön aufpassen.“
„Also handelt es sich bei dem Täter um einen Mann“, folgerte
ich. „Hat die Polizei irgendwelche Spuren oder Hinweise auf
ihn gefunden?“
„Nur die Scheinwerfer, nicht mal eine Schaufel“, erwiderte
Ines. „Wahrscheinlich hat er damit den armen Sunny geschla-
gen.“
„Und das Mädchen, wie war sie platziert?“
„Kennen Sie das, wenn man früher mal am Strand war und
hat sich von den Eltern eingraben lassen, sodass nur noch der
Kopf rausguckte? So hat er sie eingebuddelt.“ Ines beugte
sich vor. „Ich musste sehr lange warten und habe die Unter-
suchung vor Ort mitgekriegt. Der Arzt meinte, sie sei schon
ein paar Stunden tot gewesen.“
„Wissen Sie, wie er sie tötete?“
„Erwürgt.“ Sie schluckte. „Und auf ihre Wangen waren rote
Tränenspuren aufgemalt. Der Anblick verfolgt mich immer
noch.“
„Wie viel Uhr war es ungefähr, als der Hund anschlug?“
Sandra sah hilfesuchend zu ihrer Freundin. „So um sieben?“

„Das müsste hinkommen", nickte diese. „Wir laufen immer eine gute Stunde", erklärte sie an uns gewandt. „Zuerst spielen die Hunde und dann gehen wir noch ein Stück. Als die Polizei eintraf, war es genau halb acht. Ich habe auf die Uhr geschaut."

„Äh, mal eine andere Frage", mischte sich Felicitas ein. „Ist der Friedhof nicht um diese Zeit verschlossen? Wie sind Sie reingekommen?"

„Wir arbeiten beide dort, ich in der Verwaltung, Ines im Krematorium. Wir kennen sämtliche Mitarbeiter und gehen durch die Schranke am Krematorium rein."

„Und wie ist der Mörder mit der Leiche auf das Gelände gekommen?"

Wieder blickten sich die beiden Frauen an. „Möglichkeiten, ungesehen reinzukommen, gibt es schon", begann Sandra zögernd. „Unseren Weg wird er wohl nicht gewählt haben. Da steht immer ein Kollege von uns."

„Aber die Tore waren alle verschlossen?", hakte ich nach.

„Keine Ahnung", musste Ines zugeben. „Die Polizisten haben nichts Dementsprechendes erwähnt." Ein Ruck ging durch ihren Körper. „Wissen Sie was? Wir erkundigen uns in der Verwaltung. Wenn irgendwo ein Schloss aufgebrochen wurde, müssten die es wissen. Sandra hat sich ja danach ein paar Tage freigenommen, wegen dem Hund. Und ehrlich gesagt wollten wir nicht mehr daran erinnert werden, wir hatten schon genug zu kämpfen." Sie erschauerte. „Dieses Bild, als die Scheinwerfer des Autos direkt auf die Kleine fielen. Das war so was von grausig. Im ersten Moment dachte ich, da hätte einer eine Puppe eingegraben. Dann ist der Fahrer hin und hat geschrien: Das ist ein Kind! Ich bin sofort zu ihm, wollte helfen." Sie brach ab und wandte den Kopf.

„Ein schreckliches Erlebnis." Wie immer war Felicitas wesentlich empathischer als ich. „Ich kann mir vorstellen, dass man daran noch lange zu knacken hat."

„Bis heute“, bestätigte Sandra. „Wir gehen nicht mehr auf dem Friedhof spazieren. Die Erinnerung ist zu frisch.“

„Die Ermittler, mit denen Sie sprachen, baten Sie darum, die Einzelheiten für sich zu behalten?“, musste ich noch einmal auf die Tat zurückkommen.

Beide nickten. „Sie sagten, wir dürften mit niemandem darüber sprechen, was genau wir vorfanden. Die Presse würde ebenfalls nichts davon erfahren. Wir …“

„Und wir sollten unter keinen Umständen mit einem Journalisten reden“, fiel ihre Freundin ihr ins Wort. „Allein schon zu unserer Sicherheit.“

Das fand ich ziemlich weit hergeholt. Vermutlich ging es darum, dass niemand erfuhr, wie extrem der Täter vorgegangen war. „Das war am Mittwoch, dem neunten Februar, richtig?“ Brianna wurde am Abend zuvor vermisst. „Wie war das Wetter an dem Tag?“

„Es hat nicht geregnet und war ziemlich warm für die Jahreszeit, so um die zehn Grad, vermute ich. Es gab auf jeden Fall keinen Frost.“

Ich bedankte mich bei den beiden und bot ihnen an, meine Bücher zu signieren. Sandra sprang auf und holte die vier Krimis, die bereits erschienen waren. Ich schrieb in jeden einen kleinen Spruch, das konnte ich mittlerweile aus dem Effeff. Gemeinsam mit Felicitas hatte ich mir genügend Sätze überlegt, die ich verwenden konnte.

Sandra war begeistert, vor allem als ich versprach, ihr den aus dieser Geschichte entstandenen Band direkt nach seinem Erscheinen zuzuschicken. „Es war die richtige Entscheidung, Ihnen alles zu erzählen“, sagte sie aus tiefstem Herzen. „Ich hoffe, Sie kriegen den Kerl.“

„Wir werden unser Bestes geben.“ Dann konnte ich nicht mehr an mich halten. „Diese Typen, die zuvor bei Ihnen waren, haben die Sie sehr unter Druck gesetzt?“

Sie nickte heftig. „Die wurden richtig anmaßend und fordernd. Die drohten uns, dass wir kooperieren sollten. Ines fackelte nicht lange und zückte ihr Handy, um die Polizei anzurufen. Da sind sie abgehauen." Sie maß mich mit einem forschenden Blick. „Arbeiten Sie etwa mit denen zusammen?"

„Erinnern Sie sich an den ersten Krimi, der in der Nordstadt spielt?", fragte ich meinerseits. Und als sie bejahte: „Der Junge, der jetzt gestorben ist, war der Sohn der Cousine des Bosses. Er will, dass das Verbrechen aufgeklärt wird. Nachdem er selbst nicht weiterkam, ist er an mich herangetreten."

Sandra schlug die Hand vor den Mund. „Der Mord von letzter Woche! Denken Sie, es war derselbe Täter? Ist der Kleine genauso hergerichtet worden?"

„Auch seine Leiche war in Szene gesetzt", bestätigte ich.

„Also ist Ihr Einsatz nicht unbedingt freiwillig", folgerte Ines, die ebenfalls erschüttert wirkte.

„Ich hätte lieber auf die Polizei vertraut."

„Andererseits kann es nicht schaden, wenn wir mit agieren", beendete Felicitas den Satz. „Zwei ermordete Kinder! Der Mörder darf nicht davonkommen."

Ich schärfte den beiden ein, mit niemandem darüber zu sprechen. Wir tauschten unsere Telefonnummern aus und verabschiedeten uns.

Auf dem Weg zum Auto tippte ich eine Nachricht an Kaya, dass ich bereits mit den Zeuginnen gesprochen hatte.

„Du warst sehr offen zu den beiden", meinte Felicitas, nachdem ich sie abgeschickt hatte. „Denkst du, sie halten sich an ihr Versprechen, die Einzelheiten für sich zu behalten?"

„Wir können uns auf sie verlassen", war ich mir sicher.

„Umso mehr werden sie sich bemühen, an Informationen zu kommen, wie der Täter auf den Friedhof gelangte."

9

Gerade noch rechtzeitig fiel uns ein, dass am Abend ein YouTube-Video von Tom lief. Wir verdrängten jeden weiteren Gedanken an unseren Fall und widmeten uns dem Interview, das er aufgezeichnet hatte. Seine Filme, die nach unserem letzten Fall mit einem Schizophreniekranken entstanden waren, hatten einen riesigen Ansturm derjenigen Angehöriger ausgelöst, die verzweifelt auf eine Änderung der Gesetze hofften. Wie bei seinen Klimawandelbeiträgen schnellten die Besucherzahlen hoch, zumindest im Internet war er mittlerweile ein bekannter Journalist.

Heute hatte er einen Arzt zu Gast, einen Mann, der selbst einen an chronischer Schizophrenie erkrankten Sohn hatte. Dieser gründete schon vor geraumer Zeit eine Betroffenengruppe und setzte sich genau wie Tom für eine Ausnahmeregelung ein, die es ermöglichte, in ihrem Wahn Gefangene zwangszubehandeln. Viel Neues erfuhren wir nicht, dafür waren wir zu tief im Thema. Mein Freund und Nachbar hielt uns über seine Aktivitäten stets auf dem Laufenden.

„Schade, dass sich keiner von den offiziellen Medien traut, ihn zu einer Gesprächsrunde einzuladen", bedauerte Feli anschließend. „Er bräuchte eine größere Plattform, um die Normalen zu erreichen, die von alldem keine Ahnung haben."

„Wird er nicht bekommen", war ich mir sicher. Dafür war Tom viel zu kritisch eingestellt. Allein was er damals über die angeblichen rechtsradikalen Amokläufe ausgegraben hatte, war ein Affront und so nicht gewollt. Selbst mein Bekannter bei der Dortmunder Zeitung war zurückgepfiffen worden, als er Einzelheiten aus Toms Recherchen bringen wollte. Diese Thesen lagen außerhalb von dem, was publik gemacht werden sollte.

Wenn er wüsste, dass uns Kemal unter Druck setzte, würde mein Freund sofort darauf anspringen und gleich einen neuen Ansatz verfolgen: Wie kann es sein, dass eine derartige Erpressung möglich ist und niemand eingreift? Und wenn er sich eines Themas annahm, verbiss er sich richtiggehend darin, recherchierte bis in die Tiefe, ließ nicht eher locker, bis er entsprechende Beweise gefunden hatte. Nein, Tom miteinzubeziehen, war viel zu gefährlich.

Aus diesem Grund empfingen wir ihn, als er am nächsten Morgen klingelte, um unsere Meinung zu seinem neuesten Video zu erfahren, wie immer, gaben uns gut gelaunt und in Urlaubsstimmung, erzählten von den vielen Ausflügen, die wir ins Auge gefasst hatten, und einigen weiteren Vorhaben.

„Ihr habt ja schon die gesamte Zeit verplant", stellte er enttäuscht fest. „Ich hatte eigentlich gehofft, dass wir nächstes Wochenende gemeinsam zu Tim fahren könnten."

Klar, er wollte die neue Freundin kennenlernen!

„Lass die beiden sich erst mal zusammenfinden", sagte Felicitas begütigend. „Später werden sich noch genug Möglichkeiten ergeben."

Zum Glück war Tom bereits auf dem Sprung und verabschiedete sich bald darauf.

„Der ist selbst ständig im Einsatz", spöttelte sie, nachdem ich die Tür hinter ihm geschlossen hatte. „Ist ja nicht so, als wenn er nun Däumchen drehen würde."

„Gut für uns." Ich schielte bereits zu meinem Computer hinüber.

Feli verstand. „Schreib du deine Notizen auf, ich mache ein bisschen Hausputz."

Bis ich sämtliche Gegebenheiten verschriftlich hatte, war es
Nachmittag geworden. Angesichts des strahlend blauen Himmels beschlossen wir, spazieren zu gehen und noch einmal
den kompletten Fall durchzuhecheln.

„Woher kennt er die Kinder?“, begann meine Freundin.
„Denn das war doch bestimmt keine Zufallsbegegnung,
oder?“

„Das sehe ich ebenso“, stimmte ich ihr zu. „Er muss über die
Eigenarten der beiden Bescheid gewusst haben.“

„Ich verstehe nicht, wie man jemand wie Brianna allein draußen herumlaufen lassen kann.“

„Du hast die Mutter erlebt, die fand das normal. Das Kind
braucht die Bewegung“, äffte ich sie nach. „Tatsache ist eher,
dass sie keine Lust hatte, sich mit ihr zu beschäftigen und
schon gar nicht, für die nötige Bewegung selbst zu sorgen.
Die Kleine lief nebenher. Ich glaube nicht, dass ihre Mutter
sich großartig für sie interessierte.“

„Und warum griff keiner durch? Die Hilfe von der Stadt zum
Beispiel, hätte sie dem nicht einen Riegel vorschieben müssen?“ Feli zuckte die Schultern. „Ich meine, wieso wird da
nicht eingegriffen?“

„Wir werden sie danach fragen.“ Wenn sie sich denn bereit
erklärte, uns Rede und Antwort zu stehen.

„Ja, das würde mich wirklich interessieren, genauso wie die
Situation bei den Yilmaz‘. Die Mutter ist voller Groll auf ihre
Kinder, weil die nicht besser aufgepasst haben. Andererseits
hätte eigentlich sie sich kümmern müssen. Du kannst nicht
erwarten, dass Jugendliche ihre Freizeit für die Geschwister
opfern und diese bespaßen.“

„Es ist ein anderer Kulturkreis“, versuchte ich ihr verständlich zu machen. „Bei denen ist das sehr wohl üblich.“

„Sie leben in Deutschland“, trumpfte sie auf.

„Ja, und? Das heißt nicht, dass man seine gesamte Lebenseinstellung ändert.“ Ich hatte genügend Beispiele bei meinen
Ausflügen in die Nordstadt gesehen.

„Wäre wirklich schön, wenn wir mit den beiden Hilfen sprechen könnten“, gab sie mir recht. „Glaubst du, die haben auch Hinweise auf den Täter?“

„So einfach wird es garantiert nicht.“ Sonst hätten die Ermittler, die bestimmt schon die Frauen befragt hatten, den Verdächtigen längst verhaftet. „Es muss sich um jemanden handeln, der sowohl in der einen Gegend als auch in der anderen tätig ist oder Kontakte dorthin hat, zumindest ohne aufzufallen, dort auftauchen kann“, wiederholte ich das, was ich schon einmal geäußert hatte. „Im Endeffekt muss jeder, auf den das zutrifft, überprüft werden.“

„Wer soll das übernehmen, wir etwa?“

„Wir haben einen riesigen Helferkreis hinter uns“, erinnerte ich sie. „Ich wette mit dir, spätestens wenn wir mit den Familienhilfen gesprochen haben, wird sich Kemal melden und eine Einschätzung von mir verlangen. Dann verklickere ich ihm, dass entweder seine Leute diese Nachforschungen übernehmen oder er auf die Polizei, die mit Sicherheit einen ähnlichen Weg gehen wird, vertrauen soll.“

Feli verzog das Gesicht. „Autsch! Das wird ihm gar nicht gefallen.“

„Ich werde mit keinem Wort erwähnen, dass ich den Fall ad acta lege. Im Gegenteil, ich sage ihm, dass der Täter unbedingt so schnell wie möglich gefasst werden muss und er bitte alle Anstrengungen unternehmen soll, die nötigen Informationen zu beschaffen. Vertrau mir! Ich drehe das so, dass uns keine Nachteile daraus erwachsen.“

„Schon schade, dass wir damit sozusagen raus sind.“

Ich warf ihr einen Seitenblick zu. Sie schien diese Aussage tatsächlich ernst zu meinen.

„Wenn ich mir vorstelle, es wäre mein Kind gewesen … Das Arschloch darf nicht davonkommen.“

Sollte ich sie darauf hinweisen, dass mit einer neuen Tat zu rechnen war? Wer schon zweimal zugeschlagen hatte, würde es vermutlich auch ein drittes Mal tun. „Wir könnten selbst noch einmal in Dorstfeld rumfragen", bot ich an. „Die Gegend scheint nicht besonders heftig zu sein. Vielleicht finden wir einen auskunftsfreudigen Nachbarn, der uns weitere Hinweise geben kann."

Feli nickte erfreut. „Ist besser, als wenn wir uns ganz rausziehen."

Montag, 14. März

Am Morgen rief Kaya an. „Kannst du Frau treffen, um elf bei den Yilmaz'."

„Und die andere Hilfe?"

„Dauert, kein Ahnung, wann klappt. Kemal will sprechen mit dir am Abend, selber Ort, okay?"

Hätte ich Nein sagen sollen? Ich fügte mich lieber in das Unvermeidliche.

Pünktlich um elf klingelten Felicitas und ich. Eine Frauenstimme meldete sich. „Ich komme runter."

Kurz darauf stand die Familienhilfe, eine resolut aussehende Frau mittleren Alters, vor uns. „Poschalla", stellte sie sich vor.

„Frau Yilmaz möchte, dass ich Ihnen Auskunft über meine Tätigkeit gebe. Wollen wir ein Stück gemeinsam gehen?"

Perfekt. Ohne die Familie direkt daneben würde sie hoffentlich die Lage ehrlich beschreiben.

„Wie lange sind Sie schon bei den Yilmaz'?"

„Im Mai werden es drei Jahre. Ich habe kurz nach der Trennung der Eheleute angefangen."

„Wie kam es dazu?"

„Die Schule wandte sich ans Jugendamt, da der Älteste zunehmend Probleme machte. Er kam mit der neuen Situation nicht klar. Die Mutter war relativ hilflos, der Vater reagierte aggressiv und versuchte seine Kinder aufzuhetzen. Es war keine einfache Zeit für die vier. Frau Yilmaz wurde stark depressiv und schaffte es nicht, das neue Leben mit vernünftigen Inhalten zu füllen. Sie war froh, dass man ihr jemanden an die Seite stellte."

Sehr positiv beschrieben, wie man es von einer Sozialarbeiterin erwarten konnte. „Es funktionierte?"

„Man darf nicht zu viel erwarten. Ich helfe bei den anstehenden Problemen, insoweit man mich lässt. Ihre Art zu denken und zu leben, kann und will ich nicht beeinflussen."

Näheres würde sie uns nicht mitteilen, das war deutlich herauszuhören. Trotzdem fragte Felicitas nach: „Wurden die Jungen immer gemeinsam rausgeschickt?"

„Meistens, ja. Der Kleine hatte leider keine Freunde in den Nachbarhäusern. Die Mutter hoffte, dass, wenn er sich öfter im Hof aufhielt, er welche finden könne."

„Und die Großen mussten sich mit ihm beschäftigen?" Meiner Freundin gelang es nicht, ihr Unverständnis zu verstecken.

„Sie sollten ein Auge auf ihn haben, das schon, aber mussten nicht die ganze Zeit über mit ihm spielen."

Genau in dem Moment hatten wir einen guten Blick auf die Anlage und die kleinen Kinder, die sich dort gemeinsam mit ihren Müttern tummelten. „Warum hat sich Frau Yilmaz nicht zu ihm gesetzt?", fragte Felicitas.

„Sie ist immer noch mit der Gesamtsituation überfordert und sehr depressiv. Sie brauchte ihre Auszeiten. Der Vorschlag, dass die Kinder regelmäßig rausgehen sollten, stammt von mir. Die Großen saßen stundenlang sich selbst überlassen am Computer, der Kleine setzte sich meist dazu und sah dadurch Spiele, die nicht altersgerecht waren. Sie nahmen ihn mit, dafür durften sie ihn später aus ihrem Zimmer aussperren."

War bestimmt nicht einfach gewesen, diese sinnvolle Maßnahme durchzusetzen. „Fallen Ihnen Personen ein, die nicht hier wohnen, aber regelmäßig vor Ort sind?", wechselte ich das Thema. Weiter auf diesem Punkt herumzureiten, brachte nichts.

Sie runzelte die Stirn und dachte nach. „Die Gärtner, die regelmäßig den Hof und die Vorgärten pflegen, der Eiswagen, der in den Sommermonaten vorn an der Straße hält, die verschiedenen Handwerker, denn irgendetwas geht immer kaputt. Hm, wer noch? Zeitungsausträger, Paketboten, die Stromableser, halt jeder, der hier zu tun hatte. Ach ja, neben mir gibt es noch drei weitere Hilfen, die sich um Familien kümmern. Die sind auch schon Jahre dabei."

„Ach, betreuen Sie diese nicht?"

„Nein", belehrte sie mich. „Es übernimmt der, der in dem Moment Kapazitäten frei hat. Außerdem ist es nicht sinnvoll", sie räusperte sich umständlich, „wenn ein und derselbe Familien im gleichen Umfeld betreut."

Ja, ich konnte mir durchaus vorstellen, dass es dabei zu Problemen kommen konnte. „Gibt es regelmäßige Besucher bei den Yilmaz'?"

„Die türkische Verwandtschaft kommt fast jedes Wochenende vorbei, ansonsten keiner."

„Hat eines der Kinder einen Nachhilfelehrer oder bestellte Frau Yilmaz ab und zu bei einem Lieferdienst?"

Sie verzog automatisch das Gesicht, bemerkte ihren Fauxpas und versuchte ihre Züge zu glätten. „Die Nachhilfe lief seit Corona über den Computer, vorher sind sie in die Räume des Instituts gegangen. Sie bestellen sich oft Pizza oder Ähnliches nach Hause. Ansonsten …", sie zuckte die Schultern.

„Haben die Kinder Freunde, die sie zu Hause besuchten?"

„Nicht dass ich wüsste."

Viel weitergebracht hatte uns das Gespräch nicht. Allerdings hatte ich nun viele verschiedene Aufgaben für Kemals Mannschaft.

10

Nachdem wir uns von der Familienhilfe verabschiedet hatten, wandten wir uns wieder dem Wohnblock zu. „Wo fangen wir an?“, fragte Felicitas tatendurstig.

„In dem Haus, das an die Büsche grenzt, hinter denen Amir sich gern versteckte“, schlug ich vor. „Und? Hast du deine Neugier ausreichend befriedigen können?“

„Sie hat sich arg zurückgehalten, trotzdem klang durch, dass sie kaum was erreicht hat, fandest du nicht?“

Ich musste lachen. „Was hast du denn erwartet? Dass sich eine erwachsene Frau ihr Leben komplett umorganisieren lässt? Die Familienhilfe springt da ein, wo es dringend notwendig ist, wobei ich keine Ahnung habe, was das für Punkte sind.“

„Also das mit dem Lieferdienst ist kaum nachzuvollziehen. Kaya erzählte uns, die Familie lebt von Hartz IV, wie kann man sich damit häufiges Essen von außerhalb leisten?“

„Wenn man denn ansonsten spart“, konterte ich. „Solange sie nicht über ihre Verhältnisse leben, ist das okay, ansonsten wird garantiert die Hilfe aktiv.“

Felicitas schnaufte, enthielt sich aber einer Antwort, da wir das Haus, in dem wir nachfragen wollten, erreicht hatten.

Wir griffen zu unseren Masken, ich klingelte gleich im Parterre und wir wurden nach einer kurzen Vorstellung, bei der ich uns als Detektive vorstellte, die eigene Nachforschungen zum Tod des kleinen Amirs betrieben, eingelassen.

Die ältere Frau, die uns öffnete, winkte uns gleich durch ins Wohnzimmer. „Das war schrecklich, der arme kleine Kerl. Ich habe ihn noch an dem Tag gesehen. Er hat mir zugewinkt." Sie wies auf die Couch. „Bitte, nehmen Sie Platz."

„Als er sich hinter den Büschen versteckte?"

„Genau. Er grinste und legte den Finger an die Lippe, ungefähr so." Sie machte es vor.

„Haben Sie später noch einmal nach ihm geschaut?"

„Nein, ich war nur kurz auf dem Balkon, um mir eine Flasche Wasser zu holen. Danach habe ich eine Sendung im Fernsehen geguckt."

„Um wie viel Uhr war das ungefähr?"

„Um fünf Minuten vor fünf. Um fünf fing nämlich meine Sendung an."

„Also haben Sie nicht mitbekommen, dass seine Brüder nach ihm suchten?"

„Das war mir gar nicht möglich. Ich bin schwerhörig und nutze einen Kopfhörer. Dadurch bekomme ich nicht mit, was um mich herum passiert." Sie deutete auf das Ladegerät neben dem Fernseher, in dem dieser steckte. „Ich erfuhr erst am nächsten Tag davon. Da hatte man ihn schon gefunden."

„Ihr Nachbar, meinen Sie, der könnte etwas bemerkt haben?"

„Der befindet sich im Krankenhaus, ist schon länger weg." Sie beugte sich vor und flüsterte in verschwörerischem Tonfall: „Die Psyche, wissen Sie? Der ist öfter stationär, immer ein paar Wochen."

„Fällt Ihnen sonst jemand ein, der vielleicht etwas gesehen haben könnte?"

„Der Herr Jäger, der wohnt über mir. Ist auch schon älter, aber noch sehr rüstig. Der weiß fast alles, was bei uns passiert."

Wir stiegen die Treppe hinauf und klingelten. Die Tür öffnete sich einen Spaltbreit, der Mann dahinter lugte an der vorgelegten Sicherheitskette vorbei. „Ja?"

„Herr Jäger, die Frau Schuster schickt uns“, behauptete ich. „Wir beide untersuchen den Mord an dem kleinen Amir. Könnten Sie uns ein paar Auskünfte geben?“

„Kann ich Ihre Ausweise sehen?“, fragte er zurück.

Genauso hatte ich ihn eingeschätzt, schon als ich den griesgrämigen Gesichtsausdruck und seine misstrauische Körperhaltung gesehen hatte. Er erinnerte mich stark an unser Pendant im eigenen Haus, das Tom immer den Blockwart nannte. Dieser Typ schien sein Zwillingsbruder zu sein.

„Wir ermitteln privat.“ Felicitas schenkte ihm ihr schönstes Lächeln. „Mein Freund ist Schriftsteller und schreibt Krimis über spektakuläre Verbrechen, die in Dortmund geschehen.“

Er bedachte mich mit einem skeptischen Blick. „Sie kommen mir nicht bekannt vor.“

„Alexander Grahl“, wiederholte ich meinen Namen, den ich ihm bereits zu Beginn genannt hatte.

Er musterte mich von oben bis unten. „Jaaa, Sie sind in der Zeitung erwähnt worden, richtig?“

„Bei mehreren Fällen“, nickte ich.

„Und Sie interessieren sich für den Tod des kleinen Amirs?“

„Es scheint niemanden zu geben, der am Tag seines Verschwindens irgendetwas gesehen hat.“

Das Wunder geschah. Er öffnete tatsächlich die Tür und hieß uns eintreten.

„Der Kleine war nicht der Engel, als den man ihn jetzt darstellt“, begann er, als wir ihm in seinem altmodischen, aber penibel aufgeräumten Wohnzimmer gegenübersaßen. „Alle Kinder von der sind gestört. Der Amir war ein Teufelsbraten, wollte immer seinen Willen durchsetzen. Die Brüder von dem haben den links liegen lassen, die anderen Kinder auch. Der hat nicht gespielt, sondern nur zerstört.“ Er nickte bekräftigend. „Wenn der draußen war, gab es immer Theater.“

„Er hat Unsinn angestellt?“

„Wenn es nur das gewesen wäre! Einmal hatte er Stifte mit, damit hat er alles angemalt, den Sandkasten, die Hauswände, die Bänke. Seine Brüder haben natürlich nichts davon mitgekriegt. Hier, der Busch, hinter dem er sich immer versteckte“, er deutete in Richtung Balkontür, „der war nicht immer so kahl. Er hat nach und nach die Äste abgerissen. Wenn er Fußball spielte, schoss er absichtlich andere ab oder den Ball einfach weit weg und weigerte sich, ihn wiederzuholen. Das hat er auch bei den Kleinen gemacht, ihnen das Spielzeug weggenommen und weggeworfen oder versteckt. Ich sag ja, der war ein Teufelsbraten.“

„Und die Mutter?“, fragte ich nach. „Hat die sich denn nicht gekümmert?“

Er winkte ab. „Ach, die. Die ist gar nicht in den Hof gekommen. Überhaupt ist die kaum rausgegangen. Wenn man ihr doch mal begegnet ist, huschte die, ohne aufzuschauen, an einem vorbei. Die wollte mit keinem reden.“

„Seit wann wohnt die Familie in der Siedlung?“

Er legte den Kopf schief und dachte nach. „Lassen Sie mich mal überlegen. Die ist damals zu ihm gezogen, dem Mann, der hatte eine kleine Wohnung. Dann kam das erste Kind, dann das zweite. Sie bekamen eine größere Wohnung und noch zwei Kinder. Die haben von Anfang an nicht in diese Gegend gepasst, jedes Wochenende Besuch und Lärm bis nach Mitternacht. Gearbeitet hat der Kerl nie.“ Er seufzte theatralisch. „Das scheint heute Standard zu sein, das und dass man alleinerziehend ist. Die Welt hat sich verändert und nicht zum Guten.“

„Wie war das nun an dem Tag, als Amir verschwand“, lotste ich ihn zum Thema zurück. „Haben Sie ihn gesehen?“

„Es gab auf einmal lautes Geschrei, natürlich bin ich auf den Balkon, um nachzuschauen. Hätte ja auch was passiert sein können. Das waren wieder die Yilmaz“, fuhr er nach einer Pause fort. „Der Kleine hat einen Wutanfall gekriegt und lag am Boden und schrie. Seine Brüder haben sich nicht groß um ihn gekümmert. Irgendwann hat er sich aufgerappelt und versucht, ihnen den Ball wegzunehmen, die haben nämlich

Fußball gespielt. Daraufhin hat ihn der Große, der Malik, am Arm gepackt und zum Sandkasten gezerrt. Da saß er nur kurz, hat vor sich hingestarrt und die erstbeste Gelegenheit genutzt, sich wie immer hinter dem Busch zu verstecken. Das kannte ich schon, meist rollte der sich da zusammen und hat geschlafen." Er schüttelte missbilligend den Kopf. „Die waren oft die halbe Nacht auf. Ich kann deren Fenster von meinem Schlafzimmer aus sehen. Wenn ich schlafen ging, brannte bei denen oft noch Licht."

„Haben Sie gesehen, wann er weggegangen ist?"

„Nein, ich bin wieder rein. Das konnte dauern."

„Haben Sie anschließend irgendetwas gehört, laute Stimmen zum Beispiel?"

Er schüttelte den Kopf. „Wenn die auf dem Spielplatz toben, was meinen Sie, was das für ein Lärm ist? Ich halte meine Fenster geschlossen, sonst kriege ich keine ruhige Minute."

„Haben die anderen Yilmaz-Kinder Freunde, die hier wohnen oder hierherkommen, um mit ihnen zu spielen?"

„Nicht dass ich wüsste. Ah, doch, wenn ihre eigene Mischpoke vorbeikommt. Mit denen sind sie auch draußen. Das ist ab und zu am Wochenende, die Besuche haben sich zum Glück deutlich reduziert, seitdem der Mann weg ist."

„Gab es denn nie jemanden, mit dem Amir sich unterhalten hat, zum Beispiel irgendwelche Handwerker oder Gärtner oder der Postbote?", half ich ihm auf die Sprünge, weil er schon angefangen hatte, den Kopf zu schütteln.

„Nein, der Junge ist jedem Erwachsenen aus dem Weg gegangen. Der kriegte wie seine Brüder die Zähne nicht auseinander. Grüßen? Die doch nicht! Die gehen an dir vorbei und tun, als würden sie dich nicht kennen."

Die ganze Geschichte wurde immer seltsamer. Wie war Amir dann entführt worden?

Ich bedankte mich überschwänglich bei Herrn Jäger für die vielen Informationen und beschloss, mir das Versteck, aus dem Amir vermutlich herausgelockt wurde, noch einmal genauer anzusehen.

Er ließ es sich natürlich nicht nehmen, mich von seinem Balkon aus zu beobachten. „Nein, etwas weiter rechts!", rief er. „Der lehnte sich immer an den Stamm."

Ich folgte seiner Anweisung und hockte mich an diese Stelle. Das Geäst, aus dem gerade die ersten grünen Blättchen sprossen, war so dicht, dass man nicht hindurchsehen konnte und derjenige somit für die anderen Hofbesucher unsichtbar blieb. Zu den Seiten hin war man ebenfalls vor Blicken geschützt. Nur vom Weg zwischen den Häusern her konnte man die Stelle einsehen.

„Wie setzte sich Amir normalerweise hin?", fragte ich Herrn Jäger, der neugierig meinen Selbstversuch beobachtete.

„Unterschiedlich", lautete die Antwort. „Oft legte er sich auf den Boden, manchmal hockte er sich hin und riss die Zweige aus oder grub ein Loch, sonst lehnte er sich mit dem Rücken gegen das Geäst."

„Und an dem Tag?"

„Riss er wieder Zweige aus. Deshalb bin ich rein. Ich konnte das nicht mitansehen. Der Hausmeister unternahm ja nichts und wenn ich vom Balkon aus was sagte, sah er mich nur blöd an oder reagierte gar nicht."

Felicitas und ich befragten noch einige der anderen Siedlungsbewohner. Neues erfuhren wir nicht. Keiner, auch nicht die Mütter, die mit ihren Kindern draußen waren, hatten irgendetwas beobachtet.

Auf dem Weg zurück zu unserem Auto kam uns Malik entgegen. Sein Gesicht verfinsterte sich, als er uns entdeckte. „Waren Sie schon wieder bei meiner Mutter?", fuhr er mich an.

„Nein, wir haben versucht irgendjemand zu finden, der vielleicht eine wichtige Beobachtung gemacht hat", gab ich ruhig zurück. Keine Ahnung, warum der Junge derart aggressiv auf uns reagierte.

„Das haben Kaya und seine Leute schon längst erledigt“, erwiderte er in abfälligem Tonfall. „Die kriegen den Mörder meines Bruders, die hängen sich richtig rein.“

„Kemal hat uns um Hilfe gebeten“, erinnerte ich ihn. „Er möchte, dass wir gemeinsam ermitteln.“

Dass er von diesem Arrangement nichts hielt, war nicht zu übersehen. Immerhin enthielt er sich jeglichen Kommentars und schob sich stumm an uns vorbei.

„Der ist voller Wut.“ Felicitas hatte sich umgedreht und blickte ihm nach, wie er mit langen Schritten vorwärtsstürmte. „Ich vermute, er macht sich selbst Vorwürfe, dass er nicht besser aufgepasst hat.“

„Und bekommt das Gleiche von seiner Mutter unter die Nase gerieben.“ Nein, einfach hatte es der Junge garantiert nicht. Vielleicht sollte ich Kemal darauf ansprechen und ihn bitten, dafür zu sorgen, dass Malik professionelle Hilfe bekam.

„Apropos Kemal“, Felicitas holte tief Luft. „Wärst du sauer, wenn ich heute Abend nicht mitkomme?“

Eher erleichtert. „Nein, überhaupt nicht. Ich denke, es ist sogar sinnvoller, wenn du dich rarmachst. Vor allem, da ich ihm und seinen Männern den schwarzen Peter zuschieben will.“

Sie hängte sich zufrieden lächelnd bei mir ein. „Das wäre geklärt.“

11

Kemal saß schon zusammen mit Kaya am Tisch, als ich in das Hinterzimmer trat. Im Gegensatz zu mir trugen sie wieder keine Masken.

„Wie sieht es aus?", kam er gleich zur Sache.

Ich hatte mir an der Theke eine Cola mitgeben lassen und stellte das Glas erst einmal auf dem Tisch ab, bevor ich antwortete: „Es kommt viel Arbeit auf deine Leute zu."

Dann begann ich ihm zu erklären, dass ich vermutete, es handele sich bei dem Täter um einen Außenstehenden, der irgendeine spezielle Verbindung zu beiden Wohnorten der toten Kinder hatte. „Der ist definitiv gestört. Ich wage sogar zu behaupten, dass er wieder zuschlagen wird, sobald er ein geeignetes Opfer gefunden hat."

„Wo sollen wir ansetzen?"

„Bei jedem, der vor Ort zu tun hatte, angefangen beim Lieferservice über Handwerker bis hin zu den Bewohnern." Fast bereitete es mir Vergnügen, ihm sämtliche infrage kommenden Personenkreise aufzuzählen.

Kemal verzog wie immer keine Miene, dafür wurde Kayas Gesicht länger und länger.

„Ich habe heute noch einmal vor Ort in Dorstfeld recherchiert", setzte ich hinzu. „Amir muss den Täter vorab gesehen haben. Ich vermute, er hat ihn irgendwie zu sich gelockt, denn sonst hätte man ihn von den Fenstern des Hauses aus sehen können. Dieses Risiko wird er nicht eingegangen sein.

Genauso wie ich denke, dass er Brianna irgendwas versprach, damit sie zügig in sein Auto stieg. Das ist das Einzige, von dem wir mit Sicherheit ausgehen können, dass er einen fahrbaren Untersatz besaß und diesen jeweils ganz in der Nähe parkte. In einem unbeobachteten Moment griff er sich die Kinder, betäubte sie wahrscheinlich, und fuhr mit ihnen davon." Zumindest konnte ich mir nicht vorstellen, dass Amir ihn freiwillig begleitet hatte.

„Die Ermittler sind zu dem gleichen Schluss gekommen", sagte Kemal zu meinem Erstaunen. „Sie haben eindeutige Spuren gefunden, die auf einen einzelnen Mann hindeuten. Leider sind seine Fingerabdrücke nicht in ihrer Datenbank." Damit war klar, was ich bereits vermutet hatte, nämlich dass er einen Spitzel bei der Polizei hatte.

„Die Familienhelferin, deren Befragung noch aussteht, ist die wichtig?"

„Kommt darauf an. Selbst wenn sie uns nur weitere Kontakte benennen kann, wir dürfen nichts unversucht lassen." Elegant aus der Affäre gezogen, wie ich fand.

„Gut, wir werden dir einen Termin mit ihr machen." Er hielt inne und trank von seinem Kaffee. „Was wirst du tun?"

Ich nippte ebenfalls an meiner Cola. „Was stellst du dir vor?", gab ich dann zurück. „Ich habe nicht die Möglichkeiten wie ihr, an die Daten der entsprechenden Personen zu kommen und deren Hintergrund zu beleuchten. Sobald ihr jemand gefunden habt, der verdächtig wirkt, kann ich mich gern einklinken."

Er nickte.

„Du nix tun?", fragte Kaya.

Sehr witzig! „Ich sehe keinen Punkt, an dem ich ansetzen könnte."

„Der Fall ist komplizierter als gedacht", kam es langsam von Kemal. „Trotzdem solltest du dich weiter einbringen, Alex. Es muss Punkte geben, die du klären kannst."

„Es war nie die Rede davon, dass ich mich komplett rausziehe“, behauptete ich. „Ich würde mir zum Beispiel gern selbst noch einmal die Gegend vornehmen, in der Brianna verschwand. Allerdings hätte ich dafür gern die Begleitung von Kaya und seinem Freund.“

Dessen Augen leuchteten auf. „Gleich morgen?“

„Wenn du Zeit hast?“

Er fragte nicht mal seinen Boss. „Wann du willst los?“

„Im Nachmittagsbereich, damit wir hoffentlich einige Leute treffen, die regelmäßig zu dem Zeitpunkt unterwegs sind.“

„Wir setzen uns alle drei Tage zusammen und besprechen unsere Ergebnisse.“ Kemal erhob sich. „Ich baue auf dich, Alex. Zu dir habe ich mehr Vertrauen als in die Polizei.“

Es klang allerdings wie eine versteckte Drohung: Wage es nicht, mich zu enttäuschen.

Felicitas gegenüber erwähnte ich seine Worte nicht. Ich sagte ihr nur, dass Kaya und ich morgen noch einmal zusammen in Bövinghausen die Geschäfte abklappern wollten und dass demnächst noch das Gespräch mit der zweiten Familienhilfe anstand. Ansonsten würden wir dann reagieren, wenn wir irgendwelche verwertbaren Hinweise bekamen.

„Toll“, freute sie sich. „Also können wir jetzt ruhig unsere Ausflüge einschieben.“

Abends lag ich schlaflos im Bett und grübelte, wie ich aus der Nummer wieder rauskommen sollte. Mich Kommissar Janzen anvertrauen? Das ginge nur in einem vertraulichen Gespräch und ich traute Kemal durchaus zu, dass er mich überwachen ließ. Mir einen persönlichen Leibwächter zulegen? Spätestens bei seinem Auftauchen müsste ich Felicitas reinen Wein einschenken. Ein Last-Minute-Angebot buchen? Da stand mir mein nicht vorhandener Impfstatus im Weg. Außerdem wollte ich den Täter dingfest machen - wenn ich denn gewusst hätte, wie ich ihm auf die Schliche kommen konnte.

Irgendwann musste ich über meinen Grübeleien eingeschlafen sein. Ich erwachte spät, eine Idee war mir nicht gekommen.

Felicitas hatte bereits gefrühstückt. „Na, du Langschläfer", begrüßte sie mich. „Hast du vielleicht Lust auf eine Fahrradtour?"

Die Räder hatte ich gleich am ersten warmen Tag auf Vordermann gebracht, schon in der Gewissheit, dass wir sie im Urlaub nutzen würden. Meine Freundin liebte diese Art von Ausflügen, ich weniger, aber was tat man nicht alles, um ihr eine Freude zu machen.

„Wir wäre es mit einem Ausflug zum Friedhof?", schlug ich vor. „Wir fahren einmal außen herum und schauen, ob und was es für Möglichkeiten gibt, über die Umzäunung zu kommen. So verbinden wir das Angenehme mit dem Nützlichen."

Sie strahlte richtig. „Soll ich uns Proviant einpacken?"

Ein Picknick auf der Wiese musste nicht unbedingt sein. „Ich würde mich über eine Pizza vom Italiener mehr freuen. Das schaffe ich dicke, bevor ich wieder losmuss."

Sie grinste spöttisch. „Ja, damit du nicht vom Fleisch fällst nach der Anstrengung."

Obwohl wir ein gemütliches Tempo anschlugen, hatte ich tatsächlich nach der Hälfte unserer Runde die Nase gestrichen voll. Der Weg um das Riesengelände zog sich gewaltig. Nie hätte ich gedacht, dass ich dermaßen unfit war. Meine Beine und vor allem mein Po schmerzten und ich sehnte mich nach meinem gemütlichen Computerstuhl.

Im Gegensatz zu mir war Felicitas voll in ihrem Element. Sie summte fröhlich vor sich hin und betrachtete interessiert die Umgebung. „Das Stück an der B1 wird der Täter nicht gewählt haben", stellte sie fest. „Hier herrscht auch nachts zu viel Verkehr. Durch das geschlossene Tor kann er nicht. Er müsste den Weg über die Mauer nehmen. Das dürfte auffallen."

Blieben immer noch drei weitere Möglichkeiten.

Die Eingänge waren tatsächlich alle durch Tore gesichert, die nachts abgeschlossen wurden, wie ich während einer kurzen Pause bei Google nachlas. Also hatte er die Leiche und sein Equipment über die Mauer oder den Zaun bugsiert, kein leichtes Unterfangen meiner Meinung nach.

„Bestimmt hat er den Parkplatz an der S-Bahn-Haltestelle genutzt", war sich Feli sicher.

Ich tendierte eher zu dem am Rennweg. Dort gab es geschützte, nicht einsehbare Ecken. Trotzdem blieb die Frage, wie er die Leiche und sein Equipment bis zum Spielplatz transportiert hatte, mit Rollkoffern vielleicht?

Wieder legten wir einen kurzen Stopp ein. Ein sechsjähriges Mädchen war ungefähr hundertsiebzehn Zentimeter groß und wog im Durchschnitt zwanzig Kilo, informierte ich mich im Internet. Brianna war kleiner gewesen und dicklich - die Frage würde ich an Kaya weiterleiten, ob irgendwo an der Umzäunung entsprechende Spuren gefunden worden waren. Als ich die Fahrräder im Keller verstaute, klingelte mein Handy.

„Hallo, Herr Grahl", sagte Sandra. „Die Polizei hat einen Spürhund eingesetzt. Der führte sie zum Parkplatz, zu dem von dem Nebeneingang am Rennweg. Er hat wohl das Türschloss aufgebrochen. Und er hat eine Schubkarre und eine Schaufel aus unserem Bestand genutzt für den Transport und die Grabung. Die stand auch noch am Spielplatz, zusammen mit den Scheinwerfern. Nur die Schüppe ist unauffindbar. Anscheinend hat er sie mitgenommen."

„Super, ich danke Ihnen. Das hilft mir enorm, zu wissen, wie er vorgegangen ist. Das zeigt nämlich eindeutig, dass er die Szene, die er darstellte, genau geplant hatte."

„Schlimm, oder? Der muss krank sein im Kopf."

Davon ging ich ebenfalls aus, allerdings war der Typ fähig, Pläne zu machen und umzusetzen. Ich bedankte mich noch einmal herzlich für die Auskünfte und versprach, mich zu melden, wenn wir mit unseren Nachforschungen Erfolg hatten.

„Was bringt ihm diese Inszenierung?“, grübelte Felicitas, die neben mir gestanden und zugehört hatte. „Geilt er sich anschließend an den Fotos auf oder was?“

Mir kam ein Gedanke, der es mir wert schien, überprüft zu werden. Nur war ich nicht der Richtige dafür.

„Könntet ihr mal im Darknet nachschauen, ob da Fotos von den Kindermorden aufgetaucht sind?“, bat ich Kaya, kaum dass ich neben ihm im Auto saß.

„Ey, krass!“ Er klopfte mir kräftig auf die Schulter. „Gut Idee!“ Heute war er allein erschienen, deshalb hatte ich auf dem Beifahrersitz Platz genommen.

„Habt ihr schon angefangen, die relevanten Personen zu überprüfen?“, erkundigte ich mich scheinheilig. Natürlich hatten sie, Kemal war erpicht darauf, den Täter vor den Ermittlern zu finden.

Er verzog das Gesicht. „Sind viele, wahnsinnig viele. Wird dauern.“

Damit hatte ich gerechnet. Um ihm zu zeigen, dass ich ebenfalls nicht untätig gewesen war, berichtete ich von dem, was Sandra mir erzählt hatte, tat allerdings so, als hätten wir diese Informationen bei unserer Fahrradtour erhalten. Wahrscheinlich waren ihm und Kemal die Fakten bereits bekannt. Die Quelle bei der Polizei hatte ihnen diese bestimmt schon mitgeteilt.

„Ich geb weiter.“ Er nickte bekräftigend. „So du auf Darknet gekommen.“

„Es muss einen Grund geben, solche Mühen auf sich zu nehmen. Wenn er für sich privat Fotos schießt, braucht es nicht diese Umstände.“

„Sand und Bäume, Feuer und Marterpfahl“, sinnierte er. „Typ ist Hintergrund wichtig.“

Kaya war nicht so dumm, wie er es mir gegenüber bisher dargestellt hatte. Langsam verstand ich, warum er direkt Kemal unterstellt war. Wenn er nur nicht immer in diesen Halbsätzen gesprochen hätte! Auf diese Weise kam keine richtige Unterhaltung zustande. „Er setzt die toten Kinder in Szene, um möglichst spektakuläre Bilder zu bekommen. Dafür gibt es doch einen Markt, oder?"

Er zögerte. „Kein Ahnung", sagte er schließlich. „Ich nie nach geguckt."

„Kann man rauskriegen, wer hinter solchen Angeboten steckt?"

„Vielleicht. Kommt drauf an, wie gut er ist."

Wahrscheinlich meinte er damit, wie gut er seine IP-Adresse verschleiern konnte. Andererseits - den Ermittlern waren garantiert schon ähnliche Gedanken gekommen. Wenn es so einfach wäre, hätten sie ihn längst.

Den Rest der Fahrt schwiegen wir, was mir mehr als recht war. Ich hatte ansonsten keinerlei Berührungspunkte mit Kaya, worüber hätten wir uns unterhalten sollen?

Er fuhr an Briannas ehemaligem Wohnhaus vorbei und parkte in der nächsten Straße. „Wo du willst gucken?"

„Zeig mir sämtliche Wege, die sie genommen hat. Ich entscheide dann spontan, mit wem ich rede."

Fast drei Stunden benötigten wir, bis wir das Terrain komplett gesichtet hatten. Ich sprach mit mehreren Verkäufern der einzelnen Shops, an denen wir vorbeikamen. Keiner hatte an dem speziellen Tag etwas bemerkt, genauso wenig wie die Passanten, wobei Letztere eher widerwillig und nur begrenzt Auskunft gaben, einige uns sogar einfach stehen ließen. Begeistert von unserem Ansinnen war eindeutig keiner.

Als wir zu Kayas Auto – er fuhr wieder den Mercedes - zurückkehrten, erlebten wir die einzige Überraschung des Tages, jemand hatte den Lack an beiden Seiten von vorn bis hinten zerkratzt. Mein Begleiter fluchte unterdrückt, ließ sich aber ansonsten keine Regung anmerken. „Einsteigen!", zischte er.

Kaum saß ich, gab er Gas und schoss davon. Die Gruppe
Jugendlicher, die an der Ecke stand, grinste breit, als wir vorbeifuhren. Noch deutlicher hätte man uns nicht zeigen können, dass wir hier in der Gegend unerwünscht waren.

12

Donnerstag, 17. März

Nachdem wir einen Tag für uns verbracht hatten, klingelte direkt am Morgen mein Handy.

„Frau heißt Weber, ist heute bei Briannas Mutter, trifft sich da mit dir", teilte mir Kaya mit.

„Können wir den Treffpunkt nicht verlegen?" Mir wäre es lieber gewesen, ich hätte sie an einem neutralen Ort allein mit Felicitas befragen können. In dieses Haus würde ich dagegen nur mit Kaya als Beistand gehen.

„Nee, einzig Chance."

Musste ich wohl oder übel in den sauren Apfel beißen. „Begleitest du mich?" Ansonsten würde ich mich weigern. Ohne Bodyguard ging da gar nichts.

„Nee, Ilias kommt, holt dich ab, um elf. Heut Abend dann wieder Treffen mit Kemal in Kneipe."

„Heute Abend kann ich nicht", hielt ich dagegen. Es wurde Zeit zu zeigen, dass ich nicht jedes Mal springen würde, wenn sein Boss pfiff. „Gibt es denn wichtige Neuigkeiten?"

„Müssen sprechen, was soll noch machen."

Sie oder ich? „Kemal kann mich anrufen, wenn es was zu besprechen gibt", blieb ich hart. „Und du gibst mir Bescheid, sobald jemand in euren Fokus rückt, dass ich ihn mir näher ansehen kann."

Er murrte noch eine Weile herum, hatte dem jedoch nichts entgegenzusetzen.

„So", befriedigt wandte ich mich an Felicitas. „Ich hoffe, wir haben jetzt erst einmal Ruhe. Vielleicht sollten wir unsere Pläne erweitern und den Ausflug zu Tim wie geplant durchführen. Am Wochenende, dann können wir Tom mitnehmen."

„Meinst du wirklich, die lassen dich in Ruhe?"

„Es gibt im Moment nichts, wo ich ansetzen könnte. Das werde ich Kemal schon klarmachen."

Sie verkniff sich jede weitere Bemerkung, obwohl ich an ihrem Gesicht ablesen konnte, dass sie ihre Zweifel hatte, ob dieser sich so einfach kaltstellen ließe. Meine eigenen Gedanken gingen in die gleiche Richtung, trotzdem wollte ich nicht nachgeben. Ich musste endlich Grenzen setzen.

Als eine halbe Stunde später mein Handy klingelte und ich eine unbekannte Nummer sah, nahm ich das Gespräch an, in der Erwartung, Kaya würde zurückrufen, um das heutige abendliche Treffen mit seinem Boss zu erzwingen. Stattdessen hörte ich Kommissar Janzens Stimme. „Guten Tag, Herr Grahl. Würden Sie bitte um halb zwölf bei mir erscheinen?"

Was konnte er von mir wollen. War ihm zu Ohren gekommen, dass ich schon wieder in einen seiner Fälle involviert war? Fast hoffte ich, dass es sich genau darum handelte. „Tut mir leid, Herr Kommissar. Da habe ich bereits eine Verabredung, später, zum Beispiel im Nachmittagsbereich, gerne."

„Gut, sagen wir drei Uhr."

Ich bestätigte den Termin und sah meine Freundin bedeutungsvoll an. „Ich bin gespannt, was er mit mir besprechen möchte."

„Na, er wird dich ermahnen, dich aus seinem Fall rauszuhalten", war sie sich sicher. „Du hast mittlerweile mit so vielen Personen gesprochen, es war klar, dass er irgendwann davon erfährt." Sie hob die Augenbrauen. „Wirst du ihm erzählen, wieso du involviert bist?"

„Kommt darauf an, ob ich ihn allein erwische.“ Ihm traute ich hundertprozentig, aber wusste ich, welcher seiner Kollegen als Informant herhielt?

„Kannst du nicht irgendwelche Andeutungen machen, sodass er allein mit dir spricht?“

„Mal sehen.“ Versuchen würde ich es, ich durfte nur nicht zu deutlich werden.

Ilias stand pünktlich vor der Tür, allerdings in Begleitung, wie ich beim Näherkommen erkannte. Der Fahrer war ein muskelbepackter Typ, der original wie ein Gangster aussah, auf dem Rücksitz hinter ihm saß sein Zwilling, der mich gar nicht beachtete, als ich den Platz auf der anderen Seite einnahm, sondern aufmerksam die Gegend musterte. Dass keiner außer mir eine Maske trug, war zu erwarten gewesen.

„Werden die beiden uns begleiten?“, wandte ich mich an Ilias.

„Nein, sie bleiben unten am Wagen.“ Bei dem es sich wiederum um einen Mercedes handelte. Anscheinend sollten sie als Wache dienen, damit nicht auch dieser zerkratzt wurde.

Wir legten den Weg schweigend zurück, das hieß, mit mir redete keiner, stattdessen unterhielten die drei sich auf Türkisch. So oft, wie sie lachten, musste es sich um eine lustige Unterhaltung handeln.

Der Fahrer fand direkt vor dem Haus einen Parkplatz. Ein letzter kurzer Wortwechsel, dann nickte Ilias mir auffordernd zu und stieg aus. Zusammen schritten wir auf den Eingang zu. „Wir müssen sehen, dass wir die Familienhilfe allein befragen können“, machte ich ihm deutlich. „Ansonsten erfahren wir vermutlich gar nichts Wichtiges.“

Er nickte, drückte die nur angelehnte Haustür auf und stiefelte vor mir her die Treppen hoch. Auf sein Klingeln öffnete eine ältere Frau, schätzungsweise Ende fünfzig, Anfang sechzig, und bat uns einzutreten. Sie führte uns ins Wohnzimmer, in dem Briannas Mutter am Fenster stand und rauchte. „Was soll die Frau Weber Ihnen sagen, was ich nicht genauso gut sagen kann?" Sie schien keine Antwort zu erwarten, denn sie wandte sich ab und verließ den Raum.

„Bitte, nehmen Sie Platz."

Die Familienhilfe machte jedoch keine Anstalten, sich ebenfalls zu setzen, sondern blieb vor uns stehen, verschränkte die Arme vor der Brust und sah uns auffordernd an.

„Vielen Dank, dass Sie sich bereit erklären, mit uns zu sprechen", begann ich. Die Stimmung im Raum war eigenartig, Frau Weber wirkte, als habe man sie gezwungen, uns zu empfangen, Ilias dagegen tat, als ginge ihn das Gespräch nichts an, und spielte offensichtlich gelangweilt mit seinem Handy. Sie nickte nur stumm.

„Ist Ihnen selbst hier in der Umgebung ein Fremder aufgefallen, der sich für Brianna interessierte, oder hat sie Ihnen erzählt, dass jemand, den sie nicht kannte, sie ansprach?"

„Mir persönlich nicht, wenn wir etwas zusammen unternahmen, sind wir entweder in ein größeres Einkaufscenter gegangen oder haben einen Ausflug unternommen, zum Phoenix-See, in den Westfalenpark, in den Tierpark, ins Museum. Brianna konnte sich nicht vernünftig mitteilen. Sie ist auf alle Menschen zugegangen, sie hatte keinerlei Gefahrenbewusstsein."

„Auch auf Fremde?" Irgendwie konnte ich mir nicht vorstellen, dass die abgegebenen Beschreibungen dazu stimmten.

„Sie war völlig distanzlos, in allem. Das war einer der Punkte, an dem wir gearbeitet haben."

„Und die anderen waren?", hakte ich nach, da sie schwieg.

„Anfangs Sauberkeitserziehung, geregelte Schlafenszeiten, später Verhalten im Straßenverkehr, Sprachübungen, Besuche bei diversen Ärzten und so weiter."

„Wann haben Sie Brianna kennengelernt?"

„Mit drei Jahren, als sie in den Kindergarten kam."

Wieder folgte keine genauere Erklärung. „Sind Sie vom Jugendamt geschickt worden?"

„Ich bin bei einem Jugendhilfeverein angestellt, der seine Aufträge vom Jugendamt bekommt", belehrte sie mich. „Da ich eine Ausbildung als Sonderpädagogin habe, werde ich viel bei derartigen Fällen eingesetzt."

„Arbeiten Sie auch mit ihrer Mutter?"

„Arbeiteten", korrigierte sie mich. „Soweit es die Erziehung betraf, ja. Heute bin ich zum letzten Mal hier. Sie bekommt eine andere Hilfe, die sie persönlich unterstützt."

„Es gab also niemanden, der Brianna gegenüber negativ eingestellt war?", hakte ich noch einmal nach. So, wie sie die Kleine geschildert hatte, konnte ich mir nicht vorstellen, dass es keine ablehnenden Reaktionen gegeben hatte. Vor allem die anderen Kinder, war es nicht mehr wie früher üblich, alle die anders waren, auszugrenzen und zu mobben?

„Das habe ich nicht gesagt. Natürlich versuchten einige der Nachbarskinder sie zu ärgern. Auch stieß sie mit ihrer Art bei den Erwachsenen nicht immer auf Verständnis. Es war meine Aufgabe, für ein friedliches Miteinander zu sorgen."

„Haben Sie jemand Bestimmtes im Kopf, der besonders negativ eingestellt war? Oder einen Jugendlichen, der Brianna über das normale Maß hinausgehend bedrängte?"

Mit verkniffener Miene schüttelte sie den Kopf. „Nein, es hatte sich alles eingeregelt."

Mehr würden wir nicht erfahren. Die ganze Zeit über hatte ich das Gefühl, als wenn sie nur widerstrebend antwortete und bei wichtigen Dingen mauerte. Nur wie sollte ich sie aus der Reserve locken? Ich erhob mich und gab Ilias ein Zeichen, dass wir fertig waren. „Dann vielen Dank für das Gespräch. Sie werden sicher verstehen, dass wir auf der Suche nach dem Täter alle wichtigen Personen in Briannas Leben befragen müssen."

Zum ersten Mal zeigte sie so etwas wie ein echtes Gefühl. „Ich hoffe, Sie finden den Kerl."

„Habt ihr schon angefangen, die Personen im Umkreis der Opfer zu durchleuchten?“, fragte ich meinen Begleiter auf dem Weg nach unten.

„Unsere Leute sind dran, klar.“

„Setz bitte noch die Hausbewohner beziehungsweise in der Siedlung auch die der anderen Häuser mit auf die Liste und checkt, ob es Querverbindungen gibt, also ob jemand Kontakte von dort in diese Gegend hat und umgekehrt.“ Kaya würde mich für diese Aufgabe verfluchen, noch mehr Recherchearbeit!

Unsere Begleiter saßen im Auto. Warum, erkannte ich erst auf den zweiten Blick. Fünfzig Meter entfernt hatte sich eine Gruppe Jugendlicher versammelt, die die Männer nicht aus den Augen ließ. Es roch geradezu nach Ärger.

Ilias legte einen Schritt zu. „Nicht stehen bleiben“, warnte er mich.

Prompt kam ein lauter Ruf. „He, ihr da!“ Die gesamte Mannschaft setzte sich in Bewegung.

Das würde äußerst knapp werden. Warum startete der Fahrer nicht wenigstens schon mal den Motor?

Stattdessen schwangen die beiden Vordertüren auf und die Männer sprangen heraus. Ehe ich mich versah, hatten beide eine Waffe gezückt und richteten diese stumm auf die Anstürmenden. Ilias raunte mir zu: „Rein!“, und nahm, ohne sich an der Gruppe zu stören, den Weg um den Kofferraum zur anderen Seite.

Ich tat wie befohlen und schaute erst auf, als ich sicher im Inneren saß. Die Jugendlichen waren tatsächlich stehen geblieben. Dafür überzogen sie unsere beiden Bodyguards mit unflätigen Bemerkungen. Der linke zog sich nun ebenfalls ins Auto zurück, während der rechte wartete, bis der Motor lief und der Wagen anrollte. Kaum klappte seine Tür, rannte die Gruppe los. Der Fahrer gab aufheulend Gas und raste direkt auf sie zu. Ich umklammerte den vorderen Sitz. War er wahnsinnig geworden? Er würde direkt in die ersten drei der Heranstürmenden hineinpreschen.

Im letzten Moment drehte er bei, sodass er den Äußeren knapp verfehlte. Ein vielstimmiges Geheul ertönte. Es klackerte mehrfach dumpf, bevor wir um die Kurve und damit außer Sicht waren.

„Steine", erklärte Ilias. „Zum Glück nur kleine."

„Was passt denen eigentlich nicht?", wagte ich zu fragen. Vielleicht war er auskunftsfreudiger als Kaya.

„Wir sind in ihr Terrain eingedrungen. Das wollen die sich nicht gefallen lassen."

Tja, blieb nur zu hoffen, dass wir aufgrund der Nachforschungen von Kemals Leuten nicht noch öfter auftauchen mussten.

Ich warf einen Blick auf die Uhr. Es blieb mir genügend Zeit bis zu meinem nächsten Termin, um mir in Ruhe eine Pizza schmecken zu lassen.

Die Rückfahrt verlief wie die Hinfahrt, die drei unterhielten sich auf Türkisch und ich war außen vor. Immerhin warfen mir alle ein Tschüss zu, als ich aus dem Auto kletterte. Ich hob nur kurz die Hand, innerlich froh, dass kein weiterer Ausflug anstand.

13

Ich hatte Glück, Herr Janzen saß an seinem Schreibtisch, der seines Partners war verwaist. Kaum war ich eingetreten, begann er schon den Kopf zu schütteln.

„Guten Morgen, Kommissar Janzen", ließ ich mich nicht von seinem missbilligenden Gesichtsausdruck beeindrucken, nahm auf dem Besucherstuhl Platz und lächelte ihn an, was er hoffentlich trotz der Maske erkennen würde.

„Wann werden Sie endlich vernünftig!", gab er zurück. „Vor allem, warum haben Sie sich mit Herrn Özcan zusammengetan? Hat Ihnen das erste Zusammentreffen mit ihm nicht einen Eindruck vermittelt, mit wem Sie es da zu tun haben?"

Ich musste tatsächlich erst einen Moment überlegen, wen er meinte. „Kemal ist auf mich zugetreten", erwiderte ich wahrheitsgemäß. „Ehrlich gesagt fühlte ich mich von ihm unter Druck gesetzt. Nicht dass er es aussprach", fügte ich schnell hinzu, um keinen falschen Eindruck zu erwecken. „Es war die Art, wie er darauf bestand, dass ich mich einbringen soll. Er will unbedingt den Mörder des kleinen Amir finden."

„Eine Sache der Ehre." Herr Janzen lächelte schwach. „Warum haben Sie sich nicht trotzdem geweigert? Mit diesem Täter ist nicht zu spaßen. Das wird kein Spaziergang, ihn zu schnappen."

„Ja, wie denn? Selbst meine Freundin, die bei dem Gespräch dabei war, hatte das deutliche Gefühl, er würde keine Ablehnung akzeptieren. Er hätte mich garantiert unter Druck gesetzt, vielleicht sogar irgendwelche Maßnahmen ergriffen, um mich zu überzeugen." Das letzte Wort setzte ich in Anführungsstriche. Er würde schon wissen, wie ich es meinte.

„Trotzdem wäre es besser gewesen, Sie hätten ihm klargemacht, dass Sie ihm nicht helfen können."

Hatte er mir nicht zugehört? „Ach, und anschließend warte ich in Ruhe ab, was er unternimmt? Selbst wenn ich zu Ihnen gekommen wäre, Sie hätten mich nicht schützen können. Das war mir zu risikoreich."

„Wollen Sie von nun an immer springen, wenn er pfeift?"

„Nein, will ich nicht. Nur muss ich mir in Ruhe überlegen, wie ich ohne schwerwiegende Repressalien da wieder rauskomme. Kemal ist ein Psychopath, den stößt man nicht ungestraft zurück."

Herrn Janzens Gesichtszüge - er trug wie fast immer, wenn ich ihn besuchte, keine Maske - entspannten sich. „Ich kann Ihre Überlegungen nachvollziehen, auch wenn ich sie natürlich nicht billige. Damit arbeiten Sie dieses Mal unter erschwerten Bedingungen."

„Nicht nur das", gab ich zu. „Ich habe bisher nichts gefunden, das auf den Täter hindeutet. Es muss sich um einen Außenstehenden handeln, der irgendwie genau diese Kinder im Blick hatte. Das waren keine Zufallsopfer."

Er hob die Augenbrauen. „Kinder?"

„Kemal hat einen Kontakt bei der Polizei, der ihn über sämtliche Aktivitäten informiert", ließ ich die Bombe platzen. „Der weiß genau über den derzeitigen Ermittlungsstand Bescheid."

Es dauerte mehrere Minuten, bis er sich gefangen hatte. „Im Prinzip gehen wir ähnlich vor wie Sie", sagte er, ohne meine Worte zu kommentieren. „Wir nehmen das nähere Umfeld in den Fokus und versuchen herauszufinden, wie er auf die Kinder aufmerksam wurde. Allerdings bedrohen wir dabei keine Personen."

„Bedrohen?"

„Die Männer von Herrn Özcan haben die Familie von Frau Weber bedroht, damit sie mit Ihnen redet. Sie wollte Ihnen nämlich keine Auskunft geben.“

„Davon weiß ich nichts.“ Was für Idioten! Für die gab es anscheinend nur ein Mittel der Wahl, wenn jemand nicht spurte: Gewalt. Nur gut, dass ich direkt nach dem Gespräch mit den beiden Zeuginnen des ersten Mordes Kaya eine entsprechende Nachricht geschickt hatte. Sonst wäre es bei ihnen ähnlich abgelaufen. Mit einem Nein gab Kemal sich nicht zufrieden. „Die Gegend ist nicht gerade die feinste. Deshalb übernahm es Kaya, die entsprechenden Kontakte herzustellen.“

„Ah, ja, Herr Avci“, nickte mein Gegenüber. „Er wird verdächtigt, eine Schlägerei angezettelt zu haben. Beweisen können wir ihm wie immer nichts.“

„Ich habe keine Ahnung, was ich tun könnte, um ihn und seine Leute an solchen Machenschaften zu hindern“, bekannte ich offen. „Im Moment beschränke ich mich darauf, in den Gesprächen Hinweise zu sammeln und neue Denkansätze zu finden. Den Rest übernehmen Kemals Männer.“

„Seien Sie vorsichtig, was Sie anstoßen und wie Sie selbst agieren, damit Sie nicht womöglich den Falschen gefährden.“ Ein toller Rat! Als wenn ich großen Einfluss hätte! „Haben Sie sich im Darknet umgeschaut, ob sich Fotos von den toten Kindern finden?“

Wieder hob er überrascht die Augenbrauen. „Ich werde nicht mit Ihnen unsere Ermittlungsansätze diskutieren. Ich verstehe, dass Sie der Meinung sind, selbst agieren zu müssen, möchte Sie jedoch warnen, sich nicht zu weit vorzuwagen.“ Er warf mir einen bekümmerten Blick zu. „Ihre Aktivitäten werden genauestens beobachtet. Sehen Sie zu, dass Sie sich an Recht und Gesetz halten.“

Natürlich versprach ich hoch und heilig, nichts Ungesetzliches zu unternehmen. Dass ich keinen Einfluss auf Kemal und seine Leute hatte, brauchte ich wohl nicht noch einmal zu erwähnen.

Damit war ich entlassen. Kommissar Janzen wünschte mir einen schönen Tag, ich ihm ebenso. Zufrieden mit der stattgefundenen Unterhaltung war ich nicht. Irgendwie hatte ich schon gehofft, wir würden etwas tiefer in den Fall eintauchen. „Sei froh, dass du an ihn geraten bist", meinte Felicitas begütigend, nachdem ich ihr das Gespräch wiedergegeben hatte. „Ein anderer wäre nicht so nett gewesen."

„Wir müssen dringend einen Weg finden, wie wir uns aus Kemals Klauen lösen können." Dieses Problem war das wichtigste. „Der Kommissar hat mir nicht widersprochen, als ich anmerkte, ich müsste mit Repressalien rechnen, falls ich es gewagt hätte, meine Mithilfe zu verweigern."

„Allein, dass sie die Familienhilfe unter Druck gesetzt haben! Hat er dir Näheres erzählt?"

„Nein, aber ich frage bei Kaya nach."

Dann war es Kemal, der mich am Abend anrief. „Meine Männer recherchieren noch. Es sind eine Menge Leute, die sie überprüfen müssen. Was wolltest du heute bei der Polizei?"

Wurde ich also doch überwacht! „Kommissar Janzen hatte mich kurzfristig einbestellt. Ihr habt Frau Weber bedroht, damit sie sich auf ein Gespräch mit uns einließ?"

Er lachte belustigt. „Hat sie das behauptet? Und die Polizei glaubt ihr? Da siehst du, wie schlecht die ermitteln."

„Könntest du mich bitte aufklären?", hakte ich nach, als er nicht weitersprach.

„Der Sohn von ihr ist ein Dealer. Der steckt hinter dem zerkratzten Auto. Kaya hat sich nur an denen gerächt und ihnen eine Botschaft an den Sohn mitgegeben, dass er und seine Mutter sich kooperativ verhalten sollen. Wenn man das als Drohung ansieht ..."

Ich konnte mir beim besten Willen nicht vorstellen, dass Frau Weber über das Tun ihres Sohnes informiert war. Immerhin verstand ich nun, warum sie derart widerstrebend geantwortet hatte. Ilias und ich gehörten zu den Feinden.

„Was unternimmst du in den nächsten Tagen?“, unterbrach Kemal meine Gedanken.

„Solange ihr nichts ausgegraben habt, kann ich nichts tun“, stellte ich klipp und klar fest. „Daher werden meine Freundin und ich übers Wochenende wegfahren. Am Sonntagabend sind wir zurück.“ Den Entschluss hatten wir gemeinsam gefasst, obwohl wir immer noch keine Idee hatten, wie wir die Situation endgültig bereinigen und dafür sorgen konnten, dass Ähnliches nicht wieder geschah.

„Vielleicht haben wir vorher Ergebnisse.“

Ich hatte mit einem wesentlich heftigeren Protest gerechnet.

„Dass ihr auf Anhieb etwas Eindeutiges findet, kann ich mir nicht vorstellen. Es reicht völlig, wenn ich mich am Montag einklinke.“

Er gab sich tatsächlich mit dieser Aussage zufrieden und verkündete, Kaya würde sich bei mir melden.

Felicitas riss jubelnd die Arme hoch. „Sieg!“

Ich wollte ihre Freude nicht mindern, deshalb verkniff ich mir die eigentlich fällige Bemerkung, dass wir nichts Großartiges erreicht hatten. Immer noch waren wir in Kemals Fängen. Er würde nicht eher loslassen, bis der Mörder gefunden war.

Freitag, 18. März

Gegen Mittag sammelten wir Tom an der Uni ein und fuhren Richtung Hannover. Am Vortag hatten wir Tim informiert, dass wir kurzfristig auftauchen würden. Es war ihm sogar gelungen, uns eine Unterkunft für die zwei Nächte zu besorgen. Ich hatte im Vorfeld überlegt, ob ich die Sache mit Kemal nicht doch ansprechen sollte, nach längerem Nachdenken allerdings wieder davon Abstand genommen. Wie ich meine Freunde kannte, hätten sie sich nicht abhalten lassen, sich ebenfalls zu involvieren. Zumindest Tom wäre mir zur Seite gesprungen, allein schon, um mich vor zu erwartenden Angriffen zu schützen, falls ich nicht so spurte, wie es von mir verlangt wurde.

Also taten Felicitas und ich so, als erlebten wir einen tollen Urlaub und würden jeden Tag etwas unternehmen. Darüber wurde eh nur am Rande gesprochen. Es gab so viel anderes, über das wir uns unterhalten konnten. Im Vordergrund stand natürlich Tims Freundin, mit der wir uns auf Anhieb verstanden. Sogar Tom schien nichts an ihr auszusetzen zu haben, dabei war er sonst in der Beziehung überkritisch. Der einzige Wermutstropfen war, Alika hatte vor Ort ihre Familie und gedachte nicht, in weite Entfernung von ihr zu ziehen. Damit hatte sich Tims Ankündigung, er wolle nach bestandenem Master zu uns nach Dortmund kommen, wohl erledigt.

„Wir bleiben trotz allem in Verbindung", meinte er, mich trösten zu müssen.

Tom hatte dafür nur ein müdes Lächeln. „Alex und Feli suchen sowieso nach einer größeren Wohnung. Ich wette mit dir, dass in den nächsten Jahren ein oder zwei Kinder anstehen. Dann bleibt nicht viel Zeit, sich mit uns zu treffen."

„Quatsch", fuhr meine Freundin dazwischen. „Wir sind nicht mal bei der Planung. Klar, etwas mehr Platz wäre schön. Aber selbst das gehen wir bisher nicht an."

„Man sollte nicht zu lange warten", meinte Alika. „Ich möchte auf jeden Fall, bevor ich dreißig bin, zum ersten Mal schwanger sein."

„Jeder sieht es bei diesem Thema anders", ging ich dazwischen, bevor die Gemüter sich erhitzen konnten. Felicitas und ich hatten unsere eigenen Vorstellungen. Zuerst sollte sich die Beziehung verfestigen, so lange waren wir noch nicht zusammen. Alles Weitere würde sich finden.

Wir verlebten zwei angenehme Tage und machten uns am späten Sonntagnachmittag auf den Heimweg. Gegen acht kamen wir zu Hause an. Kaum hatten wir die Wohnung betreten, klingelte mein Handy: Kaya.

„Drei Männer, die sollst du prüfen“, begann er. „Wann wir uns treffen?“

„Jetzt noch? Oder lieber morgen?“

„In halbe Stunde in Kneipe, okay?“

War nicht anders zu erwarten gewesen. „Bis gleich.“

„Ich habe das dumpfe Gefühl, die überwachen uns“, sagte ich an Felicitas gewandt. „Achte mal darauf, wenn du rausgehst, ob da irgendein Kerl herumlungert.“

„Genau das Gleiche dachte ich auch, als er sich so prompt meldete“, nickte sie. „Ganz schön heftig, oder?“

14

Dieses Mal waren nur Kaya und Ilias angetreten.

„Schöner Ausflug, ja?", begrüßte mich Ersterer.

„Sehr entspannend", gab ich zurück und setzte mich ihnen gegenüber. „Was liegt an?"

„Nummer eins." Er legte ein Foto auf den Tisch und schob es mir zu.

Ich beugte mich vor, um es zu betrachten. Es zeigte einen etwa Vierzigjährigen bei seiner Arbeit als Müllmann. Zumindest zog er zwei Tonnen hinter sich her und hielt auf ein Haus zu.

„Ist seltsam, singt, macht Scherz, plötzlich regt sich tierisch auf, brüllt rum."

„Ohne Grund?"

Kaya stieß Ilias an. „Ich bin ihm gefolgt", erklärte dieser. „Der macht einen auf super fröhlich. Auf einmal explodiert er wegen einer Kleinigkeit. Einmal war es, weil eine Tonne am Bordstein hängen blieb und umkippte. Dabei war die schon leer. Dann hat sein Kollege irgendwas gesagt, was ihm nicht passte. Beim dritten Mal war es ein Autofahrer, der hupte. Das ist, als wenn der zwei Gesichter hätte. Der rastet richtig aus. Hätte sein Kollege ihn nicht festgehalten, wäre er zu dem Autofahrer hin. Der trat mehrfach gegen die Tonne, als die da vor ihm lag und der Kollege hat für seinen Spruch gleich einen Nackenschlag kassiert. Und das alles in der einen Stunde, in der ich ihnen gefolgt bin."

Hörte sich für mich nicht wie ein eiskalt planender Mörder an. „Name und Adresse?“, fragte ich trotzdem. Angucken musste ich mir den Kerl wohl schon.

Kaya schob mir einen Zettel über den Tisch zu. „Nummer zwei.“ Ein weiteres Foto folgte.

Dieser Mann war jünger, ich schätzte ihn auf vielleicht Anfang dreißig. Die Aufnahme zeigte ihn, wie er aus einem Lastwagen kletterte.

„Der arbeitet bei dem Gartenbetrieb, der sich um das Grundstück bei den Yilmaz‘ kümmert“, übernahm wiederum Ilias die genauere Erklärung. „Die kommen meist früh, wenn auf dem Grundstück noch nichts los ist. Aber Amir ging erst zwischen acht und neun in die Kita. Es könnte sein, dass er ihn dabei gesehen hat. In Bövinghausen haben die auch ein paar Objekte, zwar nicht das, wo die Kleine wohnte, aber da sie viel draußen allein unterwegs war …“

Was mich kurzfristig zu dem Müllmann zurückbrachte. „Der Erste, wo arbeitet er?“ Das waren garantiert unterschiedliche Touren.

Kaya grinste. „In Ecke bei Yilmaz‘, wohnte längere Zeit im Nebenhaus von Brianna.“

„Was ist mit dem Zweiten los?“

„Dem Kollegen, der die beobachtete, fiel auf, dass er sich immer viel mit den Kindern unterhielt, die in der Nähe spielten. Der ging auf die zu, nicht umgekehrt. Die haben mit ihm geredet.“

Der war schon eher verdächtig. Ich schaute auf den Zettel: Christoph Eberwald hieß er und wohnte an der Möllerbrücke. „Und der Dritte?“

„Ist seltsam Typ“, übernahm Kaya. „Elektriker, selbstständig. War mal mit Mutter von Brianna zusammen. Hat Verwandte in Haus neben Yilmaz‘.“

„Und wieso ist er seltsam?“

Er zögerte. „Kann nicht sagen, musst du selbst angucken. Nicht aggressiv oder so, trotzdem komischer Typ.“

Auf dem Foto war leider nicht viel zu erkennen. Der Mann hielt den Kopf gesenkt, hatte die Hände in den Jackentaschen vergraben und ging leicht vorgebeugt. Ich schätzte ihn auf ungefähr Mitte vierzig.

„Habt ihr noch was über die Betreffenden herausbekommen, zum Beispiel ihre Lebensumstände, wie sie mit ihrer Nachbarschaft klarkommen."

Sie schüttelten gleichzeitig die Köpfe. „Besser, du kümmerst dich", sagte Kaya. „Wollten nicht zeigen, dass wir uns interessieren."

Ilias schob mir einen weiteren Zettel zu. „Da hast du die Arbeitszeiten. Der Elektriker scheint sich mehr um sein Haus und seine Kinder zu kümmern, als um irgendwelche Kunden. Hat wohl keine festen Zeiten."

Ich steckte das erhaltene Material ein und stand auf. „Ich fange mit dem Gärtner gleich morgen an."

„Soll ich mitkommen?"

„Nein, ich mache das mit meiner Freundin zusammen. Das ist unauffälliger. Sowie ich Ergebnisse habe, melde ich mich bei dir." Ich grinste ihn an. „Außerdem denke ich, dass ihr mit dem Personenkreis noch lange nicht durch seid. Es ist wichtiger, alle möglichen Verdächtigen zu identifizieren."

Kaya war deutlich unzufrieden mit meiner Antwort. Widersprechen wollte er mir jedoch offensichtlich nicht. „Okay, ich warte auf Anruf."

Montag, 21. März

Das warme Wetter mit Sonnenschein en masse hielt immer noch an. Wir standen früh auf, sodass wir vor seiner Arbeitsstätte auf unseren Verdächtigen warten konnten. Während ich in der Nähe des Gartenbaubetriebes einparkte, lehnte sich Felicitas zurück und gähnte ungeniert. „Hoffentlich wird es nicht zu langweilig, sonst schlafe ich ein. Die Nacht war deutlich zu kurz."

Ich grinste in mich hinein. Dafür war ein Urlaub schließlich da, dass man die relaxte Stimmung ausnutzte. „Mach ruhig die Augen zu. Ich wecke dich, wenn es interessant wird."

Als wenig später ein Lastwagen mit unserem Mann auf einem der hinteren Sitze erschien, war sie tatsächlich eingeschlafen. Nicht mal die Fahrgeräusche weckten sie.

Der Lastwagen fuhr nicht weit, sondern steuerte schon nach fünf Minuten einen Gebäudekomplex an, der aus mehreren Häuserzeilen zu bestehen schien. Dazwischen befanden sich großzügige Grünstreifen und vereinzelt Büsche und Bäume. Insgesamt vier Gärtner stiegen aus und begannen damit, ihr Arbeitsmaterial abzuladen. Der eine griff zu einer Heckenschere, der zweite zu einer Harke, der dritte ebenso, der vierte hievte gemeinsam mit einem der anderen einen Rasenmäher von der Ladefläche.

Unser Mann war einer der beiden mit Harke. Nebeneinander hergehend begannen sie die Kiesflächen um die Häuser herum zu säubern, während ihr Kollege einmal über die nach meinem Erachten noch kurze Grasfläche fuhr und ebenso sämtliche Blätter einsaugte. Der vierte Mann setzte sich in Richtung der Büsche in Bewegung, um sie zu stutzen. Felicitas reagierte nicht, sondern schlief weiter.

Gute eineinhalb Stunden werkelten die vier vor sich hin. Dann machten sie eine Frühstückspause, wie ich vermutete. Sie setzten sich bei geöffneten Türen in den Laster und tranken und aßen, drei von ihnen, auch unser Zielobjekt, stiegen kurz darauf wieder aus, um eine Zigarette zu rauchen.

Felicitas erwachte genau in dem Moment, als sich die Tür des Wohnhauses vor uns öffnete und eine Mutter mit zwei Kindern heraustrat. Sie entdeckten unseren Mann und liefen freudestrahlend auf ihn zu. Er ging in die Hocke und sie unterhielten sich fast fünf Minuten lang, bis die Mutter auf die Uhr blickte und zum Weitergehen drängte. Mit einem versonnenen Lächeln sah er hinter ihnen her.

Einer seiner Kollegen steckte ihm wohl einen Spruch, denn er schüttelte aufgebracht den Kopf, griff zu seiner Harke und entfernte sich von dem Laster, um sein Tun wiederaufzunehmen.

„Warum hast du mich nicht geweckt?", beschwerte sich Felicitas.

„Weil das gerade die erste spannende Aktion war. Vorher haben die nur gearbeitet, ohne dass irgendetwas passierte."

„Die Kleinen schienen den Mann zu lieben, so freudig, wie sie auf ihn zuliefen. Die Mutter dagegen war nicht sonderlich begeistert. Die hätte gern ihre Kinder sofort von ihm weggezogen."

„Ja?" Selbst mir war deren Verhalten aufgefallen, aber ich wollte ihr die Freude am Spekulieren nicht nehmen.

„Das konnte man an ihrer Körperhaltung sehen. Ihr war der Mann suspekt."

Leider blieb es bei diesem einen Ereignis. Die Männer arbeiteten bis zur Mittagszeit, luden ihre Werkzeuge wieder auf und fuhren zurück zum Betrieb. Nach der Pause wurden sie anscheinend auf dem großflächigen Gelände eingesetzt, denn der Laster blieb an Ort und Stelle stehen.

„Ein kleiner Hinweis, mehr definitiv nicht", grummelte Felicitas unzufrieden. „Wie sollen wir Klarheit gewinnen?"

„Indem wir ihm folgen und gucken, wie er sich vor seiner Haustür benimmt." Irgendetwas war an dem Typ, dass mich unsicher werden ließ, ob er tatsächlich als Täter infrage kam.

„Wie schätzt du ihn ein?", fragte ich Felicitas.

„Nicht gefährlich", kam es wie aus der Pistole geschossen.

„Der erinnert irgendwie selbst an ein Kind. Hast du gesehen, wie er die beiden Steine hin und her gedreht und schließlich eingesteckt hat? Und wie er genau darauf geachtet hat, dass keiner seiner Kollegen was davon mitbekommt. Ich denke, der muss ziemlich viel Spott einstecken."

„Trotzdem sollten wir uns besser absichern. Wir folgen ihm." Ich griff zum vierten Mal in den Essenskorb, den meine

Freundin vorbereitet hatte. Er enthielt so viele Köstlichkeiten, dass ich kaum widerstehen konnte.

„Mittagessen fällt heute aus", kommentierte sie meine Verfressenheit, wurde aber abgelenkt, weil der junge Mann erschien und zielstrebig die Straße in die Richtung hinunter wanderte, aus der er am Morgen gekommen war. „Ich glaube, der fährt mit den Öffis." Kaum hatte Felicitas ausgesprochen, öffnete sie die Tür. „Ich begleite ihn."

„Das ist nicht nötig", protestierte ich.

„Vielleicht fällt mir unterwegs was auf." Ohne weiter auf mich zu achten, lief sie hinter ihm her.

„Ruf mich an!" So konnten wir in Verbindung bleiben.

Ich musste fast fünf Minuten warten, bis sie sich meldete. „Wir nehmen die U-Bahn Richtung Möllerbrücke. Laut der Anzeige müsste sie gleich eintreffen."

„Ich parke in der Nähe seines Wohnhauses. Falls er woanders hingeht, sag mir Bescheid."

Kurz darauf brach die Verbindung ab. Ich startete den Motor und fuhr los.

Felicitas rief nicht wieder an. Langsam begann ich mir Sorgen zu machen. So schlecht konnte das Netz doch nicht sein, oder? Andererseits, sie befand sich in der Öffentlichkeit, mit vielen Menschen um sich herum. Was sollte ihr da passieren? Ich fand gegenüber dem Haus eine freie Lücke, von der aus ich es gut im Blick hatte. Das Gebäude war schon älter, dafür relativ gut in Schuss und wirkte gepflegt. Ich zählte acht Parteien, links größere Wohnungen, rechts kleine.

Eine eingehende Kurznachricht lenkte mich ab. *Kurzer Zwischenstopp an der Eisdiele*, schrieb Felicitas. *Wo steckst du?*

Ich gab ihr meinen Standpunkt durch und beobachtete dabei die Frau, die gerade das Haus verließ und eiligen Schrittes in die Richtung lief, aus der meine Freundin kommen musste. Dann geschah etwas Seltsames. Ohne innezuhalten wechselte sie urplötzlich die Straßenseite, huschte sogar knapp vor einem Auto hinüber und wandte sich drüben angekommen dem nächsten Geschäft zu. Sie musterte angelegentlich die ausgestellte Ware im Schaufenster, bevor sie ihren Weg fortsetzte.

Das Klappen der Tür ließ mich herumfahren. Feli grinste mich spöttisch an. „Wen hast du denn beobachtet?"

Ich schaute wieder Richtung Haus. Christoph stand bereits vor der Tür und hantierte mit seinem Schlüssel. In der anderen Hand trug er ein kleines Paket. „Hat er sich sein Eis mit nach Hause genommen?"

„Es sind zwei Becher", berichtigte sie mich. „Das eine ist für seine kranke Mama. Um ihr eine Freude zu machen. Du, der ist nicht unser Täter. Meiner Meinung nach ist er ein bisschen zurückgeblieben. Wenn du ihn reden hörst, wie ein Kind. Der hat der Bedienung in der Eisdiele in aller Ausführlichkeit von ihrer Krankheit erzählt. Die Mama scheint sein Lebensmittelpunkt zu sein."

Jetzt erst entdeckte ich die Eiswaffel, die sie in der Hand hielt. „Und ich?"

„Du hast dafür sämtliche Süßigkeiten vernichtet." Sie bemühte sich ernst zu bleiben. „Willst du dir eben auch eins holen? War nur eine Kugel, damit ich schnell fertig wurde."

Ich öffnete die Fahrertür. „Nein, ich möchte kurz noch was überprüfen."

Ich schlenderte zum Hauseingang und drückte den Klingelknopf unter dem mit Christophs Namen, da ich ihn bei seiner Mutter vermutete. Wie erhofft meldete er sich. „Guten Tag, wir machen eine kleine Umfrage zu den steigenden Benzinpreisen. Könnten Sie mir vielleicht dazu drei Fragen beantworten?", legte ich los.

„Ich habe kein Auto, meine Mutter auch nicht. Wir nutzen nur öffentliche Verkehrsmittel."

Zufrieden ging ich zum Auto zurück. Damit war der Mann aus dem Rennen.

15

„Welchen nehmen wir als Nächsten?", fragte Felicitas, nachdem wir es uns zuhause gemütlich gemacht hatten.

„Den Müllmann." Rein gefühlsmäßig tendierte ich dazu, ihn als Täter auszuschließen. Eine kurze Überprüfung würde hoffentlich ausreichen.

„Schon wieder früh aufstehen!"

„Ich habe mir die komplette Route sagen lassen", beruhigte ich sie. „Es reicht, wenn wir gegen acht oder neun losfahren." Ich empfand es als wesentlich angenehmer, sie neben mir zu haben. Allein ermitteln war oft langweilig, vor allem wenn man jemanden über Stunden beobachten musste. Und frühes Aufstehen im Urlaub hasste ich genau wie sie.

Dienstag, 15. März

Es war relativ einfach, den Müllwagen zu finden. Ich überholte ihn und nahm die erste freie Parklücke. Während wir ausstiegen, entdeckten wir schon die beiden Männer, die zwei Häuser hinter uns die leeren Tonnen zurückstellten. Allerdings sah keiner aus wie der Verdächtige. Auch als Fahrer war er nicht eingeteilt, wie ich mit einem kurzen Blick feststellte. Kurzerhand trat ich zu dem Müllwerker auf meiner Seite. „Ist der Jan heute nicht dabei? Er sagte mir, er arbeite auf dieser Tour."

„Der ist krank", teilte er mir mit, ohne stehen zu bleiben.

„Was jetzt? Fahren wir bei ihm vorbei?“, fragte Felicitas und wandte sich schon dem Auto zu.

„Wird uns wohl nichts anderes übrigbleiben. Vielleicht hat er ja Corona“, witzelte ich. Die derzeitige Inzidenz war jenseits von Gut und Böse. Es war längst keine Pandemie der Ungeimpften mehr.

Der Mann wohnte kurz vor dem Borsigplatz, um diese Zeit eine Fahrt von einer guten halben Stunde, Zeit genug, uns zu überlegen, wie wir vorgehen wollten.

Eine richtig gute Idee kam uns nicht. Ich beschloss, wieder die Interviewmasche abzuziehen. Vielleicht reichten seine Antworten aus, ihn besser einzuschätzen. Immer noch hatte ich das Gefühl, dass er nicht ins Schema passte. Jemand, der sich derart auffällig verhielt, tüftelte normalerweise keine perfiden Pläne aus, sondern reagierte spontan.

Dieses Mal begleitete mich Felicitas. Die Reihe der Mehrfamilienhäuser glich sich wie ein Ei dem anderen: grauer Putz, einfache, ziemlich verschrammte Holztüren, freistehende Briefkastenanlagen neben leeren Fahrradständern, Kiesflächen, die noch die Spuren vom letzten Herbst trugen.

Unser Verdächtiger wohnte im ganz rechten Haus. Ich klingelte mehrfach, doch niemand reagierte. Bevor ich es bei den Nachbarn versuchen konnte, öffnete sich die Tür und ein älterer Mann trat heraus. Er musterte uns misstrauisch. „Zu wem wollen Sie denn?“

„Zum Jan, Jan Senner“, erwiderte ich. „Sein Arbeitskollege sagte mir, er sei krank.“

„Den haben die gestern wieder abgeholt.“

„Ist er in der LWL gelandet?“, fragte ich einer Eingebung folgend. Eine psychische Erkrankung würde seine seltsamen Reaktionen am besten erklären.

Er nickte. „Hoffentlich behalten die den dieses Mal länger. Hat ja nicht viel gebracht, deren Behandlung.“

„Lange war er wirklich nicht draußen“, stimmte ich ihm zu, als wisse ich genau Bescheid.

„Ist er ein Freund von Ihnen?“

„Mein Bruder“, behauptete ich. „Bisher wollte er nie, dass ich mich kümmere. Aber man muss es halt wieder und wieder versuchen.“

„Dann klemmen Sie sich dahinter, dass die ihn dabehalten“, empfahl er mir. „Das ist doch kein Zustand. Er hat so randaliert, dass wir die Polizei rufen mussten.“

„Leider können die behandelnden Ärzte ihn nicht gegen seinen Willen zu einer Tabletteneinnahme zwingen“, antwortete ich aus der Erfahrung unseres letzten Falles heraus. „Man muss versuchen auf ihn einzuwirken, dass er freiwillig zustimmt.“

„Na, dann viel Glück“, wünschte er mir. „Wir Nachbarn wären jedenfalls froh, wenn Sie Erfolg hätten.“

„Wissen Sie, wann er entlassen wurde?“, mischte sich Felicitas ein.

„Vor zwei Wochen genau.“ Er schnaubte. „Die haben den nur vier Tage dabehalten. Wie soll das denn funktionieren?“

„Wir fahren hin und reden mit den Ärzten“, versprach ich. „Das ist wirklich kein Zustand.“

Statt zu meinem Auto wandte ich mich in die andere Richtung und legte ein beträchtliches Tempo vor, um den Mann hinter uns zu lassen.

„Was soll das werden?“, japste Feli, die Mühe hatte mitzuhalten.

„Ich will ihm keine Hinweise auf uns geben, die er später nutzen könnte“, erklärte ich. „Nicht dass er sich unsere Autonummer merkt.“ Vielleicht reagierte ich ein wenig paranoid, weil ich mich schämte, den Mann derart belogen zu haben. Ihn auf diese Weise auszuhorchen, war nicht richtig gewesen. Ich musste einfach darauf hoffen, dass die Ärzte sich dieses Mal bemühten, Einfluss auf den Patienten zu nehmen, damit der sich behandeln ließ.

„Armer Kerl“, meinte Felicitas. „Schade, dass wir nicht wirklich in die Klinik fahren können.“

Mit einem Blick zurück überzeugte ich mich davon, dass der Nachbar mittlerweile außer Sichtweite war. „Komm, wir gehen zurück."

Bevor wir uns den dritten Kandidaten ansahen, legten wir eine kleine Pause in unserer Wohnung ein, damit wir in Ruhe überlegen konnten, wie wir bei diesem vorgehen wollten. Zuvor schrieb ich Kaya eine Nachricht, dass Nummer eins und zwei aus dem Rennen waren, einen Kommentar dazu erhielt ich nicht, allerdings nähere Informationen zu dem Verdächtigen Nummer drei.

„Der Typ war kurz nach der Geburt für ein knappes halbes Jahr mit Briannas Mutter zusammen", rekapitulierte ich.

„Das ist über fünf Jahre her", protestierte Feli. „Wieso steht er auf der Liste?"

„Erstens war die Trennung nicht einvernehmlich, sie hat ihn mit Hilfe einiger Unterstützer rausgeschmissen und er soll ihr gedroht haben. Zweitens wohnen Verwandte von ihm im Haus neben den Yilmaz'. Und drittens hat selbst Kaya bei ihm ein komisches Gefühl." Ich grinste. „Und das will schon viel heißen."

„Was ist über ihn bekannt?"

„Er ist Russe, angeblich selbstständiger Elektriker. Nur findest du nirgendwo einen Hinweis auf einen eigenen Betrieb. Seine Neue ist Zahnärztin, stammt ebenfalls aus Russland, hat zwei Kinder, das Jüngere ist von ihm, und verdient das Geld. Er macht auf Hausmann und arbeitet wohl nur ab und zu. Der ältere Junge geht in die Grundschule, der Kleine in die Kita."

Felicitas wedelte mit der Hand. „Auf, auf! Je eher wir anfangen, desto besser."

„Ich werde das Gefühl nicht los, dass Kemal uns nur beschäftigen will", gestand ich ihr, nachdem wir losgefahren waren. „Wir haben jeweils innerhalb weniger Stunden rausgefunden, dass die angeblich Verdächtigen nicht infrage kommen. Das hätten seine Männer genauso gut schaffen können."

„Was hätte er davon?“

„Keine Ahnung, vielleicht wurmt es ihn, dass ich mich rausgezogen habe. Vielleicht überfordert ihn die Masse an Personen, die überprüft werden muss. Vielleicht ahnt er selbst, dass wir kaum eine Chance haben, den Kerl zu finden, und will es mich mit ausbaden lassen.“

„Könnte sein“, gab sie zu. „Wie wirst du dich verhalten, wenn er mit den nächsten Kandidaten ankommt?“

„Muss ich noch genauer drüber nachdenken. Jedenfalls kann es so nicht weiterlaufen. Die letzte Aktion war schon heftig. Ich habe mich viel zu weit aus dem Fenster gelehnt und keine Lust darauf, mir von Herrn Janzen demnächst wieder eine Ansage einzufangen.“

„Oder du gerätst an den Falschen“, prophezeite Feli düster.

„Diesen einen noch, danach ist Schluss“, wiederholte ich.

Das Navi führte uns die Hauptstraße entlang und hieß uns an einer Kleingartenanlage abzubiegen, anschließend folgten große Felder und Wiesen, die Straße verengte sich zu einem schmalen, ungepflasterten Pfad, der steil hinaufführte. Ich warf einen Blick auf die Anzeige, die behauptete, wir seien richtig. Knapp unterhalb der Anhöhe entdeckte ich linker Hand einen eingezäunten Bereich. Allerdings gab die hohe Hecke aus immergrünen Bäumen uns keine Möglichkeit, das Grundstück näher in Augenschein zu nehmen. „Sie haben Ihr Ziel erreicht“, tönte es im selben Moment aus dem Navi.

Ich fuhr, ohne zu verlangsamen, weiter. Auf halber Strecke endete der Weg an einem Feld.

„So ein Mist!“, kommentierte Felicitas den Umstand, dass ich das Auto nirgendwo abstellen konnte.

Kaum zurück auf der eigentlichen Straße nahm ich die erste freie Lücke und bedeutete meiner Freundin auszusteigen. „Wir machen einen Spaziergang.“

Wieder folgten wir dem Weg hinauf. Das große Tor, durch das man auf das Grundstück gelangte, war mit Planen bespannt. Das Haus stand etwas zurückgesetzt, mehr als dass es sich um ein zweistöckiges Gebäude handelte, war nicht zu sehen. Es gab nur eine Klingel, die mitsamt der Gegensprechanlage an einem Pfosten angebracht war, unter der der Briefkasten, ebenfalls nur mit einem Namen versehen, hing.

Wir schlenderten wie normale Spaziergänger weiter und folgten dem Pfad. In Abständen gingen rechts und links tatsächlich schmale Wege ab. Wir nutzten den ersten, der sich zeigte. Der Abstand zum Grundstück war leider viel zu groß, um Einzelheiten zu erkennen. Im vorderen Bereich bis etwa zur Hälfte des Zaunes befanden sich weitere Heckenpflanzen, der Garten, der sich dahinter erstreckte, war riesig. Er beherbergte zwei Gewächshäuser und, wenn mich nicht alles täuschte, zum Zaun hin sogar mehrere Reihen Beete. Demnach waren die vier Bäume auf der Wiese wohl Obstbäume und die Büsche an den Rändern Beerensträucher.

„Wollen wir näher ran gehen?", fragte Felicitas, nachdem wir einen Bogen geschlagen und fast die Hälfte des Grundstücks umrundet hatten.

Auf dem Acker vor uns wuchs eindeutig noch nichts, sodass wir uns keinen Ärger einhandelten, wenn wir ihn betraten. „Okay."

Da wir uns nicht auf direktem Weg näherten, waren wir fast an der nächsten Ecke angekommen, bevor wir dicht am Zaun standen. Es gab tatsächlich jede Menge frisch umgegrabene Beete, sauber voneinander abgetrennt und die Reihen wie mit der Schnur gezogen. Wer immer sie angelegt hatte, er verstand sein Handwerk.

„In welche Richtung …", schrilles Geschrei ließ Feli innehalten.

Ich duckte mich unwillkürlich, bis ich heraushörte, dass es ein Kind war, das in den höchsten Tönen jammerte. Felicitas griff nach meiner Hand, wir spurteten los.

„Ah, nein, nein!", schrie der Junge. „Nein!"

„Wer nicht hören kann, muss fühlen!“, donnerte eine Männerstimme. „Wie oft habe ich dir gesagt, du sollst die Finger davon lassen!“

Mittlerweile waren wir nah genug, um durch die auch hier wieder dicht wachsenden Bäume spähen zu können. Ich warf mich auf den Bauch, da im unteren Bereich einige größere Lücken entstanden waren, Felicitas ging in die Hocke und versuchte durch einen schmalen Spalt zu schauen.

Jetzt erst hörte ich über das andauernde Jammern des Jungen das Prasseln des Wassers. Trotzdem hätte ich niemals geahnt, was dort geschah. Ein vielleicht sieben- oder achtjähriger Junge wand sich unter dem scharfen Strahl des auf ihn gerichteten Schlauches. Dieser wurde von einem wahren Hünen mit grimmigem Gesichtsausdruck gehalten. Immer wieder versuchte der Junge zur Seite auszuweichen, präzise geführt folgte ihm der Schlauch mit dem eiskalten Wasser, wie ich annahm.

Ein grollendes Bellen erschreckte mich fast zu Tode. Die Äste der Lebensbäume wackelten, als sich ein riesiger zottiger Kopf hindurchschob und direkt vor mir seine Zähne bleckte. So schnell wie möglich krabbelte ich zurück, sprang auf und sah mich panisch nach Felicitas um. Sie war vor Schreck auf den Boden geplumpst und rappelte sich gerade wieder auf. „Weg!“, zischte ich.

16

Gut, dass wir nun eine Wiese unter unseren Füßen hatten. Auf dem stoppeligen Acker wären wir kaum schnell genug vorwärtsgekommen. Schon zwei Minuten später mischte sich in das Gebell zorniges Rufen, der Mann hatte sich selbst durch die Bäume gezwängt, um zu schauen, was seinen Hund dermaßen aufregte.

„Nicht stehen bleiben!", japste ich. „Lauf den Berg ganz hinab, wir holen das Auto später." Hoffentlich hetzte er nicht den Hund auf uns!

Unten angekommen wagte ich es, mich umzudrehen. Nein, nichts zu sehen. Etwas ruhiger traten wir auf den Bürgersteig und wandten uns Richtung Hauptstraße, an der ich mehrere Geschäfte gesehen hatte. Wir gingen sofort in das erste, einen kleinen Lebensmittelmarkt.

„Deine Maske!", zischte Feli. Sie hatte ihre bereits pflichtschuldig aufgesetzt.

Ich begann in der Jacke, die ich angesichts der warmen Temperaturen über dem Arm trug - ein Wunder, dass ich sie bei unserer wilden Flucht nicht verloren hatte -, zu kramen und drehte mich zu den Regalen, bis es mir gelungen war, sie aufzusetzen. Dann schlenderten wir, bewaffnet mit einem Einkaufswagen, durch die Reihen.

„Puh", meine Freundin strich sich die wild durcheinander stehenden Locken aus dem erhitzten Gesicht. „Das war knapp."

„Nie wieder", stimmte ich ihr aus tiefster Seele zu. „Den sollen Kemals Männer übernehmen."

Bis wir das Geschäft verließen, redeten wir nicht mehr über den Vorfall. Erst im Auto kam meine Freundin darauf zurück. „Der arme Kleine! Das war keine Bestrafung, das war Folter!"

Ich sah es ähnlich. „Der Typ muss auf jeden Fall überwacht werden. Selbst wenn im Endeffekt nur Kindesmisshandlung rauskommt."

„Nur?", empörte sie sich.

„Du weißt, was ich meine: Egal ob er als Mörder für unsere Fälle infrage kommt oder nicht." Der Junge war bis auf eine Unterhose nackt gewesen und der Mann hatte gnadenlos mit dem kalten Wasser auf ihn gezielt. Wer zu solch einer Maßnahme griff, regierte bestimmt mit eiserner Hand. Ob die Frau davon wusste? Schade, dass es keine Nachbarn in der Nähe gab, die man befragen konnte.

„In der Schule und in der Kita müsste was aufgefallen sein", meinte Feli.

Die Lehrer und Erzieher zu befragen, würde bestimmt an mir hängen bleiben. Dafür waren Kemals Männer nicht geeignet. Ich sollte überlegen, wie ich dies angehen konnte, dass ich auch Antworten erhielt.

„Oder du befragst die Kinder direkt", schlug meine Freundin vor.

Als wenn die beiden Jungen mir Auskunft geben würden! Der Vater hatte sie bestimmt eingeschüchtert und ihnen gedroht, bloß nichts von seinen Erziehungsmaßnahmen zu verraten. Außerdem sah ich keine Möglichkeit, ohne Aufmerksamkeit zu erregen, an die Kinder heranzukommen.

„Gib Herrn Janzen einen entsprechenden Tipp. Der kann das Jugendamt einschalten."

Das war in meinen Augen keine Option. Die Misshandlungen fanden im Verborgenen statt und waren anscheinend nicht offensichtlich genug, sodass andere Menschen nichts davon bemerkten. Besser war es, Beweise zu sammeln und diese der Polizei und dem Jugendamt zu präsentieren.

„Ich würde den Kleinen am liebsten sofort da rausholen“, gestand Feli. „Dieses jämmerliche Geschrei.“

Ich verbiss mir jeden weiteren Kommentar, weil ich mit meinen Überlegungen schon bei einem anderen Punkt angekommen war: Oder lag bei dem Jungen schon eine extreme Störung vor, die der Vater mit noch größerer Härte beantwortete? „Ich rufe gleich Kaya an und erkläre ihm die Lage“, sagte ich stattdessen. „Kann natürlich sein, dass wir uns heute noch treffen.“

„Unsere restlichen Urlaubstage können wir sowieso vergessen.“ Felicitas seufzte. „Die Kinder sind wichtiger.“

Genau, jetzt konnte ich mich nicht mehr rausziehen. Bestimmt erwartete Kaya von mir Anweisungen, wie seine Leute vorgehen sollten. „Abwarten“, gab ich mich noch nicht geschlagen. „Im Moment wüsste ich nicht, wie wir helfen könnten.“

Ich schickte ihm eine Nachricht, dass ich wegen des dritten Kandidaten dringend mit ihm reden müsse. Keine fünf Minuten später rief er zurück. „Ist er es?“

„Kann ich noch nicht sagen. Am besten wir beratschlagen, wie wir vorgehen wollen.“

„Gut, zwanzig Uhr Kneipe.“

Kaum hatte ich das Gespräch beendet, kam mir ein Gedanke. „Und wenn wir Tom bitten, so zu tun, als nähme er eine neue Aufgabe ins Visier? Er hat sich mit seinen Berichten über den Klimawandel und die Krankheit Schizophrenie einen Namen gemacht. Die, die ihn nicht kennen, können sich bei YouTube über ihn informieren. Wenn er nun behauptet, er sammle Beiträge für einen oder mehrere Filme zum Thema Kindesmisshandlung, würden ihm die Lehrer und Erzieher das bestimmt abnehmen.“

„Willst du ihm allen Ernstes sagen, dass wir hinter einem Kindermörder her sind?“ Felicitas‘ Stimme schnappte fast über.

„Es ginge auch anders. Wir erzählen ihm, wir wären heute spazieren gegangen und dann von unserem Erlebnis und dass wir irgendwas unternehmen wollen, nur nicht wissen, was genau. Mal sehen, vielleicht hat er sogar noch bessere Ideen. Falls nicht, könnte ich diesen Vorschlag anbringen.“

Feli blickte ostentativ zur Wanduhr. „Los, lass uns rübergehen!“

„Welche Laus ist euch denn über die Leber gelaufen“, empfing er uns.

„Wir hatten ein ganz schreckliches Erlebnis“, begann meine Freundin. Mit meiner Unterstützung berichtete sie jede Einzelheit.

Unser Freund und Nachbar war sofort bereit, uns zu helfen. Gemeinsam überlegten wir hin und her, vergebens. Bei jedem Punkt bestand die Möglichkeit, dass der Vater davon erfuhr. Schließlich platzte ich mit meiner Idee heraus. Tom reagierte, wie ich es erwartet hatte. Er sagte zu, es zumindest zu versuchen. „Nur könnte es auffallen, wenn ich gezielt eine einzige Schule anspreche. Ich frage mal bei denen hier in der Nähe nach, ob ich einen Termin bekomme, und fange mit diesen an. So habe ich zwei oder drei, die ich bereits vorweisen kann.“

Er versprach, sich umgehend an die Arbeit zu machen und einen Fragenkatalog auszuarbeiten. Ich sollte in der Zwischenzeit Tim und Mirko informieren. Vielleicht hatten die beiden weitere Vorschläge für uns.

„Wir müssen zuallererst nachrecherchieren, wie bei Kindesmisshandlung vorgegangen wird“, sagte ich zu Feli, nachdem wir zurück in unserer Wohnung waren. Ein wenig Zeit blieb mir noch. Ich fuhr meinen Computer hoch, sie tat das Gleiche mit ihrem Laptop.

Führen Sie keine eigenen Ermittlungen durch! Diesen Satz las ich mehrfach. Sinnvoller sei es, diese Aufgabe den zuständigen Fachleuten zu überlassen. Diese wüssten, den Umständen entsprechend zu reagieren, was so viel hieß wie:

Normalerweise wurden der Familie mehrere Helfer an die Seite gestellt, um eine Verbesserung der Gegebenheiten zu erreichen. Nur im Notfall brachte man die Kinder woanders unter, bei der sogenannten Kindeswohlgefährdung. Wo war denn da der Unterschied? Musste es wirklich erst um Leben und Tod gehen, bevor man die Betroffenen aus den Familien herausnahm?

„Für die Kinder ist das ein riesengroßer Einschnitt“, versuchte mir Felicitas zu erklären. „Die lieben ihre Eltern ja trotzdem. Ein Heim kann keine Dauerlösung sein.“

Für eine längere Diskussion fehlte mir die Zeit, das Treffen mit Kaya stand an.

Er und Ilias trafen gleichzeitig mit mir ein. „Bin echt gespannt“, begrüßte mich Kaya.

Kaum hatten wir die obligatorischen Getränke vor uns stehen, begann ich zu berichten. „Der Typ ist ein Sadist“, schloss ich. „Ihr müsst prüfen, was er an den betreffenden Tagen gemacht hat.“

„Is nur Wochenend unterwegs, sonst immer zu Hause.“

Ich merkte auf. „Und wohin?“

„Freunde treffen.“

„Allein oder mit der Familie?“

„Meist allein.“

So lange hatten sie den Mann gar nicht beobachtet. „Woher habt ihr eure Informationen?“

„Ich kenn einen, der ihn kennt“, bestätigte Kaya meinen Verdacht. „Hat hauptsächlich russisch Freund.“

„Ist dein Informant einer von ihnen?“

„Am Rande vielleicht. Is einer, den seh ich ab und zu. Bei ihm und dem Russen is ähnlich.“

Trotzdem ein Anhaltspunkt. „Ihr müsst versuchen Genaueres rauszukriegen. Ob er nicht doch die Möglichkeit hat, unter der Woche das Haus zu verlassen.“

„Schon wegen Kinder“, ergänzte Kaya zu meiner Überraschung. „Was er macht mit denen, is nich okay.“

Ilias rutschte unruhig auf seinem Platz hin und her. „Wollt ihr euch reinhängen wegen dem, was Alex gesehen hat, oder überprüfen, ob er unser Täter ist?“

„Beides“, stellte ich klar. „Wer sich bei den eigenen Kindern so aufführt, dem sind fremde erst recht egal, besonders wenn er mit den Fotos richtig Geld machen kann.“

„Ah, ja“, fiel es Kaya ein. „Nix bis jetzt, Darknet is groß.“

„Wie denkst du, sollen wir vorgehen?“, wollte Ilias wissen.

„So viel Hintergrundinformationen über den Typ besorgen wie möglich. Am besten wäre es, wenn ihr dort eine Kamera installieren könntet, vielleicht am Zaun? Du kümmerst dich bitte um den Bekannten von ihm“, wandte ich mich an Kaya. „Such dir irgendeinen guten Grund, warum du dich für ihn interessierst, nur bitte nicht den wahren.“

„Un welchen?“

Keine Ahnung, und natürlich fiel mir auf die Schnelle nichts Vernünftiges ein. „Wie ist der denn drauf?“

Er zuckte die Achseln.

„Kriegen wir hin“, behauptete Ilias.

„Und du? Was tust du?“, kam es von Kaya.

„Ich werde einen Kumpel anspitzen, der sich um die Lehrer an der Schule kümmert, ganz unverdächtig in Form einer Umfrage. Ich selbst will mir den Jungen anschauen, wie er sich auf dem Schulhof verhält, wie auf dem Weg zur Schule und so weiter. Deshalb müssen wir unser Vorgehen umstrukturieren. Ich würde vorschlagen, die Nachforschungen über sämtliche Personen aus dem Umfeld der getöteten Kinder laufen weiter. Noch wissen wir nicht, ob der Russe wirklich unser Täter ist. Nicht dass wir uns zu früh festlegen.“

Beide nickten, bis dahin waren sie einverstanden.

„Eure Leute müssen von sich aus tiefer graben, zunächst einmal mögliche Alibis überprüfen. Unser zweiter Kandidat war zum Beispiel mehrfach wegen psychischer Probleme in einer Klinik und fällt dadurch aus dem Raster. Der erste hat keinen Führerschein und ist auch nicht in der Lage, ein Auto zu

fahren. Solche Dinge sollten abgeklärt sein, bevor ihr sie als Verdächtige notiert. Nur wer sowohl Zeit als auch die entsprechenden Möglichkeiten hat, darf auf die Liste kommen.“
„Das viel Arbeit“, nörgelte Kaya.
„Grenzt aber im Vorfeld besser ein“, hielt ich dagegen. „So groß ist der Aufwand bei den meisten nicht. Ich habe meine zwei in kürzester Zeit streichen können.“
„Du bist clever“, platzte Ilias heraus, „und hast Ahnung, wie du vorgehen musst, um das Richtige rauszukriegen.“
„Das ist keine Hexerei“, grinste ich. „Merkt euch einfach: Alibi für die Stunden der Morde, Fähigkeiten, sich dorthin zu bewegen, eventuelles Motiv. Das wäre für den Anfang schon alles.“
Wir verabredeten, täglich telefonisch in Verbindung zu bleiben. Sobald etwas Handfestes vorlag, würden wir uns erneut treffen.“

17

Mittwoch, 16. März

Am nächsten Tag machten Felicitas und ich uns auf den Weg zur Grundschule, in die der Junge voraussichtlich ging. Ich hatte gestern Abend noch anhand seiner Adresse überprüft, um welche es sich wohl handelte. Eigentlich kam nur eine infrage.

Das Gebäude befand sich am Ende einer reinen Wohnstraße. Direkt dahinter entlang zog sich über die gesamte rückwärtige Fläche die Zufahrt zu einer Kleingartenanlage. Von dort aus hatten wir einen guten Blick auf den Schulhof.

Wir lauerten in der Nähe, bis wir das Klingeln der Pausenglocke hörten. Kaum rannten die ersten Kinder heraus, setzten wir uns langsam in Bewegung. Ungefähr auf der Hälfte der Strecke blieben wir stehen und mimten ein in eine ernsthafte Diskussion vertieftes Paar, redeten gestikulierend aufeinander ein und schienen keinen Blick für die Umgebung zu haben.

„Ich sehe ihn", sagte Felicitas verbunden mit einer heftigen Handbewegung in meine Richtung. „Er geht mit zwei anderen Jungen zum Spielplatz, nein, sie setzen sich auf die Steine, die diesen abgrenzen."

Dieser befand sich etwas nach links versetzt und bestand aus drei verschiedenen Klettergerüsten, die bereits von laut schreienden Kindern umlagert waren.

„Eine echte Unterhaltung gibt es nicht", teilte mir meine Freundin mit. „Die sitzen einfach da und gucken, was die anderen so treiben."
Immerhin wurden sie von diesen in Ruhe gelassen, was durchaus nicht der Norm entsprach. Ungefähr nach der Hälfte unseres Gespräches drehten wir uns ein wenig, sodass ich mich selbst von dem Treiben der Kinder überzeugen konnte. Die meisten spielten friedlich miteinander, die auf den Klettergerüsten drängelten und schubsten, sodass ab und zu eines der Opfer in den darunter liegenden Sand abstürzte, schlimmer jedoch waren mehrere Jungen, hauptsächlich aus der vierten Klasse, wie ich schätzte, die sich gezielt Schwächere suchten, um sie zu drangsalieren. Sie schienen als Übeltäter bekannt, relativ schnell war ein Lehrer zur Stelle und rief sie zur Ordnung.
„Also hat sich unser Junge mit den anderen beiden zusammengeschlossen, um seine Ruhe zu haben", schlussfolgerte Felicitas.
„Oder die Übeltäter wissen, dass sie gegen die drei keine Chance haben", wandte ich ein. Von diesem einen Blick auf ihn konnten wir keine Schlüsse ziehen. Dafür verhielt er sich viel zu ruhig, besser gesagt passiv. Ob er nicht auffallen wollte oder er tatsächlich zu den Zurückhaltenden gehörte, war nicht zu erkennen.
Die Schulglocke verkündete das Ende der Pause und die Schüler liefen auf den Eingang zu, um sich in geordneten Reihen aufzustellen. Auch dabei blieb unser Junge zahm, er und seine Freunde nahmen nicht mal an der wohl allgemein üblichen Schubserei teil.
„Am liebsten wäre ich hingegangen und hätte ihn angesprochen." Felicitas seufzte tief. „Er ist so ein hübsches Kind, findest du nicht auch?"
Darauf hatte ich nicht geachtet, mir war es wichtiger gewesen, mich in erster Linie auf seine Gestik und Mimik zu konzentrieren, die allerdings sehr sparsam ausgefallen war, sodass ich

keine Rückschlüsse daraus ziehen konnte. Das Einzige, was mir im Gedächtnis blieb: Er hatte kurze schwarze Haare, ein längliches Gesicht, trug saubere Kleidung, war der Kleinste von den dreien und ziemlich schmächtig. „Hm", brummte ich, was sie hoffentlich als Zustimmung wertete.

„Auf mich wirkte er weder angespannt noch aggressiv", fuhr sie fort. „Hätte ich diese Bestrafungsaktion seines Vaters nicht gesehen, würde ich ihn für ein ganz normales Kind halten." Sie hielt inne. „Meinst du, wir verrennen uns? Vielleicht hat der Kleine irgendwas super Schlimmes angestellt und sein Vater ist ausgerastet, zum ersten Mal in seinem Leben."

Nein, sein Gesichtsausdruck war dafür viel zu gleichmütig gewesen, das war kein Mann in Rage, sondern einer, der strafen wollte.

„Schade, dass ich nächste Woche schon wieder arbeiten muss. Ich hätte gern weiter an euren Nachforschungen teilgenommen."

„Kannst du", beruhigte ich sie. „Zum einen erfährst du sämtliche Einzelheiten, die sich ergeben, sobald du zu Hause bist, zum anderen ist die Sache bestimmt nicht schnell geklärt. An den Wochenenden kannst du teilnehmen."

„Das ist ganz was anderes." Sie stampfte unzufrieden mit dem Fuß auf.

„Nutzen wir den heutigen Tag noch", schlug ich vor und wandte mich zum Gehen. „Ich würde gerne Briannas Mutter befragen, wie sie den Typ einschätzt."

Leider erreichte ich nur Kayas Mailbox. Ich hinterließ ihm eine kurze Nachricht, dass ich gern die Telefonnummer von ihr hätte. „Normalerweise reagiert er schnell. Lass uns schon mal in Richtung Bövinghausen fahren", schlug ich vor.

„Was versprichst du dir davon? Ist unser Auftauchen dort nicht zu gefährlich?"

„Ohne unsere Begleiter müssten wir sicher sein. Ich vermute, es handelt sich bei den Animositäten um Drogenrivalitäten.

Die haben Angst, dass die sich in ihrem Bezirk ausbreiten wollen und den Tod der Kleinen als Vorwand benutzen."

„Dein Wort in Gottes Ohr." Felicitas lehnte sich zurück und streckte die Beine von sich. „Eigentlich eine gute Art, seinen Urlaub zu verbringen. Wir sind viel zusammen unterwegs, lernen neue Leute kennen." Mehr Positives fiel ihr wohl nicht ein. Sie wandte den Kopf und starrte aus dem Fenster.

Kaya meldete sich, kurz bevor wir den Ortsteil erreichten. „Warum?", fragte er. „Ich kann anrufen."

„Ich will nicht gleich mit der Tür ins Haus fallen", versuchte ich zu erklären. „Ich werde über Umwege versuchen etwas rauszubekommen."

Er knickte ein und diktierte mir die Handynummer. „Viel Glück!"

Würde ich eben später behaupten, sie habe uns eingeladen, sie zu besuchen, weil man sich so besser unterhalten könne. Begeistert war sie nicht, als ich meine Bitte vortrug. „Ich habe alles erzählt."

„Ich möchte einen anderen Ansatz nehmen", ließ ich nicht locker. „Einen, der die Typen, die mich bisher begleiteten, nichts angeht. Sie haben darauf bestanden, dass ich mich einklinke, müssen aber nicht über jeden Weg, den ich nehme, Bescheid wissen."

„Ach, so ist das!" Ich hatte sie offensichtlich neugierig gemacht. „Wann könnten Sie denn hier sein? Ich will nachher noch weg."

„Wir, also meine Freundin und ich, sind ganz in der Nähe. In zehn Minuten, wenn es Ihnen recht wäre."

„Okay, ich warte."

Wir fanden drei Häuser weiter einen Parkplatz und stiegen aus. Gegenüber saß ein junges Pärchen und knutschte, was das Zeug hielt, ansonsten war die Straße wie leergefegt.

Unsere Gastgeberin hatte uns schon kommen sehen und drückte auf, bevor ich geklingelt hatte. „Kommen Sie rein", sagte sie und führte uns wie die Male zuvor ins Wohnzimmer.

Wieder wies sie uns an, auf der Couch Platz zu nehmen, stellte sich selbst ans Fenster und griff zu einer Zigarette. „Was wollen Sie wissen?"

„Gab es bei Ihren bisherigen Lebensgefährten irgendwelche Auffälligkeiten? Ich möchte nicht, dass unsere Begleiter in deren Leben herumstochern", beeilte ich mich zu versichern. „Falls es so ist, kümmere ich mich selbst darum."

Sie zog die Stirn kraus. „Von denen hat keiner ihr das angetan. Die war denen scheißegal. Um sich an mir zu rächen?", dachte sie laut nach. „Nee, bestimmt nicht."

„Wir dürfen sie trotzdem nicht außen vor lassen", behauptete ich. „Sie wissen von dem zweiten toten Jungen, dem kleinen Türken?"

Sie nickte heftig. „Deswegen tun die das ja. Nicht für Brianna."

„Bei uns sieht das anders aus", übernahm Felicitas. „Für uns sind beide Kinder gleich wichtig. Außerdem haben wir Angst, dass, wenn der Täter nicht gestoppt wird, er sich bald sein nächstes Opfer holt."

Sie schlug die Hand vor den Mund. So weit hatte sie anscheinend gar nicht gedacht. „Also der Vater von der Brianna hat sich schon vor der Geburt abgesetzt." Sie zischte laut. „Sobald er gehört hatte, dass ich schwanger war. Der sitzt zurzeit im Knast, Betrug in mehreren Fällen. Nach ihm kam der Igor, ein Russe. War grad erst nach Deutschland gekommen, wohnte noch im Heim. Der hat gar nicht bei mir gewohnt. War auch besser so. Dem ging Briannas Geschrei auf den Sack. Klar, sie hat als Baby viel geschrien. Ist normal, denke ich. Als ich mitgekriegt hab, wie der sie schütteln wollte, hab ich ihn rausgeschmissen."

„Schütteln?", Felicitas' bestürztes Gesicht zeigte ihre Fassungslosigkeit. „Weil sie schrie?"

„Sie hörte einfach nicht auf. Er hat gesagt, ich soll die Tür zumachen und nicht hingehen. Aber sie schrie einfach weiter. Irgendwann ist er sauer geworden und raus. Ich hinterher, er reißt sie hoch und fängt an, sie zu schütteln. Da hab ich sie ihm weggenommen. Als Mutter muss man sein Kind beschützen."

„Hat er sie lange geschüttelt?", fragte ich nach. Durch so einen Gewaltakt konnte man gerade bei Säuglingen auch eine bleibende geistige Behinderung verursachen.

„Nee, ich war super schnell. Ich hab ihn angeschrien, so was dürfe man mit einem kleinen Kind nicht machen. Er sagte, ich verwöhne die Kleine mit meinem ständigen Hinlaufen. Sie müsse bestraft werden. Dann würde sie das kapieren und aufhören. Aber der Kinderarzt hat gesagt, ich soll sie nicht schreien lassen." Ihr Gesicht war vor Erregung rot angelaufen, sie drückte ihre Kippe aus und zündete sich gleich die nächste an.

„Und Sie haben ihn rausgeschmissen", wiederholte ich ihre Worte.

„Der hat von mir verlangt, dass ich ihn einziehen lasse und er sich um Brianna kümmert, auf seine Art. Das wollte ich nicht. Ich habe Carlos gebeten, ihm klarzumachen, dass ich ihn nicht mehr sehen will. Carlos wohnt in der Nachbarschaft. Den hatte ich beim Einkaufen kennengelernt. Der war viel netter."

„Er hat es geschafft, ihn zu vergraulen?" Felicitas legte genau die richtige Portion Hochachtung in ihre Stimme, um glaubwürdig rüberzukommen.

„Der hat hier viele Freunde. Die haben ihn unterstützt." Sie zog nachdenklich an ihrer Zigarette. „Jetzt, wo ich das erzähle … dem traue ich zu, dass er ihr was angetan hat. Nur aus Frust, damit er doch gewinnt."

„Wir werden ihn uns auf jeden Fall näher anschauen", versicherte ich ihr. „Wissen Sie, wo er hingezogen ist?"

Sie nickte heftig. „Der hat eine Russin im Heim kennengelernt und ist mit der zusammen weggegangen. Die sollen immer noch zusammen sein. Ich kann nachfragen, wenn Sie wollen."

„Hatte sie ein Kind?“, fragte ich, ohne auf ihr Angebot einzugehen.

„Einen kleinen Jungen. Ich hab gehört, er hat ihr auch noch eins gemacht.“

„Und Sie waren dann mit Carlos zusammen?“ Der hatte anscheinend diesen Igor nahtlos ersetzt.

„Der ist voll okay. Hat aber nicht lange gedauert, bis seine Frau ihn sich wieder gegriffen hat. Der hat drei Kinder mit ihr, die sind ihm wichtig.“

„Gab es nach ihm einen weiteren Lebensgefährten?“

Sie schnaubte laut. „Ja, dem sein Freund. Von dem war ich schwanger, aber weil er mich geschubst hat, hab ich das Baby verloren. Danach war ich lange krank. Jetzt hab ich einen kennengelernt, der kannte Brianna noch gar nicht. Außerdem haben Carlos und seine Freunde immer auf sie aufgepasst.“ Sie stutzte. „Nur an dem Tag nicht. Wieso hat er nichts gemerkt?“

Das fragte ich mich auch. „Meinen Sie, ich könnte mit ihm sprechen?“

Sie drückte energisch ihre mittlerweile dritte Zigarette aus. „Wenn ich ihm das sag. Aber ich will dabei sein.“

Wahrscheinlich war es sogar besser, wenn sie uns begleitete.

„Hätten Sie denn noch kurz Zeit?“

18

Es war ein echter Glücksfall für uns, dass sie gemeinsam mit uns vor die Haustür trat. Draußen hatte sich eine Gruppe Jugendlicher versammelt. Kaum waren wir ein paar Schritte gelaufen, wurden sie unruhig. Briannas Mutter, die hinter uns kam, zog die richtigen Schlüsse. „Ey, die sind okay. Die helfen mir. Wir wollen mit Carlos reden. Könnt ihr ihm das sagen?"

Ein etwas Älterer in der vordersten Reihe, bestimmt schon Anfang zwanzig, kniff abschätzig die Augen zusammen. „Der ist beschäftigt."

„Ist aber wichtig, geht um Brianna." Sie war den Umgang mit den Kerlen offensichtlich gewohnt. „Sag ihm das, los!"

Murrend zog er sein Handy aus der Hosentasche und sprach kurz hinein. „Du sollst in die Kneipe kommen." Uns ignorierte er geflissentlich.

„Ist nicht weit", wandte sie sich an uns. „Gleich hier vorne um die Ecke."

Sie marschierte los und wir hinter ihr her. Die Jugendlichen folgten uns in einigem Abstand. „Die passen auf", erklärte sie uns.

Die Kneipe entpuppte sich als kleine Kaschemme, unten in einem normalen Wohnhaus gelegen: eine lange Theke, vier Tische, vielleicht vierzig Quadratmeter groß. An einem Zweiertisch im hinteren Bereich saßen zwei Männer, beide so

Ende Dreißig. Der mit dem rasierten Schädel stand auf, als wir eintraten, und kam auf uns zu.

„Die beiden sind okay, Carlos", wiederholte Briannas Mutter besänftigend. „Die Türken haben die erst gezwungen mitzumachen. Jetzt wollen die unbedingt den Täter kriegen. Der hat noch einen Jungen umgebracht, sagen sie."

Er musterte uns wortlos.

„Einen kleinen Türken", ergänzte ich. „Deswegen sind die Angehörigen so erpicht darauf, ihn zu erwischen."

Ihm ging ein Licht auf. „Der Junge auf dem Spielplatz."

„Genau der. Wir haben den Verdacht, dass der Täter schon bald wieder zuschlagen wird. Der hört nicht einfach auf."

„Hätten die gleich mit offenen Karten gespielt, hätten wir denen sogar geholfen." Er fuhr sich mit der Rechten über die Glatze. „Stattdessen tauchen die mit Verstärkung auf und spielen die starken Männer."

„Verstärkung?" Meinte er etwa uns damit?

Er lächelte mitleidig, dass ich nicht verstand. „Zwei vollbesetzte Autos im Hintergrund. Bis auf das eine Mal, wo der Spacken mit dir allein kam."

Und ihm gleich das Auto zerkratzt wurde, ergänzte ich im Stillen.

Briannas Mutter wurde es zu bunt. „Hast du sie echt nicht gesehen an dem Tag, Carlos?"

„Doch, sie ist wie üblich rumgelaufen. Hab sogar kurz mit ihr geredet, sie gefragt, ob alles klar ist. Hab aber nicht weiter auf sie geachtet. Meine Jungs auch nicht, war echt alles wie immer."

„Hat sie mit irgendeinem Fremden gesprochen oder ist euch einer aufgefallen, der normalerweise nicht in dieser Gegend unterwegs ist?", hakte ich nach.

„Nee, darum hätten wir uns längst gekümmert. War echt alles wie immer", wiederholte er.

„Wo wurde Brianna zuletzt gesehen?"

„Am Supermarkt, danach nicht mehr."

„Der neben dem Bäcker?“, vergewisserte ich mich.

Er nickte.

„Die haben nach Igor gefragt“, sagte ihre Mutter. „War er mal wieder in der Gegend?“

„Der? Den hätten wir im Auge behalten. Mit dem habe ich noch eine Rechnung auf“, wandte er sich an mich. „Sobald der einen Fuß in mein Gebiet setzt, ist er dran. Das weiß er auch. Das wagt der nicht.“

„Was hat er gemacht?“

Wider Erwarten erhielt ich tatsächlich eine Antwort. „Das ist ein Psychopath, völlig unberechenbar. Als uns Alice“, er nickte in Richtung von Briannas Mutter, „bat, ihr zu helfen, ist er ausgetickt, hat drei meiner Jungs verletzt. Wär dem egal gewesen, wenn er sie totgeschlagen hätte.“ Er hielt inne und dachte nach. „Nein, der war nicht hier, das hätten wir mitgekriegt.“

„Immerhin brauchen wir uns damit nicht mehr um ihn zu kümmern“, brachte ich vor und gab mir den Anschein, dankbar zu sein. „Wäre natürlich schön gewesen, wenn wir irgendeinen kleinen Anhaltspunkt zu dem Täter hätten.“

„Muss einer gewesen sein, der mit dem Auto durchgefahren ist und die Kleine mitgenommen hat“, lautete seine Vermutung.

„Dann vielen Dank für das Gespräch.“ Mehr würden wir nicht erfahren.

Gemeinsam mit Briannas Mutter verließen wir die Kneipe. Sie wandte sich nach links, wir nach rechts.

Die Jugendlichen standen noch immer in der Nähe des Hauses. Felicitas umklammerte meinen Arm. „Meinst du, die bleiben friedlich?“

„Davon gehe ich aus“, beruhigte ich sie, obwohl ich ebenfalls ein mulmiges Gefühl hatte.

Sie ließen uns nicht aus den Augen, während wir langsam weitergingen. Einer zischte den Freunden etwas zu, worauf alle lachten. Es klang ziemlich gehässig.

„Nicht umdrehen!“, warnte ich meine Freundin. „Tu einfach so, als sei alles in Ordnung.“ Dabei musste ich mich selbst zwingen, nicht rascher auszuschreiten. Ich fühlte mich wie auf dem Präsentierteller. Wenn die beschlossen, uns anzugreifen, hatten wir keine Chance.

Wir erreichten unbehelligt das Auto, stiegen ein, ich startete den Motor und fuhr los, ohne mich anzuschnallen. Bloß weg!

„Ich glaube, ich freue mich doch auf meine Arbeit.“ Felicitas stieß die angehaltene Luft aus. „Auf diese Art von Aufregung kann ich verzichten.“ Sie drehte sich halb in ihrem Sitz und sah mich an. „Sei bitte vorsichtig und gehe kein unnötiges Risiko ein, hörst du?“

Natürlich versprach ich ihr, mich zurückzuhalten. Andererseits wusste sie genauso gut wie ich, dass man eben manchmal nicht mal ahnte, wie gefährlich es werden konnte.

„Wie geht es jetzt weiter?“, fragte sie, ohne länger auf diesem Punkt herumzureiten.

„Wir müssen uns auf Kaya und seine Leute verlassen. Im Gegensatz zu Carlos vermute ich nach wie vor, dass der Täter irgendwo im Umkreis der beiden Kinder zu finden ist. Brianna wäre vielleicht freiwillig zu einem Fremden ins Auto gestiegen, Amir garantiert nicht. Außerdem sind nach meinem Erachten beide gezielt ausgesucht worden. Das ist nur ein Gefühl, Beweise dafür habe ich nicht“, wehrte ich gleich weitere Nachfragen dazu ab.

„Und der kleine Russe?“

„Der hat genauso viel Priorität für mich. Nur muss ich auch bei ihm abwarten, bis andere etwas ausgraben.“

„Was für ein blöder Fall!“, sagte sie. „Es gibt nichts, was einen weiterbringt.“

Ich stimmte ihr aus ganzem Herzen zu. „Immerhin können wir die letzten zwei Tage für uns nutzen“, versuchte ich sie zu besänftigen.

„Die gäbe ich gern freiwillig her, wenn uns das helfen würde.“

Trotzdem schlug ich den Weg zu einer von uns bevorzugten Pizzeria ein, damit wir uns wenigstens etwas Gutes zu Mittag gönnen konnten. Anschließend legten wir einen gemütlichen Nachmittag und Abend zu Hause ein. Für heute waren wir genug unterwegs gewesen.

Montag, 28. März

Ich hielt es allein in der Wohnung nicht aus und machte mich erneut auf den Weg zur Grundschule. Dieses Mal wanderte ich allerdings nur einmal Richtung Kleingartenanlage und kurz vor dem Ende der Pause wieder zurück. Der Junge saß mit seinen Freunden ein wenig abseits. Mehr konnte ich leider nicht erkennen. Unzufrieden fuhr ich zurück und überlegte krampfhaft, was ich sonst noch unternehmen konnte.

Im Internet suchte ich nach der Schule und öffnete die Präsentation, auf der ich über sämtliche Angelegenheiten informiert wurde, unter anderem auch, bis wann die Betreuung dauerte. Ich schickte Felicitas eine Nachricht, dass ich etwas später als sie zu Hause sein würde.

Außer mir standen genau vier Personen an der Bushaltestelle: zwei ältere Damen, ein Rentner und der Junge. Er ließ den Erwachsenen den Vortritt und trat als Letzter ein. Ich hatte mich relativ weit vorne hingesetzt und darauf geachtet, dass der Platz neben mir frei blieb, indem ich erst vor ihm einstieg. Doch er nahm den Einzelsitz hinter dem Fahrer und stellte seinen Rucksack zwischen seine Füße.

Fast unbeweglich saß er da und schaute durch die Frontscheibe hinaus. Zwei Haltestellen später hatte er sein Ziel erreicht. Kurz entschlossen fuhr ich weiter. Er war der Einzige, der ausstieg. Sonst hätte er mich vielleicht entdeckt.

Er blieb kurz stehen, setzte den Rucksack auf und trabte langsam in Richtung seines Zuhauses. Bildete ich es mir nur ein oder waren seine Schritte tatsächlich langsam und zögerlich?

Am nächsten Morgen wartete ich mit dem Mercedes von Toms Opa am Ende des Berges auf die Mutter, die ihre Kinder morgens zur Schule und in die Kita brachte, wie mir Ilias mitgeteilt hatte. Vorsichtshalber war ich sehr früh erschienen, da ich nicht wusste, wann sie losfuhr.

Meine Besonnenheit zahlte sich aus. Um halb acht kam ein Kombi die Straße herunter, beim Abbiegen erkannte ich auf dem Rücksitz zwei Kinder. Ich hängte mich mit etwas Abstand an sie, viel Verkehr herrschte nicht.

Seltsamerweise setzte sie zuerst den Größeren ab, der nun noch gute zwanzig Minuten auf den Einlass warten musste. Mit einem kurzen Winken verabschiedete sie sich. Einige Straßen weiter hielt sie erneut. Das Gebäude mit den bunt bemalten Fenstern, den Fahrradständern vor dem Eingang und nicht zu vergessen den drei bunten Figuren, die dem Autofahrer verdeutlichten, dass sie in diesem Bereich besondere Sorgfalt walten lassen mussten, zeigte, dass wir die Kita erreicht hatten.

Ich parkte auf dem gegenüberliegenden Bürgersteig und sah zu, wie sie einen etwa dreijährigen Jungen aus seinem Sitz nahm und ihn hineintrug, da er sich offensichtlich gegen den Besuch dieser Einrichtung wehrte. Sein lautstarkes Brüllen war nicht zu überhören.

Dementsprechend dauerte es eine Weile, bis die Frau wieder erschien, deutlich gestresst und in Eile. Sie würde in diesem Zustand garantiert nicht bemerken, ob ihr jemand folgte.

Die Fahrt führte drei Vororte weiter. Schließlich bog sie auf einen Parkstreifen vor einer Gebäudezeile ein. Ich suchte mir zwei Straßen weiter eine Lücke und schlenderte zurück. Von ihr war nichts mehr zu sehen, aber die angebrachten Schilder neben den eingezeichneten Parkflächen verrieten mir, dass in diesem Bereich die Ärzte parkten, die in dem Ärztehaus praktizierten. Ich suchte auf der Tafel neben dem Eingang die Zahnarztpraxis. Sie befand sich in der dritten Etage: Dr. A.

Petrov und Dr. I. Dudek, es handelte sich um eine Gemein-
schaftspraxis.

19

Genaueres erfuhr ich wenig später von Ilias, der mir in Kayas Auftrag über die Erfolge ihrer Recherchen berichten sollte. „Er heißt ja Sokolow, sie dagegen Dudek, ist das nicht ein polnischer Name? Der Ältere heißt Adam, der Jüngere Sila. Der ist von dem Russen. Mit dem anderen ist sie nach Deutschland gekommen, ohne Mann. Sie ist Zahnärztin, hat gemeinsam mit einem Partner eine eigene Praxis. Die verdient gutes Geld, davon haben die sich vor drei Jahren das Haus geleistet. Er tut nicht viel, ab und zu arbeitet er mal für irgendwelche Bekannten, meist am Wochenende. Ansonsten kümmert er sich um den Garten, baut für die Familie Gemüse und Obst an. Die haben einen extrem scharfen Wachhund, der tagsüber fast immer auf dem Gelände herumläuft. Deshalb können wir nicht nah ran."

Er hatte ebenso die Namen der Grundschule und der Kita parat, über die Kinder wusste er nichts Näheres, da ich mich ja darum hatte kümmern sollen.

„Heute Abend wollen wir versuchen, zwei Kameras zu installieren, müssen abwarten, ob und wann der Hund drinnen ist."

„Wo hat die Familie vorher gewohnt?"

Er nannte mir eine Adresse am Rande der Nordstadt. „Ist nichts rauszukriegen. Das ist eine billige Absteige. Da wohnen die, die nicht viel Geld haben. Sobald sie es sich leisten können, sind sie weg."

„Gibt es denn nicht einen, der schon länger dort wohnt?"

Er zögerte. „Zwei, einer ist Alkoholiker, einer nicht ganz richtig im Kopf. In dem Haus ist immer viel Theater, es wird gebrüllt, gesoffen und Stress gemacht. Also eher in allen drei Häusern, die der Stadt gehören", stellte er richtig. „Das ist so die erste Anlaufstelle, wenn du aus einem der Flüchtlingsheime kommst."

Wenn es sich irgendwie vermeiden ließ, würde ich dort nicht vorbeischauen. „Haben die sich über die Familie geäußert?"

„Angeblich können sie sich nicht an die erinnern. Ist ein ständiges Kommen und Gehen. Ich bin mir nicht mal sicher, ob die tatsächlich so viele Jahre da gewohnt haben. Kann ich mir eher nicht vorstellen. Du müsstest die mal sehen. Feine Dame, wie aus dem Ei gepellt."

Wieder einmal stellte ich fest, wie viel informativer Ilias im Gegensatz zu Kaya war. „Ihr habt schon eine Menge rausgekriegt", lobte ich ihn.

„Das Wichtigste fehlt: Was hat er an den Tagen gemacht, als Amir und Brianna starben." Sein Frust war ihm deutlich anzuhören. „Die Kontakte, die er hat, sind Russen, eher einfache Leute, für die er der Macher ist. Die kann ich nicht nach ihm fragen. Das würde er sofort erfahren."

„Vielleicht kriegen wir ihn andersherum", dachte ich laut nach. „Wenn wir ihm nachweisen, dass er seine Kinder misshandelt, kommt eine richtige Untersuchung in Gang. Dann werden auch seine Alibis akribisch geprüft."

„Dann sitzt er längst im Gefängnis", belehrte er mich.

Der erste eindeutige Hinweis, dass Kemal die Sache selbst in die Hand nehmen wollte! „Ja, und?", stellte ich mich dumm.

„Du kennst eure Gerichte, wärst du als betroffener Vater mit ein paar Jahren Gefängnis einverstanden?"

Ich sparte mir eine Diskussion darüber, was eine angemessene Strafe sein könnte. Wir würden sowieso nicht übereinander kommen. „Und wie läuft es sonst?"

Er seufzte. „Ist ne Menge Arbeit. Und kein neuer Kandidat in Sicht."

Tom, der mich kurz darauf aufsuchte, war optimistischer. „Ich hatte gerade mein erstes Gespräch an der hiesigen Schule. Morgen folgt die nächste, am Freitag die Grundschule des Jungen.“

„Du legst ein ziemliches Tempo vor“, staunte ich. So schnell hatte ich nicht mit Ergebnissen von seiner Seite gerechnet.

„Wegen der bald beginnenden Osterferien.“ Er grinste. „Ich habe behauptet, die nächsten eineinhalb Wochen seien schon mit Terminen voll. Man ist mir großzügigerweise entgegengekommen.“

Freitag, 1. April

Wie es aussah, mussten wir darauf hoffen, dass Tom etwas herausfand. Obwohl es Ilias' Leuten gelungen war, zwei Kameras am Zaun zu installieren, hatte sich bisher nichts Bedeutendes getan. Zweimal war Igor mit Adam im Gewächshaus verschwunden, das außerhalb ihres Aufnahmebereiches lag. Zudem hatte sich das Wetter wieder verschlechtert, die Temperaturen luden nicht zu einem Aufenthalt im Freien ein, sodass es verständlich war, wenn sie im Haus blieben.

Ich selbst hatte es noch einmal gewagt, den Bus zu nehmen, mich jedoch nicht getraut, den Jungen anzusprechen. Was hätte ich sagen sollen? Wie sein Vertrauen gewinnen? Mir fiel nichts ein, wie sich unauffällig eine Kontaktaufnahme gestalten ließe. Das Einzige, was ich mit Sicherheit sagen konnte, war: Alles in Adam sträubte sich davor, nach Hause zu gehen. Ich hatte, schon bevor er ausstieg, aus dem Fenster geschaut und in daher genau im Blick, als er auf den Bürgersteig trat. Ich sah den Widerwillen in seinen Augen, seine Körperhaltung drückte die Resignation aus, die er empfand.

Felicitas, der ich davon erzählte, versuchte mich einzubremsen. Ihrer Meinung nach interpretierte ich zu viel in das seelische Empfinden des Jungen hinein. „Gut, wir haben eine Szene miterlebt, die uns gehörig aufstieß. Andererseits wissen wir nicht, warum der Vater so reagierte. Ich gebe zu bedenken, dass eine einzige erlebte Situation nicht unbedingt ein Beweis ist.“

Ich starrte sie verblüfft an. Wieso war sie umgeschwenkt? Bisher war sie diejenige gewesen, die mehr noch als ich selbst fast vor Mitleid für das Kerlchen zerfloss.

„Wenn du es rein logisch betrachtest und sämtliche Emotionen beiseiteschiebst, kommst du nicht umhin zu sehen, dass unsere Beweislage äußerst dünn ist.“ Sie hob begütigend die Hände, als sie meine fassungslose Miene sah. „Vielleicht ist dem Vater längst selbst bewusst geworden, dass eine derart extreme Strafe niemals gerechtfertigt ist. Wir haben keine Ahnung, wie er sich normalerweise verhält.“ Ihr entschlüpfte ein Seufzer. „Ich habe einfach nur Angst, dass wir uns verrennen und es harmloser sein könnte, als es aussah.“

„Und die Einschätzung von Briannas Mutter?“

„Darfst du nicht überbewerten. Sie ist selbst nicht gerade das Gelbe vom Ei.“

Angesichts dieses Vergleichs musste ich unwillkürlich lachen und nutzte die Gelegenheit, das Thema zu wechseln. Nein, sie konnte mich nicht überzeugen, auch wenn es eher ein Gefühl war, das mich in diese Richtung trieb.

Heute war Toms Interviewtermin. Er hatte mir versprochen, anschließend gleich bei mir vorbeizukommen. Vor lauter Anspannung tigerte ich in der Wohnung umher. Nichts schien mir wichtig genug, um mich damit zu beschäftigen.

Ein weiterer Blick aus dem Fenster. Seit dem Morgen fielen winzige Schneeflocken vom Himmel, angeblich sollten es spätestens zum Abend hin mehr werden. Gut, dass keine Termine außer Haus anstanden.

Eine Person näherte sich raschen Schrittes dem Eingang. In der eingemummelten Gestalt erkannte ich Tom, hastete in die Diele und drückte ihm auf, damit er nicht nach seinem Schlüssel kramen musste. Dann wartete ich in der offenen Tür auf sein Erscheinen.

Er grinste breit, als er mich dort stehen sah. „So neugierig bist du?“

„Komm rein. Willst du einen Kaffee zum Aufwärmen?“

„Lieber einen Tee.“

Während er seine Stiefel und seine Jacke auszog, hastete ich in die Küche, erwärmte das Wasser in der Mikrowelle und brachte ihm das Gewünschte hinüber.

Er hatte sich bereits in den Sessel gesetzt. „Ich habe das Gespräch mit der Lehrerin aufgenommen.“ Wie zum Beweis hob er sein Handy. „Selbstverständlich habe ich ihr versprochen, ihre Aussagen nicht in meiner Sendung abzuspielen. Ich würde genauso vorgehen, wie anfangs erwähnt: Mir anhand der Auswertung ein Bild machen, inwieweit das Lehrpersonal in der Lage ist, solche Delikte zu erkennen, wie häufig diese sind und aufzeigen, was bei einem Verdacht zu tun ist.“

Clever vorgegangen, aber ich hatte nichts anderes von ihm erwartet.

Ohne weitere Erklärungen startete er die Aufnahme. „Vernachlässigung erkennt man eher“, ertönte die Stimme einer Frau. „Wenn ich ein Kind habe, das tagelang in derselben Kleidung erscheint, die Haare nicht gewaschen sind, es oft die Hausaufgaben nicht hat, springt mein innerer Alarm an. Dann kann ich relativ schnell ans Ziel kommen. Wobei Sie sich das nicht so einfach vorstellen dürfen. Gerade diese Kinder versuchen die Missstände zu Hause zu verstecken. Ich weiß, wovon ich spreche. Ich habe zwei Jahre lang an einer Brennpunktschule gearbeitet.“

Ich straffte mich erwartungsvoll. Dann müsste sie eigentlich geschult sein, Besonderheiten im Verhalten eines Kindes zu erkennen.

„Gab es dort Misshandlungen?“, fragte Tom.

Die Lehrerin zögerte. „Ich hatte bei mehreren Kindern den Verdacht, das zu beweisen ist schwierig, weil diese, wie schon erwähnt, äußerst schwer Vertrauen aufbauen. Ich habe jeden einzelnen Vorfall gemeldet. Ich finde, das bin ich meinen Schutzbefohlenen schuldig.“

Hurra, keine, die wegguckte!

„Wie lief das ab?“

„Zuerst sprach ich mit der Schulleitung, zum Glück ein sehr engagierter Mann, der die weiteren Schritte in die Hand nahm, also die Meldung an das Jugendamt. So schlimme Fälle, dass die Kinder ihren Eltern sofort entzogen werden mussten, hatten wir nicht. Normalerweise bekamen die betroffenen Familien Hilfen an die Hand, um eine bessere Situation für alle zu schaffen. Ich war nicht lange genug dort, um wirklich sagen zu können, ob es funktioniert hat. Aber so ist normalerweise der Weg.“

Täuschte ich mich, oder klang aus ihrer Stimme leichte Empörung über diese Vorgehensweise mit?

„Wie viele Fälle hatten Sie in diesen zwei Jahren?“

„Vier, drei, die ich meldete, und einer von einem Kollegen.“

„Wie sind Sie aufmerksam geworden?“

„Ein Kind fehlte oft über einen längeren Zeitraum, angeblich war es krank. Ich sah beim Sport genauer hin und entdeckte verblasste Prellungen und manchmal auch kleinere Schrunden. Dazu hatte sich das Kind zweimal den Arm und einmal das Handgelenk gebrochen, in dem Zusammenhang fand ich die Häufung nicht normal. Es stellte sich heraus, dass der Vater Alkoholiker war und aufgrund von Arbeitslosigkeit den ganzen Tag zu Hause. Er musste eine entsprechende Therapie machen und eine Familienhilfe wurde etabliert. Zudem wurde regelmäßig vom Jugendamt kontrolliert.“

Tom nahm das Handy auf und schaltete es aus. „Ich spule kurz vor, den Rest erspare ich dir, ist für unseren Fall nicht wichtig.“ Er suchte den entsprechenden Übergang.

„Wie ist es an der jetzigen Schule?“

„Angenehmer“, gab die Frau unumwunden zu. „Die Eltern sind engagiert, sie entstammen einem anderen Milieu.“

„Ich habe gelesen, dass Gewalt gegen Kinder in allen Schichten vorkommt“, wandte Tom ein. „Ich gehe mal davon aus, dass so etwas schwer zu erkennen ist. Ein Kollege von Ihnen“, er nannte den Namen einer Grundschule in Körne, „meinte, man könne sich nie hundertprozentig sicher sein. Vor allem wenn die Misshandlungen schon früh begannen, weiß man nicht, ob das Verhalten eines Kindes von seinem Charakter herrührt oder ob es andere Erklärungen für von der Norm abweichendes Verhalten gibt.“

„Das mag sein. Dennoch würde ich behaupten, ich kenne den Unterschied. Ich habe durch die Arbeit an der Brennpunktschule ein gewisses Gespür entwickelt.“

„Aber das, was auf den betreffenden Seiten im Internet nachzulesen war, ist nicht eindeutig“, bohrte Tom nach. „Körperliche Gewalt mag man irgendwann entdecken, bei psychischer ist es schwierig.“

Ich ahnte, worauf er hinauswollte. Die Auswirkungen wie Aggressivität oder ein deutlicher Rückzug, Konzentrationsschwierigkeiten und Leistungsschwankungen oder ein negatives Selbstbild waren keine eindeutigen Hinweise. Da musste man schon genauer hinsehen.

„Nehmen wir an, ein Kind fällt in seinen Leistungen immer mehr ab“, begann die Lehrerin zu dozieren. „Dann testen wir seine Fähigkeiten in diesen Bereichen und würden herausfinden, wenn es nicht an der Intelligenz liegt. Natürlich gibt es unter unseren Schülern welche, die keiner Prügelei aus dem Weg gehen und andere, die sich nicht einmal wehren. Aber extreme Aggressivität habe ich bisher nicht erlebt.“ Sie klang äußerst bestimmt.

Wieder hielt Tom die Aufnahme an. „Da ich ja nicht deutlicher werden durfte, habe ich nachgefragt, ob es denn überhaupt keine auffälligen Schüler in ihrer Klasse gäbe. Man würde von Außenstehenden immer hören, die Zustände in den Klassen seien heutzutage katastrophal. Statt wie früher mit einem störenden Kind hätten die Lehrer mit drei, vier oder sogar teilweise fünf davon zu kämpfen." Er grinste. „Willst du die Antwort hören? Die hielt mir einen langen Vortrag, dass das zwei verschiedene Paar Schuhe seien und sie sehr wohl in der Lage ist, die Unterschiede zu erkennen. Abschließend habe ich noch einmal zum eigentlichen Thema zurückgelenkt und wissen wollen, ob ein misshandeltes Kind sich denn ihr oder einem der anderen Lehrer anvertrauen würde. Sie war vollkommend davon überzeugt, dass es an ihrer Schule so ablaufen würde. Sie hätten ein Klima des Vertrauens geschaffen, in dem sich jeder Schüler mit seinen kleineren Absonderlichkeiten angenommen fühle. Ich könne ihre und die Arbeit ihrer Kollegen ruhig als gutes Beispiel in meinem Bericht erwähnen. Wenn alle genau hinsähen, gäbe es keine Misshandlungen mehr."

20

„Was für eine eingebildete Schnepfe!“, entfuhr es Felicitas. Natürlich hatte sie das Interview mit der Lehrerin direkt nach ihrer Rückkehr selbst hören wollen.

Da ich mir die Aufnahme auf den Rechner gezogen hatte, stellte ihre Bitte kein Problem für mich dar. Mittendrin war Tom erneut erschienen, weil ihn ihrer Meinung interessierte. Er lachte laut über ihren Kommentar. „Die anderen Lehrer und Lehrerinnen, mit denen ich sprach, waren vorsichtiger in ihren Äußerungen. Wenn es nicht offensichtliche Anzeichen wie Blutergüsse, Quetschungen, Brandwunden oder Brüche gebe, sei es schwer, irgendetwas zu bemerken. Das Kind selbst würde sich meist gar nicht trauen, mit ihnen darüber zu reden, selbst nicht, wenn sie sich bemühten, Vertrauen aufzubauen. Die einzige Möglichkeit sei, eventuell über Mitschüler oder Freunde etwas zu erfahren.“

Ich dachte an das einsam gelegene Haus. „Wenn es denn überhaupt Freunde hat. Und die Klassenkameraden? Bei denen kann man sich wie bei den Lehrern verstellen.“

„Gut, dass du darauf bestanden hast, mehrere Lehrer an verschiedenen Schulen zu befragen“, lobte Felicitas Tom. „Vielleicht sollten wir uns tatsächlich irgendwie ganz, ganz vorsichtig mal bei seinen Mitschülern umhören.“

„Oder in der Kita“, schlug ich vor. „Wenn er den einen misshandelt, dann vermutlich auch den anderen.“

Tom seufzte ergeben. Er hatte meine versteckte Bitte verstanden. „Gut, versuche ich, bei denen einen Termin zu machen. Hoffentlich muss ich nicht erst wieder einige andere Interviews vorweisen. Nein, dieses Mal setze ich alles auf eine Karte, wenn du einverstanden bist. Uns läuft die Zeit davon. Ich würde gern handfeste Ergebnisse vorweisen können."

Prompt regte sich mein schlechtes Gewissen. „Meinst du, wir liegen mit unserem Verdacht falsch?"

Er schüttelte entschieden den Kopf. „Ein kleines Kind mit kaltem Wasser als Strafe abzuspritzen, deutet darauf hin, dass es die Norm ist, es hart zu bestrafen. Zu hart, in meinen Augen."

Ich musste mich zusammenreißen, um Felicitas nicht einen triumphierenden Blick zuzuwerfen. Er war genau meiner Meinung!

„Ich habe noch einiges von meinen Interviewpartnern erfahren, das mir zu denken gibt", fuhr Tom fort. „Ich überlege, ob ich nicht wirklich eine neue Reihe starte."

„Hast du mit deinen beiden anderen und dem Studium nicht schon genug zu tun?", fragte meine Freundin neugierig.

Er zuckte die Schultern. „Ihr kennt mich. Wenn mein Interesse geweckt ist, muss ich tiefer graben. Ich kann nicht anders."

„Hat sich keiner von den Lehrern, mit denen du sprachst, über deine Klimawandelfilme aufgeregt? Ich hätte erwartet, dass bei ihrer Erwähnung sämtliche Rollläden runtergehen."

Er wusste, wie ich es meinte. Da er eine andere Meinung als der Mainstream vertrat, hatte er schon genügend Anfeindungen hinnehmen müssen. Und von Lehrern musste man erwarten, dass sie die Sicht ihres Arbeitgebers vertraten. „Ich bin bei den Normalos nicht sonderlich bekannt. Und wenn, eher mit meiner neuen Reihe über Schizophrenie. Die stand ja auch seit Monaten im Vordergrund."

Außerdem hatte unser Reporter vor Ort sogar extra auf diese Filmreihe hingewiesen, was ihm ebenfalls höhere

Einschaltquoten brachte. Doch er hatte recht. Wer recherchierte, wenn er auf ein Thema stieß, das ihn interessierte, schon nach, ob der YouTuber noch welche in eine ganz andere Richtung gemacht hatte?

„Schade, dass ich die Klassenkameraden nicht interviewen kann.“ Tom zwinkerte mir zu. „Bei denen hätte ich bestimmt bessere Chancen, was rauszukriegen. Wie sieht es bei dir aus? Was Vielversprechendes rausgefunden hast du bisher nicht, oder?“

„Außer dass die beiden immer zu Hause sind, keinen außerschulischen Aktivitäten nachgehen und die Mutter meist lange arbeitet, nichts. Der Große wird morgens von ihr zur Schule gebracht. Nach der Betreuung nimmt er den Bus. Ich bin zweimal mitgefahren, habe mich bloß nicht getraut, ihn anzusprechen. Auf dem Schulhof steht er mit zwei anderen rum, bisher ist nichts Auffälliges passiert. Ich kann dir noch nicht mal sagen, ob er eher zurückgezogen oder aggressiv reagiert.“

„Hm.“

„Ich glaube nicht, dass seine Mitschüler es wüssten, wenn er tatsächlich von seinem Vater misshandelt wird“, meldete sich Felicitas wieder zu Wort. „Der Junge wird es nicht wagen, sich mitzuteilen.“

„Und wie kommst du zu dieser Einschätzung?“, fragte Tom nach, bevor ich es tun konnte.

„Es gibt Kollegen beziehungsweise Ärzte, die sich auskennen – und Pausen, in denen man mit ihnen über so was reden kann. Nur allgemein“, versicherte sie eilig. „Weil man einen Film gesehen hat und dieser nachwirkt. Man würde gern wissen, wie die Realität ist.“

„Was hast du erfahren?“ Dieses Mal war ich schneller.

„Es kommt vor, selten, aber der Arzt und auch der Pfleger, mit denen ich sprach, hatten beide schon etwas in der Art erlebt. Drüben in der Kinderklinik war das: Zweimal bestand der Verdacht auf ein Schütteltrauma, ein Kleinkind war angeblich vom Wickeltisch gefallen, nur sagten die davongetragenen Verletzungen etwas anderes. Bei einem anderen war es ähnlich, außer dass die Brüche durch einen Treppensturz verursacht gewesen sein sollten. Dann gab es noch einen Fall mit erheblichen Verbrennungen durch zu heißes Badewasser.“

„Wie ging es weiter?“, bohrte ich nach, da sie schwieg.

„So viel Zeit hatte ich leider nicht. Das Personal meldet seinen Verdacht dem Jugendamt beziehungsweise der Polizei. Ob die überhaupt später informiert werden, was dabei rausgekommen ist und wie anschließend weiter verfahren wird, weiß ich nicht. Soll ich nachfragen?“

„Unbedingt“, bat Tom. „Könntest du mir vielleicht sogar einen Termin bei denen besorgen? Für meinen Film“, fügte er erklärend hinzu.

„Versuchen kann ich es.“ Es war ihr anzumerken, dass sie eher mit einer Absage rechnete.

Um ihr zu zeigen, dass er tatsächlich schon mitten im Thema war, holte Tom sein gesammeltes Material herüber und wir vertieften uns darin.

Zwei Stunden später verschob sich unser Fokus zurück in die Gegenwart. Ilias rief mich an, um mir mitzuteilen, dass Adam zusammen mit seiner Mutter unterwegs in eine Klinik sei.

„Was ist passiert?“, fragte Felicitas aufgeregt, die an meiner Antwort gemerkt hatte, dass irgendetwas Neues, Wichtiges geschehen war.

„Adam hat sich irgendwie verletzt, am Auge, wie es aussieht. Genaues hat Ilias noch nicht erfahren. Er wollte wissen, ob seine Kollegen dem Auto der Mutter folgen sollen.“

Ja, hatte meine Antwort gelautet. Und sie sollten warten, ob der Junge wieder mit zurückkam. Ilias hatte mir versprochen, sobald er den entsprechenden Film erhielt, mir diesen zu schicken. Denn die Aktion, bei der sich Adam verletzte, hatte im Garten stattgefunden, eine Schneeballschlacht oder Ähnliches.

„Ist in der Zwischenzeit so viel Schnee gefallen?“ Meine Freundin eilte zum Fenster. „Tatsächlich, schau mal! Bis auf die Fahrbahn ist alles weiß.“

Na ja, auf den Wiesen und den Bürgersteigen lag gerade mal ein dünner Hauch. Aber Adam und seine Familie wohnten weiter südlich und höher gelegen. Dort konnte es durchaus anders aussehen.

Kurz darauf plingte mein Handy und wir beugten uns alle drei darüber. Das erste Bild zeigte eine verschneite, unberührte Gartenlandschaft. Dann stürmten zwei Jungen heraus, dick eingemummelt in Thermoanzüge mit Kapuzen gegen die immer noch fallenden Flocken. Der kleinere rutschte weg und fiel hin. Sofort war der Große bei ihm und zog ihn hoch. Er formte einen Schneeball und warf ihn gegen einen Baum. Beide lachten, als ein richtiger Schneeschauer niederging. Auch der Kleine nahm nun Schnee und warf ihn in die Luft. Eine gute halbe Stunde tobten die beiden herum. Adam zeigte seinem Bruder, wie man einen Schneeengel machte, und half ihm, es ihm nachzutun. Als er gerade begonnen hatte, eine größer werdende Kugel zu rollen, trat der Vater hinzu. Was er sagte, war nicht zu verstehen. Adams Reaktion allerdings schon. Er schüttelte den Kopf und deutete vor sich. Ohne darauf zu achten, formte Igor einen Schneeball und warf ihn auf seinen Sohn. Der hatte sich schon wieder gebückt und zuckte zusammen. Wieder sagte er etwas zu seinem Vater, der lachte und zielte dieses Mal auf den Kleinen. Die Wucht riss diesen von den Beinen. Statt sich in irgendeiner Form zu äußern, krabbelte er unter einen Busch in Sicherheit.

Ein längerer Disput entstand. Adam hatte seine Bemühungen, einen Schneemann zu bauen, aufgegeben, wollte aber offensichtlich keine Schneeballschlacht mit dem Vater machen. Der bombardierte ihn ungerührt mit Bällen und zielte dabei immer höher. Mehrfach gelang es dem Jungen, sich rechtzeitig wegzudrehen, einmal streifte der harte Schnee sein

Gesicht. Der übernächste erwischte ihn, als er sich gerade wieder umdrehte. Es war nicht genau zu erkennen, wo er traf, anschließend schlug Adam beide Hände vor das Gesicht und sackte zusammen. Anstatt zu ihm zu eilen, ließ der Vater eine regelrechte Salve auf ihn ab. Der Junge reagierte nicht.

Ein heller werdender Schein tauchte am Rand des Ausschnittes auf. Kurz darauf eilte eine Frau näher und auf Adam zu. Die Mutter war von der Arbeit zurückgekehrt. Sie bückte sich, sprach auf ihn ein und zog seine Hände weg. Dann riss sie den Jungen hoch und Richtung Auto. Dabei sagte sie ein, zwei kurze Sätze an ihren Mann gewandt. Wieder flammte Licht auf, das sich langsam entfernte.

Igor ging auf Sila zu, zerrte ihn unter dem Busch hervor und zog ihn Richtung Haus. Ohne innezuhalten verschwanden die beiden ins Innere.

„Was für ein Arschloch!", entfuhr es Felicitas. „Gut, dass du ihn hast überwachen lassen. Der scheint echte Freude daran zu haben, seinen Kindern zuzusetzen."

„Hast du die Verletzung erkennen können?"

„Es sah aus, als habe er was am Auge. Sicher bin ich mir nicht."

Dann blieb uns nichts anderes, als zu warten. Keiner von uns konnte sich mehr auf Toms Blätter konzentrieren. Stumm saßen wir nebeneinander, Felicitas umklammerte meine Hand. Kurz darauf erhielt ich den Bescheid, sie seien in die Ambulanz der Augenklinik am Klinikum Dortmund gegangen.

„Mein Aufpasser ist hinter ihnen rein", berichtete Ilias. „Hat behauptet, er hätte einen Splitter im Auge. Kann natürlich nicht bleiben, bis er dran ist. Soll er erst mal ins Wartezimmer gehen? Sind fünf Leute vor."

„Es reicht, wenn er draußen steht", wehrte ich ab. Großartig unterhalten würden sich Mutter und Sohn bestimmt nicht. „Er soll sich melden, ob Adam mit zurückkommt."

Tom und Felicitas hatten an meinen Lippen gehangen. „Es ist das Auge", teilte ich ihnen mit. „Und jetzt ratet mal, in welche Klinik sie gefahren sind!"

21

Mit einem dicken Verband versehen trat Adam ungefähr eine Stunde später die Rückfahrt an. Wir atmeten alle drei erleichtert auf, dass er nicht hatte dortbleiben müssen.

„Ich bin total gespannt, was die angegeben haben." Tom stand auf, um wieder in seine Wohnung rüber zu gehen. „Egal was es ist, ich rufe sofort am Montag wegen eines Termins in der Kita an."

„Meinst du, du kannst eventuell auch rauskriegen, ob einer der beiden Jungen in der Kinderklinik behandelt worden ist?", fragte ich Felicitas, nachdem ich die Tür hinter ihm geschlossen hatte.

Sie wiegte unentschlossen den Kopf hin und her. „Eines nach dem anderen. Ich kann mich glücklich schätzen, wenn ich die nötigen Auskünfte über die heutige Konsultation erhalte. Danach sehen wir weiter."

Am Sonntagmorgen vermeldete Ilias einen Kontrollbesuch im Krankenhaus. Ansonsten tat sich bei der Familie nichts. Damit war für mich klar, dass der Junge selbst seiner Mutter nicht die Wahrheit anvertraut hatte. Oder wollte sie einfach nur nicht erkennen, wie grausam ihr Mann sich den Kindern gegenüber verhielt?

Ich hütete mich davor, eine erneute Diskussion mit Felicitas zu führen, trotzdem hing Adams Situation wie ein Schatten über uns. Das relativ kalte Wetter tat sein Übriges, obwohl teilweise sogar die Sonne rauskam und die kläglichen

Überreste des Schnees fast komplett wegschmolzen, verspürten wir keine Lust zu einem Spaziergang. Stattdessen statten wir meinen Eltern einen Überraschungsbesuch ab, allerdings ohne ihnen zu verraten, dass wir schon wieder in einer neuen Ermittlung steckten.

Montag, 4. April

Am Morgen rief Kaya an. „Haben da zwei, die seltsam sind", begann er. „Muss mit dir bereden."

Gut, heute lag sowieso nichts an. „Wann hast du Zeit? Bei mir geht es nur bis siebzehn Uhr." Anschließend wollte ich mich mit Felicitas und Tom beraten – falls meine Freundin mir nicht schon vorher eine Nachricht schickte.

„In eine Stunde?"

„Wo?" Bloß nicht wieder in dieser Kneipe!

„Bei Mäckes an B1?"

„Okay, bis gleich."

Er saß schon vor einem Kaffee und einem Hamburger, als ich eintrat. Ich bestellte mir ebenfalls einen Kaffee und dazu ein Stück Kuchen und setzte mich ihm gegenüber.

„Hier", er schob mir zwei Blätter zu.

Während ich aß, las ich mir die wenigen Zeilen durch. Bei dem einen Mann handelte es sich um einen Nachbarn der Yilmaz', beziehungsweise er wohnte im gegenüberliegenden Haus. Er war wegen Kindesmissbrauch vorbestraft, in den letzten acht Jahren hatte er sich nichts zuschulden kommen lassen. Er arbeitete im Paketzentrum und hatte an den entsprechenden Tagen jeweils Frühschicht. Eine mögliche Verbindung zu Brianna wurde nicht erwähnt.

Der zweite war Taxifahrer. Er hatte ebenfalls eine Gefängnisstrafe abgesessen, und zwar wegen der Tötung eines Kindes. Inwieweit er Amir oder Brianna kannte, war offensichtlich nicht klar.

Die Bemerkung: Seid ihr mittlerweile so verzweifelt, dass ihr nach jedem Strohhalm greift, verbiss ich mir lieber. Stattdessen erklärte ich Kaya, dass ein Missbraucher eher nicht als Täter infrage kam. Trotzdem sollten seine Leute an ihm dranbleiben und ihn am besten auf Schritt und Tritt überwachen. Er verzog unwillig das Gesicht. „Kemal gibt nicht mehr Leute. Oder soll ich von Papa Igor nehmen?"

Er kannte genau meinen wunden Punkt. „Stellen wir ihn vorerst zurück. Was ist mit dem anderen? Weißt du Genaueres über die Tat?"

Es stellte sich heraus, dass der Mann sowohl seine Frau als auch sein Kind getötet hatte, nachdem die beiden ins Frauenhaus geflüchtet waren. Bei diesem konnte ich mir noch weniger vorstellen, dass er unser Täter war.

„Alle nicht richtig!", empörte sich Kaya.

„Wenn es einfach sein würde, den Kerl zu finden, hätte die Polizei ihn längst", hielt ich dagegen. „Wir müssen irgendetwas übersehen, fragt sich halt was."

„Dann überleg!", forderte er mich auf.

Wie denn, es gab nicht einen vernünftigen Anhaltspunkt! Trotzdem versprach ich natürlich, mir Gedanken zu machen und sämtliche vorhandenen Fakten noch einmal eingehend zu prüfen. Kaum wieder zu Hause setzte ich mich vor den Computer und scrollte durch meine Notizen. Weiter brachte mich diese Arbeit nicht.

Felicitas rief mich in ihrer Mittagspause an. „Die Mutter hat angegeben, sie hätten eine Schneeballschlacht mit der Familie gemacht. Dabei sei Adam versehentlich am Auge getroffen worden. Die Diagnose lautet: Augenprellung und Blutung unter der Bindehaut. Er hat also noch mal Glück gehabt. Nach Feierabend gehe ich zusammen mit einem Pfleger rüber in die Kinderklinik. Der hat dort Kontakte. Wir gucken natürlich nach beiden Brüdern."

„Super!" Felicitas' Mitarbeit war wirklich Gold wert. Ohne sie hätte ich nichts in Erfahrung gebracht.

Kaum hatte ich das Handy zur Seite gelegt, klingelte es erneut. In der Annahme, meine Freundin habe vergessen, mir noch etwas mitzuteilen, meldete ich mich mit einem knappen Ja.

Irritiertes Schweigen antwortete mir. „Alex?", fragte Ilias.

Ich setzte mich gerade hin und die altbekannte Aufregung durchzuckte mich. Hatten sie was entdeckt? Sonst würde er bestimmt nicht anrufen, kurz nachdem ich mit Kaya gesprochen hatte. „Gibt es was Neues?"

„Der Sokolow war es nicht. Der war an dem Tag, als Amir verschwand, zusammen mit einem Freund beim Tierarzt. Der ist dann noch ein paar Stunden geblieben, bis die Frau kam. Ist schon bestätigt, seine Aussage. Wir brechen die Beobachtung ab."

„Woher wisst ihr das?" Wie waren sie so plötzlich an diese Auskunft gekommen?

Er druckste eine Weile herum, bevor er mir die Wahrheit sagte. Kaya hatte anscheinend die Faxen dicke, wie er es nannte. Die Observation beanspruchte zu viele Männer. Da war er auf die geniale Idee gekommen, die Wahrheit aus dem Verdächtigen heraus zu prügeln. So äußerte es Ilias natürlich nicht. Er sprach von Druck aufbauen, bis der Mann ihnen erzählte, was sie wissen wollten.

„Zu den Kindern haben wir nix gesagt", versicherte er mir eilig.

„Wie schlimm ist Herr Sokolow verletzt?"

„Nur Prellungen."

Mein Magen krampfte sich zusammen. Was würde diese Demütigung mit einem Mann wie ihm anstellen?

„Danke, dass du mir Bescheid gegeben hast", brachte ich mühsam heraus, beendete das Gespräch, jagte hinüber zu Tom und klingelte Sturm.

Er brauchte nur einen Blick auf mein Gesicht zu werfen. „Was ist passiert?"

Ich haspelte die Sätze herunter. Alles in mir vibrierte vor Anspannung. Was sollten wir tun?

„Die Mutter informieren." Tom griff zu seiner Jacke. „Los, lass uns fahren."

„Wie stellst du dir das vor?", fragte ich, während ich meinen Fiat auf die Straße steuerte. „Wir platzen einfach mit unseren Vermutungen heraus?"

„Etwas anderes bleibt uns nicht übrig", konterte er. „Oder willst du Adam dem Frust aussetzen, den Igor abbauen muss?"

„Und wenn sie selbst mit drinsteckt?" Es gab genügend Frauen, die ihre Männer um des lieben Friedens Willen agieren ließen und lieber die Augen verschlossen.

„Kann ich mir nicht vorstellen. Außerdem sehen wir ja, wie sie reagiert. Lässt sie uns auflaufen oder haben wir den Verdacht, dass sie genau Bescheid weiß, informieren wir sofort Polizei und Jugendamt. Was sollen wir sonst machen? Adam würde nicht mit dir gehen, wenn du ihn versuchst abzufangen. Und den Kleinen kriegst du als Fremder aus der Kita nicht raus."

Er hatte recht. Trotzdem graute mir vor diesem Gespräch. Es konnte so viel schiefgehen!

Es war kurz nach zwei, bis wir vor dem Gebäude standen. Das Praxisschild informierte uns, dass am Nachmittag von drei bis halb sechs Sprechstunde war. Blieb eine knappe Stunde - wenn wir denn Frau Dudek fanden und zu einem Gespräch überreden konnten.

Tom schob sich durch die Tür und stapfte die Stufen hinauf. „Wir klingeln. Vielleicht haben wir Glück und treffen sie an." Die Tür blieb zu, Geräusche waren keine zu hören.

„Schauen wir uns in den Geschäften um. Vielleicht nimmt sie irgendwo einen kleinen Imbiss zu sich", schlug Tom vor. Gleich im nächsten Haus befand sich ein Bäcker. Durch die großen Scheiben konnten wir den gesamten Innenraum überblicken. Die Gesuchte sahen wir nicht.

Mich durchzuckte ein anderer Gedanke. „Warte kurz“, bat ich Tom, der den Imbiss drei Häuser weiter ansteuerte. „Kannst du mir mal dein Handy leihen?“ Ich zog mein eigenes zurate, um die Nummer abzutippen. Kommissar Janzens Stimme hinderte mich an weiteren Erklärungen. „Grahl hier, hallo, Herr Kommissar. Ich bin mir nicht sicher, aber es könnte sein, dass unser Freund Kemal anfängt, unruhig zu werden, und nun versucht, die Sache auf seine Art zu regeln.“ Ich berichtete ihm von dem Angriff auf Herrn Sokolow. „Zwei andere Männer sind ebenfalls in seinen Fokus geraten. Der eine ist ein verurteilter Kinderschänder und wohnt gegenüber der Yilmaz‘. Der andere hat seine Frau und sein Kind getötet, weil sie sich von ihm trennen wollten. Die Adresse von dem habe ich nicht. Er ist Taxifahrer, der andere arbeitet beim Paketdienst im Lager.“

„Verdammt und zugenäht!“ Das war das erste Mal, dass ich ihn fluchen hörte. „Sie befürchten, dass sie mit dieser Methode fortfahren?“

„Ich glaube, Kemal ist sauer, dass die Nachforschungen so viele Ressourcen binden. Es ist nur ein Verdacht, deshalb informiere ich Sie.“ Und schob ihm den schwarzen Peter zu.

„Ich werde mich darum kümmern“, versprach er.

„Bitte so, dass kein Verdacht auf mich fällt“, bat ich.

„Das ist selbstverständlich.“ Ohne sich zu verabschieden, beendete er da Gespräch.

„Der war reichlich angefressen.“ Tom, der sich an mich gedrängt hatte, um mitzuhören, grinste spöttisch. „Tja, wenn man sich nicht mal mehr auf die Kollegen verlassen kann. Was meinst du, von wem sie die entsprechenden Informationen haben?“, setzte er hinzu, weil er merkte, dass ich nicht verstand. „Du und ich und selbst Kemal kommen nicht an die Vorstrafen der Männer ran. Der Janzen muss den Verräter schnellsten entlarven, sonst geht bald richtig die Post ab.“ Sein Problem, nicht meins. Mich wunderte sowieso, dass er ihn bisher nicht gefunden hatte. War das denn so schwierig?

„Wir sollten …“ Tom stutzte und stieß mich an. „Ist sie das nicht?“ Er deutete zurück zu dem Ärztehaus und setzte sich, bevor ich antworten konnte, dorthin in Bewegung.

Sie war dabei, mehrere prall gefüllte Einkaufstaschen im Kofferraum zu verstauen. Tom erreichte sie als Erster. „Frau Dudek? Könnten wir beide“, er deutete auf mich, der ich ebenfalls hinzugetreten war, „kurz mit Ihnen sprechen? Es geht um Adam und Sila.“ Clever von ihm, dass er ihre Namen benutzte!

Sie drehte sich zu uns um und kniff die Augen zusammen. „Wer sind Sie?“

„Wir ermitteln in einem Mordfall und sind dabei auf Ihren Mann gestoßen“, begann ich umständlich.

„Die beiden sind in Gefahr“, brachte es Tom auf den Punkt. „Sie müssen sofort eingreifen, bevor etwas Schlimmes passiert.“

22

Es dauerte eine Weile, bis Frau Dudek überhaupt bereit war, sich mit uns zu einem Gespräch zusammenzusetzen. Erst als Tom drohte, die Polizei und das Jugendamt einzuschalten, willigte sie ein, mit uns auf einen Kaffee in die Bäckerei zu gehen.

„Sie irren sich", begann sie, nachdem wir Platz genommen und ihr von unserem Verdacht, erzählt hatten. „Nach außen hin mag mein Mann grob erscheinen und zu streng, aber er ist sehr um die Jungen bemüht. Sie lieben ihn und er liebt sie. Wenn es wäre, wie Sie vermuten, hätte Adam mir längst davon erzählt. Die zwei Beispiele, die Sie bringen, vermutlich haben Sie die Situation falsch gedeutet."

Wie gut, dass ich den Film von der Schneeballschlacht noch auf dem Handy hatte. Ich zückte es und spulte zu der entsprechenden Szene vor. Die Zeit drängte und wir hatten bisher nichts erreicht.

Ihre Gesichtsfarbe wechselte von rosig nach kalkweiß, während sie stumm die Bilder betrachtete. „Er hat gesagt, sie hätten auf die Bäume geworfen und Adam sei in die Flugbahn gesprungen", presste sie schließlich hervor.

„Und Ihr Sohn, was hat er Ihnen berichtet?", fragte Tom.

„Gar nichts, er hat geweint, wegen der Schmerzen." Sie legte das Handy vorsichtig auf den Tisch und rieb sich das Gesicht. „Nein, das kann nicht sein. Ich hätte es bemerkt."

„Er hat ihn mit eiskaltem Wasser aus dem Gartenschlauch abgespritzt", erinnerte ich sie. „Ich kann mir nicht vorstellen, dass Adam ein solcher Rabauke ist."

Sie presste die Lippen zusammen und schüttelte den Kopf.

„Lassen Sie uns gemeinsam in die Schule fahren und mit ihm sprechen", schlug ich vor.

Sie fand jäh in die Gegenwart zurück. „Ich habe gleich den ersten Patienten."

„Was ist wichtiger, Ihre Kinder oder die Arbeit?"

Sie rang sichtlich mit sich. Noch weigerte sich ihr Verstand, die erhobenen Vorwürfe zu glauben.

„Wir befragen Adam und Sie geben uns die Erlaubnis, Sila aus der Kita zu holen. Anschließend kommen wir mit den Kindern zu Ihnen in die Praxis." Ich warf ostentativ einen Blick auf meine Armbanduhr. „Entscheiden Sie sich, die Zeit läuft uns davon."

„Woher wissen Sie, was meinem Mann widerfahren ist?" Sie machte keine Anstalten aufzustehen.

„Wir recherchieren in den Mordfällen von zwei kleinen Kindern", kam Tom mir zu Hilfe. „So kam der Kontakt zu der Gruppe, die sich ihn vornahm, zustande."

Diese Sätze vertieften ihr Misstrauen eher.

Kurzentschlossen ließ ich mir noch einmal Toms Handy geben. „Sie könnten mit einem Kriminalkommissar sprechen, wenn Sie uns nicht vertrauen. Er wird sich für mich verbürgen." Hoffentlich war er erreichbar!

Sie nahm ihr eigenes Telefon zur Hand. „Wie heißt er und wo erreiche ich ihn?"

„Im Polizeipräsidium, sein Name ist Janzen." Eine genauere Bezeichnung der Dienststelle kannte ich nicht, darauf hatte ich bisher nie geachtet.

Sie suchte sich die Nummer und ließ sich mit ihm verbinden. Innerhalb von wenigen Minuten hatte sie die Bestätigung, die sie benötigte. „Wir gehen anders vor", wandte sie sich an uns.

„Ich rufe Schule und Kita an und Sie holen die Jungen ab und bringen sie hierher.“

Sie würde in der Zwischenzeit ihre Patienten behandeln und die nötige Zeit herausholen, um mit Adam in Ruhe reden zu können, erklärte sie.

„Das Ganze hat noch einen anderen Grund“, meinte Tom, als wir im Auto saßen. „Die muss sich dringend überlegen, wie sie jetzt reagiert. Wie es aussieht, ist sie tatsächlich ahnungslos und nicht bereit, wenn unsere Vorwürfe stimmen, ihr bisheriges Leben mit ihm weiterzuleben.“

„Da gibt es nichts großartig zu überlegen. Entweder sie schmeißt ihn raus oder zieht mit den Kindern woandershin.“

„Sich ihm stellen, nach alldem, was sie schon erfahren hat? Und jemanden zu finden, der sie in dieser Situation aufnimmt und unterstützt, ist nicht einfach.“

Im Eifer des Gefechts hatte ich diese „Kleinigkeiten“ übersehen. „Recherchier bitte mal, was sie gesetzlich für Möglichkeiten hat.“

Während ich an der Schule einparkte, fasste er seine Erkenntnisse zusammen. „Das läuft unter Kindschaftsrecht. Dafür ist das Familiengericht zuständig. Frau Dudek müsste denen beweisen, dass durch ihren Mann das Kindeswohl gefährdet ist. Dann kann sie ihn aus der Wohnung verweisen lassen, ein Kontaktverbot veranlassen und ihm wird das Aufenthaltsbestimmungsrecht entzogen. In dringenden Fällen geht es wohl schnell.“

„Wir haben den Film, Felicitas‘ und meine Aussage über diese Bestrafungsaktion und bald hoffentlich auch Adams Berichte.“

„Nicht zu vergessen die Angaben aus dem Krankenhaus“, fügte Tom hinzu.

Felicitas‘ bevorstehende Aktivitäten waren mir tatsächlich kurz entfallen. „So schlimm es sich anhört: Es wäre gut, wenn sie einige relevante Berichte fände“, hoffte ich aus ganzem Herzen.

Wir stülpten uns gegen den Regen und böigen Wind die Kapuzen über und machten uns auf den Weg.

Der Junge stand schon zusammen mit einer Frau unter dem Vordach im Eingangsbereich. Wir mussten uns ausweisen, bevor sie ihn uns übergab. „Viel Spaß!", wünschte sie ihm. Adam nickte nur und trottete mit eingezogenem Kopf neben uns her, als wir gemeinsam zum Auto gingen. Tom hieß ihn hinten einsteigen. Im letzten Moment war uns eingefallen, um die nötigen Sitzhilfen zu bitten, die heutzutage nötig waren. Ihr Anblick schien ihm die Sicherheit zu geben, uns zu vertrauen, denn er gehorchte, ohne aufzumucken.

„Auf zu deinem Bruder!", verkündete ich über die Schulter und startete den Motor.

Natürlich erhielt ich keine Antwort. Im Rückspiegel konnte ich erkennen, dass er aus dem Seitenfenster starrte, nahezu unbeweglich. Tom und ich versuchten gar nicht erst eine Unterhaltung in Gang zu bringen, sondern schwiegen ebenfalls.

Erst vor der Kita angekommen drehte ich mich zu ihm um. „Willst du mit reinkommen?" Das würde die Sache für uns vereinfachen. Denn ob Sila sich von zwei fremden Männern wegführen ließ, war nicht so sicher.

Zu meiner Freude nickte er und blieb an unserer Seite, als wir eingelassen wurden.

„Frau Dudek hat uns bereits informiert", sagte die Mittdreißigerin, die uns öffnete und strahlte Adam an. „Das wird bestimmt aufregend. Magst du Sila aus dem Spieleraum holen?"

Er stiefelte los.

„Adam ist ein guter Bruder, er ist sehr um den Kleinen bemüht", vertraute sie uns mit leiser Stimme an. „Sila liebt ihn. Er war ziemlich verstört über diesen Unfall am Wochenende. Bleiben am Auge irgendwelche Schäden zurück?"

Warum hatte sie am Morgen nicht die Mutter der beiden gefragt? „Er muss morgen wieder zur Kontrolle." Das hatte Felicitas aus den Unterlagen im Krankenhaus erfahren. „Bis jetzt sieht es gut aus."

„Na, da bin ich erleichtert." Sie verstummte, weil die Tür des Raumes vor uns aufging und Adam zusammen mit seinem Bruder heraustrat. „Hausschuhe aus und Stiefel an!", rief sie mit aufgesetzter Fröhlichkeit. „Und vergiss bitte Silas Mütze nicht."

Sie trat näher und reichte ihm jedes einzelne Kleidungsstück an, zuletzt den Minirucksack, in dem sich wohl das Frühstück befunden hatte.

„Komm!" Adam nahm den Kleinen an die Hand und verabschiedete sich artig von der Erzieherin.

Sila hüpfte aufgeregt plappernd neben ihm her. Es bereitete keine Schwierigkeit, ihn in den Sitz zu heben, das Anschnallen übernahm sein Bruder. Ich betrachtete das verbundene Auge und verspürte einen heftigen Stich des Mitleids. Der arme Kerl, wie sah es wohl wirklich in ihm aus?

Gerührt hörten wir zu, wie der Kleine seinen Bruder ausfragte. Ob er wisse, was Mama für eine Überraschung für sie plane? Nein, auch er habe keine Ahnung. Nicht mal ein kleines bisschen? Nein, wiederholte der Junge geduldig. Vielleicht ein Ausflug? Ein Besuch im Zoo? Oder ins Kinderparadies? Jedes Mal erhielt er die Antwort, er müsse sich gedulden, bis sie bei der Mama seien.

Sila war kaum zu bändigen und riss an Adams Hand, um so schnell wie möglich in die Praxis zu gelangen, als wir ausstiegen. Zum Glück hatte ich einen Parkplatz direkt vor dem Gebäude ergattert. Wir nahmen den Fahrstuhl nach oben und ließen die beiden Jungen vorgehen. Adam ermahnte den Bruder, artig zu sein, bevor wir uns die obligatorischen Masken aufsetzten und eintraten.

Die Sprechstundenhilfe empfing uns mit einem freundlichen Lächeln. „Ah, meine beiden Süßen." Sie kam um den Tresen herum und hielt jedem einen Lutscher hin. „Mama hat noch einen Patienten. Ihr sollt in ihrem Raum warten." Sie führte uns in ein kleines Zimmer mit einem Schreibtisch und mehreren Regalen und nahm von den Stapelstühlen an der Wand vier herunter, womit der Raum nahezu ausgefüllt war. „Es dauert nicht mehr lange.“

Adam zog dem Kleinen die Jacke aus und hob ihn auf den Stuhl.

„Weißt du, was wir unternehmen?“, fragte Sila Tom.

Der schüttelte den Kopf. „Nein, es ist eure Überraschung. Die hat sie uns nicht verraten.“

Er kicherte. „Ich hab meine Mama sooo lieb.“ Er breitete die Arme weit aus.

Das erste Lächeln glitt über Adams Gesicht. „Mama ist die Beste“, stimmte er zu.

Kurz darauf trat Frau Dudek ein. „Mama!“ Der Kleine rutschte vom Stuhl, rannte auf sie zu und umklammerte ihre Beine. „Was machen wir Tolles? Sag mir!“

Sie bückte sich und nahm ihn auf den Arm. „Onkel Claas und Tante Anastasia sind gekommen. Sie wollen mit euch ins Spieleparadies fahren. Es geht gleich los. Ich muss nur noch kurz mit Adam sprechen.“ Sie blickte Tom auffordernd an. „Könnten Sie ihn bitte rüber bringen? Die Helferin zeigt ihnen den Weg.“

Damit war klar, dass ich bleiben durfte. Ich schob meinen Stuhl unauffällig Richtung Wand, während die beiden den Raum verließen. Frau Dudek kniete sich vor Adam, der in seinem Stuhl sitzen geblieben war. „Der Mann hat mir erzählt, dass Papa absichtlich den Schneeball auf dich geworfen hat“, begann sie.

Der Junge zuckte zurück und schüttelte den Kopf. „Nein, war meine Schuld. Ich bin vorgesprungen.“

„Das stimmt nicht. Es ist aufgenommen worden. Ich habe den Film selbst gesehen.“

Er schüttelte den Kopf und presste die Lippen zusammen.

„Und wie war das, als Papa dich mit dem Gartenschlauch abgespritzt hat?“, hakte sie nach.

Er schwieg mit verbissener Miene.

„Das war nicht richtig von ihm. Egal, was du gemacht hast.“ Sie hielt inne, als käme ihr gerade ein neuer Gedanke. „Der Beinbruch! Bist du wirklich hingefallen?“

Statt einer Antwort begann er zu weinen, still und leise. Sie nahm ihn in den Arm und wiegte ihn. „Der Papa darf so etwas nicht tun, hörst du?“, sagte sie nach einer Weile.

Seine einzige Reaktion war erneutes Kopfschütteln.

Sie seufzte leise. „Dann muss ich wohl Sila fragen.“

„Nein!“ Er riss sich von ihr los und funkelte sie an. „Der lügt, weil er dich lieber hat als den Papa.“

Sie schaute auf und in meine Richtung, als erwarte sie von mir irgendeine Hilfe. Ich formte mit den Lippen wortlos „Polizei“. Sie nickte. „Wenn du nicht mit mir redest, muss ich die Polizei anrufen und die werden dich befragen.“

Der Junge stöhnte leise.

„Bitte, Adam! Ich muss wissen, was Papa mit euch macht“, drängte sie.

Er senkte den Kopf und betrachtete seine ineinander verkrampften Finger. Dann endlich begann er zu sprechen.

23

Da Frau Dudek mich darum gebeten hatte, blieben Tom und ich vor Ort. Ich schickte Felicitas eine kurze Nachricht, um sie aufzuklären und ihr gleichzeitig Material an die Hand zu geben, damit sie möglichst Genaueres aus den Krankenakten erfuhr.

Melde mich, sobald ich die hoffentlich existierenden Unterlagen eingesehen habe, schrieb sie zurück.

„Erzähl!", forderte Tom mich auf, nachdem wir die Praxis verlassen und uns wieder in das kleine Café der Bäckerei gesetzt hatten. Da Anfang April die meisten Coronabeschränkungen aufgehoben worden waren, konnte selbst ich als Ungeimpfter mich wieder relativ frei bewegen.

„Richtig deutlich ist er nicht geworden. Nach seinem Dafürhalten ist immer er schuld gewesen, wenn der Vater ihn bestrafte. Allerdings waren die Anlässe viel zu gering und teilweise an den Haaren herbeigezogen für dessen harte Reaktionen. Wie es aussieht, hat der Kerl immer darauf geachtet, keine Spuren zu hinterlassen, meistens jedenfalls", ergänzte ich eingedenk der Schilderungen des Jungen. „Adam ist der Ansicht, er ist sowohl furchtbar ungeschickt als auch nachlässig. Nie hört er auf die Ermahnungen des Vaters. Immer vergisst er, was dieser gesagt hat. Er ist zu laut, zu ungestüm, zu grob, in allem, was er tut. Er denkt, er sei zu doof, weil Igor ihm diese Worte jeden Tag eintrichtert. Er kann ihm nichts recht machen. Dabei ist er der Hauptverantwortliche, was den kleinen Bruder betrifft. Der Vater zieht sich raus, er soll sich kümmern und dazu ihm noch bei seinen Arbeiten helfen."

„Und seine Frau hat nie was gemerkt?", fragte Tom fassungslos.

„Angeblich nicht. Laut Adam hat der Vater immer darauf gedrängt, mit allem fertig zu sein, bis die Mama kommt. Damit sie dann Zeit haben für sie. Und weil sie die beiden ja den ganzen Tag nicht gesehen hat, kümmerte sie sich ab dem Moment."

„Ist mir trotzdem unverständlich. Man muss doch irgendwas merken!"

„Igor ist ein Psycho", versuchte ich ihm begreiflich zu machen. „Der hat Adam eingeredet, er sei ein Nichts und nur der Papa wisse, wie es läuft. Die Bestrafungen seien zu seinem Besten, damit er später mal ein vernünftiger Mann werde und alleine klarkomme. Versteh doch! Er hat es so gedreht, dass immer Adam schuld war und ihm nichts anderes übrigbliebe, als ihn für sein Fehlverhalten zu bestrafen. Anschließend hat er ihm netterweise versichert, dass die Mama davon nichts zu erfahren brauche. Das wäre eine Sache zwischen ihnen beiden. Die Mama solle gut von ihm denken."

„Was für ein …" Tom hielt inne, nicht in der Lage, ein passendes Wort für diesen Mann zu finden. „Arschloch ist viel zu harmlos."

„Sehe ich ähnlich." Auch in mir brannte heiße Empörung. Nur brachte es nichts, uns länger darüber zu echauffieren. Deshalb wechselte ich das Thema. „Sag mal, hast du dich mittlerweile auf die entsprechenden Antikörper testen lassen?" Ich wusste, dass er Ende Dezember eine Coronainfektion durchgemacht hatte: Zwei Tage Fieber und Gliederschmerzen, für eine Woche einen rauen Hals und Schnupfen, danach war er wieder gesund. Natürlich ahnte ich, dass er mich nun wieder mit seinen Recherchen totschlagen würde, aber lieber hörte ich mir ein weiteres Mal seine diversen

Statements dazu an, als weiter über solche Täter zu sprechen. Ich hatte jetzt schon Schwierigkeiten, den Kaffee zu trinken, mein Hals war wie zugeschnürt.

„Klar, letzte Woche schon. Ich habe immer noch genügend von denen, genau wie mein Hausarzt vermutete. Ich verstehe sowieso nicht, wieso die behaupten, eine durchgemachte Krankheit schützt weniger als eine Impfung. Bisher hieß es stets, es sei umgekehrt. Ich habe mich natürlich näher damit befasst." Er legte wie erwartet los.

Mitten in seinen Auslassungen meldete sich Felicitas, ihre Stimme klang grimmig. „Der Kleine ist dreimal in der Kinderklinik gewesen. Einmal als Säugling, angeblich ist er von der Wickelauflage gefallen. Die Verletzungen sprachen weder eindeutig dafür noch dagegen. Deshalb wurde nichts unternommen. Beim zweiten Mal als Krabbelkind fiel er die Treppe im Haus hinunter. Glücklicherweise kam er wieder mit Prellungen davon. Die nächste Vorstellung erfolgte, weil er auf eine heiße Herdplatte gefasst hatte. Die Mutter, die mit ihm vorstellig wurde, behauptete, der Vater habe mit ihm zusammen gekocht und er habe einen Moment lang nicht aufgepasst. Die Hand war voller Blasen, vom Ballen bis zu den Fingerspitzen wohlgemerkt. Leider hat sich damals niemand was dabei gedacht. So ein Unfall kommt schon ab und zu mal vor, sagte der Pfleger."

„Hast du die Unterlagen kopieren dürfen?"

„Mit dem Handy abfotografiert, als die Schwester, die uns den Zugang gewährte, kurz draußen war. Der Große hat sich einmal mit fünf den Arm gebrochen, beim Fahrradfahren lernen. Mit sieben war es ein Schienbeinbruch. Er sei beim Klettern abgerutscht und auf ein Stück Holz gefallen. Beide Brüche verheilten komplikationslos. Beide könnten ganz normale Unfälle gewesen sein."

„Ich erinnere die Mutter daran, dass sie Adam noch einmal gezielt befragt. Damit dürfte sie genug Munition haben, um gegen ihren Mann vorzugehen."

„Wann kommst du nach Hause?"

„Kommt darauf an, wie lange unser Gespräch mit Frau Dudek dauert. Hör mal", fiel es mir siedend heiß ein. „Es gibt noch was Wichtiges." Ich berichtete von meiner Vermutung, dass Kemals Leute zwei weitere Angriffe planten, und dass ich Kommissar Janzen darüber informiert hatte. „Wenn die Polizei die erwischt, wird dieser uns verantwortlich machen. Vielleicht solltest du heute woanders übernachten. Kriegst du das so kurzfristig hin?" Sie hatte mehrere Freundinnen, die in der Nähe wohnten. Eine würde sie bestimmt aufnehmen.

Sie stieß genervt die Luft aus. „Was für ein Aufwand!"

„Aber einer, der uns schützt. Die fackeln nicht lange."

„Dann pass bitte auch auf, sobald du dich unserem Haus näherst!", verlangte sie.

„Tom und ich werden vorsichtig sein."

„Ruf mich an, wenn du zurück bist!"

Ich versprach, mich zu melden.

Tom, der schweigend zugehört hatte, sah mich fragend an. „Ich glaube, du hast mir einige Punkte zu erklären."

Ein Wunder, dass er nicht schon eher nachgefragt hatte! Wahrscheinlich lag es daran, dass sich die Ereignisse dermaßen überstürzt hatten.

Bis ich ihn auf den genauen Stand gebracht hatte, wurde es Zeit, erneut die Praxis aufzusuchen. „Wir reden später weiter", versprach er mir. „Es muss einen vernünftigen Ausweg geben, sich denen entgegenzustellen."

Wäre schön, wenn er einen fände!

Frau Dudek erwartete uns schon in ihrem kleinen Raum. „Ich bin völlig durch den Wind", gestand sie.

„Sie haben hervorragend reagiert", lobte Tom. „Als Erstes die Kinder aus der Schusslinie gebracht, was das Wichtigste war."

„Haben Sie mit Ihrem Mann telefoniert? Wie sind Sie vorgegangen?", wollte ich wissen.

Sie schloss die Augen und atmete mehrmals tief durch. „Ich habe behauptet, Verwandte von mir seien überraschend aufgetaucht. Sie würden gern etwas zusammen mit den Kindern unternehmen und dass wir abends gemeinsam essen gingen. Ich hätte bereits in Schule und Kita Bescheid gegeben. Daraufhin erzählte er mir, er sei überfallen worden, den Hund hätten die Männer getötet. Er sprach von einer Fehde zwischen seinen Freunden und denen, in die er hineingeraten wäre. Zur Polizei gehen, wollte er nicht. Die könnten sowieso nichts machen, die Angreifer seien maskiert gewesen, er habe keinen von ihnen gekannt.“

„Wie schwer ist er verletzt?“

„Er habe Prellungen am ganzen Körper und zwei kleinere Risswunden. Er wolle sich gleich hinlegen und später den Hund begraben. Ich hatte den Eindruck, er sei froh, dass die Kinder aus dem Weg waren.“

„Der Tod des Hundes wird die Jungen schocken, oder?“

Sie zuckte die Achseln. „Es war in erster Linie Igors Hund. Ich hätte keinen Owtscharka ausgewählt. Er ist der ideale Wachhund, allerdings schwierig zu führen. Die Kinder hatten keinen echten Draht zu ihm.“ Sie hob den Kopf und sah mich forschend an. „Was ist genau passiert? Warum haben diese Männer Igor angegriffen?“

Ich versuchte ihr die Zusammenhänge genauer zu erklären. „Wir sind durch Zwang hineingeraten“, schloss ich. „Und natürlich hatte ich gehofft, so was, wie heute geschehen, durch meine Mitarbeit ausschließen zu können.“

Sie nickte verstehend. „So sind Sie auf Igor und die Kinder aufmerksam geworden.“

„Es war Zufall, dass wir in genau dem Moment am Grundstück vorbeigingen, als er Adam mit dem kalten Wasser abspritzte“, gab ich zu. „Die Szene hat uns so erschüttert, dass wir beschlossen, uns darum zu kümmern. Leider brauchten wir dafür die Hilfe dieser Männer. Dass sie so extrem vorgehen würden, damit hatte ich nicht gerechnet.“

Wieder zuckte sie die Schultern. „Er hat es verdient. Ich habe kein Mitleid mit ihm nach dem, was Adam berichtet hat. Aber als Mörder der beiden anderen Kinder können Sie ihn definitiv ausschließen. Er mag ein Sadist sein, ein eiskalter Killer ist er nicht.“

Da wäre ich mir nicht so sicher gewesen, wenn ich es nicht bereits besser gewusst hätte. „Er konnte ein Alibi für die fragliche Zeit vorbringen“, informierte ich sie.

„Wie werden Sie vorgehen?“, fragte Tom, bevor sie darauf antworten konnte.

„Meine Schwester und ihr Mann, die Sila und Adam mitgenommen haben, leben in Bochum. Sie haben mir angeboten, zusammen mit den Kindern vorerst bei ihnen zu wohnen. Ich werde gleich morgen zum Anwalt gehen, damit dieser erste Schritte unternimmt. Igor darf die Jungen nicht mehr sehen, überhaupt keinen Kontakt mehr zu ihnen aufnehmen, das ist das Wichtigste. Sila und Adam bleiben so lange bei Claas und Anastasia, bis alles geklärt ist. Igor kennt die beiden kaum. Meist bin ich mit den Kindern am Wochenende allein zu ihnen gefahren.“ Sie rang sich ein schiefes Lächeln ab. „Wenn Igor sich mit seinen Kumpels traf. Ich habe mich gefreut, mit den zweien etwas unternehmen zu können und ihn gleichzeitig zu entlasten.“ Ihr Gesicht wurde ernst und grimmig. „Wenn ich geahnt hätte, was er treibt, wie er …“ Sie konnte den Satz nicht zu Ende bringen.

„Er ist äußerst geschickt vorgegangen“, versuchte Tom sie zu trösten. „Indem er Adam die Schuld an allem gab und ihn sogar mahnte, sie, die Mutter, nicht damit zu behelligen, gelang es ihm, den Jungen zu beeinflussen.“

„Wenn Sie nicht gewesen wären!“ Mit Tränen in den Augen sah sie uns dankbar an.

„Meine Freundin arbeitet im Klinikum Westfalen“, lenkte ich sie schnell ab. Mit Empfindungen dieser Art konnte ich schlecht umgehen. Es war doch nichts Besonderes, dass wir uns einbrachten. Eine derartige Handlungsweise durfte man nicht ignorieren. „Sie hat festgestellt, dass Sila dreimal und Adam zweimal in der Kinderklinik behandelt wurde. Klemmen Sie sich noch einmal hinter Ihren Sohn, wie er diese Vorfälle schildert."

Sie wurde blass. „Auch das waren keine Unfälle? Dieser Dreckskerl! Dafür wird er bezahlen!"

„Gib ihr den Film für den Anwalt", erinnerte mich Tom. „Am besten verfasst ihr zusätzlich eine schriftliche Aussage, in der du das Erlebnis mit dem Abspritzen schilderst. Damit erhalten die Anschuldigungen gleich das nötige Gewicht."

Der Film war schnell gesendet, den Bericht zu verfassen, dauerte etwas länger. Zwischendurch steckte noch ihr Partner seinen Kopf durch die Tür, um zu fragen, ob es dabei bliebe, dass sie sich morgen krank melde, was sie bejahte und hinzufügte: „Ich habe Frau Krebs beauftragt, sämtliche Termine für diese Woche abzusagen. Es wird etwas dauern, bis die Sache vernünftig geklärt ist."

„Außerdem habe ich Angst, dass Igor hier auftauchen könnte", fügte sie an uns gewandt hinzu, nachdem er sich verabschiedet und die Tür wieder geschlossen hatte. „Mir ist in letzter Zeit mehrfach aufgefallen, dass er eine rachsüchtige Ader hat. Hätte ich besser mal auf mein Gefühl vertraut."

„Er hat Ihnen von Anfang an nicht sein wahres Gesicht gezeigt", behauptete Tom.

„Ich war so blöd!"

Diese Selbstvorwürfe würde sie sich bestimmt noch eine ganze Weile machen.

„Er hat mich unter seine Fittiche genommen, weil er schon länger in Deutschland war als ich und wusste, wie es lief. Diese Wohnung, in der wir dann gelandet sind, er beschützte mich und begleitete mich auf all meinen Wegen. Mein Fortkommen, dass ich arbeiten könne, sei wichtiger als seine Zukunft, sagte er. In das Haus hat er sich sofort verliebt. Er war es, der vorschlug, ich solle ruhig Partnerin der Praxis werden. Er könne sich um die Kinder kümmern und nach und nach

die Zimmer von Grund auf renovieren. Ich hatte immer ein schlechtes Gewissen ihm gegenüber, dass ich mich selbstverwirklichen konnte und er nicht." Sie seufzte. „Wie habe ich ihn nur derart falsch einschätzen können!"
Liebe machte bekanntlich blind. In ihrem Fall war es ein besonders böses Erwachen.

24

Es war schon fast acht, als ich in unsere Straße einbog. Tom beugte sich vor. „Fahr langsamer", verlangte er.

Da sich keine anderen Autos in unmittelbarer Nähe befanden, gehorchte ich. Wir schlichen an den Häusern vorbei. Ich sah keinen Fußgänger, der sich in irgendeine dunkle Ecke drückte, und auch in den parkenden Wagen links und rechts saß niemand. Die einzig blöde Situation, die uns bevorstand, war das Aussteigen auf dem Hof, zudem lag der Eingang nach hinten.

„Ich guck nach und du wartest mit laufendem Motor vorn." Bevor ich reagieren konnte, war Tom rausgesprungen und trabte davon.

Ich ließ das Seitenfenster hinunter und lauschte mit angehaltenem Atem. Wenn er überfallen wurde, konnte er, so hoffte ich, wenigstens noch schreien.

Zwei Minuten später tauchte er Entwarnung winkend in der Einfahrt auf. „Alles ruhig", sagte er, als ich auf seiner Höhe war.

Trotzdem beeilten wir uns, ins Haus zu kommen. Im Flur blieben wir horchend stehen. Ich deutete auf die Treppe und er nickte. So leise wie möglich schlichen wir hinauf, kontrollierten vorsichtshalber sogar das gesamte Treppenhaus. Es hielt sich niemand darin auf. Tom öffnete die Verbindungstür, die auf unseren Gang führte, und trat vor mir hinaus – alles blieb ruhig. Er gab mir ein Zeichen, stehen zu bleiben, und schritt langsam bis zu seiner Wohnung. Dort prüfte er eingehend das Schloss an der Tür, ebenso an meiner, bevor er mir zuwinkte. Ich rannte los.

„Zu dir“, bestimmte er.

Kaum waren wir eingetreten, klingelte sein Handy. Er warf einen Blick darauf: „Für dich“, und hielt mir das Telefon hin. Die Nummer verriet mir den Anrufer: Kommissar Janzen.

„Grahl?“

„Wir sind bei beiden Adressen rechtzeitig aufgetaucht. Jeweils vier Männer sind in Gewahrsam genommen worden. Zudem ist es uns gelungen, den Spitzel zu entlarven. Es handelt sich um eine Kommissar-Anwärterin mit türkischen Wurzeln. Sie gab uns bei der Befragung zu verstehen, dass die Familie immer über allem stünde. Unrechtsbewusstsein Fehlanzeige! Passen Sie bitte gut auf sich auf, Herr Grahl. Die werden sich denken können, von wem der Tipp an uns kam.“

„Inwieweit können Sie meine Freundin und mich schützen?“, fragte ich, obwohl ich die Antwort schon ahnte.

Er hüstelte. „Sie wissen selbst, wie es läuft. Solange die nicht tätlich werden, können wir nichts tun. Versuchen Sie, besondere Vorsicht walten zu lassen.“

Ach, und wie?

„Außerdem würde ich an Ihrer Stelle mein Auto kontrollieren, ob sich daran ein Peilsender befindet. Besonderes Augenmerk sollten Sie dabei auf die Radkästen und den Unterboden richten.“

Ich Idiot! Hatte ich nicht schon die ganze Zeit vermutet, dass die mich überwachten? Warum hatte ich nicht selbst an einen GPS-Tracker gedacht, nachdem weder Felicitas noch ich einen Verfolger entdecken konnten?

„Die Wache in Körne ist in Ihrer Nähe. Suchen Sie sich deren Nummer raus, sodass Sie bei Gefahr sofort reagieren können.“

Ich schluckte. Er nahm die Sache ernst, dadurch fühlte ich mich noch angreifbarer. „Wir beratschlagen, was für

Gegenmaßnahmen wir treffen können. Was halten Sie davon, wenn wir denen auch einen Peilsender verpassen?“

„Wie wollen Sie, ohne aufzufallen, an deren Auto herankommen?“

„Ganz einfach. Kaya hat mich schon mehrfach zu den Personen gefahren, mit denen ich sprechen sollte. Ich muss nur einen geeigneten Vorwand finden, ihn miteinzubeziehen.“

„Nein, warten Sie erst mal ab, wie die reagieren“, empfahl er mir. „Bevor Sie nicht irgendwie bewiesen haben, dass Sie nicht schuld an der Inhaftierung der Bandenmitglieder sind, würde ich keinesfalls zu einem von ihnen ins Auto steigen.“

Auch wieder wahr!

„Außerdem sind diese Typen Außenstehenden gegenüber sehr, sehr misstrauisch. Lassen Sie die Idee mit dem Peilsender lieber fallen.“ Er räusperte sich energisch. „Nicht zu vergessen, dass es ungesetzlich ist.“

„Also rechnen Sie nicht damit, dass die mich fertigmachen?“, fragte ich, ohne auf seine Argumente einzugehen. Wie wir uns verhalten sollten, würde ich gleich mit Tom besprechen.

„Legen Sie sich eine gute Erklärung zurecht, warum deren Verdacht gegen Sie nicht stimmen kann. Die Kollegin weiß nicht, dass wir in Verbindung stehen, dafür garantiere ich.“

„Danke, für die Warnung. Ich melde mich.“

Tom, der neben mir gestanden und einen Großteil des Gesprächs mitbekommen hatte, ließ sich mit einem lauten Uff in den Sessel fallen. „Nur gut, dass du für die letzten Telefonate mein Handy benutzt hast!“

In weiser Voraussicht! „Wenn die nicht erst zuschlagen und danach ihre Fragen stellen“, unkte ich und setzte mich ihm gegenüber auf die Couch.

„Zu befürchten wäre es.“

Statt meine Furcht zu belächeln, bestätigte er mich auch noch!

„Aber die Idee mit den GPS-Trackern finde ich gut. Das wäre auch für den Kommissar ideal, so die Möglichkeit zu bekommen, deren Wege zu verfolgen.“

„Es ist illegal, hat Herr Janzen betont. Der darf nichts davon wissen, falls wir den Gedanken in die Tat umsetzen.“

„Willst du denn?“

Ich nickte bestätigend. „Soll ich mir etwa von denen mein ganzes weiteres Leben versauen lassen? Kemal denkt doch, wenn er pfeift, muss ich springen.“

„Klasse! Das ist die richtige Einstellung.“ Tom schien hochzufrieden mit meinem Entschluss.

Ich war trotzdem froh, als er vorschlug, Mirko und Tim nicht einzuweihen. Glücklicherweise waren Felicitas und ich davon abgekommen, die beiden über die Geschichte mit Adam zu informieren. Sie hatten nach wie vor keine Ahnung von dem, womit ich mich hier herumschlug, und so sollte es besser auch bleiben.

Das Einzige, wozu ich mich heute noch aufraffen konnte, war ein Anruf bei Felicitas. Sie atmete hörbar auf, dass ich gut nach Hause gekommen war. Das Telefonat mit Kommissar Janzen behielt ich lieber für mich. Stattdessen versprach ich, mich morgen zu melden, denn wir rechneten beide damit, dass Kaya nicht lange warten würde, um mich zur Rede zu stellen.

Ich hatte mir keinen Wecker gestellt und wollte eigentlich ausschlafen. Doch noch vor acht klingelte jemand Sturm. Ich öffnete ein Auge und schaute auf den Wecker neben dem Bett. Genau Felicitas' übliche Zeit, zur Arbeit aufzubrechen. Tja, wer würde es wohl wagen, so früh bei mir aufzuschlagen? Statt aufzustehen, drehte ich mich um und versuchte wieder einzuschlafen, was natürlich nicht gelang. Eine halbe Stunde später gönnte ich mir eine lange, entspannende Dusche und ein fulminantes Frühstück. Währenddessen klingelte es zwei weitere Male langanhaltend. Wieder reagierte ich nicht. Kaya oder Ilias mussten warten, bis ich mich bereit fühlte, ihnen gegenüberzutreten – und dieses Aufeinandertreffen würde garantiert nicht in meiner Wohnung stattfinden.

Mein Handy signalisierte einen Anruf: Tom. „Hast du schon gesehen, wer draußen vor der Tür steht?"

„Kaya oder Ilias?", gab ich zurück.

„Kaya, soweit ich sehen konnte, ist er allein."

„Das wäre die Gelegenheit, ihm einen GPS-Tracker ans Auto zu hängen", stöhnte ich.

„Wenn du willst, gehe ich welche besorgen und du verhältst dich so lange still."

Gar keine schlechte Idee! „Weißt du denn, wo man die kriegt?"

„Moment, ich wollte eh gerade danach googeln. Warte kurz! Da scheint es gewaltige Unterschiede zu geben."

Während für eine Weile nur noch das Klappern der Tastatur zu hören war, räumte ich die Küche auf und legte die gleich benötigten Utensilien bereit, damit ich zügig aufbrechen konnte. Viel länger wollte ich die nötige Konfrontation nicht vor mir herschieben.

Es sei denn, Tom wurde fündig, was ich langsam nicht mehr glaubte. Dafür dauerte seine Suche schon zu lange.

„Blöderweise musst du die mit langer Batterielaufzeit bestellen", meldete er sich zurück. „Die aus den Telefonshops vor Ort halten allerhöchstens eine Woche."

„Dann lassen wir das", entschied ich. „Irgendwann wird sich die passende Gelegenheit schon ergeben."

„Wie willst du vorgehen?"

„Ich trete mit Einkaufstaschen bewaffnet vor die Tür und bin total überrascht, ihn zu sehen."

„Soll ich mitkommen?"

„Lieber nicht. Vor Zeugen wird er sich nicht offen geben."

„Ich verlasse lieber vor dir das Haus und suche mir in der Nähe ein Versteck, von dem aus ich euch beobachten kann", bestimmte er. „Sobald er zudringlich wird, rufe ich die Polizei."

„Reagiere bitte nicht über“, beschwor ich ihn. „So ein bisschen den Macho rauskehren wird er.“

„Ich denke, ich kann sehr wohl unterscheiden, wie ernst es ist. Gib mir zehn Minuten Vorsprung.“

Wer mich sah, hätte wirklich nicht geglaubt, dass ich von der Bedrohung wusste. Ich hatte gegen den Regen die Kapuze meiner Jacke tief in die Stirn gezogen und hastete, ohne nach links oder rechts zu schauen, vorwärts.

Als Kaya mir in den Weg trat, zuckte ich deutlich sichtbar zusammen. „Du? Gibt's was Neues? Ist schon wieder was passiert?“

Er musste im Auto gesessen haben, denn seine Jacke war nur ein wenig feucht. Er packte mich an der Schulter und schob mich in Richtung seines Wagens. „Ich muss mit dir reden. Steig ein!“

Ich gehorchte, nachdem ich mich mit einem kurzen Blick davon überzeugt hatte, dass sich niemand auf den hinteren Sitzen befand. „Nun sag schon, was ist los!“

„Du bist ein elender Verräter!“, fuhr er mich an.

Komisch, auf einmal konnte er perfekt Deutsch sprechen.

„Du hast deinem speziellen Freund verraten, an welchen Leuten wir interessiert waren. Die Bullen haben die hochgenommen.“

„Ich?“ Es gelang mir perfekt, den Unschuldigen zu spielen. Ich legte genau die richtige Mischung aus Erstaunen und Gekränktsein in meine Stimme. „Habt ihr etwa das gleiche Spiel wie bei dem Russen auch bei den anderen beiden Verdächtigen durchgezogen?“ Ich tat, als sei mir die Erkenntnis gerade erst in diesem Moment gekommen.

„Du bist der Einzige, dem wir von denen erzählt haben.“

„Ich hatte anschließend dank euch genug andere Dinge zu erledigen, als dass ich mich darum gekümmert hätte. Ich bin ja nicht mal auf die Idee gekommen, dass ihr die ebenfalls befragen wolltet. Ich dachte, bei dem Russen sei es nur um die Leute gegangen, die die Überwachung beanspruchte.“ Ich schüttelte nachdrücklich den Kopf. „Nee, du, das kannst du mir nicht anhängen.“

Er musterte mich aus schmalen Augen, eindeutig nicht überzeugt von meinen Worten. „Wer sollte es sonst gewesen sein?“

„Woher soll ich das wissen? Vielleicht ist die Polizei nicht so doof, wie ihr es gern hättet. Der Russe wird den Überfall gemeldet und die Angreifer beschrieben haben.“

„Hat er nicht.“

„Seine Frau, mit der wir gestern sprachen, drängte ihn dazu“, behauptete ich. „Wir mussten sehen, dass die Kinder in Sicherheit gebracht wurden, damit er nicht seinen Frust an ihnen auslässt. Deshalb gab sie sich anfangs nett und freundlich. Die Wahrheit, dass sie ihn anzeigen will, erfuhr er erst viel später.“

Diesem Argument hatte er nichts entgegenzusetzen.

„Du kannst gern mein Handy kontrollieren. Ich habe nicht mit der Polizei gesprochen.“ Ich zog es aus der Jackentasche und hielt es ihm hin.

Er nahm es tatsächlich und scrollte durch meine Anrufliste. Natürlich tauchte Herr Janzens Name nirgendwo auf.

„Wo ist deine Freundin?“

„Hä?“ Ich tat, als würde ich die Frage nicht verstehen. „Auf der Arbeit.“

„Und wann ist sie los?“

Ich funkelte ihn wütend an. „Sag mal, lasst ihr mich etwa überwachen? Felicitas hat gestern bei einer Freundin übernachtet. So was kommt manchmal vor, wenn die zusammen feiern.“

Kaya hob beschwichtigend die Hände. „Okay, okay. Hab verstanden.“

Ich angelte nach dem Türgriff. „War's das?“

„Was hast du denn gedacht, weshalb ich hier bin?“ Auch bei dieser Frage ließ er mich nicht aus den Augen.

„Dass ein neuer Mord geschehen ist. Rechne selbst nach. In der Nacht auf den neunten Februar geschah der erste, der zweite vom zweiten auf den dritten März. Heute ist der fünfte April. Wenn unser Mörder sich an einen gewissen Zeitplan hält, wird es noch diese Woche passieren.“

25

Am nächsten Morgen stand es in den Online-Nachrichten. Ein zweijähriges Mädchen war das nächste Opfer des Täters geworden. Nicht dass der Zusammenhang offiziell hergestellt wurde. Wieder hieß es: Das am Vortag vermisste Kleinkind sei tot. Ein Zeitungszusteller entdeckte es am frühen Morgen in einer Unterführung. Die Kriminalpolizei habe die Ermittlungen aufgenommen.

Felicitas, die genau wie ich morgens beim Frühstück gern die neuesten Meldungen las, stieß als Erste auf den Artikel. „Alex, schon wieder eine!"

Obwohl ich ja damit gerechnet hatte, blieb mir der Bissen im Hals stecken. Sofort fühlte ich mich schuldig, dass wir uns zuletzt kaum noch um den Fall gekümmert hatten.

Anscheinend las sie mir die Gefühle vom Gesicht ab, denn sie legte ihre Hand auf meine. „Es gab keinen vernünftigen Hinweis. Du hättest nichts tun können."

Das sagte sich so leicht, mein Gewissen war anderer Meinung. Wenn ich …

„Ruf Kaya an!", drängte sie. „Vielleicht weiß er mehr."

Wie denn? Sein Spitzel war entlarvt. Bevor ich eine dementsprechende Bemerkung machen konnte, klingelte mein Handy.

„Du schon gelesen? Neues Kind tot", erklang Kayas Stimme.

„Es war zu befürchten. Habt ihr Informationen, was genau passiert ist?“

„Mädchen wohnt in ähnliche Gegend wie andere, Hochhaus in Scharnhorst, nur Mutter, kein Vater, ein Babybruder. Saß in Unterführung.“

„Wo und unter welchen Umständen ist sie verschwunden?“

„Mutter war einkaufen mit ihr und Baby. Kleine vorgelaufen, dann plötzlich weg.“

Es würde vermutlich besser sein, wenn ich mir alles selbst erzählen ließ. „Ist es möglich, mit ihr zu sprechen?“

„Heute nicht, vielleicht morgen.“

„Bitte, gib dein Bestes. Ich will diesen Kerl unbedingt kriegen!“ Ich brauchte mich nicht mal zu verstellen, ich verspürte einen derartigen Hass auf das Monster. Drei kleine Kinder ermordet! Wie abartig musste man sein?

„Wir kümmern uns.“

„Der Zeitungsausträger, wäre schön, wenn ihr an den auch rankommt.“ Halt, nein! „Oder besser seinen Namen und seine Adresse in Erfahrung bringt. Den Rest übernehme ich.“

„Okay.“

Felicitas hatte bereits ihre Jacke angezogen und wartete an der Tür auf mich. „Du arbeitest weiter mit denen zusammen?“

„Was bleibt mir anderes übrig. Die haben immer noch die besseren Connections.“ Und bieten mir einen gewissen Schutz, fügte ich still hinzu. Auch in dieser Gegend würde ich nicht gern allein agieren.

Ich setzte sie an der Klinik ab und fuhr nach Hause zurück. Kaum hatte ich die Tür hinter mir geschlossen, klingelte es.

„Ist das heftig?“, fragte Tom und folgte mir in die Küche.

„Willst du auch einen Kaffee?“ Mein angebissenes Brot schob ich zur Seite. Der Hunger war mir vergangen.

Tom holte sich selbst einen Becher aus dem Schrank und goss sich und mir ein. „Weißt du schon Näheres?“

Ich berichtete von dem Telefonat mit Kaya.

Er verzog das Gesicht. „Was für ein Scheiß. Damit bleibst du denen auf Gedeih und Verderb ausgeliefert.“

„Ohne sie würde ich gar nichts erreichen“, widersprach ich. „Die Kleine wohnte in einem Hochhaus in Scharnhorst. Also können wir davon ausgehen, dass das Umfeld ähnlich den anderen ist. Ich habe keine Möglichkeit, an die Mutter ranzukommen ohne sie.“

Er sah mich prüfend an. „Aber wir ziehen das mit den Trackern durch, oder?“

Beinahe hätte ich einen Rückzieher gemacht. Gestern hatten wir gemeinsam das Internet durchforstet und schließlich drei bestellt, sogar einen Aufpreis bezahlt, damit sie heute geliefert wurden. Weil man ja nie wissen konnte, wie Tom unkte. Jetzt kam ich mir ausgesprochen schäbig vor, ihre Hilfe zu nutzen und sie gleichzeitig auszuspionieren.

„Die kennen keine Skrupel“, erinnerte er mich. „Versagst du, bekommst du es zu spüren.“

Dabei war mein Zusammentreffen mit Kaya reichlich harmlos verlaufen, wie selbst er im Nachhinein zugab. Obwohl er mich anschließend warnte, mich nicht zu sicher zu fühlen. Kemal behielte mich garantiert weiterhin in Verdacht. Ich hätte einen Aufschub erhalten, keinen Freispruch.

Nachdem wir dann wenig später den Peilsender entdeckten, den sie mir untergeschoben hatten, hatte mein Entschluss festgestanden: Ich vergelte Gleiches mit Gleichem.

Der Gedanke daran gab mir neuen Auftrieb. „Wenn sich die Möglichkeit bietet, schiebe ich einen unter den Beifahrersitz.“ Ob ich die Daten nutzte, konnte ich später entscheiden beziehungsweise erst einmal vorsichtig bei Kommissar Janzen vorfühlen. Ich hatte keine Ahnung, ob er illegales Material überhaupt verwenden durfte. „Was hältst du davon, wenn ich dem Kommissar Kayas Telefonnummer gebe? Vielleicht kann die Polizei ihm eine stille SMS aufs Handy schicken und so seine Tätigkeiten verfolgen?“ Ich hatte mich gestern noch weitergehend informiert.

Tom schüttelte energisch den Kopf. „Der wird zwei Handys haben, ein privates und eins für diverse andere Zwecke. Du glaubst doch nicht wirklich, dass er dir die wichtigere von beiden gegeben hat?"

Wieder blieb uns nichts, als abzuwarten. Immerhin meldete sich eine dankbare Frau Dudek, um uns auf den neuesten Stand zu bringen. Sie hatte sich bereits einen Anwalt genommen, war mit diesem bei der Polizei gewesen und hatte Anzeige gegen ihren Mann erstattet. Natürlich stritt dieser alle Vorwürfe ab. „Ich nehme jetzt jedes Telefongespräch mit ihm auf", erklärte sie. „Wie ich ihn kenne, wird er sich nicht lange zurückhalten können und Drohungen ausstoßen."

Adam sollte gleich morgen vernommen werden, mit einem Kinderpsychologen an seiner Seite. Auch bei Sila würde man versuchen, das eine oder andere zu erfahren. „Ich habe Igor bereits gesagt, dass er das Haus verlassen und sich eine neue Unterkunft suchen muss. Zum Glück läuft der Kaufvertrag auf mich. Nur weiß ich ehrlich gesagt nicht, ob wir jemals in der Lage sein werden, dort wieder einzuziehen."

„Immerhin haben wir eine Familie vor Schlimmerem bewahrt", meinte Tom anschließend.

Ich fühlte mich trotzdem wie ein Versager. Der Fall mit den drei kleinen Kindern brannte in mir wie eine schwärende Wunde.

„Willst du jetzt nicht doch lieber Mirko und Tim einweihen? Wir können weiteren Input gut gebrauchen."

„Nein, nicht mit Kemal und seinen Leuten im Nacken. Sie können uns nicht helfen", war ich mir sicher. „Ich würde sie unnötig in Gefahr bringen. Ist schon schlimm genug, dass ich dich mit reingezogen habe."

„Quatsch! Ich will helfen. Du kennst mich. Ich würde auch ohne dich weitermachen."

Aus diesem Grund hatte er gestern doch noch das Interview in der Kita durchgezogen. Er hatte vor, das Thema zu vertiefen und nach einer ausführlichen Recherche irgendwann auf

YouTube in Form eines Films vorzustellen. „Hast du denn überhaupt Zeit, mich zu unterstützen?", fragte ich. Für mich war es wesentlich angenehmer, mit einem Partner zusammenzuarbeiten. Gerade Tom fielen oft Dinge auf, die mir entgangen waren.

„Den Kerl zu finden, hat oberste Priorität", verkündete er. „Dahinter muss alles andere zurückstehen."

Wenn es denn irgendetwas gäbe, was wir tun könnten!

In Ermangelung anderer Alternativen setzte ich mich vor den Computer und rief meine Notizen auf, um sie ein weiteres Mal akribisch zu prüfen. Und weil mich die Suche natürlich nicht weiterbrachte, begann ich das bisher Geschehene in Romanform zu bringen. Irgendwie musste ich mich einfach beschäftigen.

Nachmittags, kurz bevor ich Felicitas abholen musste, klingelte es Sturm und klopfte gleichzeitig. „Alex? Bist du da?", hörte ich Toms Stimme.

Ich sprang auf und rannte zur Tür. Was war geschehen?

„Das musst du sehen!" Er drängte sich an mir vorbei und deutete auf meinen Computer, bei dem noch das Schreibprogramm geöffnet war. „Geh mal auf die Online-Seite unserer Tageszeitung!"

Der Artikel begann mit einem Bild. Das kleine Mädchen saß mit ausgestreckten Beinen in einer Unterführung, den Rücken an die Wand gelehnt, eine Hand war vorgestreckt, als bitte sie um eine milde Gabe. Neben ihr stand sogar ein Becher, der eindeutig zeigte, dass sie bettelte. Ihr Kopf war leicht vorgesunken, das Gesamtbild vermittelte den Eindruck, als schäme sie sich für diese Aktion.

„Wieder inszeniert, aber verdammt eindrucksvoll." Bestimmt hatte der Zeitungsbote dieses Foto geschossen und es an seine Kollegen von der Redaktion weitergegeben.

„Du solltest Kaya fragen, ob sie welche von den vorherigen Auffindesituationen haben", schlug Tom vor. „Durch diesen Spitzel müssten sie eigentlich in deren Besitz sein."

„Ich frage ihn, sobald er sich meldet." Allein mit diesem Vorschlag hatte der Freund schon seine Nützlichkeit bewiesen. Wieso hatte ich nicht selbst daran gedacht? Ich wandte mich dem darunter stehenden Artikel zu, der, wie nicht anders zu erwarten, von meinem Bekannten Herrn Pickard, stammte.

Die seit gestern vermisste Kadisha wurde heute Morgen von einem Zeitungsausträger in der Unterführung am Schwalmbach tot aufgefunden. Wie das Foto beweist, hat der Täter sie bewusst in Szene gesetzt. Was bezweckt er mit dieser Form von Zurschaustellung?

Danach folgte der Rückblick, wie das Mädchen verschwand. Wie schon so oft war sie vorgelaufen und um die Ecke in ihre Wohnstraße abgebogen. Als die Mutter, durch das schreiende Baby abgelenkt, etwas später ebenfalls die Straße erreichte, war Kadisha verschwunden. Sie rief nach ihr und suchte mit Hilfe der Nachbarn die gesamte Umgebung ab. Das Mädchen blieb wie vom Erdboden verschluckt.

Die unverzüglich eingeleitete Suche der Polizei brachte keinen Erfolg. Die Ermittler vermuten, die Leiche des Kindes sei erst kurze Zeit zuvor an der Fundstelle platziert worden. Wie der Täter zugriff und wo er sie in der Zwischenzeit versteckt hielt, ist nicht bekannt. Die Polizei bittet Zeugen, die Hinweise geben können, sich dringend zu melden.

Darunter war ein Foto der lebenden Kadisha abgebildet. Die Kleine schaute direkt in die Kamera, die lockigen schwarzen Haare fielen fast bis in ihre großen braunen Augen. Das schmale Gesichtchen war trotzig verzogen, als habe jemand sie gezwungen, still stehen zu bleiben. Sie wirkte so lebendig, so ungeduldig, wieder loszurennen. Mir wurde das Herz schwer, wenn ich daran dachte, dass ich sie nicht hatte retten können.

Schon im Februar wurde ein Kind ermordet, die kleine Brianna. Spaziergängerinnen fanden sie tot auf dem Hauptfriedhof. Einen Monat später, im März, starb der fünfjährige Amir. Seine Leiche wurde noch in der Nacht von zufällig vorbeikommenden Passanten auf einem Spielplatz entdeckt. Laut der Ermittler gibt es zwischen diesen Morden keinen Zusammenhang, obwohl alle drei Kinder plötzlich verschwanden und am nächsten Tag tot aufgefunden wurden. Die Tatumstände seien zu verschieden, es handele sich um eine seltsame Häufung von Zufällen, lautet die Erklärung des Pressesprechers.

Wie erwartet hatte Herr Pickard eins und eins zusammengezählt. Er war der richtige Mann auf diesem Posten, denn er würde sich wie ich in den Fall hineinknien. Damit gab es eine weitere Anlaufstelle. Wieder einmal konnten wir unsere bisherigen Ergebnisse austauschen.

„Willst du ihn anrufen?" Tom schien meine Gedanken zu erahnen.

„Nein, noch nicht. Wie es aussieht, ist er gerade erst auf den Zusammenhang gestoßen. Viel wird er bisher nicht in Erfahrung gebracht haben."

„Und du möchtest lieber mauern."

Er hatte es als Feststellung gemeint, trotzdem fühlte ich mich genötigt, ihm meine Beweggründe darzulegen. „Es ist wie mit Tim und Mirko. Wenn, muss ich ihn komplett einweihen. Wie soll ich sonst erklären, woher ich all die Fakten weiß, wie ich den Kontakt zu den Familien hergestellt habe und so weiter."

Er nickte verstehend. Ich erhob mich, um zur Klinik zu fahren. Solange wir nicht hundertprozentig sicher sein konnten, dass Kemal keine Racheaktion gegen uns plante, fuhr ich Felicitas lieber jeden Tag zur Arbeit und holte sie auch wieder ab.

26

Donnerstag, 7. April

Kaya meldete sich gegen neun Uhr. „Können um zwölf mit Mutter reden.“

„Ich bringe einen Freund mit. Der unterstützt mich bei den Nachforschungen.“

„Okay.“

Tom war sofort bereit, mich zu begleiten. „Am besten übernehme ich es, den GPS-Tracker anzubringen. Ich befestige ihn irgendwie unter dem Beifahrersitz.“

„Vielleicht sitzen wir auch beide hinten, falls er seinen Kumpel Ilias mitbringt“, wandte ich ein.

„Dann lenkst du die beiden eben ab.“

Ich musste zugeben, dass er sich wesentlich geschickter anstellte, als ich es je hinbekommen hätte. Er erschien mit einem großen Rucksack, den er zu seinen Füßen abstellte. Da Kaya allein gekommen war, nahm ich vorn neben ihm Platz und Tom hinter mir. Kaum saßen wir, begann er in seinem Rucksack zu kramen. „Habe noch nicht gefrühstückt“, verkündete er und holte ein belegtes Brötchen heraus. „Wollt ihr auch?“

Wir lehnten beide ab. Während ich nachfragte, was es für Neuigkeiten gab, aß Tom vorgebeugt, sodass alle Krümel in seinem Rucksack landeten, gönnte sich anschließend noch ein zweites und trank zwischendurch aus einer Flasche, die mit Wasser gefüllt war. Obwohl ich mich bemühte, auf ihn zu achten, bekam ich nicht mit, wann und wie er den Tracker anbrachte.

Dabei hatte Kaya kaum etwas Relevantes zu berichten. Er wusste im Endeffekt nicht mehr als das, was in der Zeitung gestanden hatte. „Frau redet mit uns, weil Mann ihr das gesagt", erklärte er. „Kemal ihn kennt."

Hieß das etwa, er gehörte zu seiner Truppe? Vielleicht ergab sich die Möglichkeit, es selbst rauszufinden.

Das Gebiet entpuppte sich als Hochhaussiedlung, ein Riesenkasten stand neben dem anderen. Dazwischen wuchs Gras, sodass für die Kinder eine große Spielfläche entstanden war. Im Moment hielten sich dort allerdings nur vereinzelt Mütter mit ihren Kleinkindern auf, die zumeist beieinanderstanden, sich unterhielten und ihre Sprösslinge kaum beachteten. Die Osterferien begannen erst nächste Woche, erinnerte ich mich. Noch waren die Größeren in Schule und Kita.

Kaya quetschte seinen Mercedes in eine kleine Lücke, sodass das Heck weit auf die Straße ragte. „Egal." Mit einer Handbewegung forderte er uns auf auszusteigen.

Es handelte sich um eines der mittleren Häuser, Frau Winkelmann wohnte in der vierten Etage. Da die Tür halb offen stand, traten wir ein, ohne zu klingeln. Kaya rief den Aufzug und betrat ihn als Erster. Wir folgten ihm und ich hielt automatisch die Luft an. Was für ein Gestank! Dazu die unzähligen hingekritzelten Botschaften und Verwünschungen und die zerkratzten und zerschrammten Wände. Jeder Besucher bekam gleich den Eindruck, dass sich niemand um Achtsamkeit und Rücksichtnahme scherte.

Auf der gewünschten Etage erstreckte sich ein langer Flur vor uns. Ich zählte die Türen ab: acht insgesamt. Vor den meisten standen mehrere Paar Schuhe in verschiedenen Größen, vor zweien zusätzlich ein Kinderwagen.

Kaya drängelte sich an uns vorbei und ging auf die erste Tür links zu. Kaum hatte er geklingelt, wurde geöffnet. Die Frau, die im Rahmen auftauchte, sah verheerend aus: Ein vom Weinen verquollenes, mit roten Flecken übersätes Gesicht, fettige Haarsträhnen, die ihr bis auf den Rücken fielen und eine für ihr Alter, ich schätzte sie auf Mitte zwanzig, extreme Körperfülle. Gut, vielleicht lag die Geburt erst einige Wochen zurück, trotzdem musste sie bereits zuvor beträchtliches Übergewicht gehabt haben.

„Kommen Sie rein.“ Die Worte wurden regelrecht hervorgestoßen, begeistert von unserem Besuch war sie nicht.

Kaya trat an ihr vorbei und führte uns in ein kleines Wohnzimmer. Vorsichtig traten wir über das überall auf dem Boden liegende Spielzeug hinweg und blieben vor dem Flachbildfernseher stehen, da die kleine Couch voller achtlos hingeworfener Kleidungsstücke, Windeln und den dazugehörigen Pflegemitteln war. Sonst gab es in dem Raum nur noch eine Regalwand, die wohl als Abstellfläche für alles diente, was sich im Weg befand - ein echtes Ordnungssystem konnte ich jedenfalls nicht erkennen -, einen Laufstall und einen Kinderwagen, der vor der Balkontür stand und in dem offensichtlich das Baby schlief.

Frau Winkelmann setzte sich mitten in das Durcheinander auf die Couch. Dass wir stehen bleiben mussten, schien sie nicht zu stören. „Ich weiß nix“, begann sie. „In einem Moment war Kadisha noch da, im nächsten weg.“

„Weil sie um die Straßenecke gerannt ist“, setzte ich hinzu.

„Wir gehen immer diesen Weg, sie kennt ihn“, verteidigte sie sich. „Um diese Zeit ist nie viel los. Außerdem weiß sie, dass sie nicht auf die Straße laufen darf.“

Na, ob das ein zweijähriges Kind schon verinnerlicht hatte?

„Wie lange war sie ungefähr außer Sichtweite?“, warf Tom ein.

Sie zögerte. „Fünf, sechs Minuten. Rami hat zu schreien angefangen und ich bin kurz stehen geblieben, um ihm seinen Schnuller reinzustecken.“

„Sie haben nichts von ihr gehört? Kein Rufen oder Lachen oder sonstige Geräusche?“, vergewisserte ich mich.

„Als wenn ich darauf bei Ramis Geschrei geachtet hätte. Der hat ein mächtiges Organ, wenn er hungrig ist.“

„Haben Sie irgendetwas Besonderes gesehen, als sie um die Ecke kamen?“, fragte Tom.

„Ja, dass Kadisha weg war.“ Ihre Stimme klang eindeutig genervt.

„Das meine ich nicht“, blieb er geduldig. „Sahen Sie einen geparkten Transporter oder ein anderes größeres Auto in der Nähe? War außer Ihnen noch eine andere Person auf der Straße?“

„Nee.“

Nach einem mahnenden Räuspern von Kaya gab sie sich wirklich Mühe, schloss sogar die Augen und überlegte längere Zeit. „Ich habe nicht darauf geachtet“, erwiderte sie endlich.

„Ich war einfach nur sauer, weil ich Kadisha nicht gesehen habe. Ich dachte, die ist bestimmt noch rüber auf den Spielplatz. Und Rami brüllte wie am Spieß.“

„Also haben Sie, bevor Sie nach oben fuhren, einen Umweg gemacht“, nickte Tom mitfühlend.

Er machte das einfach perfekt, musste ich neidlos eingestehen.

„Die Rita von nebenan kam mir entgegen und sagte, die sei da nicht. Deshalb bin ich gleich zurück und hoch. Die Haustür steht fast immer offen, weil das für die Kinder bequemer ist. Ich dachte, vielleicht ist Kadisha schon oben, weil sie weiß, dass Frau Bäumer kommt. Auf die freute sie sich.“

„Frau Bäumer?“, warf ich ein.

„Meine Hilfe für die Kinder. Aber die war noch nicht da und Kadisha auch nicht. Rami war vom Schreien schon richtig blau im Gesicht. Was sollte ich machen? Er musste gefüttert werden.“ Sie schien bei dieser Aussage nicht mal den Ansatz eines schlechten Gewissens zu haben.

„Wann ist Frau Bäumer gekommen?“

„Gerade als ich die Milch fertig hatte. Sie ist sofort los, um Kadisha zu suchen. Als Rami getrunken hatte, habe ich ihn in den Kinderwagen gelegt und bin auch raus. Die Frau Bäumer hatte schon die Nachbarn gefragt, von denen waren auch welche draußen. Dann hat die Frau Bäumer gesagt, wir rufen jetzt die Polizei an. Sie hat denen alles erklärt und die haben gesagt, sie kümmern sich drum." Sie begann laut zu schluchzen. „Haben Sie das Bild in der Zeitung gesehen, was er mit ihr angestellt hat? Meine arme Kleine!"

„Der Mistkerl darf nicht ungestraft davonkommen", übernahm es wieder Tom zu antworten. „Deshalb sind wir für jeden Hinweis dankbar. Alles, was Ihnen einfällt, könnte wichtig sein."

„Aber es gibt nichts!", rief sie laut aus.

Ein leises Krähen aus dem Kinderwagen antwortete ihr.

„Scheiße, jetzt ist der Rami wach!" Aufstöhnend erhob sie sich, denn innerhalb von Sekunden wechselte das Baby zu sirenenartigem Geheul, das selbst dann nicht verstummte, als sie ihn hochnahm.

„Füttern Sie ihn ruhig erst. Wir haben Zeit", gab sich Tom gelassen.

Prompt drückte sie ihm den Säugling in den Arm und verschwand mit den Worten: „Halten Sie ihn mal", in der Küche.

Der arme Kerl sah nicht sonderlich glücklich darüber aus.

„Ich mache." Geschickt nahm Kaya ihm das brüllende Wesen ab und begann ihn hin und her zu wiegen. Dazu murmelte er beruhigend in Türkisch auf ihn ein.

Zu unser aller Erstaunen verstummte der Kleine und sah ihn aus großen Augen an.

Als er gluckste, trat Frau Winkelmann mit einer Flasche Milch ein. „Na, so was! Der mag sie!" Sie riss ihm das Baby ruppig aus dem Arm, das sofort wieder zu schreien begann. „Ja, ist ja gut." Sie ließ sich auf das Sofa fallen und drückte ihm den Sauger in den Mund. Augenblicklich begann Rami zufrieden zu schmatzen.

„Ist Ihnen im Vorfeld, also in den Tagen zuvor, ein Fremder aufgefallen, der hier herumschlich?", setzte Tom erneut an.

„Achten Sie mal mit einem Kinderwagen und einem Kleinkind, das ständig wegläuft, auf die Umgebung", lautete die Antwort.

„Gibt es denn irgendjemand in diesem oder den umliegenden Häusern, dem etwas aufgefallen sein könnte?", änderte er seine Frage ab.

Sie musste nicht lange überlegen. „Der Jaschke. Der wohnt unten links. Wenn einer was gesehen hat, dann er."

„Die Frau Bäumer, ist sie eine Hilfe von der Stadt?"

Sie nickte nur bestätigend.

„Seit wann kommt sie zu Ihnen und wie oft?"

„Seit die Kadisha auf der Welt ist. Ein- bis zweimal in der Woche, mal so, mal so."

Die nächste Frage war etwas heikel. Ich wusste nicht, wie ich sie vernünftig formulieren sollte. „Der Vater der Kinder, lebt der mit in dieser Wohnung?"

Sie schnaubte abfällig. „Nee, ist viel zu klein. Der hat seine eigene drüben im Nachbarhaus. Ist auch besser so. Er kommt uns besuchen ab und zu, um nach den Kindern zu sehen. Wir leben in einer On-Off-Beziehung. Eigentlich war nach Kadishas Geburt schon Schluss. Dann bin ich wieder schwach geworden und so ist Rami entstanden."

Die Erklärung klang wie auswendig gelernt.

„Wir sind nicht richtig zusammen. Er kümmert sich halt, wie es ein Vater tun sollte."

„Könnten Sie uns die Telefonnummer von Frau Bäumer geben?" Ich bemühte mich, ihr nicht zu zeigen, wie wichtig dieser Punkt für mich war.

„Der Zettel liegt in der Diele neben dem Telefon." Frau Winkelmann hob den Säugling an und klopfte ihm kräftig auf den Rücken. „Steht ihr Name drauf."

„Länger wollen wir Sie gar nicht stören." Ich lächelte ihr zum Abschied zu.

Sie reagierte nicht, sondern blickte auffordernd zu Kaya. „Sagt ihr Yussuf, was Sache ist?"

Dieser nickte. „Sobald wir was wissen."

Ich verschwand in die Diele. Neben der Tür stand ein wackeliges Tischchen, darauf lag das Handy, direkt darunter befand sich ein Blatt mit mehreren Namen, Frau Bäumers war der oberste. Ich tippte die Zahlen ab und speicherte sie. Mit dieser Frau mussten wir als Nächstes sprechen.

Tom war mir gefolgt. „Auf zum Jaschke. Vielleicht hat der ja irgendeine Beobachtung gemacht." Sein Tonfall klang nicht sehr hoffnungsvoll.

Genauso war es. Der ältere Mann, der uns öffnete und zwischen Tür und Angel mit uns redete, wehrte gleich ab: „Hier ist ein ständiges Kommen und Gehen. Die einen kriegen Besuch von den Verwandten, die anderen von ihren Freunden, die Jugendlichen sitzen in Gruppen unten auf den Bänken, sobald es das Wetter erlaubt, tagsüber toben die Jüngeren dort – ich kann mir nicht mal merken, wer zu wem gehört."

Auf die Nachfrage, wer denn eventuell besser Bescheid wüsste, erhielten wir nur ein Kopfschütteln.

„Das war ein Reinfall", murmelte Tom enttäuscht, als wir uns wieder zum Auto begaben. Das sah ich anders. Es gab eine Übereinstimmung bei allen drei Frauen, die uns zuvor gar nicht aufgefallen war. Diesen Punkt mussten wir unbedingt abklären.

27

Wie auf der Hinfahrt saß ich vorn und Tom hinten. Kaum hatten wir uns gesetzt, griff er nach seinem Rucksack, den er im Auto gelassen hatte, und kramte darin herum. „Hm, schade, ich dachte, ich hätte mein Notizbuch dabei", brummte er.

„Was willst du denn aufschreiben?" Ich wandte mich halb zu ihm um. „Das war ja alles andere als informativ."

„Mir ist was fürs Studium eingefallen, hat nichts mit diesem Besuch zu tun. Ja, der war nicht sehr ergiebig", stimmte er mir zu. „Es gibt nichts, wo wir ansetzen könnten."

„Ihr solltet trotzdem die Bewohner der Häuser befragen", wandte ich mich an Kaya. „Vielleicht hat ja doch jemand was gesehen. Der muss die Frau mit ihren Kindern zuvor beobachtet haben. Woher wüsste er sonst, dass die Kleine gewöhnlich vorlief."

„Er wird sein Auto direkt hinter der Ecke geparkt haben", stimmte Tom mir zu, „hat sich das Kind gegriffen und sofort ins Auto gepackt, anders kann es nicht abgelaufen sein."

„Sind viele Leute", kam es abwehrend von Kaya.

„Genau, es ist eigentlich unmöglich, dass der Typ nie aufgefallen ist." Ich machte eine kleine Pause, bevor ich fortfuhr. „Außerdem solltet ihr wiederum die Personen überprüfen, die in irgendeiner Verbindung zu den Gebäuden stehen. Bei drei Fällen wäre jede Übereinstimmung es wert, näher betrachtet zu werden. Das übernehme ich dann."

Anscheinend waren ihm die Argumente ausgegangen, denn er nickte bloß.

Damit war alles gesagt, wir schwiegen, bis wir unser Wohnhaus erreichten.

„Melde dich, sobald du einen Hinweis findest“, verabschiedete ich mich von Kaya.

Obwohl mir das Entdeckte auf den Nägeln brannte, wartete ich ab, bis wir uns in der Küche gegenübersaßen. „Die Erziehungshilfen“, platzte ich heraus. „Jede der Frauen hatte eine. Das kann kein Zufall sein.“

„Ist in diesen Kreisen eher normal. Und war es nicht jedes Mal eine andere?“ Anscheinend sah Tom nicht die Brisanz dieser Entdeckung.

„Und wenn die alle bei demselben Verein angestellt sind? Ich sage ja nicht, dass es eine von ihnen war“, versuchte ich ihm meine Gedanken zu erklären. „Der Täter ist eindeutig gestört. Er inszeniert die Gegebenheiten nicht nur für diejenigen, die die Leiche finden. Ich bin mir sicher, dass er Fotos davon macht und diese in einem auf solche Schweinereien spezialisierten Portal hochlädt. Er nimmt sich Kinder, von denen er weiß, dass niemand sonderlich auf sie achtet. Das heißt, entweder arbeitet er in diesem Bereich oder er hat Zugang zu den entsprechenden Unterlagen.“

Tom nickte langsam. „Du könntest recht haben. Allerdings handelt es sich wieder um eine Vielzahl von Personen. Dass der Typ da angestellt ist, glaube ich nicht. Einer von deren Klienten würde besser passen.“

„Die kümmern sich nur um Kinder.“

„Und um Jugendliche bis zum Erreichen des achtzehnten Lebensjahrs“, verbesserte er mich. „Vielleicht handelt es sich um einen älteren Bruder oder einen durchgeknallten Vater, alles ist möglich.“

„Wir sollten das Personal nicht ausschließen“, beharrte ich.

„Der Täter muss nicht unbedingt auffällig reagieren. Nach außen hin wird er sich normal geben.“

„Und wie willst du ihn dann erkennen?“
Gute Frage! Ich grübelte noch darüber nach, als Tom bemerkte: „Kaya und seine Leute sind echt misstrauisch. Ich habe lieber darauf verzichtet, den Tracker anzubringen.“
Damit hatte ich nicht gerechnet. „Weshalb hast du dann diese Schau mit deinem Rucksack abgezogen?“
„Um auszuprobieren, ob es möglich wäre. Kaya hat mich kaum aus den Augen gelassen. Ich wette, das Auto wurde während unseres Besuchs akribisch gefilzt. Der Rucksack auf jeden Fall. Das habe ich sofort nach unserer Rückkehr überprüft.“
„Der Tracker!“
Tom grinste. „Der befand sich in meiner Jackentasche. Nur habe ich danach nicht gewagt, ihn tatsächlich anzubringen.“
Ich war wie vor den Kopf geschlagen. Kemal und seine Leute entpuppten sich als argwöhnischer als erwartet. Würde es uns überhaupt gelingen, ihnen Paroli zu bieten? „Hat Kaya jemand angefordert oder sind die uns gefolgt?“
„Ich tippe auf Letzteres. Der hatte sein Handy in der Hand, als wir aufs Haus zugingen, erinnerst du dich?“ Tom zuckte die Achseln. „Vielleicht lag es an mir, vielleicht hast du bessere Chancen, wenn du allein mit ihm irgendwohin fährst.“
Wahrscheinlich nicht. Die trauten mir weniger als gedacht, das bewies schon der GPS-Tracker an meinem Fiat. „Wenn wir die Familienhilfe befragen, nehmen wir den Mercedes von deinem Opa“, schlug ich vor. „Dass wir diese Spur verfolgen, müssen die nicht wissen.“
„Schalte lieber den Reporter ein“, empfahl mir Tom. „Ihm wird sie bestimmt ein Interview geben.“
Eine gute Idee! Ich sollte es zumindest versuchen, sonderlich entgegenkommend war keine der beiden bisherigen gewesen.
„Alexander Grahl hier. Wieder einmal arbeiten wir an demselben Fall“, sprach ich Herrn Pickard auf seine Mailbox. „Wäre gut, wenn wir uns austauschen könnten.“

Tom wechselte hinüber in seine Wohnung und ich wanderte rastlos auf und ab. Was konnte ich unternehmen? Dieser Gedanke, dass jemand aus dem Umfeld der Familienhilfen mit den Morden zu tun hatte, ließ mich einfach nicht los. Die Spur war die vielversprechendste, die wir hatten. Ich war mir fast sicher, dass sie uns zum Täter führen würde.

Das Klingeln meines Handys riss mich aus meinen Überlegungen.

„Sie arbeiten an dem Fall mit den drei ermordeten Kindern?", fiel Herr Pickard gleich mit der Tür ins Haus.

„Ja, aber eher unfreiwillig." Ich gab ihm einen kurzen Abriss, wie ich dazu gekommen war. Er kannte die Zustände in der Nordstadt und auch Kemal und seine Truppe. Er würde verstehen, warum ich der „Bitte" des Oberbosses nachgekommen war.

„Heftig." Länger hielt er sich nicht mit diesem Umstand auf. „Sind Sie nicht ebenfalls der Meinung, dass es sich bei allen drei Fällen um denselben Täter handelt?"

„Es gab jedes Mal eine eindeutige Inszenierung. Brianna wurde im Sand eingegraben, sodass nur ihr Kopf herausschaute. Amir stand an einen Baum gebunden, mit einem Feuerkreis um ihn herum, das Foto von Kadisha haben Sie selbst in die Zeitung gebracht." Bei ihm konnte ich offen reden. Er würde, wie ich wusste, Details, die nicht an die Öffentlichkeit gelangen sollten, für sich behalten. „Alle drei Kinder stammen aus einem prekären Milieu, der Täter konnte sie sich greifen, ohne dass jemand aufmerksam wurde. Übrigens hatten alle drei Familien Sozialarbeiterinnen an ihrer Seite. Alle Mütter waren alleinerziehend und …", tja, wie sollte ich es ausdrücken? „Hatten selbst erhebliche Probleme", umging ich eine genauere Beschreibung.

„Die Letzte hat einen Lebensgefährten mit eigener Wohnung", klärte er mich auf. „Wohl wegen der Arge. Beide bekommen seit langem Unterstützung, laut meiner Quelle sind sie schon seit mindestens drei Jahren zusammen."

Das erklärte diesen wie auswendig gelernten Spruch von Frau Winkelmann.

„Seit wann sind Sie dran?“

„Ungefähr eine Woche nach dem Mord an Amir sprach Kemal mich an. Seitdem ermittle ich mit seiner Unterstützung.“

„Sie haben bereits viel herausgefunden“, lobte er mich. „Ich gehe davon aus, dass ich nichts von den Ergebnissen veröffentlichen darf, richtig?“

„Solange die Polizei die Verbindung nicht zugibt, wäre ich damit vorsichtig“, pflichtete ich ihm bei. „Keine Ahnung, warum die das geheim halten.“

„Ist jedenfalls für mich wichtig“, betonte er. „Sie kennen mich, ich gebe mich wie immer nicht mit dem Offensichtlichen zufrieden, sondern recherchiere ebenfalls.“

Genau darauf hatte ich gehofft. „Tauschen wir uns aus, wenn es relevante Hinweise gibt?“

„Unbedingt. Ich habe im Prinzip gerade erst angefangen. Sie dagegen sind schon viel länger dran.“

„Trotzdem gibt es bisher keine Spur, die auf den Täter hinweist“, musste ich zugeben. „Ich gehe davon aus, dass der Kerl sich seine Opfer gezielt rausgreift, das heißt, er muss sie über einen längeren Zeitraum beobachtet haben. Blöderweise haben wir nicht einen Zeugen ausfindig machen können. Des Weiteren besteht auch bei den Ermittlern der Verdacht, dass er die entstandenen Fotos in gewissen Portalen zum Kauf anbietet“, setzte ich hinzu. Jetzt hatte ich mein komplettes Wissen preisgegeben, so übermächtig war mein Wunsch, diesen Mistkerl zu stellen. Wer die Lorbeeren dafür erntete, war mir egal.

Herr Pickard war offensichtlich sprachlos. Es dauerte eine Weile, bis er sich wieder zu Wort meldete. „Also wird der Täter nicht aufhören, sich Kinder zu greifen.“

„Deshalb müssen wir ihn unbedingt fassen“, ergänzte ich.

Anschließend nahm ich mein hin und her Wandern wieder auf. Ich hatte es nicht gewagt, dem Reporter von meinem

Verdacht gegenüber den Familienhelferinnen zu erzählen. War dieser nicht doch zu weit hergeholt? Würde es nicht auffallen, wenn Mitarbeiter, die vor Ort nichts zu suchen hatten, dort auftauchten? Frau Poschallas Erklärung fiel mir ein: Normalerweise werden wir nur bei einer Familie in der entsprechenden Siedlung eingesetzt. Konnte es sein, dass einer von ihnen überall vor Ort tätig war, wo ein Kind verschwand? Kurzentschlossen griff ich zum Telefon und rief Frau Bäumer an. Doch sobald ich mich vorgestellt und mein Sprüchlein aufgesagt hatte, kam ein rigoroses Nein. Sie sehe keine Veranlassung, sich mit mir zu unterhalten.

Blieb mir nichts anderes übrig, als mich erneut an Kaya zu wenden. Er reagierte geradezu enthusiastisch auf meine Bitte, mir einen neuen Termin mit der Familienhelferin der Yilmaz' zu machen. „Du neue Idee?"

„Ist noch nicht richtig ausgereift", wehrte ich ab. „Ich hoffe, dass ich nach dem Gespräch mit Frau Poschalla klarer sehe. Und mir ist noch was eingefallen. Habt ihr auch Tatortfotos? Ich würde sie mir gern mal anschauen."

Die Fotos schickte er schon nach einer halben Stunde. Wie die Zeugen es beschrieben hatten, war Brianna fast vollständig in den Sand eingebuddelt worden. Nur der Kopf und die Fingerspitzen schauten heraus. Als wolle sie sich jeden Moment wieder ausgraben, flüsterte mir der fantasievollere Teil meines Gehirns zu. Die Nahaufnahme von ihrem Gesicht ließ weitere Details erkennen. Aus den offenen Augen flossen blutige Tränenspuren die bleichen Wangen hinunter. Der Mund war schmerzhaft verzogen, sie wirkte, als befände sie sich noch mitten in ihrem Leidensprozess.

Gab es wirklich Menschen, die auf derartige Bilder abfuhren? Ja, es gab so viele Kranke auf dieser Welt. Würde der Täter sich sonst die Mühe mit diesen Inszenierungen machen?

Blieb die Frage, ob er es ausschließlich des Geldes wegen tat oder dabei auch ein abartiges Vergnügen empfand.

Bevor ich mich in Spekulationen verlor, wandte ich mich den nächsten Aufnahmen zu. Amir stand an einen Baumstamm gelehnt beziehungsweise die um ihn geschlungenen Seile hielten ihn aufrecht. Auf den ersten Blick sah es aus, als wäre er gefoltert worden, denn seine nackte Brust war mit kleinen blutenden Verletzungen übersät. Detailliertere Fotos aus der Nähe belehrten mich, dass es sich um kleine Ritzer handelte, die kunstvoll mit roter Farbe versehen nur den Eindruck tieferer Wunden erweckten. Wie es aussah, waren diese ihm erst nach dem Tod zugefügt worden. Auch ihm hatte der Täter blutige Tränen aufgemalt.

Ich stutzte. Wie war es bei Kadisha? Ich öffnete den Artikel im Internet und zoomte so weit wie möglich heran. Leider hing ihr Kopf nach unten, sodass ich nichts erkennen konnte. Aber Herr Pickard musste es wissen. Ich leitete die erhaltenen Fotos an ihn weiter und schloss die Frage an, ob auch beim dritten Opfer Tränenspuren zu sehen waren. Der Zeitungsbote, der ihre Leiche entdeckte, hatte bestimmt mehrere Aufnahmen, wahrscheinlich auch vom Gesicht, gemacht, bevor er die Polizei rief.

Dann nahm ich den Gedanken von gerade eben wieder auf. Was trieb den Täter an, reine Geldgier oder sein Wunsch, seine abartigen Vorstellungen auszuleben?

28

Der Rückruf von Kaya kam eine knappe Stunde später. „Trifft sich mit dir am Rewe in Körne. Nur mit dir, soll ich dir sagen, keine Begleitung."

Sehr seltsam! „Und wann?"

„Fünfzehn Uhr."

Gut, dass der Treffpunkt sich in fußläufiger Nähe befand. Sonst wäre ich nicht mehr pünktlich erschienen.

Im Rausgehen benachrichtigte ich schnell Tom und erzählte ihm auch von ihrer Bedingung.

Er grinste. „Wetten, dass die Kaya und seine Leute nicht dabeihaben will?"

Seine Vermutung bestätigte sich. Frau Poschalla, die schon auf mich wartete, blickte prüfend in alle Richtungen, bevor sie mich begrüßte. „Prima, Sie sind allein. Wollen wir ein paar Schritte laufen?" Kaum hatte sie ausgesprochen, setzte sie sich in Bewegung.

Immerhin regnete es nicht. Dafür blies ein eiskalter Wind. Ich war froh, dass ich mich für die dicke Winterjacke entschieden hatte. „Es ist schon wieder ein Kind ermordet worden", begann ich.

„Ich habe davon gelesen", bestätigte sie. „Der Reporter hat sogar die Verbindung zu den anderen Fällen gezogen."

„Der Täter wird nicht aufhören. Wir müssen ihn unbedingt fassen." Ihr Verhalten ermutigte mich dazu, offen zu sein. „Anfangs bin ich nicht ganz freiwillig in diese Geschichte reingezogen worden. Das hat sich geändert. Ich werde alles tun, um den Mistkerl aufzuspüren.“

Sie musterte mich mit hochgezogenen Augenbrauen. „Diese Angehörigen von Frau Yilmaz sind keine Freunde von ihnen?“

„Gott bewahre, nein“, entschlüpfte es mir, bevor ich mich bremsen konnte. „Ich bemühe mich, möglichst unabhängig von ihnen zu ermitteln, obwohl sie es waren, die anfangs auf meiner Teilnahme bestanden. Leider haben sie die besseren Verbindungen und ich muss ab und zu auf sie zurückgreifen.“ Hatte unser Spaziergang bisher einem forschen Marsch geglichen, wurde nun eine Art Schlendern daraus. Frau Poschalla musste diese Neuigkeit erst einmal verdauen. „Wie kann ich Ihnen helfen?“, fragte sie schließlich.

„Die drei Opfer wurden alle von einer Erziehungshilfe begleitet“, kam ich gleich zur Sache. „Sie, eine Frau Weber und eine Frau Bäumer. Sind die beiden auch bei Ihrem Arbeitgeber angestellt?“

Sie blieb stehen und starrte mich geschockt an. „Sie glauben hoffentlich nicht, dass eine von uns dahintersteckt?“

„Nein“, beeilte ich mich zu versichern. „Der Täter ist ein Mann, das beweisen die Fußspuren an den zwei ersten Tatorten.“ Schuhgröße vierundvierzig, damit war die Sachlage klar. Dazu die Schilderung von den Hundebesitzerinnen über das Verhalten des Hundes nach dem Angriff – die Hinweise waren eindeutig.

„Worauf wollen Sie dann hinaus?“

„Sie haben mir gesagt, jeder Mitarbeiter hat Klienten in verschiedenen Bezirken. Gibt es jemand, der bei allen dreien der Opfer tätig war?“

Sie schien bereits zu ahnen, worauf ich hinauswollte. „Das können Sie vergessen. Von uns ist es keiner gewesen. Wir haben nach den Terminen gar nicht die Zeit, uns lange vor Ort aufzuhalten, sondern müssen gleich weiter zum nächsten. Und wenn ich mich richtig erinnere, wurde außerdem keiner von uns in all diesen Gebieten eingesetzt. Wenn Sie wollen, kann ich jedoch diesen Punkt überprüfen."

Ein Wunder, dass sie mir so weit entgegenkam! Ich hatte wesentlich mehr Protest erwartet. „Das wäre super", gab ich ehrlich zu. „Außerdem würde mich interessieren, ob es unter ihrer Klientel irgendjemand gibt, dem sie die Taten zutrauen, einem Vater der Kinder oder Lebensgefährten der Mutter, eventuell käme auch ein älteres Geschwisterkind infrage."

Mit diesem Punkt hatte ich sie völlig verblüfft. Sie rieb sich die Hände und setzte sich langsam wieder in Bewegung, bevor sie erwiderte: „Die Väter würde ich ad hoc ausschließen. Die meisten haben genügend andere Probleme wie Alkoholsucht, Drogensucht, Spielsucht." Sie sah meinen ungläubigen Blick. „Ja, was denken Sie denn, mit was für Menschen wir es zu tun haben? Die Familienmitglieder sind hochgradig gestört, krank oder nicht in der Lage, mit ihren Problemen allein klarzukommen. Viele, nein, eigentlich alle, haben Schulden angehäuft. Sie benötigen Hilfe in einer Menge von Bereichen ihres Lebens." Sie hielt inne und überdachte ihre Antwort noch einmal. „Nein, die Väter können wir ausschließen. So ein Psycho, wie hier am Werk, ist nicht darunter, eindeutig nicht."

„Und die älteren Kinder?"

„Bis auf die Yilmaz' habe ich niemanden, der vom Alter her passen könnte. Gut, der Malik ist voller Aggressionen. Er wird von seiner Mutter und der Verwandtschaft in die Position des Familienoberhauptes gedrückt und kann diese natürlich nicht ausfüllen. Außerdem liebt er seinen Vater und ist sauer auf seine Mutter, dass sie sich von ihm getrennt hat. Frau Yilmaz ist psychisch krank, sehr, sehr depressiv, sie steht dem Ganzen hilflos gegenüber. Aber der Junge bemüht sich, seiner Position gerecht zu werden. Er kümmert sich rührend um die jüngeren Geschwister. Seine Aggressionen lebt er hauptsächlich in der Schule aus. Er geht keinem Streit aus dem Weg, legt es eher darauf an, sich zu prügeln. Nein", versicherte sie überzeugt, „zu Malik passt dieses Verhalten nicht.“

„Und sein Bruder?“ Mit vierzehn war er eindeutig zu jung. Trotzdem wollte ich auf Nummer sicher gehen.

„Ist das genaue Gegenteil, er frisst alles in sich hinein“, sie lächelte gequält, „im wahrsten Sinne des Wortes. Der ist mit sich und seinen Problemen beschäftigt und hat gar nicht die Energie, draußen rumzulaufen. Dieses tägliche Spielen wurde von mir initiiert, damit die Jungs nicht den ganzen Tag vor dem Computer hocken. Der ist froh, wenn er wieder reindarf. Freiwillig geht der keinen Schritt.“

„Und wie sieht es bei Ihren Kolleginnen aus?“

Dieses Mal war ihr Blick eindeutig belustigt. „Haben Sie noch nicht mit ihnen gesprochen?“

„Einmal kurz mit Frau Weber, Frau Bäumer wollte nicht mit mir reden.“

Sie nickte, als hätte sie genau dieses Statement erwartet. „Die Gesa, also die Frau Weber, ist eher“, sie zögerte, „weichgespült“, gab sie dann offen zu. „Sie leidet regelrecht mit ihrer Klientel und versucht sie auf den richtigen Weg zu bringen. Mir ist ihre Vorgehensweise zu … zu nett. Sie appelliert an das Verantwortungsbewusstsein der Eltern, anstatt auch mal Forderungen zu stellen. Die Lisa ist straighter, die weiß, wie sie die Leute anpacken muss, um Änderungen zu erreichen. Man muss nämlich schon einen gewissen Druck aufbauen“, erklärte sie mir. „Natürlich nicht übermäßig, man muss sich auf sein Gegenüber einstellen, es motivieren, an sich zu arbeiten, immer wieder. Schließlich wollen wir einen Wandel in ihrem Denken und Handeln erreichen, sodass sie ihr Leben selbst auf die Reihe bekommen.“

Das war wesentlich komplizierter und kleinschrittiger, als ich mir vorgestellt hatte. „Und das funktioniert?“

„Man darf halt keine Wunder erwarten. Die Eltern kommen fast immer aus einem ähnlichen Milieu und haben selbst keine guten Erfahrungen gemacht. Jeder kleinste Fortschritt ist ein Erfolg."

„Wie viele Jahre verbringen Sie mit den Familien?"

Sie lachte auf. „Normalerweise begleiten wir sie, bis die Kinder achtzehn sind. Es sei denn, sie verlangen einen Wechsel oder behaupten, allein zurechtzukommen."

Das war für mich absolutes Neuland. Umso interessierter war ich, mehr zu erfahren. „Geht das so einfach? Dass die abbrechen oder eine andere Hilfe verlangen?"

Frau Poschalla warf einen kurzen Blick auf ihre Armbanduhr. „Die Besuche einer SPFH anzunehmen, das ist die Fachbezeichnung, geschieht auf freiwilliger Basis beziehungsweise wird auf Antrag der hilfesuchenden Familien gewährt. Wir sind dafür da, die Betreffenden in ihren Erziehungsaufgaben, der Bewältigung ihrer Alltagsprobleme, beim Kontakt mit Ämtern und Behörden und bei der Lösung von Konflikten und Krisen zu unterstützen. Das Jugendamt übernimmt die notwendigen Kosten. Es gibt mittlerweile viele Träger, die diese Hilfen anbieten."

„Aha", war alles, was ich herausbrachte. Sie hatte sich angehört, als zitiere sie aus einem Werbeprospekt.

„Stimmt die Chemie zwischen SPFH und der Familie nicht, kann diese ohne Weiteres einen Wechsel beantragen. Sind die Eltern der Meinung, sie seien nun in der Lage, allein klarzukommen, können sie die Hilfe beenden. Allerdings gibt es Schulen oder Kitas, die sich bei auftretender Verschlechterung ans Jugendamt wenden und dieses einen neuen Versuch vorschlägt. Die meisten stimmen zu, weil sonst im schlimmsten Fall eine Inobhutnahme droht, also das Kind aus der Familie rausgenommen wird."

„Das heißt, ein Wechsel ist der einfachere Weg für beide Seiten."

„Und wesentlich kostengünstiger. Was meinen Sie, was solche Einrichtungen kosten! Außerdem muss dann schon

Extremes vorgefallen sein, eine echte Gefährdung des Kindes vorliegen, sonst stimmt kein Richter dem zu.“

„Das heißt, sind Sie zu fordernd, werden Sie einfach ersetzt?“ Wie sollte man da echte Veränderungen erreichen?

„Man darf halt nicht zu viel verlangen, sondern muss sich den Gegebenheiten anpassen, die man vorfindet.“

Damit tat sich eine neue Spur auf. „Hatten die Yilmaz‘ vor Ihnen schon eine andere SPFH?“

„Nein, ich habe sie direkt übernommen, als der Vater auszog und die Frau um entsprechende Hilfe bat.“

„Und wie war das bei Briannas und Kadishas Mutter?“

„Müssten wir die Gesa und die Lisa fragen.“ Frau Poschalla zückte ihr Handy und blieb stehen. „Ich rufe die Lisa an, ob sie mit Ihnen spricht. Die Gesa übernehme ich selbst.“ Sie blinzelte mir zu. „Sonst kommt nur weichgespülter Kram.“ Sie drückte auf den entsprechenden Namen auf ihrer Liste. „Lisa? Hier ist Moni. Hast du kurz Zeit für Herrn Grahl? Wegen der kleinen Kadisha. Du kannst ihm vertrauen. Ich habe ihn recherchiert. Er hat schon in fünf anderen Fällen der Polizei geholfen, als so eine Art Privatdetektiv. Er schreibt die Geschichte anschließend auf und veröffentlicht sie. Außerdem stand sein Name zuletzt mehrfach in der Zeitung, weil er entscheidend zu der Lösung beitrug.“

Ich war echt baff. Deshalb wohl war sie so offen zu mir gewesen.

Frau Poschalla lauschte eine Weile. „Du, ich finde es gut, dass er sich einbringt. Dieser Täter wird nicht aufhören. Er ist wirklich kompetent, habe ich den Eindruck.“

Oh, danke schön! Das Lob ging mir runter wie Butter. Trotzdem war ich über die Art und Weise verblüfft, wie sie vorging. Sie nagelte ihre Kollegin regelrecht fest.

Und sie erreichte ihr Ziel. Zufrieden wandte sie sich an mich. „Ich denke, ein persönliches Gespräch ist besser als ein Telefonat.“

„Wenn es sich einrichten lässt?“

„Wann hast du Zeit, Lisa? Gut, gegen sechs vor der Reinoldikirche“, wiederholte sie in meine Richtung.

Bevor ich bestätigend nicken konnte, hatte sie schon zugesagt.

„Sie ist wirklich kompetent“, erklärte sie mir abschließend. „Auf ihre Einschätzung können Sie sich verlassen.“

„Vielen, vielen Dank“, verabschiedete ich mich von ihr. „Sie haben mir sehr geholfen.“

Auf dem Rückweg zu meiner Wohnung grinste ich vor mich hin. Diese Frau war der Brüller. Hätte ich bei unserem ersten Kontakt gar nicht gedacht. Da war sie wesentlich zugeknöpfter gewesen.

Es liegt an deinem Status, machte ich mir klar. Durch die Aufklärung bei den vorherigen Morden hast du dir einen gewissen Ruf erworben. Und dank Herrn Pickard, der meine Mitarbeit in seinen Artikeln im Gegensatz zu seinem Vorgänger lobend erwähnte. Dadurch fassten die Betreffenden Vertrauen und erzählten mir sogar vermutlich mehr, als sie es gegenüber den zuständigen Ermittlern taten.

29

Nachdem ich Tom von Frau Poschallas Aussage berichtet hatte und ihn gleich noch einmal vertrösten musste, da ich ihn zu dem Treffen mit Frau Bäumer ebenfalls nicht mitnehmen konnte, gönnte ich mir einen Teller Gulaschsuppe, um mich aufzuwärmen. Durch die kurz zuvor herrschenden milden Temperaturen war mein Körper schon auf Frühling eingestellt und die Kälte hatte mir zugesetzt. Drei Runden um den Block hatten wir gemeinsam gedreht, in einer Dreiviertelstunde, wir waren also eher ins Kriechtempo verfallen. Kein Wunder, dass ich fror.

Während des Essens rekapitulierte ich das gerade erfolgte Gespräch in aller Ruhe. Weitergebracht hatte es mich nicht, musste ich erkennen, mir nur tiefere Einblicke in eine Welt gewährt, die ich nicht kannte.

Erst als ich den Teller von mir schob, wurden mir zwei Dinge klar: Erstens hatte ich vergessen, Frau Poschallas Telefonnummer für eventuelle Rückfragen in mein Handy einzutragen, und zweitens hatte ich einen Punkt außer Acht gelassen - beziehungsweise es war mir erst in diesem Moment bewusst geworden, dass es noch eine weitere Gruppe gab, die infrage kam, und zwar die der ehemaligen Klienten. Das war ziemlich weit hergeholt, okay, allerdings wollte ich sichergehen, keine noch so geringe Möglichkeit zu vernachlässigen.

Ich holte Felicitas von der Arbeit ab und machte mich anschließend gleich auf den Weg. Da die Innenstadt von

Dortmund im Moment einer Großbaustelle glich, nahm ich lieber die U-Bahn, was noch einen zweiten Vorteil hatte, so konnte ich sicher sein, dass Kaya nichts von meinem Ausflug mitbekam.

Die Einkaufsstraßen waren belebt, als hätte es Corona nie gegeben. Ich schob mich durch die Massen bis zum Haupteingang der Kirche und blieb in der Nähe wartend stehen. „Lisa wird Sie bestimmt googeln und Sie nach Ihrem Foto erkennen", hatte Frau Poschalla behauptet. Darauf musste ich mich verlassen, von ihr hatte ich keine Beschreibung der Kollegin bekommen.

Schon zwei Minuten später kam eine Frau in den Fünfzigern mit rabenschwarzem Pagenschnitt auf mich zu. „Herr Grahl? Lisa Bäumer. Sie wollten unbedingt mit mir sprechen? Tut mir leid, dass ich so abweisend war. Normalerweise rede ich nicht mit Außenstehenden über meine Klienten." Die ersten Regentropfen begannen zu fallen. Sie blickte sich hastig um. „Setzen wir uns kurz auf eine Tasse Kaffee zusammen?"

Wir eilten ein paar Meter zurück zum Ostenhellweg und fanden tatsächlich noch einen freien Platz in einer Bäckerei. Ich bestellte eine Tasse Kaffee und ein Stück Käsekuchen, die Suppe hatte nicht lange vorgehalten. „Vielen Dank, dass Sie sich haben umstimmen lassen", begann ich. „Diesen Täter zu finden, ist schwierig. Keiner hat irgendetwas gesehen oder Außergewöhnliches bemerkt. Ich bin mir sicher, dass er über die Verhältnisse gut Bescheid wusste und die Kinder vorab beobachtete. Wir haben bisher jeden Außenstehenden ausschließen können, bis auf die Gruppe der Familienhelfer und der Angehörigen selbst. Frau Poschalla meinte, ich solle auf Ihre Einschätzung vertrauen."

Sie lächelte und trank einen Schluck von ihrem Kaffee, bevor sie erwiderte: „Schön, dass wir uns einig sind, Moni und ich. Das Gleiche hätte ich über sie gesagt. Meine Kollegen können Sie gleich ausschließen. Für die lege ich meine Hand ins Feuer, für jeden Einzelnen. Und für die Familien, die ich betreue ebenso.“ Kein Zaudern, kein Nachdenken, sie war sich völlig sicher. „Wenn es einen gäbe, den hätte ich mir längst vorgeknöpft. Das fängt ja nicht mit einem Mord an. Vorher geschehen andere Dinge, die mich aufmerken lassen. Ich kenne meine Leute. Geheimnisse können sie nur schlecht vor mir verbergen. Und derartig extreme schließe ich kategorisch aus.“

„Wie schätzen Sie Frau Winkelmann ein?“

„Sie ist eine völlig überforderte Mutter, die es nie gelernt hat, ihre Bedürfnisse hintenanzustellen.“ Wieder wurde meine Frage sofort beantwortet. „Sie und ihr Mann leben in getrennten Wohnungen, verbringen aber viel Zeit miteinander. Er kümmert sich genauso wenig wie sie um die Kinder. Dementsprechend benahm sich Kadisha. Sie hatte ihren eigenen Kopf. Will nicht, war ihr Lieblingssatz. Egal, was man von ihr wollte, sie sträubte sich.“

„Also war es normal, dass sie vorlief?“

„Es war die Regel. Sie dürfen ihr nicht glauben, dass es nur ein paar Minuten dauerte, bis sie um die Ecke bog. Ich selbst habe sie schon seelenruhig im Gespräch mit einer Nachbarin gesehen, obwohl die Kleine sich wieder einmal verselbstständigt hatte. Es könnte genauso gut mehr Zeit vergangen sein.“

„Ist Ihnen jemand aufgefallen, der dort offensichtlich nicht hingehörte?“

Sie schüttelte verneinend den Kopf. „Das Leben spielt sich, sobald das Wetter es zulässt, draußen ab. Es herrscht ein ständiges Kommen und Gehen. Haben Sie schon die Bewohner der Siedlung befragt? Wenn, würde ich vermuten, sind diese die richtigen Ansprechpartner.“

„Darum kümmert sich … äh …“ Wie sollte ich ihr meine Zusammenarbeit mit Kemal erklären?

Sie kniff die Augen zusammen. „Die Türken übernehmen das, verstehe. Na, hoffentlich können Sie sich auf deren Engagement verlassen. Bei Drohungen machen die meisten zu.“

Ich seufzte zutiefst enttäuscht. Hieß das, ich musste sämtliche Nachbarn der drei Opfer noch einmal selbst aufsuchen? Wie sollte ich Kaya diese Recherche erklären, ohne dass er misstrauisch wurde?

„Die Polizei ist ebenfalls von Haus zu Haus gelaufen“, erinnerte sie mich. „Die hätten den Kerl längst gefasst, wenn es einen Hinweis gegeben hätte.“

„Wie verhielt sich Kadisha Fremden gegenüber?“, stellte ich die nächste Frage. „Wäre sie einfach so mit jemand mitgegangen?“

„Wenn er ihr etwas gezeigt hätte, was sie unbedingt haben wollte, sofort. Sie bekam nicht viel Aufmerksamkeit. Ein Eis zum Beispiel hätte ausgereicht.“

„Was ist mit den Bekannten der beiden?“

„Sie hat zwei Freundinnen. Die eine wohnt mit im Haus, die andere in dem daneben. Bei ihnen sind die Verhältnisse ähnlich. Er“, sie hielt inne und musterte mich mit einem abschätzigen Blick. „Da müssen Sie die Türken fragen. Er ist mit einigen von ihnen bekannt. Ich habe den Verdacht, dass er mit Drogen dealt.“

„Ich kenne den Boss und seinen besten Mann“, als diesen konnte man Kaya zweifelsohne bezeichnen, „aus meinem ersten Fall. Ich bin weder mit ihnen befreundet noch gut bekannt. Er kam auf mich zu, da er meinen Fähigkeiten vertraut. Zu einem wie ihm sagt man nicht Nein.“

Sie lachte schallend, verstummte abrupt und entschuldigte sich für diesen unangebrachten Heiterkeitsausbruch. „An Ihrer Stelle würde ich die Polizei einschalten.“

„Die hat leider keine Handhabe, bis nicht irgendetwas Relevantes passiert ist.“ Dieses Thema brachte uns nicht voran. „Was ist mit den älteren Jugendlichen in den Familien? Können Sie die auch ausschließen?“

„Wie schon gesagt, ich bin wachsam und achte auf die Kandidaten, die zu kippen drohen. Ich reagiere, bevor es zum Schlimmsten kommt.“

Auch sie hatte Frau Winkelmann von Anfang an unter ihrer Fittiche. Blieb ein einziger Punkt zu klären. „Was ist mit den Ehemaligen? Also vor allem den damaligen Kindern, denke ich."

„Ist das nicht zu weit hergeholt?" Frau Bäumer stand auf, um sich eine zweite Tasse Kaffee zu holen, denn mittlerweile war jeder der wenigen Tische besetzt und einige Personen warteten offensichtlich auf ihr Freiwerden. „Soll ich Ihnen was mitbringen?"

Es war wohl besser, wenn nur einer von uns ging, sonst war der Tisch bei unserer Rückkehr belegt. „Ein Käsebrötchen, bitte." Nach dem Süßkram verspürte ich Hunger auf etwas Deftigeres.

Während ich sie beobachtete, wie sie die Bestellung aufgab, dachte ich über ihre Frage nach. Weitete ich den Kreis der Verdächtigen nicht tatsächlich viel zu weit aus?

Bis sie zurückkehrte, war ich zu keinem Urteil gekommen. Sie stellte den Teller vor mich hin und nahm wieder Platz. „Die, die damals aus den Familien rausgenommen wurden", nahm sie meine Frage zu meiner Überraschung wieder auf. „Unter denen waren einige heftige Kaliber, völlig gestört. Einige fangen sich in den entsprechenden Einrichtungen. Für die meisten kommt die Hilfe viel zu spät. Sie sind zu lange dem Einfluss der Eltern und ihres Umfelds ausgesetzt gewesen, als dass man viel erwarten könnte. Ihr Weltbild, ihre spezielle Sicht der Dinge entspricht nicht der unseren. Wenn die Eltern weiterhin in der Gegend leben ..." Sie sah mich vielsagend an.

Ich spürte einen Stich der Erregung. „Kehren die denn irgendwann wieder zu denen zurück?" Das lag außerhalb meiner Vorstellungskraft. Wieso sollte man zu den Eltern wieder Kontakt aufnehmen, die für das Erlittene in der Kindheit die Verantwortung trugen?

„Einige schon. Darüber weiß ich nicht besonders viel. Doch", verbesserte sie sich. „Zweimal habe ich es selbst erlebt. Die Tochter war noch nicht volljährig, weshalb ich die Mutter und sie noch betreute. Der Sohn wurde aus dem Heim rausgeschmissen, weil der Verdacht bestand, er habe sich an Jüngeren vergangen. Da war er siebzehn. Eine Gutachterin wurde eingeschaltet und er kam später in eine Einrichtung, eine Art Jugendgefängnis.“

Der passte nur bedingt. Bei den Kindern waren keine Spuren sexueller Handlungen gefunden worden. Trotzdem musste ich noch einmal nachfragen. „Der stand unter Verdacht, andere Kinder sexuell belästigt zu haben und ist zu seiner Mutter zurückgekommen? Wie soll ich mir das vorstellen. Hat sie ihn unter Arrest gestellt oder wie lief das ab?“

Sie schenkte mir ein mitleidiges Lächeln. „Er ist normal in eine Schule vor Ort gegangen und hat ansonsten getan, was er wollte. Die Mutter hatte keinen großen Einfluss auf ihn.“

„Und wenn er sich in der Zwischenzeit an andere Kinder rangemacht hätte?“

„Man darf niemanden auf bloße Mutmaßungen hin einsperren“, belehrte sie mich. „Für die Einrichtung war das Risiko zu groß, eine andere, die ihn aufnahm, fand sich nicht. Blieb nur der eine Weg, ihn wieder nach Hause zu schicken.“

Und so was nannte sich Gerechtigkeit? „Wie lange zog sich die Begutachtung hin?“

„Über ein halbes Jahr.“ Sie trank den letzten Schluck Kaffee und spähte nach draußen. „Es hat aufgehört zu regnen. Wir sollten den Tisch freimachen für die Nächsten.“

„Und der andere?“, hakte ich nach, als wir nebeneinander über den Ostenhellweg schlenderten. Weiter auf diesem einen rumzureiten, hätte nichts gebracht. Sie musste sich genauso den Gegebenheiten anpassen wie alle anderen.

Sie winkte ab. „Das ist zwanzig Jahre her und bestimmt nicht mehr relevant für diesen Fall.“

War sie tatsächlich schon so lange dabei?

„Das war ein anderer Träger damals. Ich habe direkt nach dem Studium in diesem Bereich angefangen“, sie lächelte versonnen. „Und dann gleich so ein Erlebnis.“

„Könnte man denn rauskriegen, ob einer dieser Kandidaten infrage käme?“ Mittlerweile war ich selbst unsicher, ob ich mich nicht verrannte.

„Wird schwierig. Aber wenn Sie Frau Poschalla lieb darum bitten. Die scheint einen Narren an Ihnen gefressen zu haben.“ Damit stellte Frau Bäumer gleichzeitig klar, dass von ihr keine weitere Hilfe zu erwarten war.

„Vielen Dank für das Gespräch“, begann ich, wurde jedoch von ihr unterbrochen. „Rufen Sie sie gleich an. Sie soll es unbedingt versuchen. Oder soll ich das übernehmen?“

„Ich habe vergessen, mir ihre Telefonnummer geben zu lassen“, musste ich gestehen.

Sie zückte ihr Handy und diktierte mir die Nummer. „Viel Erfolg!“, wünschte sie mir. „Ich hoffe, sie fassen den Täter.“

Bei Frau Poschalla erreichte ich nur die Mailbox. Ich hinterließ ihr eine Nachricht, dass sie mich bitte zurückrufen solle. Es sei äußerst wichtig. Anschließend fuhr ich nach Hause. Wieder einmal hieß es warten, bis andere für mich die nötigen Recherchen unternommen hatten.

„Wie stellst du dir das vor?“, fragte Tom unverblümt, der auf mich gelauert haben musste, so schnell wie er an meiner Tür erschien. „Dass der Kerl die Familienhilfen verfolgt und sich auf diese Weise mit den Gegebenheiten vertraut macht?“

Aus seinem Mund hörte sich mein Verdacht derart unlogisch an, dass ich zögerte, zu antworten.

„Ich glaube, mit dieser Vermutung liegst du falsch“, setzte er hinzu. „Ein völlig Fremder würde auffallen. Diese Möglichkeit hatten wir doch bereits ausgeschlossen.“

30

Trotz seiner Worte beschloss ich, Frau Poschalla zu bitten, wenn möglich entsprechende Nachforschungen zu betreiben. Klar, war die Möglichkeit, dass sie einen Treffer landete, gering. Andererseits blieb uns nichts anderes übrig, als durch eine Art Ausschlussverfahren den Täter einzugrenzen. Wie gering die Chance auch sein mochte, wir mussten es wenigstens versuchen.

Glücklicherweise war sie meiner Meinung. „Das ist die ideale Aufgabe fürs Wochenende", scherzte sie. „Gut, dass ich noch nichts anderes vorhabe."

Mein Angebot, mich zu beteiligen, lehnte sie mit dem Hinweis auf den Datenschutz ab. „Es wird schwierig genug, falls ich jemand entdecke, der in das Muster passen könnte. Eigentlich dürfte ich Ihnen keinerlei Hinweise auf ihn geben. Na ja, damit können wir uns auseinandersetzen, wenn es so weit ist."

Toms Einwand, dass der Kerl als Fremder auffallen würde, brachte sie zum Lachen. Bei einem Normalo ginge sie mit ihm konform, einer, der aus dem Milieu stamme, könne sich darin, ohne Aufmerksamkeit zu erregen, bewegen. Die Frage sei eher, wie weit sie ihre Nachforschungen ausdehnen solle? Auf welche Altersstufe müsse sie sich konzentrieren? Was sei mit den Fällen der Kollegen, was mit denen, die der Träger vor ihrem Eintritt in die jetzige Einrichtung betreut hätte?

Der Kreis, den sie zu bearbeiten hatte, dehnte sich immer weiter aus. Einen Moment war ich tatsächlich drauf und dran, die Sache abzublasen.

Doch Frau Poschalla hatte schon einen Entschluss gefasst. „Ich schaue mir zuerst einmal die Fälle von Gesa, Lisa und mir an. Viele dürften das nicht sein. Ich nehme alle Jungen mit rein, die heute zwischen achtzehn und dreißig sind, eventuell auch noch ein bisschen älter."

„Super Idee", lobte ich. „Haben Sie schon mit Frau Weber gesprochen? Vielleicht findet sich durch sie ein weiterer Hinweis."

„Ihre Fälle gucke ich mir am Wochenende lieber selbst mit an. Nicht dass ich ihr die Kompetenz absprechen möchte. Sie sieht ihre Klientel teilweise zu rosig und verharmlost Dinge, die mich bereits in Alarmbereitschaft versetzt hätten. Anhand unserer Aufzeichnungen bekomme ich einen besseren Eindruck."

„Eigentlich bin ich nicht begeistert, dermaßen auf Sie zu bauen", gestand ich.

„Wie wollen Sie sonst an die Daten kommen? Ist schon in Ordnung. Wir müssen uns halt überlegen, inwieweit ich Sie einweihen kann, wenn ich fündig werde."

So verbrachten Felicitas und ich ein ruhiges Wochenende. Es gelang uns tatsächlich abzuschalten und den Fall außen vor zu lassen, auch wenn ich zwischendurch oft an Frau Poschalla denken musste, die Stunde um Stunde über den Unterlagen saß.

Von Kaya kam nichts, kein Anruf, kein Überraschungsbesuch, keine Bitte um ein neuerliches Treffen. Fast fühlten sich diese zwei Tage an, als führten wir ein normales Leben.

Montag, 11. April

Frau Poschalla meldete sich gleich um acht Uhr. „Leider sind mir mehrere junge Männer aufgefallen, die anhand der eigenen durchgemachten Erfahrungen entsprechendes Potenzial aufweisen. Ich habe gestern den gesamten Abend mit mir gerungen, was ich machen soll. Aufgrund der bestehenden Schweigepflicht darf ich Ihnen keine Auskunft geben. Deshalb werde ich erst einmal selbst weitere Nachforschungen anstellen."

„Das ist viel zu gefährlich!", protestierte ich. „Geben Sie die Namen an die Polizei weiter und überlassen Sie denen die Ermittlungen."

„Das kann ich nicht. Auf einen so vagen Verdacht hin, darf ich nicht gegen die Schweigepflicht verstoßen. Und dann ausgerechnet die Polizei einschalten! Viele unserer Zöglinge haben in ihrer Kindheit ausnehmend schlechte Erfahrungen mit denen gemacht. Das würde eventuell neue Traumata auslösen."

Egal wie sehr ich sie auf die Gefahren hinwies, sie blieb uneinsichtig. „Zunächst bleibe ich auf der sicheren Seite", beendete sie unser Gespräch. „Ich rufe als Erstes bei den zuständigen Einrichtungen an und erkundige mich bei den Erziehern nach dem Verlauf des Aufenthalts und wie sie die weitere Prognose einschätzen - ohne auf unser aktuelles Problem zu verweisen, versteht sich. Damit kann ich die Zahl der Verdächtigen eingrenzen, vielleicht bleibt sogar gar keiner übrig."

Ich fühlte mich dermaßen schlecht bei dieser Vorgehensweise, dass ich umgehend Tom um Rat fragte.

„Ich folge ihr und spiele den Aufpasser", schlug er vor.

Viel zu gefährlich, gerade in solchen Gegenden. Außerdem würde unser Verdächtiger bestimmt nicht vor all den Unbeteiligten, die auf der Straße unterwegs waren, zuschlagen, sondern die erste Gelegenheit nutzen, wenn er sie allein erwischte.

„Ich begleite sie natürlich bis zu ihrer Wohnung und warte dort, ob sich was tut", argumentierte er.

Nein, seine Lösungen waren viel zu simpel. Schließlich konnte er die Familienhelferin nicht rund um die Uhr bewachen.
„Willst du stattdessen einen Privatdetektiv anheuern?" Tom verstand mein Zögern nicht. „Das wird dich einiges kosten."
„Ich weiß es nicht." Ich musste die Sache in Ruhe durchdenken. Im Zweifelsfall würde ich Kommissar Janzen anrufen und ihm von Frau Poschallas Alleingang erzählen. Vielleicht gelang es ihm, sie zu stoppen.
Felicitas rückte mir den Kopf zurecht, als sie nach Hause kam. In meinem Eifer käme ich auf die verrücktesten Ideen, meinte sie. Die Chance, dass der Täter selbst aus diesem Milieu stamme, wäre äußerst gering. Vor allem aber, dass er sich an die Familienhelferinnen hänge, um geeignete Opfer zu finden, sei absurd. Meine Vorgehensweise bringe die Frauen in Gefahr, ob mir das nicht bewusst sei?
Je mehr ich mich verteidigte, desto energischer wurde sie. Das Ganze gipfelte in der Aufforderung, mich lieber rauszuhalten, anstatt andere Leute mit reinzuziehen.
Ich konnte nicht einschlafen, ihre Vorwürfe hatten mich tief getroffen. War ich wirklich zu forsch vorgegangen? Aber Frau Poschalla hatte das Ruder regelrecht an sich gerissen. Wie hätte ich sie aufhalten sollen?
Irgendwann schlief ich trotz dieser Gedanken ein. Mitten in der Nacht erwachte ich, meinen Traum noch vor Augen. Ich hatte mich im Gespräch mit Frau Bäumer befunden. Irgendetwas hatte sie gesagt, das mich aufschrecken ließ.
Natürlich kam ich nicht sofort darauf. Weil es mir keine Ruhe ließ, stand ich auf, setzte mich in die Küche und goss mir ein Glas Wasser ein. Dann wiederholte ich unsere gesamte Unterhaltung in Gedanken, bis ich endlich aufmerkte. Genau das war der Punkt, der mich irritierte. „Das fängt ja nicht mit einem Mord an. Vorher geschehen andere Dinge, die mich aufmerken lassen", hatte sie gesagt. Vielleicht sollten wir uns

auf die Anfänge konzentrieren, die vermutlich weit vor dem Mord lagen.

In meiner Aufregung über diese Erkenntnis blieb ich noch lange sitzen, um ein vernünftiges Konzept auszuarbeiten. Erst zwei Stunden später wankte ich regelrecht ins Bett. Dementsprechend fühlte ich mich, als morgens der Wecker klingelte. Mit Müh und Not schaffte ich es, mich wachzuhalten, bis ich Felicitas zur Arbeit fahren musste. Kaum zu Hause angekommen fiel ich wieder ins Bett.

Als ich um zehn erwachte, war ich fit genug, meine Überlegungen anzugehen. Allein das Gefühl, endlich wieder selbst recherchieren zu können, gab mir Auftrieb.

Noch bevor ich mein Frühstück zubereitete, griff ich zum Handy.

„Jaaa?" Ein lautes Gähnen folgte, anscheinend hatte ich Tom geweckt.

„Hier ist Alex. Kannst du rüberkommen? Gibt auch Frühstück mit Brötchen und starkem Kaffee", lockte ich. „Mir ist heute Nacht eine Idee gekommen, wie wir uns einbringen könnten."

Es war wohl eher dieser letzte Satz, der ihn dazu brachte, zuzustimmen. „Gib mir fünf Minuten."

Ich holte Geschirr für mich und meinen Gast aus dem Schrank, befüllte die Kaffeemaschine und legte die Brötchen auf den Toaster.

Er musste sich wirklich beeilt haben, denn gerade als ich den Kühlschrank öffnete, klingelte es.

Er stürmte an mir vorbei und ließ sich auf den Stuhl fallen. „Bin erst um vier ins Bett gekommen. Was gibt es so Dringendes?"

Ich nahm mir die Zeit, alles Benötigte auf den Tisch zu stellen und uns den Kaffee einzugießen, bevor ich begann: „Mir ist heute Nacht ein Ausspruch von Frau Bäumer eingefallen. Die meinte, bevor es zu einem Mord kommt, müsste es andere Vorkommnisse geben, die aufmerken lassen. Wäre es demnach nicht äußerst seltsam, wenn unser Täter direkt mit einem Mord anfing?“

Tom, der in der Zwischenzeit sein Brötchen geschmiert hatte und es gerade zum Mund führen wollte, erstarrte. „Sie hat recht.“ Er legte die Brötchenhälfte auf den Teller zurück und beugte sich vor. „Wir sollten die älteren Zeitungsartikel im Netz durchforsten. Der Typ muss bereits im Vorfeld aufgefallen sein.“

„Fragt sich nur mit was?“, kam ich nicht umhin einzuwerfen.

„Vermutlich wird er keine Frauen vergewaltigt oder Kinder zusammengeschlagen haben.“

„Trotzdem hast du einen guten Riecher bewiesen“, lobte Tom mich. „Dass gleich der erste Mord perfekt gelungen ist und …“

„Er ist viel zu früh entdeckt worden und musste fliehen“, widersprach ich. „Auch bei seiner zweiten Inszenierung störten ihn hinzukommende Passanten. Das ist alles andere als perfekt.“

„Wie kommt man darauf, tote Kinder in bestimmten Posen zu fotografieren und die Bilder im Darknet zu verkaufen? Hm?“ Tom blickte mich auffordernd an.

„Woher soll ich das wissen. Weil der Kerl gestört ist?“

„Oder er hat mit harmloseren Fotos angefangen und später gemerkt, dass er für diese Art von Arbeit viel mehr Geld bekommt.“

„Ach, du denkst, er hat Kinder beim Nacktbaden beobachtet?“ Ich war mir schon jetzt sicher, dass mein sogenannter Geistesblitz uns nicht weiterbringen würde.

Entweder merkte Tom nicht, dass ich ironisch wurde, oder er ignorierte es. „Ich vermute eher, es handelt sich dabei um viel schlimmere pornografische Bilder“, gab er ernst zurück. „Das war in letzter Zeit ein Riesenthema. Bei den meisten löst es Ekel und Entsetzen aus, bei einigen dagegen Faszination. Vielleicht waren die gehäuften Medienberichte der

Auslöser für ihn, zu versuchen sich auf diese Weise sein Geld zu verdienen."

Und keiner hatte was bemerkt? Dann fiel mir eine weitere Erklärung von Frau Bäumer ein. „Das geschieht vielleicht öfter, als wir wissen", musste ich zugeben. „In diesem Milieu ist es wesentlich leichter, entsprechende Kandidaten anzusprechen und zu überreden mitzumachen. Nur ob uns Zeitungsartikel da weiterhelfen? Wenn er aufgeflogen wäre, säße er längst im Gefängnis."

„Wir haben nichts anderes, deshalb versuchen wir es trotzdem." Tom trank den letzten Schluck seines Kaffees und stand auf. „Auch wenn die Chance äußerst gering ist."

Widerstrebend nickte ich. Zwar war es, als wollten wir die Nadel im Heuhaufen finden, aber etwas anderes gab es nicht, was wir unternehmen konnten, zumindest fiel mir nichts Erfolgversprechendes ein. Also warum nicht?

„Ich gehe rüber in meine Wohnung und kümmere mich um die Stadtteilnachrichten, du übernimmst die Dortmund-Seiten", bestimmte er. „Zuerst einmal sollten wir alles, was infrage kommt, sammeln und uns anschließend zusammensetzen, um unsere Funde zu besprechen. Über welchen Zeitraum sprechen wir?"

Ich musste nicht lange überlegen. „Der erste Mord war im Februar, der zweite im März, der dritte im April. Also kontrollieren wir den Januar, Dezember und November, eventuell später noch zwei oder drei weiter zurückliegende Monate."

Ich war mir mittlerweile fast sicher, dass seine Überlegungen unzutreffend waren. Eine winzige Hoffnung blieb: Vielleicht hatte der Mörder zuvor irgendetwas angestellt, dass es in die Schlagzeilen geschafft hatte.

31

Es war eine ausgesprochen öde und gleichzeitig anstrengende Suche. Je weiter ich zurückging, desto mehr nahmen die Themen rund um Corona überhand. Selbst größere Auseinandersetzungen mit Personenschäden tauchten oft erst auf den hinteren Seiten auf.

Ich machte von allem, was uns interessieren konnte, einen Screenshot. Groß war meine Ausbeute nicht, als ich mich entschloss, eine kurze Mittagspause einzulegen.

Kaum saß ich am Tisch, klingelte mein Handy. Felicitas wollte wissen, was ich für neue Ansätze hatte.

„„Ihr seid auf dem Holzweg“, kritisierte sie mich, nachdem ich ihr eine kurze Zusammenfassung gegeben hatte. „Diese Verknüpfung von: Er ist irgendeiner Familienhilfe gefolgt, um mögliche Opfer zu finden, und er hat vorher schon irgendwelche leichteren Verbrechen begangen, bei denen er nicht erwischt wurde, ist zu weit hergeholt.“

„Nein, es ist durchaus logisch“, versuchte ich mich an einer Erklärung, die nicht einfach auszuformulieren war, besonders da ich ja selbst nicht hundertprozentig dahinterstand. „Der Täter stammt selbst aus diesem Milieu und weiß sich dementsprechend zu geben, sodass er nicht auffällt. Die beiden Familienhilfen, mit denen ich gesprochen habe, sind älter, also schon länger dabei. Vielleicht hat er diejenige, die ihn früher betreute, wiedererkannt und ist ihr gefolgt, um neue

Anlaufstellen zu finden. So doof, dass er direkt vor seiner Haustür agiert, wird er nicht sein.“

Es blieb einen Moment still, während sie meine Argumente überdachte. „Du hoffst darauf, dass er zu Beginn unvorsichtiger war? Das würde voraussetzen, seine Taten oder zumindest eine davon ist entdeckt worden. Glaubst du nicht auch, dass die damaligen Opfer ihn hätten identifizieren können? Außerdem gebe ich zu bedenken: Wenn es in der Zeitung steht, ist es der Polizei bekannt gemacht worden und es wird bereits ermittelt. Und trotzdem wechselt er zu einer noch härteren Variante? Das kann ich mir beim besten Willen nicht vorstellen.“

Mein Enthusiasmus, der schon während der Arbeit am Computer nachgelassen hatte, erlosch. Felicitas hatte einen erheblichen Schwachpunkt aufgedeckt. Nicht dass wir komplett auf dem Holzweg waren. Das Szenario schien mir immer noch wert, zumindest Nachforschungen in diese Richtung zu betreiben. Nur würde ich wahrscheinlich die Antwort darauf in keiner Zeitung finden. Die Familienhilfen waren wiederum die richtigen Ansprechpartner. Es musste sich ja nicht unbedingt um ein Kind handeln, das aus der Familie herausgenommen wurde. Kam es nicht auch schon bei weniger extremem Verhalten der Eltern zu Schäden? Vielleicht hatte man diese damals nur nicht richtig einschätzen können, es hatte nur dieses Gefühl gegeben, dass mit dem anvertrauten Zögling etwas nicht stimmte, ohne dass man den Finger direkt darauflegen konnte. Daran würden sich diese bestimmt noch erinnern.

„Du hast recht“, sagte ich laut. „Ich habe mich wohl verrannt. Trotzdem mache ich die Aufgabe zu Ende. Jetzt Tom zu stoppen, ist praktisch unmöglich. Er würde eine ausgiebige Diskussion lostreten und darauf beharren, es durchzuziehen. Da kann ich auch gleich ohne diese dranbleiben.“

Sie lachte. „Selbst schuld. Wer sich die Suppe einbrockt, muss sie auch auslöffeln. Viel Spaß noch, ich muss langsam wieder los.“

Haha, wie witzig! Auch ich stand auf, um mich erneut meinem Computer zu widmen. Es waren noch so viele Seiten, durch die ich mich zu quälen hatte. Hoffentlich schaffte ich mein Pensum, bevor ich zur Klinik fahren musste, um sie abzuholen.

Ohne große Zuversicht rief ich den nächsten Artikel auf und den übernächsten. Nichts, also weiter zurück.

Dann stieß ich auf eine kleine Notiz, besser gesagt eine Suchmeldung. Der zehnjährige Nick wurde seit drei Tagen vermisst. Die Leser wurden aufgefordert, sich bei Hinweisen direkt an die Polizei zu wenden. Das beigefügte Foto zeigte einen breit lächelnden Jungen mit schmalem Gesicht und einem blonden Lockenkopf. Ich hätte ihn auf allerhöchstens acht geschätzt.

Ich verließ die Seite und gab bei Google den Suchbegriff Nick A. ein. Mehrere Artikel erschienen. Die Suchmeldung war eine Woche später wiederholt worden, allerdings nur in den Stadtteilnachrichten, danach tauchte auch da der Name nicht mehr auf.

Hieß das nun, er war irgendwann in sein Elternhaus zurückgekehrt? Oder wurde er immer noch vermisst? Über einen Leichenfund wäre mit Sicherheit berichtet worden. Davon hatte jedoch nichts in der Zeitung gestanden.

Wie immer in solchen Meldungen wurde erwähnt, in welchem Umfeld sich der Junge normalerweise aufhielt. Der Straßenname sagte mir nichts. Ich rief einen Stadtplan auf und gab ihn ein. In Derne hatte er gewohnt. Eine weitere Suche zeigte mir eine Hochhaussiedlung, mit viel Grün drumherum und gepflegten Gebäuden. Allerdings machten mich die gleichzeitig aufploppenden Mietangebote stutzig. Guter Wohnraum war begehrt und es gab viele Bewerber. Entweder herrschte dort eine hohe Fluktuation oder der Normalbürger zögerte, diese Offerten in die nähere Auswahl zu ziehen.

Eine intensivere Recherche bestätigte die relativ günstigen Mietpreise, zumindest für die jetzige Lage auf dem Wohnungsmarkt. Das ließ nur einen Schluss zu: Es musste sich um eine Art Sozialsiedlung handeln, um die die meisten Menschen einen großen Bogen machten.

Ich ließ die Seiten im Hintergrund offen und widmete mich mit neuem Elan meiner Aufgabe. Einen bisher unentdeckt gebliebenen Mord hatten wir zwar nicht in Erwägung gezogen, aber eigentlich passte ein derartiger Vorfall ins Bild. Vielleicht war bei diesem ersten Versuch etwas schiefgelaufen.

„Oder es gibt entsprechende Fotos, nur eben keine in Szene gesetzte Leiche", ergänzte Tom, der, sobald er ebenfalls auf die Suchmeldung gestoßen war, zu mir hinübereilte. „Wieso eigentlich nur Fotos?", fuhr er fort. „Es kann genauso gut sein, dass er den Mord filmt und erst anschließend Bilder macht. Für beides dürfte es genügend Abnehmer im Darknet geben."

„Ja", nahm ich den Gedanken auf. „Die Idee, ein besonderes Ambiente zu schaffen und es der Öffentlichkeit zu präsentieren, kam ihm erst später. Deswegen hat er die Leiche versteckt, vermutlich irgendwo an einem abgelegenen Ort vergraben. Es gab schon öfter entsprechende Knochenfunde Jahre später."

„Wenn es sich tatsächlich bei diesem Jungen um sein erstes Opfer handelte, wird er wahrscheinlich noch nicht auf die nötigen Sicherheitsvorkehrungen geachtet haben", gab Tom sich überzeugt.

„Andererseits kann es natürlich sein, dass das Verschwinden dieses Jungen überhaupt nichts mit den aktuellen Morden zu tun hat", versuchte ich ihn zu bremsen. „Zunächst einmal müssen wir rauskriegen, ob dieser Nick wirklich nicht wieder aufgetaucht ist."

„Das sehen wir über das Polizeiportal. Wird ein Vermisster gefunden, wird der entsprechende Eintrag gelöscht, ansonsten ist er noch online.“ Tom sprang auf. „Lass mich mal eben an deinen Rechner. Das kann etwas dauern.“

Ich verkniff es mir, bei Frau Poschalla nachzufragen, ob sie irgendwelche Informationen zu der Geschichte hatte, und versuchte mich auf den Katalog zu konzentrieren, den Felicitas mir ans Herz gelegt hatte, um mir die Kleinigkeiten anzuschauen, die ihr so ausnehmend gut gefielen. Netterweise kaufte sie nichts, bevor ich nicht mein Okay gegeben hatte. Dabei war mir dieser Schnierkes und Nippes, wie ich es im Geheimen nannte, schnurzpiepegal. Wenn ihr Herz daran hing, konnte sie es ruhig hinstellen.

Ich malte neben jeden der Gegenstände einen Haken mit einem Smiley und warf einen forschenden Blick hinüber zu Tom. Nein, er war immer noch auf der Suche.

Was konnte ich selbst tun? Doch noch einmal bei Frau Poschalla nachfragen? Oder bei Herrn Pickard anrufen?

Ich griff zum Handy und drückte die Nummer der Familienhelferin. Diese würde mir die Antwort hoffentlich sofort geben können, während Herr Pickard vermutlich erst recherchieren musste.

Sie meldete sich prompt.

„Entschuldigen Sie bitte, dass ich Sie schon wieder nerve. Im letzten Jahr, genauer gesagt im November, ist in Derne ein zehnjähriger Junge verschwunden. Haben Sie davon erfahren?“

„In diesem Bezirk bin ich nicht eingesetzt“, bedauerte sie. „Soweit ich weiß, auch keiner meiner Kollegen. Moment, ich schaue eben nach.“

Saß sie etwa im Büro?

„Das Jagdfieber hat mich gepackt“, erklärte sie auf meine Nachfrage, nachdem ich fast zwanzig Minuten auf ihre Rückkehr hatte warten müssen. „Die Herausnahme aus der Familie ist heutzutage selten. Trotzdem muss ich jeden einzelnen

Fall aus dem entsprechenden Zeitraum öffnen und wenigstens kurz überprüfen. Aber ich bin zuversichtlich, die Aufgabe bis morgen erledigt zu haben. Leider ist von uns keiner in Derne eingesetzt", kam sie auf meine ursprüngliche Anfrage zurück. „Ich glaube, mich dunkel erinnern zu können, damals die Vermisstenanzeige gelesen zu haben. Was daraus geworden ist, weiß ich nicht."

„Melden Sie sich bei mir, wenn Sie mit Ihrer Recherche durch sind", bat ich sie noch einmal eindringlich. „Wir sollten gemeinsam beraten, wie Sie vorgehen könnten. Sonst wird der Täter auf Sie aufmerksam und Sie sind sein nächstes Opfer." Sekundenlanges Schweigen antwortete mir. „Sie müssen verstehen, dass ich Ihnen keine Namen weitergeben kann", wehrte sie ab.

„Darum geht es mir nicht", beruhigte ich sie. „Ich möchte nur nicht, dass Sie in Gefahr geraten."

„Ich werde vorsichtig sein", versprach sie.

Wieder die gleiche Leier wie bei unserem letzten Gespräch!

„Bitte, Frau Poschalla, wir können uns bestimmt irgendwie einigen", beharrte ich. „Sie brauchen eine gewisse Absicherung. Kein Detektiv würde sich ohne diese in solche Überprüfungen stürzen."

„Bevor ich beginne selbst tätig zu werden, muss ich zuerst abklären, wie sich die Jugendlichen entwickelt haben", protestierte sie, „und ihren jetzigen Aufenthaltsort herausfinden. Damit bin ich mindestens eine Woche beschäftigt. Schließlich muss ich zwischendurch arbeiten. Sollten danach Verdächtige im Fokus stehen, rufe ich Sie an, bevor ich weitere Schritte unternehme, versprochen."

„Die Suchmeldung existiert weiterhin." Anscheinend hatte Tom nur darauf gewartet, dass ich mein Gespräch beendete. Seine Augen funkelten tatendurstig. „Wie sieht es aus? Fahren wir sofort los?"

Ein Blick auf die Uhr sagte mir, dass es dafür viel zu spät war. „Ich hole jetzt gleich Felicitas ab", musste ich ihn ausbremsen.

Er verzog das Gesicht. „Wir könnten sie mit dorthin nehmen", schlug er vor.

Ich zögerte unentschlossen.

„Du willst sie nicht mit reinziehen", schlussfolgerte er.

„Wir wissen nichts Genaues über die Gegend", machte ich ihm klar. „Sie und ich hatten letztens ein nicht sehr angenehmes Erlebnis in Bövinghausen." Ich schilderte ihm sehr plastisch unsere Angst vor den uns folgenden Jugendlichen. „So einem nervenaufreibenden Abenteuer möchte ich sie nicht noch mal aussetzen."

„Ach, mich schon?" Er grinste breit, um seinen Worten die Spitze zu nehmen.

„Du kannst natürlich selbst entscheiden, ob du mitkommst oder nicht", erwiderte ich trotzdem.

„War ein Scherz", beruhigte er mich. „Natürlich komme ich mit. Wann wollen wir los?"

„Am besten gleich morgen früh, wenn ich Felicitas zur Arbeit bringe", schlug ich vor und konnte mir nun meinerseits eine Spitze nicht verkneifen. „Schaffst du das?"

Er boxte mich in die Seite. „Mindestens genauso gut wie du."

Während ich zur Klinik fuhr, kam mir eine Idee, wie ich sie überraschen konnte. Die Sonne schien, es war relativ warm, also das ideale Wetter, um den Tag mit einem gemeinsamen Spaziergang ausklingen zu lassen.

Sie freute sich riesig über diese Idee und stimmte begeistert zu. So reihten wir uns in die Menge der Wandernden am Rombergpark ein und verbrachten eineinhalb nette Stunden.

Zuhause angekommen versuchte ich anschließend Herrn Pickard anzurufen. Vielleicht konnte er sich noch an den Vermisstenfall in Derne erinnern und hatte eigene Kontakte, die er befragen konnte. Leider erreichte ich wieder nur seine Mailbox.

„Was willst du denn von ihm?“
Bisher hatte ich Felicitas nichts von unserem für morgen verabredeten Vorhaben erzählt. „Ich hoffte, er könne mir Auskunft über einen Vermisstenfall geben, über den Tom und
ich gestolpert sind. Falls nicht, fahren wir morgen mal hin
und recherchieren selbst.“
Sie seufzte. „Die Nadel im Heuhaufen, ja?“
Da sah man wieder, wie eng wir waren, benutzten sogar die
gleichen Gedankenspiele! „Nur vorsichtshalber“, wiegelte ich
ab. „Ist kein großer Aufwand.“

32

Mittwoch, 13. April

Da der Reporter sich auch bis zum nächsten Morgen nicht gemeldet hatte, brachten Tom und ich wie besprochen meine Freundin im Mercedes zur Arbeit und gaben anschließend unser neues Ziel ins Navi des Handys ein.

Die erste Schwierigkeit war, einen Parkplatz zu finden, die Autos standen dicht an dicht. Egal wie arm die Bewohner waren, ein fahrbarer Untersatz stand den meisten zur Verfügung, auch wenn es sich dabei oft um einen uralten, klapprigen handelte.

Schon während wir langsam an der Siedlung vorbeifuhren, war erkennbar, dass die Bilder im Internet nicht zu den bestehenden Gegebenheiten passten. Die schmutzigweiße Farbe der Gebäude, im unteren Bereich mit diversen Flecken und Tags beschmiert, war nicht der einzige Hinweis, dass hier ein weiterer sozialer Brennpunkt entstanden war. Die Wiesen wirkten ungepflegt, überall lag Müll, neben den entsprechenden Containern lagerten Möbel, Matratzen und volle Plastiktüten. Obwohl es noch relativ früh war, standen schon die ersten Grüppchen herumlungernder Jugendlicher zwischen den Häusern und musterten interessiert unser Auto, als hätten sie bereits erkannt, dass wir nicht in diese Gegend gehörten.

Tom tippte gegen meinen Arm. „Fahr mal da vorn rechts ran. Ich möchte den Typ in der Bude befragen."

Da vorn, das war eine Feuerwehrzufahrt.

„Wir sehen den Mercedes von dort aus, ist ja direkt gegenüber", beruhigte er mich. „Oder du bleibst halt hier sitzen, wenn dir das lieber ist."

War es mir natürlich nicht! Ich parkte ein und stieg gleichzeitig mit ihm aus. Wir überquerten die Straße und traten an den etwas zurückliegenden Kiosk. Der bullige Mann, der gerade die Scheibe hinter seinem letzten Kunden schließen wollte, stutzte, als er uns sah. Ein freudiges Lächeln glitt über sein Gesicht. „Is nich wahr! Der Flip von YouTube! Was verschlägt dich denn zu uns, Junge?"

Bei seinen ersten Worten hatte ich automatisch erwartet, er meine mich. Seit dem letzten Krimi war meine Popularität gestiegen und ich wurde tatsächlich ab und zu von Fremden erkannt. Dass dieser Punkt auch auf Tom zutraf, hatte ich überhaupt nicht bedacht.

Der schien genauso erstaunt wie ich. „Sie schauen meinen Kanal?"

Der Mann lachte dröhnend. „Nee, ich nich, aber mein Bengel. Der is ein riesiger Fan von dir. Können wir ein Selfie machen, du und ich? Der wird sich in den Arsch beißen, dass er dich verpasst hat." Er machte Anstalten, zu uns hinauszutreten.

Tom legte mir die Hand auf den Arm, damit ich mich geduldete. „Klar, kein Problem." Er nahm das Handy von Ludde, wie er sich vorstellte, entgegen und übergab es an mich.

Es sah zu komisch aus. Der Typ war ein Riese, bestimmt zwei Meter groß und von kompakter Gestalt, mit schwarzen, wilden Locken, aus seinem Gesicht stachen dunkle Bartstoppeln hervor. Neben ihm wirkte der nur mittelgroße Tom noch schmaler und kleiner – und mit seinen rotblonden Haaren und den beginnenden Sommersprossen im bleichen Gesicht noch verletzlicher.

Ludde legte seinen Arm um dessen Schultern und strahlte in meine Richtung. Auch Tom verzog sein Gesicht zu einem Grinsen. Ich drückte dreimal auf den Auslöser und gab dem Mann sein Handy zurück, damit er die Aufnahmen überprüfen konnte.

Er war sichtlich zufrieden. „Ha, wenn ich ihm die schicke! Das wird ihn aus dem Bett treiben. Was wollt ihr haben?“, fragte er Tom. „Ich geb euch einen aus.“

„Ein bisschen Süßkram. Und dann hoffte ich, du könntest mir ein paar Fragen beantworten. Ich plane eine neue Filmreihe über benachteiligte Jugendliche. Wie wachsen sie auf? Was machen sie den ganzen Tag? Wo gibt es besondere Probleme?“

„Ja, hm.“ Er kratzte sich am Kopf. „Is schon ein Unterschied, wo du groß wirst. Meine zwei haben es besser. Nicht so viel Randale wie hier.“ Er wandte sich um und betrat seinen Kiosk. „Ich mach dir eine Tüte fertig, dann können wir reden.“ Er gab sich richtig Mühe, eine große Auswahl zusammenzustellen, und wehrte Toms Einwand, er wolle bezahlen, vehement ab. „Nee, die schenk ich dir. Dafür gibst du mir noch ein Autogramm für meinen Sohn. Der heißt Benjamin, reicht, wenn du für Ben schreibst.“ Er schob ihm einen Zettel zu.

Hi Ben, schrieb Tom. *Schade, dass ich dich nicht selbst angetroffen habe. Ich hätte meinen Fan gern kennengelernt. Ich werde deinen Vater in meinem nächsten Video lobend erwähnen, dein Tom.*

Hinter uns drängten sich drei kleinere Kinder. Wir traten ein paar Schritte zur Seite, damit Ludde sie bedienen konnte. Zuerst las er die Nachricht durch, grinste zufrieden, faltete den Zettel und legte ihn zur Seite. „Der wird sich freuen! Was wollt ihr haben?“, wandte er sich an seine Kunden.

Der Älteste, ich schätzte ihn auf ungefähr sechs, hob mühsam einen klirrenden Plastikbeutel hoch. „Sechs neue.“

Ludde nahm die Tasche an, holte das Leergut heraus und aus dem Kühlschrank sechs Flaschen Bier. „Sonst noch was?“

„Eine Packung Marlboro und drei Wassereis.“

„Hab ich mir fast gedacht. Cola, wie immer?“

Die drei nickten.

Der Kioskbesitzer packte die Schachtel Zigaretten mit in die Plastiktüte und schob diese dem Jungen zu, bevor er die drei Eis holte und die Hülle oben aufschnitt. Der Junge pulte einen zerknitterten Zwanziger aus seiner Hosentasche und griff gierig nach dem Lutscheis. Die beiden Kleinen mussten sich selbst recken, um ihres in Empfang zu nehmen. Ludde zählte ihm das Wechselgeld in die Hand. „Tschüss, bis später.“ Er wartete, bis die drei außer Hörweite waren. „Da habt ihr gleich mitgekriegt, wie es läuft. Die schicken die Kinder, is bequemer.“

„Sind die nicht sowieso den ganzen Tag draußen?“

Er nickte bestätigend. „Die meisten. Gibt auch welche, die hocken ständig drinnen. Hatten da mal welche wohnen, die sind fast nie raus, waren kleinere Kinder. Die Zeiten haben sich geändert, seit es Handys, Videospiele und so viele Fernsehsender gibt.“

„Sind viele dabei, die eine Familienhilfe haben?“, fragte Tom.

„Glaub schon. Die kommen nich zu mir. Ich seh halt öfters fremde Frauen und Männer zusammen mit den Kindern. Die sind anders, deshalb denke ich, die sollen sich kümmern. Manchmal fahren die mit den Kindern weg oder gehen mit denen einkaufen oder auf den Spielplatz, manchmal sind auch Vater oder Mutter dabei.“

„Gab es auch schon Fälle, wo die Polizei Kinder aus den Familien nahm?“

„Ab und zu, is eher selten.“

„Letztes Jahr ist ein Junge vermisst worden? Was ist aus ihm geworden?“

„Das wüsste ich auch gern. Is nich wieder aufgetaucht. Das war ein Riesenauflauf an Bullen. Die haben ihn tagelang gesucht, sogar mit Hund. Is bis heute nich rausgekommen, wo der abgeblieben is.“

„Was denkst du?“

Er kratzte sich nachdenklich am Kopf. „Tja, schwer zu sagen. Ganz ehrlich? Ich denk, der is an den Falschen geraten. Der war ein ganz schönes Früchtchen, wusste ganz genau, wie man andere abzockt, obwohl der aussah wie ein kleiner Engel, mit blonden Löckchen und großen blauen Augen, der reinste Unschuldsengel. Der war zwar erst zehn, aber ein kleiner Ganove. Hat überall lange Finger gemacht, hat geklaut und sich mit den Großen angelegt, genau wie seine Brüder. Die haben ihn meist rausgehaun, nur deshalb is er so alt geworden. Ich hab von Anfang an gedacht: Mit dem wird es ein schlimmes Ende nehmen.“

„Und die Eltern?“

„Ham am Rad gedreht, klar. Die Brüder ham sich mit den Bullen angelegt. Na ja, der eine sitzt jetzt im Knast, die andern beiden sind weg, keine Ahnung, was die so treiben. Die Eltern sind irgendwann weggezogen. Das Amt hat wohl die große Wohnung nich mehr bezahlt.“

„Er hieß Nick, richtig?“

„Nick Adams. Nich dass die Leut hier nich zusammenhalten. Die ham selbst überall gesucht nach dem. Nix, wie vom Erdboden verschluckt.“

„Sehr seltsam. Hat denn niemand was gesehen? Es sind doch immer viele unterwegs.“

Ludde beugte sich vor und senkte seine Stimme. „Es ging das Gerücht, die Eltern wärn es selbst gewesen. Bei dem Vater wärs schon möglich. Aber der Nick trieb sich eigentlich ständig draußen rum, ist an dem Tag von mehreren gesehen worden, wie er Richtung Kirchderne marschierte. Die Brüder ham erst Alarm geschlagen, wie er um zehn Uhr abends immer noch nich zurück war. Und die Bullen ham keine Spuren in der Wohnung gefunden.“

„Ich würde gern jemand interviewen, der als Kind aus der Familie rausgenommen wurde und später als Erwachsener trotzdem zurückgekommen ist. Kennst du eine Person, auf die das zutrifft?“

Bedauernd verneinte Ludde. Es war ihm anzusehen, dass er gern geholfen hätte. „Ich mach das jetzt seit gut zehn Jahren. Vorher war ich auf dem Bau, dann wollten die Knochen nicht mehr so. Aus der Zeit wüsste ich keinen."

„Gibt es jemand, der schon sehr lange hier wohnt und bereit wäre, mir Auskunft zu geben?"

„Gegen Geld bestimmt. Is nur die Frage, ob die ehrlich antworten. Wär ich lieber vorsichtig, denen alles zu glauben."

„Ich frage anschließend dich um Rat", beruhigte ihn Tom. Leider rückte er nicht sofort mit einem Namen raus, sondern behauptete, die entsprechenden Personen fragen zu wollen und sich bei Tom im Erfolgsfall zu melden. Geistesgegenwärtig diktierte ihm dieser die Handynummer seines alten Ersatzhandys, seine aktuelle musste er nicht erfahren. Denn Ludde freute sich schon auf ein zweites Treffen und bat darum, ihn im Voraus zu informieren, damit er seinen Sohn an dem Tag mitbringen konnte. So weit ging Toms Dankbarkeit offensichtlich nicht.

„Die Kinder, was wird später aus ihnen?", wagte ich nun ebenfalls eine Frage.

Er bedachte mich mit einem abschätzigen Blick. „Na, was wohl? Hartzer, Schläger Drogendealer, Zuhälter, kannste dir aussuchen. Wie der Herr, so's Gescherr."

„Und die Mädchen?", übernahm Tom wieder.

„Die ham mit spätestens achtzehn das erste Kind, dem noch mehrere folgen." Ludde grinste. „Sind sehr vermehrungsfreudig, die Leut in der Gegend."

Tom bedankte sich für das Gespräch und die Süßigkeiten und wir gingen schweigend zum Auto zurück.

Ich startete den Motor. „Wohin?"

„Richtung Kirchderne", erwiderte Tom, als wäre die Frage überflüssig.

Ich folgte seiner Aufforderung. Während er das Gespräch ausführlich rekapitulierte beziehungsweise Luddes Aussagen

in sein Handy diktierte, verselbstständigten sich meine Gedanken. Waren wir denn tatsächlich auf der richtigen Spur?
„In unserem Szenario, das wir aufgebaut haben, klafft ein
Riesenloch", erklärte ich Tom, nachdem er die Aufnahmefunktion abgeschaltet hatte. „Frau Poschalla sagt, keiner aus
ihrem Team arbeitet in diesem Stadtteil. Wie hat der Täter,
wenn er hier wohnt, einen von denen kennen können und
sich an denjenigen gehängt, um weitere Opfer zu finden?"
Er brummte unzufrieden, enthielt sich jedoch eines Kommentars. Klar, endlich hatte es so ausgesehen, als wären wir
in die richtige Richtung geschwenkt und machten Fortschritte. Und dann kam ich mit meinen Einwänden.
Auch der Ausflug nach Kirchderne wurde ein Reinfall. Der
Ort präsentierte sich ruhig und uninteressant. Meine Bemerkung, vielleicht hätte sich Nick etwas außerhalb mit jemand
getroffen, der ihn mit dem Auto abholte, versetzte Tom nicht
gerade in jubelnde Ekstase. Ihm war genauso wie mir klar,
dass wir nichts gefunden hatten, was für unsere Theorie
sprach.
Ich setzte ihn vor der Haustür ab und wechselte das Auto,
um für meine Einkäufe den Fiat zu nehmen. Nicht dass unsere Überwacher misstrauisch wurden, weil dieser kaum noch
bewegt wurde.
Normalerweise war das Einkaufen keine meiner Lieblingsbeschäftigungen, vor allem nicht, wenn ich eine Riesenliste abzuarbeiten hatte und dazu mehrere Geschäfte aufsuchen
musste. Trotzdem merkte ich, wie durch diese Tätigkeit mein
Frust verschwand und meine Zuversicht langsam zurückkehrte. So schnell gaben wir nicht auf. Hoffentlich würde sich
Ludde bald zurückmelden, sodass wir jemand, der die Verhältnisse vor Ort seit Jahren kannte, befragen konnten.

33

Am Morgen gleich in der Früh rief Kaya an. „Gibt Neuigkeiten?"

Klar, durch den Peilsender sah es für ihn so aus, als säße ich tatenlos zu Hause rum. Wahrscheinlich wollte er mir ein wenig auf die Füße treten, damit ich mich mehr anstrengte.

„Nein, mein Freund und ich setzen uns jeden Tag zusammen und prüfen weitere Möglichkeiten. Leider haben wir bisher keinen echten Durchbruch erzielt. Wie sieht es bei euch aus?"

„Nix." Er klang reichlich frustriert. „Was sagt dein Kommissar?"

„Der wird den Teufel tun und mir von seinen Ermittlungsergebnissen berichten", sagte ich wahrheitsgemäß. „Das Einzige, was ich von dem zu hören kriegen würde, ist sein übliches: Halten Sie sich raus, Herr Grahl."

„Kemal will Ergebnisse", erwiderte er, ohne auf meinen kleinen Scherz einzugehen.

„Das kann ich verstehen, nur gibt es die leider noch nicht. Ihr seid selbst dran und findet keinen Ansatzpunkt. Das Problem ist, niemand hat genau hingeguckt, als die Kinder verschwanden. Und keiner hat sonst eine relevante Beobachtung gemacht, die uns hilft."

Er knurrte unzufrieden. „Dauert echt lange, zu lange."

„Manchmal gibt man sein Bestes und hat trotzdem keinen Erfolg." Ich wusste nicht, welcher Teufel mich ritt, ihn dermaßen zu provozieren. Lag es vielleicht daran, dass ich immer saurer wurde über die Art, wie Kemal mich ausnutzte? „Soll dir sagen, musst dich mehr anstrengen“, ging er wieder nicht auf meine Worte ein.

Langsam begann es in mir zu kochen. „Okay, verstanden. Dann sag du Kemal von mir, er soll mir was an die Hand geben, mit dem ich vernünftig arbeiten kann.“ Ich drückte ihn weg und schaltete mein Telefon aus.

Zwei Minuten später klingelte ich bei Tom. „Ich müsste mit Kommissar Janzen sprechen. Kann ich wieder dein Handy benutzen?“

„Wenn ich neben dir stehen und zuhören darf?“, grinste er und reichte es mir.

Der Kommissar meldete sich relativ schnell.

„Unser gemeinsamer Freund fängt an, unruhig zu werden“, teilte ich ihm mit. „Ich habe ihn zusätzlich gereizt und von ihm mehr Einsatz gefordert, nachdem er das Gleiche bei mir versuchte. Es könnte sein, dass er eine härtere Gangart anschlägt.“

„Immer noch wegen der Mordfälle?“, fragte er.

„Ja. Leider habe ich keine Ahnung, was er unternehmen wird. Kaya ist der Verbindungsmann zwischen uns. Von Kemal selbst sehe und höre ich nichts.“

Kommissar Janzen seufzte ergeben. „Danke, für den Hinweis. Ich muss sehen, was sich machen lässt. Bei uns fallen zurzeit viele wegen einer Corona-Infektion oder den entsprechenden Quarantäne-Regeln aus, wir haben im Prinzip keine Leute für derlei Aufgaben.“

„Ach, ich dachte, bei der Polizei wären fast alle geimpft?“, konnte ich mich nicht enthalten, den Finger in die Wunde zu drücken.

„Als wenn Sie nicht wüssten, dass das Virus vor keinem haltmacht“, schnaubte er.

Tom hob warnend die Hand, was gar nicht nötig gewesen wäre. Ich hielt viel zu große Stücke auf Herrn Janzen, als dass ich länger darauf herumreiten wollte. „Wie dem auch sei. Damit ist meine Bürgerpflicht erledigt. Ich habe meinen Verdacht gemeldet.“

Er lachte. „Gut ausgedrückt, Herr Grahl. Seien Sie bitte vorsichtig.“

„Hat Kaya dich angerufen und Druck gemacht?“, fragte Tom, nachdem ich die Verbindung getrennt hatte.

„Und ich habe ihn zurückgegeben“, nickte ich. „Kemal fordert endlich Ergebnisse. Ich habe Kaya klargemacht, dass ich anhand der spärlichen Hinweise keine liefern kann.“

„Ganz schön risikoreich.“ Sein Grinsen nahm dem Tadel die Schärfe. „Falls Ludde jemand für uns findet, nehmen wir lieber wieder den Mercedes.“

„Sähe ich eine Möglichkeit, den GPS-Tracker zu installieren, ich würde sie sofort nutzen.“ Ich hatte Mühe, wieder runter zu kommen.

„Du musst Felicitas vorwarnen“, empfahl mir Tom. „Vielleicht ist es besser, sie wartet im Gebäude, bis du vor der Tür stehst.“

Die Erwähnung meiner Freundin reichte aus. Ich holte tief Luft. „Du hast recht. Ich sollte mich etwas mehr zurückhalten. Was bringt es mir, Kemal gegen mich aufzubringen?“

Sobald ich zurück in unserer Wohnung war, schickte ich ihr eine Nachricht, in der ich ankündigte, dass ich mich melden würde, sobald ich auf dem Parkdeck stünde und sie bitte so lange drinnen bleiben sollte. Natürlich wollte sie wissen, warum.

Ist zu lang, um es eben zu schreiben, ließ ich sie im Unklaren. Meine Erklärung erfolgte besser von Angesicht zu Angesicht. Vielleicht wurde sie dann nicht ganz so sauer auf mich.

Natürlich kam es gar nicht erst dazu. Um drei tauchte Tom auf. Ludde hatte sich gemeldet. In einer Stunde würde ein Auskunftsgeber an seinem Kiosk auf uns warten.

„Und was mache ich jetzt mit Felicitas?“

„Ich fahre allein nach Derne“, schlug er vor.

Nein, ich wollte unbedingt dabei sein. „Ich …“, frage Mirko, ob er sie abholen kann, hatte mir eigentlich auf der Zunge gelegen, ich entschloss mich jedoch im letzten Moment, ihn lieber nicht einzuspannen. Das fehlte mir noch, dass er dadurch auch in den Fokus von Kemals Männern geriet. „Ich sage ihr die Wahrheit und backe kleine Brötchen“, erklärte ich stattdessen und setzte diesen Vorsatz sofort in die Tat um. Felicitas war natürlich alles andere als erbaut von meiner Aktion, trotzdem versprach sie mir, in den Räumen des Klinikums zu warten, bis ich sie abholte.

Tom sah mir die Erleichterung an, verbiss sich jedoch einen Kommentar. „Du fährst?“, fragte er stattdessen.

„Klar.“ Als wenn es nicht jedes Mal an mir hängen blieb, wenn wir gemeinsam unterwegs waren!

Zusätzlich achteten wir genau darauf, ob wir nicht verfolgt wurden. Ich nahm mehrere Umwege in Kauf, bevor wir uns entspannt zurücklehnten. Offensichtlich verließen sie sich auf den GPS-Trecker.

Selbst eine längere Parkplatzsuche hatten wir eingeplant, sodass wir pünktlich auf den Kiosk zusteuerten. Vor diesem stand ein älterer Mann um die sechzig, der sich angeregt mit Ludde unterhielt. Als der Kioskbesitzer uns näherkommen sah, deutete er auf uns und sagte etwas, dass wir nicht verstehen konnten. Der Mann wandte sich um und musterte uns neugierig.

Bevor wir ihn begrüßen konnten, stürmte ein Jugendlicher von ähnlicher Größe und Gestalt wie sein Vater auf uns zu. Vor Tom stoppte er. „Hi, ich bin Ben. Toll, dass ich dich mal persönlich treffe.“

Mein Freund rang sich ein Lächeln ab. Wie ich war er nicht sonderlich gut darin, mit seinen Fans umzugehen. „Wie bist du auf meine Filme gestoßen?“

„Durch die Artikel in der Zeitung, als du plötzlich verschwunden warst“, gab er offen zu. „Ich habe dann mit dem ersten angefangen und fand ihn super. Du bringst

Informationen, die man so gar nicht kennt. Seitdem schaue ich jeden neuen. Jetzt willst du was über Kinder aus solchen Verhältnissen wie hier bringen?“

„Eigentlich stehen Misshandlungen von Kindern im Vordergrund“, erklärte Tom auch gleich an den älteren Mann gewandt. „Nur möchte ich wie immer auch die Hintergründe beleuchten. Diese Recherche ist nur ein kleiner Teil meiner Arbeit, denn Vergehen an Minderjährigen ziehen sich durch alle Schichten.“

„Die meisten Eltern aus der Siedlung sind nachlässig und uninteressiert“, mischte sich unser potenzieller Auskunftsgeber ein. „Die wenigsten sind bösartig und gemein. Klar, denen rutscht schon mal die Hand aus, ist oft einfach, weil sie es selbst nicht anders kennen. Dass die ihre Kinder extra quälen, nee, so was gibt es eher nicht.“

„Und warum bekommen einige eine Hilfe vom Jugendamt an die Hand?“, hakte Tom nach, der mit dieser Erklärung genauso unzufrieden wie ich war. „Oder werden sogar aus den Familien herausgenommen?“

„Weil die Schulen und Kitas genauer hinsehen? Früher hat das kaum jemand interessiert. Da musste schon wer weiß was passieren, bis die Ämter reagierten.“

„Wie lange wohnen Sie schon hier?“

„Ich bin der Hausmeister“, belehrte er uns. „Seit fast vierzig Jahren. Ich habe viel gesehen und gehört.“

„Erzählen Sie bitte mal ein bisschen“, bat Tom, „sodass wir eine ungefähre Vorstellung bekommen.“

Ludde hatte eindeutig den richtigen Mann für diese Aufgabe ausgesucht. Er berichtete offen von dem, was sich tat, beziehungsweise nicht tat. Dass Mutter und Vater hauptsächlich mit sich selbst beschäftigt waren und sich kaum um die Kinder kümmerten, dass sie diese Einstellung im Prinzip von ihren eigenen Eltern übernommen hatten, dass sich auch durch den Einsatz von Familienhelfern nicht viel daran ändern ließ. Dass viele Ehen keinen Bestand hatten und die Mütter mit dem neuen Partner gleich ein neues Kind in die Welt setzten, wodurch es kaum Einzelkinder gab, sondern drei, vier oder sogar fünf Sprösslinge normal waren.

„Die lernen von den anderen auf der Straße. Die älteren Jugendlichen leben den Kleineren vor, wie es geht. Wer sich nicht behaupten kann, hat Pech gehabt." Er grinste. „Oder muss sich auf seine großen Brüder verlassen. Der Zusammenhalt ist stark."

„Nun gibt es auch Kinder, die in spezielle Einrichtung gesteckt werden", brachte Tom unser wichtigstes Thema vorsichtig an. „Ist Ihnen so was schon einmal untergekommen?"

„Mehrfach, so vier-, fünfmal bestimmt in der ganzen Zeit."

„Was sind die Gründe dafür?"

„Manchmal, wenn die sich trennen, gibt es Streit wegen den Besuchszeiten vom Vater", klärte er uns auf. „Dann wenden die sich ans Jugendamt und wenn die die Sache nicht klären können, wird ein Gutachter eingeschaltet. Wenn der dann schlimme Dinge sieht, die in der Familie ablaufen, meldet er das dem Gericht und das Kind kommt weg. Oder die Mutter behauptet irgendwas Böses über den Vater, dass der den Kindern was antut. Nicht immer stimmt das auch. Das ist Sache von dem Experten, das rauszukriegen. Ab und zu packt man die Kinder auch ins Heim, weil die extreme Auffälligkeiten haben, die man nicht anders in den Griff bekommt. So was melden auch die Schulen, wenn einer da nicht unter Kontrolle zu kriegen ist zum Beispiel."

„Also werden die Kinder nur rausgenommen, wenn beide Eltern in den Augen des Gutachters nicht erziehungsfähig sind?", wollte Tom es genauer wissen.

„Nur wenn der der Meinung ist, die kriegen das nicht mit Hilfe vor Ort hin", verbesserte ihn der Hausmeister. „Oder wenn man Angst haben muss, dass einer von den Eltern durchdreht und den Kleinen was antut. Oder wenn die die so extrem misshandelt haben, dass es eben nicht mehr geht, dass die hierbleiben."

„Sie sind ja ein richtiger Experte", schleimte Tom.
Ihm ging das Lob runter wie Butter. „Das ist eben so, wenn man so viele Jahre wie ich in so einer Siedlung arbeitet. Mein Motto ist: Du musst über alles Bescheid wissen, was läuft. Also frage ich nach, wenn ich die Möglichkeit dazu habe."
Ich sah Tom auffordernd an. Jetzt konnte er gut zu den für uns wichtigen Auskünften überlenken.
Stattdessen fragte er: „Und wie war das bei den Fällen, die Sie miterlebten?"
„War von jedem etwas, sonst wüsste ich das alles ja nicht. Also das Schlimmste war damals mit dem Merlin. Die neue Lebensgefährtin seines Vaters hat ihn so verprügelt, dass er in der Schule zusammengebrochen ist. Und als die Lehrerin den Notarzt rief, hat der überall am Körper weitere Verletzungen gefunden. Der Junge war fast drei Wochen im Krankenhaus und kam danach sofort weg."
Ich sah Tom an. Hatten wir unseren Verdächtigen tatsächlich schon gefunden?

34

Viel mehr wusste der Mann leider nicht zu berichten. Er regte sich nur darüber auf, dass die Frau nicht mal verurteilt wurde, da sie zu diesem Zeitpunkt selbst schwanger war. Eine Familienhilfe stellte man ihr zur Seite, erzählte er empört. Und der Vater des Jungen blieb bei ihr. Die trennten sich erst Jahre später. Der Merlin sei nicht mehr aufgetaucht, durfte die beiden nicht mal besuchen. Ob der Vater noch Kontakt zu ihm hielt, wusste er nicht. Aber wenn wir wollten, könnten wir den befragen. Der lebe immer noch in einer der Wohnungen. Tom lehnte dankend ab. „Kennen Sie denn irgendein Kind, das später wieder bei den Eltern oder einem Elternteil erneut aufgetaucht ist?"

Sehr gut, er beließ es nicht bei diesem einen Treffer, sondern suchte nach weiteren Kandidaten.

„Die sind meist kurz darauf umgezogen, weil das Amt die große Wohnung nicht mehr bezahlen wollte. Ich …"

„Einer war noch mal hier", unterbrach ihn Ben. „Bei seiner Mutter, glaube ich. Der hat irgendwas mit Fotografie gemacht, bei einem dieser Läden, die junge Leute anstellen. Muss da ganz gut verdienen, ist vor ein paar Wochen weggezogen."

„Ja?" Sein Vater musterte in skeptisch.

„Von dem Umzug hat er mir selbst erzählt." Sein Sohn sah den Hausmeister auffordernd an. „Du warst auch da, erinnerst du dich nicht?"

Der kratzte sich umständlich am Kopf. „Ah, ja, der Lasse. An den habe ich gar nicht mehr gedacht."

„Was war denn mit dem?", fragte Tom nach, weil er nicht weitersprach.

Gespannt wartete ich auf seine Antwort. Fotograf, der Mann passte noch viel besser ins Bild.

„Der kleine Bruder von dem ist fast gestorben. Die Ärzte im Krankenhaus haben gesagt, das seien Schläge gewesen", fiel es dem Hausmeister wieder ein. „Der Lasse muss wohl auch oft verprügelt worden sein, jedenfalls kam er gleich weg. Gut, dass du dich erinnert hast, Ben. An den habe ich gar nicht mehr gedacht. War so ein ganz Unscheinbarer, Schüchterner."

„Wie alt war Lasse, als er aus der Familie genommen wurde?"

„Sechs oder sieben, so genau weiß ich das nicht mehr."

„Waren Vater und Mutter die Schuldigen?"

„Wohl nur der Vater. Der war total schräg drauf, hat gedealt und selbst was genommen. Der ist in den Knast gewandert."

„Und die Mutter?"

„War auch süchtig, hat sich kaum gekümmert um die Kinder. Kriegte dann eine Therapie und eine kleine Wohnung im selben Haus."

„Hatte Lasse noch Kontakt zu ihr?"

Er lachte auf. „Woher soll ich das wissen? Muss wohl so gewesen sein, sonst wäre er nicht wieder zu ihr gezogen, oder?"

„Was für einen Eindruck hatten Sie denn?"

„Ich habe die beiden kaum gesehen. Sie ist eine total Verhuschte, die sich kaum raustraut. Er war viel unterwegs. Hab ihn manchmal gesehen, wie er zur Bude ging und, wie Ben sagte, ihn schon mal hier getroffen. Haben uns nie großartig unterhalten. Der war auch eher mundfaul."

„Nee", widersprach Ben. „Wenn ich den allein getroffen habe, hat der immer rumgeprahlt, dass er ein super Fotograf ist, sich selbstständig machen will und so. Angeblich hatte der schon seine Kontakte geknüpft." Er zuckte die Schultern.

„Habe ihn aber nur zweimal getroffen, bin ja nur mal am Wochenende oder in den Ferien hier.“

„Ihr könntet seine Mutter fragen“, mischte sich Ludde ein. „Vielleicht erzählt sie euch was.“

Tom und ich sahen uns stumm an. Das war eindeutig zu gefährlich. Er passte als Verdächtiger gut ins Bild. Nicht dass sie ihn anschließend benachrichtigte und er Lunte roch.

„Hört sich gut an“, Tom wusste offensichtlich nicht, wie er ablehnen sollte.

„Die redet eh nicht mit ihm“, kam uns unerwarteterweise der Hausmeister zu Hilfe. „Die dreht schon am Rad, wenn ich mal in ihre Wohnung muss. Nee, wenn ihr was Näheres wissen wollt, solltet ihr euch an den Jungen direkt wenden.“

Tom wechselte lieber das Thema und stellte noch einige wenige allgemeine Fragen, während ich krampfhaft überlegte, wie ich an den vollständigen Namen des jungen Mannes kommen konnte. Wenn er sich umgemeldet hatte, gab es bestimmt über das Einwohnermeldeamt die Möglichkeit, seine neue Adresse herauszubekommen.

Ben ließ es sich nicht nehmen, uns zu unserem Auto zu begleiten. „Ein Mercedes“, staunte er.

„Von meinem Opa“, wiegelte Tom ab. „Ich habe kein eigenes Fahrzeug, bin armer Student und auf die Öffis angewiesen.“

„Toll, dass er dir den leiht.“

„Dafür spiele ich den Chauffeur für ihn. Ganz uneigennützig ist sein Angebot nicht.“ Tom lachte und streckte ihm zum Abschied die Hand hin.

Ben war schon im Begriff einzuschlagen, als er plötzlich innehielt. „Wenn man vom Teufel spricht, die alte Moldenhauer! Wartet kurz, ich frag sie eben.“ Er rannte zu der schmächtigen Frau in Jogginghose und -jacke hinüber, die eine gefüllte Einkaufstasche trug.

Sie zuckte zurück, als er sie ansprach, und blickte nicht mal auf.

Innerhalb weniger Minuten war er zurück. „Lasse wohnt jetzt in Dorstfeld, auch in einer Siedlung. Ich habe behauptet, ich hätte einen neuen Kunden für ihn, den er fotografieren soll." Er grinste stolz.

Tom lobte ihn ausgiebig.

„Den genauen Straßennamen kennt sie leider nicht", bedauerte er. „Sie hat seine Handynummer, soll ich die euch besorgen?"

„Bei Gelegenheit, so sehr eilt es nicht", wiegelte Tom ab und schloss den Mercedes auf. „Zuerst mal sammle ich mein Material, die Interviews kommen erst später. War nett, dich kennengelernt zu haben. Bei Gelegenheit komme ich garantiert noch mal vorbei." Er wandte sich zur Beifahrerseite.

„Super", Ben hob zum Abschied grüßend die Hand. „War ein echtes Erlebnis."

Und für uns erst! „Was für ein Glück, dass sein Vater ihn von deinem anstehenden Besuch unterrichtet hat", sagte ich aus tiefstem Herzen, nachdem wir losgefahren waren.

„Unsere schöne Theorie stimmte vorne und hinten nicht." Sein Fokus lag bereits wieder bei unserem Fall. „Wenn Lasse der Täter ist, hat er sich sein erstes Opfer hier gekrallt, das nächste an seinem neuen Wohnort und zu den zwei anderen hat er bestimmt auch irgendwelche Verbindungen. Nur komisch, dass die Leute von Kemal den nie in Erwägung gezogen haben. Ich dachte, die hätten alle Bewohner in der Ecke überprüft."

„Noch wissen wir nicht, wo genau er untergekommen ist." Das Klingeln meines Handys unterbrach uns. Ich zog es hervor und warf einen Blick auf den Namen des Anrufers: Herr Pickard. „Nimmst du das Gespräch bitte an?" Ich hielt es ihm hin. Der Mercedes verfügte über keine Freisprecheinrichtung, aber das Gespräch konnte wichtig sein.

Tom begrüßte ihn wie einen alten Bekannten, was er auch war. Die beiden hatten sich nach der Verhaftung des Mörders in unserem letzten Fall zusammengetan und mehrere Artikel zum Thema Schizophrenie verfasst, wobei der Reporter sich auf das enorme Wissen meines Freundes stützen konnte.

„Ah, ihr ermittelt wieder gemeinsam." Tom hatte wohl auf Lautsprecher geschaltet, denn Herrn Pickards krächzende Stimme drang laut und vernehmlich aus dem Handy. „Entschuldigt, dass ich mich erst heute melde. Mich hat es erwischt, Corona."

Ich verkniff mir die Frage nach seinem Impfstatus. „Schlimm?"

„Gestern ja, heute ist es schon etwas besser. Nur muss ich leider eine Woche in Quarantäne bleiben. Wolltet ihr was Wichtiges von mir?"

„Wir haben die Information mittlerweile schon von anderer Seite bekommen." Wenn er krank war, konnte er uns sowieso nicht helfen.

„Habt ihr eine Spur?" Trotz seines offensichtlich desolaten Zustandes sprang er darauf an.

„Eher einen Verdacht. Ob er sich bestätigt, wird sich zeigen."

„Haltet mich bitte auf jeden Fall auf dem Laufenden!"

Ich versprach, mich zu melden, sobald es etwas zu berichten gab.

Felicitas hatte ganz schön lange warten müssen, stellte ich fest, als ich endlich vor dem Krankenhaus hielt. Trotzdem meckerte sie nicht, sondern verlangte nur einen genauen Bericht.

Kaum hatte ich geendet, drängte sie regelrecht darauf, dass wir unsere Ergebnisse an Kommissar Janzen weitergaben und uns zurückzogen.

Tom und ich protestierten vehement.

„Wir haben keinerlei Beweise", versuchte er ihr begreiflich zu machen.

„Mit welcher Begründung sollten die Ermittler den vorladen und vernehmen?", fügte ich hinzu. „Nur weil wir diese seltsame Theorie vorbringen?"

„Die haben doch Spuren gesichert, man könnte diese mit seiner DNA vergleichen.“

„Auf welcher Grundlage? Ohne hinreichende Verdachtsmomente? Darauf lässt sich keiner ein, würdest du auch nicht.“

Felicitas gab noch nicht auf. „Die Ermittler könnten ihn nach seinen Alibis fragen und sein Foto an den betreffenden Orten herumzeigen, ob ihn jemand gesehen hat?“

„Und wenn wir mit ihm den Falschen in den Fokus bringen?“ Tom schüttelte den Kopf. „Lass uns wenigstens ein bisschen tiefer graben, ihn erst mal abchecken. Das, was wir bisher haben, ist gerade mal ein Anfangsverdacht. Vielleicht stellt sich schnell heraus, dass er gar nichts mit den Morden zu tun hat.“

„Was habt ihr denn vor?“

Darüber hatten wir bisher nicht gesprochen. „Wir schauen im Internet nach, ob wir was über ihn finden, zum Beispiel ein eigenes Fotogeschäft oder zumindest eine dementsprechende Anzeige, dass er sich als Fotograf anbietet. Außerdem suchen wir nach der Siedlung in Dorstfeld“, erwiderte ich aus dem Stegreif. Dass wir den Typ eventuell verfolgen mussten, um Klarheit zu bekommen, verschwieg ich ihr natürlich.

„Wenn du nichts dagegen hast, komme ich gleich mit zu euch“, übernahm Tom, bevor sie weiterfragen konnte.

Felicitas ließ uns in Ruhe recherchieren und telefonierte in der Zwischenzeit mit ihrer Oma und ihrem Vater. Diese Gespräche dauerten gewöhnlich lange, so auch heute. Deshalb stimmten wir uns anschließend leise über unser Vorgehen ab. Während Tom in seine Wohnung hinüber wechselte, fuhr ich den Computer herunter und überlegte mir, was ich preisgeben konnte. Denn wieder befand ich mich in einer Zwickmühle. Nachdem ich bei einem anderen Fall dem Täter, der mich mundtot machen wollte, gerade noch ein Schnippchen schlagen konnte, hatte meine Freundin zuallererst darauf bestanden, dass ich meine detektivische Tätigkeit einstellen sollte. Später hatte sie ihre Forderung widerrufen, verlangte allerdings, dass ich sie nun insoweit mit einbezog, dass sie erfuhr, was ich gedachte zu unternehmen. Da wir keinerlei Hinweise zu unserem Verdächtigen gefunden hatten, blieb uns nichts anders übrig, als morgen nach Dorstfeld zu fahren und uns selbst dort umzusehen. Ich wusste jetzt schon, dass ihr diese Vorgehensweise nicht passen würde.

„Und, habt ihr was über den Kerl gefunden?", fragte sie prompt, nachdem sie ihr Telefonat beendet hatte.

„Wir sind uns, was die Siedlung, in der er wohnen soll, betrifft, ziemlich sicher. Das war leider alles, was das Internet über ihn hergab." Ich hatte mich entschieden, ihr nichts vorzuenthalten. Egal wie sauer sie reagieren würde, sie hatte ein Recht darauf, die Wahrheit zu erfahren. Wie wäre mir zumute gewesen, wenn meine Freundin in so wichtigen Dingen Geheimnisse vor mir gehabt hätte?

„Also wollt ihr morgen hinfahren und euch die Gegend anschauen", schlussfolgerte sie.

„Zumindest nachschauen, wie nah das Haus an Briannas Wohnung liegt", gab ich offen zu. „Vielleicht sind wir doch auf dem falschen Dampfer und können den Typ gleich abhaken." Dass Lasse sich als der Täter entpuppte, wäre natürlich super. Aber sollte es tatsächlich so einfach sein? Ein Gespräch und wir hatten ihn? Irgendwie konnte ich daran nicht glauben.

Sie beließ es dabei. „Wir sind am Nachmittag bei deinen Eltern eingeladen", erinnerte sie mich.

Da wir nicht gern auf meine Geschwister trafen, hatten wir mit diesen vereinbart, den Karfreitag mit ihnen zu verbringen, angeblich, weil wir Ostersonntag und -montag bei Felis Oma und ihrem Vater eingeladen waren, was wir im Endeffekt als Ausrede benutzten, da wir uns mit diesen nur zum Kaffeetrinken trafen. Aber meine Eltern hatten erfreut reagiert, so war es ihnen möglich, sich in aller Ruhe mit uns auszutauschen und sich am Sonntag und Montag ganz auf meine beiden Schwestern, ihre Männer und ihre Enkelkinder zu konzentrieren - und wir mussten somit nicht an dem Familientreffen teilnehmen.

„Wir wollen um acht los und sind spätestens um zwölf zurück." Es blieb sogar genügend Zeit, mich in aller Ruhe fertigzumachen.

„Fährst du mich dann am Samstag zur Arbeit?"

„Ja, und ich hole dich auch wieder ab. Daran wird sich erst mal nichts ändern."

„Wäre es nicht sinnvoll, es darauf ankommen zu lassen?", schlug sie zu meiner Überraschung vor. „Wir besorgen uns einen Aufpasser und dieser greift ein, sobald sich jemand auf mich stürzt."

„Nein." Das war eine ausnehmend schlechte Idee. „Erstens: Wen willst du nehmen? Zweitens: Wie lange willst du das durchziehen? Und drittens: Selbst wenn es deinem Bodyguard gelingt, die Täter festzuhalten und sie der Polizei zu übergeben, es sind irgendwelche Handlanger, die vermutlich nicht mal wissen, dass Kemal dahintersteckt."

Sie verzog grimmig das Gesicht. „Aber irgendwie müssen wir uns wehren! Ich will nicht ständig auf eine Begleitung angewiesen sein, für wer weiß wie lange. Und für dich gilt das Gleiche. Du bist viel gefährdeter als ich."

Ich nahm sie in den Arm. „Darauf habe ich genauso wenig Lust wie du. Glaub mir, ich zerbreche mir seit Tagen den Kopf, was wir tun können, um Kemal was ans Zeug zu flicken. Es darf nicht irgendeine Kleinigkeit sein, aus der er sich schnell wieder herauswinden kann, es muss irgendwas Großes sein, das ihn direkt in den Knast bringt."

Sie seufzte sehnsüchtig. „Schön wär's ja."

35

Vor dem Einschlafen ließ ich mir die Optionen, die ich besaß, durch den Kopf gehen. Ich könnte den Sozialarbeiter Olaf, einen guten Bekannten von mir, einspannen, der in dem Bezirk der Nordstadt arbeitete, in dem Kemal residierte. Er hatte einen guten Draht zu den Jugendlichen. Vielleicht erhielt ich von ihm Hinweise, die ich nutzen konnte.
Oder ich brachte Kaya dazu, erneut eine Autofahrt mit mir zu unternehmen. Irgendein Vorwand ließ sich garantiert finden. Nur machte es Sinn, den GPS-Tracker anzubringen? Wenn die so paranoid waren und sogar Toms Rucksack durchwühlten, während wir nach Anhaltspunkten suchten, würden sie jedes Mal ähnlich reagieren und das Auto, das wir benutzten, anschließend sorgfältig kontrollieren.
Mir kam eine andere Idee. Die Peilsender ließen sich auch anderweitig verwenden. Sowohl Felicitas als auch Tom und ich würden ab morgen jeder einen bei uns tragen. Das Handy war das Erste, was einem der Täter abnahm, auf so ein Teil würde er wahrscheinlich nicht achten. Damit konnten wir zumindest den jeweiligen Standort des anderen feststellen, wenn uns Gefahr drohte – von welcher Seite auch immer.
Meine Gedanken kehrten zu Olaf zurück. Wichtige Details erfuhr er bestimmt nicht, hatte er bisher nie erfahren. Ich würde ihn nur unnötig in Gefahr bringen. Damit schied dieser Einfall auch aus. Weitere hatte ich nicht, es sah so aus, als

würden wir Kemals Erpressungen noch eine ganze Weile ausgesetzt sein.

Karfreitag, 15. April

Wieder nahmen wir den Mercedes und wie gewöhnlich saß
ich am Steuer. Tom hasste es, dieses „Dickschiff", wie er es
nannte, selbst zu fahren. Sein Opa hingegen war der Meinung, er täte ihm etwas Gutes, indem er das Auto, obwohl er
nicht mehr selbst fuhr, behielt, damit er es nutzen konnte. Es
war sein gut gehütetes Geheimnis, dass er den Wagen nur
nahm, wenn es wirklich nicht anders ging.
Dafür war er ein hervorragender Lotse, wir fanden die gesuchte Siedlung auf Anhieb. Auf diese war unsere Wahl gefallen, weil das kleine Appartement, das er anmietete, von
derselben Wohnungsgenossenschaft stammte, wie seine Mutter Ben gegenüber erwähnt hatte. Da kein anderes Fahrzeug
zu sehen war, verlangsamte ich etwas, sodass wir einen guten
Blick darauf nehmen konnten. Sie bestand aus fünf Häusern,
in hellem Beige gestrichen und mit relativ neuen Dächern
versehen, die aus dieser Entfernung – wir hätten sonst in die
kleine Sackgasse einbiegen müssen - gepflegt wirkten. Der
große Parkplatz auf der zu uns liegenden Seite war voll besetzt, es handelte sich größtenteils um ältere Autotypen, auch
zwei Bullis befanden sich darunter.
Ich gab Gas und bog auf Toms Anweisung hin bei der nächsten Straße rechts ab. Kurz darauf erreichten wir die kleine
Einkaufsstraße, in der Brianna oft unterwegs gewesen war.
„Bingo!" Tom, der bisher angestrengt aus dem Fenster ge-
starrt hatte, lehnte sich zufrieden zurück. „Die Verbindung
ist eindeutig hergestellt."
„Und wie gehen wir jetzt vor?" Auszusteigen, zurückzulaufen
und die Namensschilder der fünf Häuser zu überprüfen, erschien mir zu gefährlich. Zu dieser frühen Stunde waren

kaum Fußgänger unterwegs. Zwei offensichtlich Fremde würden auffallen.

„Ich denke, wir kehren morgen zurück und ich ziehe noch einmal diese Nummer mit den Prospekten durch. Dieses Mal kann ich mir sogar Exemplare des Stadtanzeigers organisieren, der samstags verteilt wird. Der Typ, der bei uns ausliefert, kommt immer erst gegen Mittag.“

Eine super Idee, musste ich zugeben. „Lass uns wenigstens kurz die Geschäfte hier kontrollieren“, schlug ich vor. „Beim letzten Mal habe ich nicht darauf geachtet, ob es irgendwo einen Fotografen gibt.“

Wir stellten unser Auto auf die Abstellflächen des kleinen Supermarktes und marschierten los. Im Gegensatz zu gestern war es heute wieder unfreundlich und kühl, sodass wir unser Vorhaben fast im Laufschritt erledigten.

„Nichts!“ Tom wollte sich enttäuscht abwenden.

Ich hielt ihn zurück. „Wir schauen noch da vorn.“ Etwa hundert Meter entfernt gab es zwei weitere Geschäfte, bei dem ersten handelte es sich um eine Blumenhandlung, was das zweite anbot, konnte man von unserem Standpunkt aus nicht erkennen.

Es entpuppte sich als kleines Geschenkelädchen, im Schaufenster wies ein Schild darauf hin, dass hier auch Passbilder und Bewerbungsfotos gleich zum Mitnehmen erstellt wurden.

„Ob er da angestellt ist?“, zweifelte Tom. „Das ist eher ein Zusatzangebot, wahrscheinlich um mehr Kunden in den Laden zu locken.“

„Es ist zumindest eine Überprüfung wert. Das kann ich erledigen, während du die Zeitungen verteilst.“ Ich wollte keine auch noch so geringe Chance, den Typ in Augenschein zu nehmen, auslassen.

„Gut“, nickte Tom. „Dann sind wir für heute fertig.“

Felicitas war hocherfreut, dass ich so schnell zurückkehrte. Sie war gerade erst aufgestanden und saß noch beim Frühstück. „Erfolg gehabt?"

Ich berichtete, was wir morgen zu unternehmen gedachten.

„Tom ist eine echte Bereicherung", stellte sie fest. „Allein sein Vorschlag, wie man ohne aufzufallen an den Namen kommt, ist Gold wert."

„Diese Taktik hat er damals bei unserem vierten Fall auch angewendet", erinnerte ich sie. So bedeutend fand ich es nicht, dass er sie im Gedächtnis behalten hatte und nun ein zweites Mal nutzen wollte.

„Du könntest dich in dem Geschenkelädchen nach einer Kleinigkeit für die Oma umschauen. Die hat garantiert wieder etwas für uns besorgt."

„Für deinen Vater auch?", fügte ich mich ergeben seufzend in mein Schicksal. Ich hatte kein besonders gutes Händchen für derartige Einkäufe.

Sie lachte, da sie von meiner Verweigerungshaltung, Geschenke zu besorgen, wusste. „Für ihn habe ich schon was, ebenso für deine Eltern. Ich wollte es morgen selbst erledigen, leider ist mir die Arbeit dazwischengekommen. Wir haben im Moment so viele Patienten, die krankengymnastisch betreut werden müssen, dazu das Osterfest, ich komme kaum mit meinen Terminen hinterher."

Prompt hatte ich ein schlechtes Gewissen. Immerhin konnte ich meine Zeit einteilen, wie ich wollte, während sie acht Stunden durchgängig beschäftigt war. „Kein Problem, im Zweifelsfall nehme ich was Süßes aus dem Lebensmittelladen in der Nähe. Das kommt auch gut an."

Karsamstag, 16. April

Wir hatten verabredet, dass ich zuerst Felicitas mit dem Fiat zur Arbeit bringen sollte und Tom sich in der Zwischenzeit schon mit den Zeitungen eindeckte. Der Ablageort war nicht weit entfernt von unserem Haus. Die paar Meter zu fahren, sollte er schaffen.

Als ich zurückkehrte, stand er schon wartend vor dem Haus. Ich machte mir nicht die Mühe, den Fiat auf seinem Platz im Hof abzustellen, sondern parkte direkt hinter ihm. Er rutschte auf den Beifahrersitz und ich übernahm das Steuer. Wir kamen gut durch, es herrschte kaum Verkehr. Ich hielt etwas entfernt von seinem Zielort an und half ihm, die Zeitungen in den umfunktionierten Trolley zu packen, den er sich aus der Wohnung seines Opas geholt hatte. Da ich nicht abschätzen konnte, wie lange ich brauchen würde, drückte ich ihm den Schlüssel in die Hand. „Wir treffen uns am Auto."

Er zockelte los und hielt, damit er nicht auffiel, an den angrenzenden Häusern an, um seine Zeitungen einzuwerfen. Ich überholte ihn und nahm Kurs auf die kleine Ladenzeile. Das Geschäft öffnete erst um neun Uhr, ich vertrieb mir die Zeit, indem ich die Schaufensterauslage betrachtete. Das meiste war nichts, was ich Felicitas' Oma antun konnte. Vasen und Kerzenhalter hatte sie genug, die kleinen Figürchen in den verschiedensten Ausführungen sahen zwar nett aus, aber auf so etwas stand sie nicht. Es würde schwierig, etwas Passendes zu finden.

Dann entdeckte ich die Glaskugeln, circa zehn Zentimeter groß, deren Inneres sehr ansprechend gestaltet war, teils mit Luftblasen, teils mit Streifen oder Wirbeln, in allen Farbnuancen. Auf der südlichen Fensterbank würde bei entsprechender Sonnenbestrahlung bestimmt ein lebendiges Glühen entstehen.

Trotzdem schaute ich mich, als die Verkäuferin öffnete, gründlich im Inneren um. Ich war kein Spontankäufer, musste mich immer erst davon überzeugen, dass es nicht noch ein besseres Geschenk gab. Außerdem konnte ich so abwarten, ob jemand eintraf, der für die Fotos zuständig war. Gute zehn Minuten später, ich stand mittlerweile wieder vor den Kugeln und überlegte, welche der Oma gefallen könnte, betrat eine junge Frau den Laden. „Ich brauche Bewerbungsfotos“, sagte sie an die Verkäuferin gewandt. „Geht das sofort?“

„Sie können darauf warten“, nickte diese und wies sie an, schon einmal hinter den Vorhang zu treten – ich hatte mich schon gewundert, warum das Geschäft eine Umkleidekabine besaß. Drinnen stand ein Hocker vor einer weißen Wand, davor ein Fotoapparat auf einem Stativ, in der Ecke entdeckte ich einen Computer mit angeschlossenem Drucker. Anscheinend lief dieser Bereich ziemlich gut.

„Haben Sie sich schon entschieden?“, wandte sich die Verkäuferin an mich.

„Ja, ich nehme diese hier.“ Ich zeigte auf eine Kugel mit mehreren Wirbeln und Luftblasen in zarten Rosatönen.

Sie griff nach einem verpackten Modell. „Wollen Sie auch eine LED-Leuchte dazu?“ Sie zeigte auf mehrere kleine Lichtsockel, die in der Reihe darunter standen.

Ich schluckte, als ich die Preise sah. Schon die Glaskugel war nicht gerade günstig. Nein, beides zusammen war für ein kleines Ostergeschenk deutlich zu teuer. „Das soll die Oma lieber selbst entscheiden. Im Zweifelsfall komme ich noch einmal vorbei.“

„Ah, ein Geschenk!“ Ohne dass ich sie darum bitten musste, packte sie den Karton schnell und geschickt in entsprechendes Papier ein. „Das macht dann neunundzwanzig Euro.“

Ich zahlte, stutzte, als hätte ich ein weiteres interessantes Objekt entdeckt, und sagte, nachdem ich das Gekaufte entgegengenommen hatte: „Ich schaue mich noch ein bisschen um, okay?“

Natürlich hatte sie nichts dagegen. Während sie sich zu ihrer anderen Kundin begab, versuchte ich so viel wie möglich von ihrem Gespräch mitzuhören. Kurz darauf war ich klüger. Die Frau war die Inhaberin und betrieb diesen Service noch nicht sehr lange. Die Kundin lobte sie dafür, da man bisher immer in den nächsten Stadtteil hatte fahren müssen. So war es viel bequemer.

Ich rief ein lautes Tschüss und verließ leicht enttäuscht den Laden. Es wäre ja auch zu schön gewesen, wenn wir die Arbeitsstelle unseres Verdächtigen sofort gefunden hätten.

Tom war nirgendwo zu sehen. Hatte ich denn so lange gebraucht?

Der richtige Schock kam jedoch erst, als ich entdeckte, dass der Mercedes verschwunden war. Warum hatte er sich nicht bei mir gemeldet?

Ich musste erst mal googeln, wo sich die nächste Haltestelle befand. Auf dem Weg dorthin versuchte ich ihn anzurufen, ohne Erfolg. Bestimmt war er noch unterwegs.

Kaum kam der Bus, plingte mein Handy. *Bin ihm gefolgt. Sind noch unterwegs.*

Der Mercedes hatte keine Freisprecheinrichtung. Wahrscheinlich stand Tom gerade vor einer roten Ampel und nutzte die Gelegenheit, mir kurz Bescheid zu geben. Ein weiterer Anruf von mir wäre jetzt zwecklos.

Obwohl es eine endlose Fahrt bis nach Hause war, hörte ich nichts von ihm. Wenn ich gewusst hätte, wo er hinwollte, wäre ich sofort in meinen Fiat gesprungen und losgedüst. So blieb mir nichts übrig, als abzuwarten.

Endlich, fast eine Stunde später, rief Tom an. „Ich bin im Nirgendwo zwischen Dortmund und Unna gelandet. Er ist in einem Kleingarten verschwunden, leider nicht gut von außen einsehbar, also keine richtige Kleingartenanlage, sondern einfach vier, fünf Gärten direkt am Straßenrand. Es gibt eine kleine Hütte, drumherum ist alles, soweit ich das sehen kann, verwildert. Also zum draußen Arbeiten, scheint er nicht hierhin gekommen zu sein, er ging schnurstracks in das Häuschen.“

„Woher weißt du denn, dass er der Richtige ist?“, schaffte ich es einzuwerfen. Wir hatten ja nicht mal eine Beschreibung von Lasse - weitere Nachfragen an der Bude hätten unser Interesse an ihm zu sehr gezeigt.

„Ein glücklicher Zufall! Ich war auf dem Rückweg und er schon auf dem Parkplatz. Bevor er ins Auto einsteigen konnte, sprach ihn einer der Nachbarn mit seinem Namen an. Ich bin losgespurtet und habe es gerade noch rechtzeitig geschafft, mich an ihn dranzuhängen. Es war zu knapp, um dich zu informieren, sorry."

Die Außengeräusche klangen weit entfernt, deshalb folgerte ich: „Sitzt du wieder im Mercedes?"

„Hier rumzustehen, wäre zu auffällig. Ich wollte dich sowieso lieber fragen, wie wir vorgehen wollen. Soll ich an ihm dranbleiben?"

Ich musste nicht lange überlegen. „Nein, komm zurück."

36

Bei einem gemeinsamen Mittagessen erfuhr ich die Einzelheiten. Statt meiner Aufforderung zu folgen, hatte sich Tom nämlich noch eine längere Zeitspanne dort herumgedrückt, bis ihm klar wurde, dass unser Verdächtiger gar nicht daran dachte, diesen Ort zu verlassen. Schließlich war es der Hunger gewesen, der ihn zur Umkehr zwang – oder die Einsicht, dass ein noch längeres Verweilen unter Umständen den Argwohn des Mannes auslösen könnte.

An meinem Küchentisch vor der von mir spendierten Dönerpizza sitzend begann er ausführlich zu erzählen: „Das Einzige, was ich bis dahin rausgefunden hatte, war, dass Lasse Moldenhauer in dem mittleren Haus wohnt. Du, der muss sogar an mir vorbeigegangen sein. Ich hätte nie gedacht, dass er unser Verdächtiger ist. Der sieht aus wie gerade mal achtzehn, schlank und ein Milchbubigesicht, als könne er kein Wässerchen trüben. Er fährt einen blauen Kastenwagen, den er wohl nicht akkurat in die aufgemalten Parkflächen gestellt hatte. Ich hörte, wie ein Nachbar ihn anrief, als er ins Auto einsteigen wollte. Der hat sich dann bei ihm beschwert, dass er nächstens weiter zurücksetzen soll. Er stünde direkt gegenüber und hätte Schwierigkeiten, rauszukommen. Der junge Mann gab sich gefügig, zumindest hörte sich seine Stimme so an. Ich habe mich ja beeilt, zum Auto zu kommen, damit ich parat stehe, wenn er losfährt." Er legte eine Pause ein, um mehrere Bissen von seiner Pizza zu nehmen.

„In dem Moment, als ich zum Handy griff, kam er schon die Straße runter. Ich hängte mich mit Abstand an ihn. Keine Sorge, ich habe darauf geachtet, dass immer einige Fahrzeuge zwischen uns waren. An dem Garten bin ich vorbeigefahren und habe später gedreht. Da war er längst verschwunden." Er grinste. „Gut, dass die Straße keine Verschwenkungen hatte."

„Wo hast du geparkt?"

„Weit genug weg", erwiderte er im Brustton der Überzeugung. „Ich bin auch nur einmal an den Gärten entlanggelaufen und habe für den Rückweg die andere Seite genommen, nach gut einer Viertelstunde Wartezeit. Leider war kaum was zu erkennen, außer dass die Beete völlig verwildert sind und die Bäume und Büsche schon länger nicht mehr geschnitten wurden. Die Hütte scheint noch relativ stabil zu sein." Er biss erneut in seine Pizza und blickte mich auffordernd an.

Ich ahnte, was er vorhatte. „Du willst in den Garten rein?"

„Nur mal aus der Nähe gucken", wiegelte er ab, „nicht ins Haus einbrechen."

Was erwartete er zu sehen? Selbst wenn wir mit unserem Verdacht richtig lagen, würde Lasse bestimmt nicht Beweismittel offen herumliegen lassen. „Wir sollten uns lieber fragen, was er dort treibt", wandte ich ein.

Er verstand sofort, was ich sagen wollte. „Du vermutest, er bereitet alles für sein nächstes Opfer vor?"

„Nur wenn wir überhaupt richtig liegen", schränkte ich ein.

„So schnell hintereinander?" Er legte den letzten Streifen seiner Pizza auf den Teller, als wäre ihm der Appetit vergangen. Meine andere Bemerkung schien er überhört zu haben.

„Wir sollten nicht vorschnell handeln. Besser ist es, ihn weiterhin zu beobachten", mahnte ich.

Man merkte ihm an, dass er anderer Meinung war.

„Wenn wir uns den Garten ansehen, wird er vielleicht aufmerksam. Das Risiko ist mir zu groß. Wir sollten ihn nicht mehr aus den Augen lassen, bis wir mehr Verdachtsmomente gefunden haben und dann Kommissar Janzen informieren“, setzte ich schnell hinzu.

„Ihn nur mit dem Mercedes verfolgen? Das merkt er garantiert.“

„Ich leihe mir das Auto meines Vaters. Und du könntest heute Nacht mit mir zusammen einen Ausflug unternehmen“, grinste ich. „Wozu haben wir die GPS-Tracker gekauft?“

Er stöhnte auf und schlug sich gegen die Stirn. „Auf die Idee hätte ich selbst kommen können!“

Anschließend besprachen wir, wie wir über Ostern die Überwachung gewährleisten konnten.

„Ich bin morgen Nachmittag bei Opa zum Kaffee, so von drei bis fünf. Am Montag sind wir gemeinsam bei Frau Kesper eingeladen. Da kann ich mich nicht drücken. Vermutlich werden wir nicht vor zwanzig Uhr zurück sein.“

Frau Kesper war eine gute Freundin seines Opas und Tom hatte ihr bei unserem letzten Fall beigestanden, wesentlich kompetenter und hartnäckiger als ich. Dass er diesen Besuch nicht verkürzen oder gar ausfallen lassen konnte, war klar.

„Wir sind an beiden Tagen bei Felicitas‘ Oma und ihrem Vater eingeladen, schon zum Mittagessen, wie ich gestern erfahren habe. Ich denke, wenn ich mich nach ein paar Stunden rausziehe, werden sie das verstehen.“

„Du solltest den Peilsender an deinem Auto abbauen“, schlug er vor.

Wir setzten uns vor den Computer und forschten nach, wie wir ihn ohne Beschädigung entfernen und – ganz wichtig – wie wir den eigenen an Lasses Wagen anbringen und die Verbindung zum Handy herstellen konnten.

Felicitas war nicht erbaut, als sie von dem geplanten Ausflug hörte. Sie war der Meinung, dass ich mich viel zu weit aus dem Fenster lehnte.

„Wir haben keine andere Spur“, erinnerte ich sie. „Außerdem benimmt sich der Typ schon sehr seltsam. Angeblich arbeitet er auch als selbstständiger Fotograf, doch du findest nirgends einen Hinweis auf seine Tätigkeit. Dieser Garten, zu dem Tom ihm folgte, was macht er da? Sich um das Grünzeug kümmern jedenfalls nicht."

„Es könnte x andere Erklärungen geben."

„Ja und? Fällt er eben raus und wir suchen weiter." Im Moment gab es keine anderen Anhaltspunkte. Also warum sollten wir uns nicht auf ihn konzentrieren?

Gegen dreiundzwanzig Uhr machten Tom und ich uns auf den Weg. Bevor wir losfuhren, entfernten wir den GPS-Tracker von meinem Fiat und ließen ihn genau an der Stelle liegen, an der normalerweise mein Auto parkte. Vorsichtshalber hatte ich eine Plastikdose darübergestülpt, damit meine Nachbarn nicht aufmerksam wurden. Besonders unserem Blockwart war zuzutrauen, dass er sonst genauer hinsah.

„Kann ich trotzdem morgen für die Fahrt zu Felicitas' Oma den Mercedes nehmen?", fragte ich Tom. „Falls einer von Kemals Männern nachschaut, steht mein Auto an seinem Platz."

„Ruhig auch am Montag, dann nehme ich den Fiat", gab er zurück.

Klar, den fuhr er wesentlich lieber. „Ich frage meinen Vater, ob ich seinen Wagen haben kann", wiederholte ich. „Ist sowieso besser, wenn wir nicht immer mit dem gleichen auftauchen."

Wir parkten an einer dunklen Stelle außerhalb des Lichts der Laternen und legten die letzten Meter zu Fuß zurück. Um diese Zeit waren wir die einzigen Fußgänger. Da es nachts ziemlich kühl wurde, hatten wir dicke Jacken, dunkelblau und schwarz, angezogen und die Kapuzen aufgesetzt, sodass wir nicht zu erkennen waren.

Wir betraten den Parkplatz von der Seite. Tom steuerte zielsicher auf das richtige Fahrzeug zu. Während ich Schmiere stand und ihm mit einer Taschenlampe leuchtete, legte er sich auf den Boden, um den Peilsender zwischen den Hinterrädern zu befestigen.

Dank unserer Vorkenntnisse war es eine Sache von wenigen Minuten. Wir entfernten uns auf dem gleichen Weg, wie wir gekommen waren. Immer noch war niemand zu sehen.

Trotzdem atmeten wir erleichtert auf, als wir wieder im Fiat saßen. Kaum hatte ich den Motor gestartet, griff Tom zu meinem Handy, auf das wir den Tracker angemeldet hatten. Wie es aussah, funktionierte er einwandfrei.

Direkt vor mir bog ein Auto auf den Parkplatz ab, den wir gerade verlassen hatten, hinter mir tauchten die Scheinwerfer eines weiteren auf.

„Glück gehabt!" Tom rieb sich die Hände.

Ich konzentrierte mich lieber auf das Fahrzeug hinter mir, das viel zu dicht auffuhr. Anstatt uns zu überholen, machte sich der Mann am Steuer offensichtlich einen Spaß daraus, den geringen Abstand beizubehalten. Dass wir uns in einer Dreißigzone befanden und ich mich daran hielt, ärgerte ihn anscheinend.

Auf die Hauptstraße abbiegend gab ich Gas. Er folgte uns noch eine Weile, bis er sich im zunehmend stärker werdenden Verkehr verlor. Was für ein Idiot!

Wir verabredeten, dass ich Tom auf dem Laufenden hielt und ihn gegen siebzehn Uhr abholte. So hatte er gleich eine gute Ausrede gegenüber seinem Opa.

Ostersonntag, 17. April

Bei strahlendem Sonnenschein fuhren wir gegen zwölf Uhr los. Ich hatte mich mit Felicitas darauf geeinigt, heute bis halb fünf zu bleiben. Dafür konnte ich morgen falls erforderlich eher aufbrechen.

Felicitas' Vater bekam eine DVD, die Oma freute sich sehr über die Kugel. Eine Traumkugel sei das, erklärte sie mir, eigentlich ein Briefbeschwerer, aber wegen seines tollen

Aussehens als Deko-Objekt begehrt. Sie fand gleich einen Platz auf der Fensterbank, sodass die Sonnenstrahlen sie anleuchteten. „Ihr sollt uns nichts schenken", protestierte sie erwartungsgemäß und schielte dabei zufrieden lächelnd auf ihre Kugel.

„Ist ja nur eine Kleinigkeit." Außerdem wussten wir ganz genau, dass auch wir bedacht wurden. Genau wie meiner Freundin war es ihrer Oma ein Bedürfnis, an solchen Feiertagen Freude zu schenken.

Während des Essens erzählte ich von meiner neuen Aufgabe, tat allerdings so, als hätte ich mich freiwillig engagiert. Beide verstanden, dass ich dranbleiben musste und meine Zeit deshalb begrenzt war.

Pünktlich um fünf stand ich vor unserem Haus. Bis Tom herausgerannt kam, checkte ich zum sechsten Male am heutigen Tag die GPS-App.

„Wir haben mit Tim und seiner Freundin gechattet. Ich glaube, er ahnt was. Er hat mir ein Loch in den Bauch gefragt, was wir beide denn vorhaben. Ich behauptete, wir drei würden uns heute ein paar schöne Stunden machen, was Besseres ist mir auf die Schnelle nicht eingefallen. Also halt dich bitte daran und sag auch Felicitas Bescheid. Er wird sich garantiert noch bei dir melden. Wo müssen wir eigentlich hin?"

Ich verkniff mir die Antwort, drückte ihm mein Handy in die Hand und ließ ihn selbst nachschauen. Der Kastenwagen hatte sich in Dorstfeld, wohin er sich kurz vor meinem Losfahren aufmachte, nicht lange aufgehalten, sondern war relativ zügig zu einem anderen Ziel gefahren. Er schien nun geparkt zu sein, denn er hatte sich in der letzten halben Stunde nicht mehr bewegt.

„Das ist am Fredenbaum. Ist der etwa auf der Osterkirmes?" Genau diese Vermutung hatte ich auch. „Wir werden es bald wissen."

Wegen des schönen Wetters war es schwierig, einen Parkplatz zu finden, denn es hatte Massen an Menschen zu dem Event

gezogen. Blauer Himmel, strahlender Sonnenschein, da war
sogar der kalte Wind kein Hinderungsgrund.

Erst als wir vor der Absperrung standen - in diesem Jahr
wurde ein Eintritt von einem Euro verlangt -, erkannten wir
die Unmöglichkeit unseres Vorhabens. In dem Gewühl würden wir unseren Verdächtigen niemals finden. Die Menschen
schoben sich regelrecht zu den einzelnen Attraktionen, selbst
wenn wir uns trennten, hatten wir keine Chance.

„Bleiben wir lieber in der Nähe seines Autos und warten, bis
er zurückkehrt", entschied ich.

Da unser Parkplatz von diesem Standort ziemlich weit entfernt war, trennten wir uns. Tom ging zu Fuß, ich suchte nach
einer Abstellmöglichkeit für den Fiat, fand allerdings nur eine
Einfahrt, die ich nutzen konnte. Im Fall der Fälle würde ich
eben rangieren müssen.

Unser Verdächtiger ließ sich Zeit. Eine Stunde verging, dann
noch eine. Tom, der neben mir saß, rutschte unruhig hin und
her. „Wenn ich das gewusst hätte, hätte ich mein Glück doch
auf der Kirmes versucht", nörgelte er.

„Und hättest da gestanden, wenn ich plötzlich weg gewesen
wäre", ergänzte ich.

Kaum hatte ich geendet, stieß Tom mich an. „Das ist Lasse."
Er deutete auf einen Jugendlichen, der Arm in Arm mit einem
jungen Mädchen daher geschlendert kam. „Die ist allerhöchstens vierzehn!"

Ich hütete mich vor einer eigenen Schätzung. Darin war ich
nicht gut und lag meist weit daneben. Innerlich stimmte ich
ihm zu. Die Kleine hatte ein schmales, kindliches Gesicht,
was durch die bis auf den Rücken fallenden schwarzen Haare
noch betont wurde. Ihre Brust in dem enganliegenden knappen T-Shirt, das den Bauchnabel freiließ, war wenig entwickelt, auch sonst fehlten die typisch weiblichen Rundungen.
Diese Mängel machte sie durch eine besondere Anhänglich-
keit wett. Sie klammerte sich an Lasse, als könne sie ohne ihn

keinen Schritt laufen. Na ja, wahrscheinlich war es ihr in der sommerlichen Kleidung zu kalt geworden.

„Total mager", tönte Tom. „Und hübsch ist sie auch nicht. Was findet der bloß an ihr?"

„Geschmacksache", brummte ich nur, denn ich war in eine eingehende Musterung von Lasse vertieft. Schließlich war es das erste Mal, dass ich ihn live vor mir hatte.

Ich sah ein Jüngelchen mit einem schmalen, nichtssagenden Gesicht, das von hellbraunen halblangen Haaren eingerahmt wurde. Er war von schmächtiger Gestalt, hatte weder breite Schultern noch ausgeprägte Muskeln, wie es schien – vom Aussehen unterschied er sich nicht von vielen Gleichaltrigen, also Jugendlichen im Alter um die achtzehn Jahre. Irgendwie hatte ich ihn mir ganz anders vorgestellt.

Ich startete den Motor, denn sie hatten ihr Fahrzeug erreicht und stiegen ein.

„Halt genügend Abstand", mahnte Tom. „Wir können den Weg auf der App verfolgen."

Ich wartete, bis sie außer Sichtweite waren, bevor ich wendete und ihnen folgte. Entgegen unserer Annahme, er würde sie nach Hause bringen, war der Parkplatz der Bövinghauser Siedlung ihr Ziel. Wiederum eng umschlungen traten sie ein.

„Was für ein Scheiß!", brach es aus Tom heraus. „Sollen wir warten?"

Ich entschied mich dagegen. „Das Risiko, entdeckt zu werden, ist zu groß. Wir fahren zurück und beobachten die App, ob sich was tut."

37

Ostermontag, 18. April

Wahrscheinlich hatten wir uns bei ihrem Alter verschätzt, denn das Mädchen blieb über Nacht. Zumindest parkte der Kastenwagen auch noch am nächsten Morgen an Ort und Stelle.

Tom, der gemeinsam mit seinem Opa wie wir gegen halb zwölf losfahren wollte, kam kurz rüber und beschwor mich, am Ball zu bleiben. „Wenn mir ein plausibler Grund einfiele, würde ich die Überwachung selbst übernehmen", klagte er.

„Ich kriege das schon irgendwie geregelt", beruhigte ich ihn. „Außerdem kannst du meine Aktivitäten über den GPS-Tracker verfolgen." Die zwei verbliebenen hatten wir gestern Abend ebenfalls aktiviert. Einen trug Felicitas bei sich, der andere befand sich im Moment in meiner Jackentasche. „Tut sich irgendwas Wichtiges, rufe ich dich sowieso an."

Es kam, wie es kommen musste. Kaum saßen meine Freundin und ich im Mercedes, sie mit meinem Handy in der Hand, meldete Lasses Peilsender, dass er losgefahren war.

„So ein Mist!", stöhnte ich. Denn natürlich hatte ich gestern nicht mehr daran gedacht, meinen Vater anzurufen und um sein Auto zu bitten. Vielmehr hatten Tom und ich wild drauflos spekuliert. Die Adresse in Dorstfeld, die Lasse zuerst angefahren hatte, stimmte mit der der Yilmaz' überein. Immer mehr Fakten machten ihn nun tatsächlich zu unserem Hauptverdächtigen Nummer eins.

Felicitas nickte mir zu und sprang aus dem Auto. „Ich nehme Bus und Bahn. Fahr ruhig."

„Nein, ich bringe dich zuerst weg und folge ihm dann", wehrte ich ab. Warum nur war ich heute Morgen zu faul gewesen, mich endlich aufzuraffen? Stattdessen hatte ich mir eingeredet, dass es reichen würde, später bei den Eltern vorbeizufahren. Felicitas musste am Dienstag wieder arbeiten. Selbst wenn sich nichts tat, ich also bleiben konnte, wollten wir relativ früh aufbrechen.

„Quatsch! Ich sehe doch, wie sehr du darauf brennst, ihm zu folgen."

„Dann nimm dir bitte ein Taxi." Ob sie mir meine Erleichterung anmerkte?

„Weißt du, wie teuer das wird?"

„Ist mir egal, deine Sicherheit geht vor."

Hinter mir hupte es, ich stand mit dem Mercedes mitten in der Ein- und Ausfahrt. Als ich einen Blick in den Rückspiegel warf, erkannte ich meinen Fiat. Tom ließ das Fenster herunter und lehnte sich hinaus. „Was ist los?"

Kaum hatte meine Freundin begonnen zu erklären, winkte er ab. „Spring rein. Ich fahre dich."

„Das ist ein Riesenumweg für euch", protestierte sie.

„Ist egal, ich rufe Frau Kesper an und gebe Bescheid, dass wir uns verspäten. Sie wird Verständnis haben."

Ich trat auf das Gaspedal. Was für ein Glück hatte ich mit dieser Frau und diesem Freund!

An der ersten roten Ampel warf ich einen Blick auf mein Handy, das zwischen meinen Beinen lag. Wie es aussah, waren die beiden auf dem Weg nach Dorstfeld. Vielleicht schaffte ich es, zeitgleich mit ihnen einzutreffen.

In der Hoffnung, so schneller zu sein, nahm ich die B1. Ich hatte richtig taktiert. Der Verkehr floss an diesem Feiertag gleichmäßig dahin, es war kein Stau in Sicht. Trotzdem hatte

Lasse bald einen deutlichen Vorsprung. Ich fluchte und umklammerte das Lenkrad fester. Mehr konnte ich nicht tun.

Endlich kam meine Ausfahrt. Ich riskierte einen Blick auf mein Handy. Sie hatten ihr Ziel bereits erreicht, ich dagegen hatte noch mehrere Straßen vor mir. Schade, ich hätte zu gern gewusst, ob die Freundin tatsächlich in der Siedlung der Familie Yilmaz wohnte.

Zumindest stand der Kastenwagen auf einem der für die Hausbewohner eingerichteten Parkflächen. Im Vorbeifahren konnte ich sehen, dass sie auf seinen Schoß geklettert war und beide wild knutschten. Das sah tatsächlich nach einer Verabschiedung aus. Ich suchte mir in der Nähe eine Anhaltemöglichkeit und harrte den Dingen, die folgen würden.

Lange dauerte es nicht, bis sich die Fahrertür öffnete und das Mädchen herauskletterte. Statt mich an Lasse zu hängen, der schon wieder anfuhr, beobachtete ich sie auf ihrem Weg zur Haustür. Sie wohnte schräg gegenüber der Yilmaz', hatte also die vier Kinder mit Sicherheit gekannt, genauso wie Lasse. Wie oft mochten sie gemeinsam im Hof gesessen haben, sodass er Amirs Gewohnheiten in aller Ruhe hatte studieren können?

Ich kontrollierte mein Handy und ließ den Motor an. Wie es aussah, waren wir tatsächlich auf der richtigen Spur. Es bestanden Verbindungen zu zwei der drei ermordeten Kinder. Bezogen wir den verschwundenen Nick mit ein, war er in drei von vier Fällen involviert. Sollte ich versuchen Kommissar Janzen zu erreichen?

An einem Ostermontag? Ohne einen einzigen Beweis? Er würde mich auslachen! Ich konnte ihm frühestens morgen einen Besuch abstatten und ihm von dem jungen Mann, der in unseren Fokus geraten war, und unseren Nachforschungen ihn betreffend berichten – und musste dann darauf hoffen, dass er ihn eingehend überprüfte.

Deshalb würde ich unserem Verdächtigen heute weiter folgen. Vielleicht ergaben sich ja noch mehr Hinweise. Mein ungutes Gefühl, das mich beim Warten an der Osterkirmes befallen hatte, war geblieben. Ich kam irgendwie nicht von dem Gedanken los, dass er Anstalten machte, sich ein neues Ziel für eine seiner Inszenierungen zu suchen. Ein totes Kind auf einem Karussell oder vor einer der in der Zeitung angekündigten besonderen Dekorationen würde bestimmt Eindruck schinden.

Zu meinem Erstaunen landeten wir nun in Derne. Vermutlich stattete Lasse bloß seiner Mutter einen Besuch ab. Er würde es bestimmt nicht wagen, sich hier ein zweites Opfer zu suchen. Ob er wohl lange blieb? Lohnte es sich, zu warten? Auf dem Weg zum Eingang kam ihm ein Junge entgegen, circa sechs, sieben, schätzte ich. Direkt vor ihm stoppte er und begann auf ihn einzureden. Der junge Mann schüttelte den Kopf und setzte ein paar Worte hinzu. Der Kleine nickte und rannte zurück hinters Haus.

Statt gleich wieder zurückzufahren, stieg ich aus und schlenderte den Bürgersteig entlang, bis ich sah, wohin der Junge verschwunden war. Er spielte zusammen mit seinen Freunden Fußball, mit großem Ernst und Eifer. Unsicher, ob mir diese Entdeckung weiterhalf, wechselte ich die Straßenseite, lehnte mich gegen einen Straßenbaum, sodass ich halb verdeckt stand, und mimte den Telefonierenden. Wobei … eigentlich war es eine gute Idee, kurz Tom zu informieren.

„Ist was passiert?", fragte er sofort.

„Bisher nicht. Ich wollte dir Bescheid geben, was sich getan hat." Ich schilderte ihm meine Beobachtungen.

„Was hast du vor?"

„Ab…, warte mal kurz." Ich kniff die Augen zusammen und versuchte die Gestalt zu erkennen, die gegenüber auf den Balkon getreten war. Ja, es handelte sich um Lasse. Er beugte sich über das Geländer und feuerte die Mannschaft des Jungen lautstark an. „Der scheint ein paar besondere Spezis hier zu haben, hat sich anscheinend bei den Kindern eingeschleimt. Also ich denke, ich bleibe noch eine Weile und schaue, wie es weitergeht." Zeit hatte ich genug. Felicitas rechnete nicht mit meiner Rückkehr. Ich selbst hatte keine große Lust, noch einen Tag mit der Familie zu verbringen, besonders da heute Felicitas' Schwester Sina zu Besuch kam, zu der ich bisher keinen Draht gefunden hatte. So herzlich sie mit meiner Freundin und der Oma umging, der Vater und ich blieben außen vor. Zu uns war sie eher kühl und abweisend, nicht so, dass es direkt auffiel. Sie antwortete schon auf unsere Fragen, jedoch kurz und knapp und suchte von sich aus nie das Gespräch mit uns.

Felicitas nahm sie natürlich in Schutz und behauptete, das hinge mit ihren schlechten Erfahrungen in der Kindheit zusammen. Wir müssten ihr Zeit lassen. Kein Problem für mich, nur war es dann vermutlich besser, ich lief ihr nicht zu oft über den Weg.

„Pass bloß auf, dass Lasse nicht auf dich aufmerksam wird!", schärfte Tom mir ein.

Als wüsste ich das nicht selbst! „Ich halte mich im Hintergrund und beobachte aus der Ferne." Im Moment befand sich Lasse weiterhin auf dem Balkon und schaute den Kindern bei ihrem Spiel zu. „Der Mercedes steht so, dass ich die Eingangstür im Blick habe", beruhigte ich ihn. „Ich ziehe mich gleich zurück und warte ab."

„Denkst du, er will sich das nächste Opfer heute noch holen?"

Also dachte auch Tom in diese Richtung! Ich wandte mich ab und ließ meine Blicke schweifen. Gruppen von Jugendlichen standen tatenlos herum, in wichtige Unterhaltungen vertieft, wie es schien. Auch mehrere Erwachsene sah ich, hauptsächlich Männer, einige von ihnen trugen gefüllte Stofftaschen, kamen wohl vom Kiosk. „Nein, es ist viel zu viel los. Das wird er nicht wagen." Ich versprach, mich umgehend zu melden, sollte es eine Veränderung in meiner Einschätzung geben.

Der Anblick der Männer hatte mich auf eine Idee gebracht. Ich würde Ludde einen erneuten Besuch abstatten. Wenn ich länger am Kiosk stand, fiel ich nicht sonderlich auf.

Statt seiner öffnete der Junior das Fenster, als ich davor trat. „Du?" Er lehnte sich vor und schaute an mir vorbei. „Ganz allein? Ist was passiert?", fragte er genauso gespannt wie Tom gerade.

„Und du? Wo ist dein Vater?", gab ich schlagfertig zurück.

Er grinste. „Der macht in Familie, Besuch bei meinen Großeltern. Der ideale Vorwand für mich, mein Taschengeld aufzubessern. Ich hasse diese Familienzusammenkünfte. Außerdem zahlt er gut. Ich kriege zwölf Euro die Stunde."

„Nicht schlecht. Ich, äh", die Eiskarte erlöste mich aus meinem Dilemma, „hätte gern ein Waffeleis." Ich zeigte auf das entsprechende.

Er reichte es mir und ich bezahlte. „Was treibt euch wirklich um?" Er hatte seine Stimme deutlich gesenkt. „Ich habe dich gegoogelt, weil du mir gleich so bekannt vorkamst. Du bist in einer Spezialsendung mit Tom vor der Kamera gewesen. Da ging es um einen Verbrecher, der aus einer speziellen Not heraus gehandelt hat."

Das war der Fall, bei dem ein Erpresser damit gedroht hatte, eine Bombe auf einer wichtigen und gut besuchten Veranstaltung der Stadt hochgehen zu lassen, und Millionen von der Stadt forderte.

„Ich habe deinen Namen danach noch öfter gefunden. Jedes Mal hast du mitgeholfen, einen Kriminalfall zu lösen." Er musterte mich mit deutlichem Respekt. „Es gibt sogar Bücher von dir darüber. Leider bin ich kein Leser und kenne sie nicht. Aber ich denke schon, dass ihr beide aus einem anderen Grund bei meinem Vater wart als dem angegebenen."

Um Zeit zu schinden und zu überlegen, was ich ihm antworten sollte, begann ich das Eis aus seiner Verpackung zu wickeln. „Wenn du die Geschichten gelesen hättest, wüsstest du, dass Tom mir mehrfach geholfen hat. Deshalb bemühe ich mich, ihn auch bei seinen Projekten zu unterstützen. Es ist, wie er gesagt hat, er will eine neue Reihe aufziehen, in deren Fokus Kinder aus prekären Familienverhältnissen stehen. Tatsächlich sind wir durch eine meiner Ermittlungen darauf gestoßen. Er war entsetzt und will die Missstände an die Öffentlichkeit bringen." Ich machte eine alles umfassende Handbewegung. „So, wie es läuft, das kann nicht die Lösung sein."

Er nickte verstehend und wirkte maßlos enttäuscht. „Und ich habe gedacht, ihr seid hinter dem Kindermörder her."

„Nein", versicherte ich eilig. „Keine Chance, dass ich mich in den Fall einmische. Der Typ muss ein Irrer sein."

„Weshalb bist du dann wiedergekommen?"

Eine Lüge zog automatisch einen ganzen Schwanz nach sich. „Ich war in der Gegend", ich verzog gequält das Gesicht. „Ein gemeinsamer Spaziergang mit der Familie meiner Schwester. Und gleich steht noch ein Kaffeetrinken mit weiteren Verwandten an. Da brauchte ich ein wenig Abstand, bevor ich dahin fahre. Ich wollte bei deinem Vater kurz nachfragen, ob ihm noch etwas eingefallen ist und mir gleichzeitig", ich hob die Waffel in meiner Hand, „was Süßes gönnen."

Die erste Unterbrechung in Form von zwei Männern nahte. Ben bediente sie und wandte sich mir wieder zu. „Er hat erzählt, der Nachbar von der Mutter von diesem Jungen, der damals ins Heim kam, war an der Bude. Er hat die Gelegenheit genutzt und nach dem gefragt. Also der bezeichnet ihn als Nichtsnutz. Der hätte nur gearbeitet, weil er dadurch die eigene Wohnung kriegte, konnte Gehaltsabrechnungen vorlegen. Kaum sei er eingezogen, hätten die ihn gekündigt. Er habe andauernd einen auf krank gemacht. So einen würde keiner halten wollen."

Der nächste Kunde störte. Ich trat ein paar Schritte zurück, behielt aber dabei weiterhin den Hauseingang im Auge. Ob es Ben schon aufgefallen war, dass ich mein Interesse zwischen ihm und der Siedlung teilte?

„Als mein Vater ihm sagte, der würde nun angeblich als selbstständiger Fotograf arbeiten, hat er sich kaputtgelacht“, fuhr der Junior fort, als habe es keine Unterbrechung gegeben. „Der sei viel zu faul, als dass er echter Arbeit nachginge.“

„Na ja, so berauschend kann der selbst nicht sein“, wagte ich einzuwerfen. „Sonst würde er nicht in dieser Gegend wohnen.“

„Er behauptet, er habe vor Jahren einen schweren Unfall gehabt. Nur wegen der kleinen Rente sei er hier gelandet.“

„Ausreden finden sich immer“, gab ich zu bedenken. „Vielleicht ist er bloß neidisch, weil der es aus dieser Gegend raus geschafft hat.“

„Ich hoffe, der Lasse kommt bald mal wieder vorbei. Dann kann ich ihn nach seinen Kontaktdaten fragen.“ Er zwinkerte mir zu. „So könnte Tom ganz unverfänglich einen Termin mit ihm ausmachen.“

Bitte nicht! Leider fiel mir kein Argument ein, wie ich ihn davon abhalten sollte. Ich musste einfach darauf hoffen, dass Lasse den Kiosk weder heute noch in den nächsten Tagen aufsuchte.

Der nächste Kunde erschien und bot mir eine gute Möglichkeit, mich zu verabschieden. Ich warf das Papier in den Abfallkorb und trollte mich zurück zu meinem Auto. Wie es aussah, war es sinnvoller abzuwarten, bis Lasse sich verabschiedete.

38

Ich musste mich sehr, sehr lange gedulden. Lasse blieb viel länger, als ich gedacht hatte. Vorsichtshalber setzte ich viermal den Mercedes um. Netterweise fand ich in der Ablage eine Packung Kekse und hinter den Sitzen eine noch halbvolle Wasserflasche. Der Inhalt schmeckte etwas muffig, stillte aber meinen Durst. Und ich konnte sie gut für andere Zwecke nutzen, meine Blase drückte schon gewaltig.
Beim nächsten Mal sorgst du vernünftig vor, tadelte ich mich selbst. Ein echter Detektiv sollte auf alles vorbereitet sein, am besten dringend benötigte Utensilien zur ständigen Nutzung im Wagen verstaut haben.
Ich vergaß auch nicht, Felicitas zu informieren, dass sich meine Observation vermutlich länger hinziehen würde. „Tom will gegen zwanzig Uhr aufbrechen. Eventuell holt er dich ab.“
„Sei vorsichtig!“, schärfte sie mir ein.
„Ich halte genügend Abstand“, versprach ich. Dank des GPS-Trackers war ich nicht gezwungen, in Sichtweite von Lasse zu bleiben. Dass ich jetzt in der Nähe verweilte, lag nur daran, dass ich wissen wollte, ob er doch noch beim Kiosk vorbeischaute oder direkten Kontakt zu dem Jungen und den anderen Kindern aufnahm. Es waren Osterferien, dementsprechend tobten viele Kinder länger draußen herum. Anscheinend zog sie nichts nach drinnen.

Gerade als ich beschlossen hatte, noch einmal meine Position zu wechseln, da ich das Gefühl hatte, die mir am nächsten stehende Gruppe Jugendlicher habe mich im Visier, trat Lasse aus der Haustür. Die Hand bereits am Autoschlüssel wartete ich, wohin er sich wenden würde. Und richtig, er betrat die Rasenfläche und begab sich zu den Kindern, die mittlerweile um einige wenige dezimiert im Kreis saßen und lauthals lamentierten. Bei seinem Anblick sprang der Junge, der ihn so überschwänglich begrüßt hatte, auf, rannte zu ihm und ergriff seine Hand, um ihn zu der Gruppe zu ziehen. Lachend ließ er sich neben ihnen nieder.

Leider wurde es nun wirklich Zeit loszufahren. Aus den Augenwinkeln hatte ich gesehen, dass einige ziemlich breit gebaute junge Männer Kurs auf mich nahmen. Ich startete den Motor und gab Gas, bevor sie mich erreichten. Im Rückspiegel sah ich ihre enttäuschten Gesichter.

Ich ärgerte mich schwarz, dass ich ausgerechnet in dem Moment, da sich endlich etwas tat, die Flucht ergreifen musste. Mit diesem Auto konnte ich mich in nächster Zeit nicht mehr vor Ort sehen lassen, das war klar.

Ich schlug die entgegengesetzte Richtung ein, sodass ich nach einem Kilometer wenden konnte, um noch einmal an der Siedlung vorbeizufahren. Zu meiner großen Erleichterung entdeckte ich Lasse, der anscheinend auf dem Weg zu seinem Auto war – und zwar allein.

Etwa einen Kilometer entfernt gab es eine große Parkfläche, die zu einem Supermarkt gehörte. Ich nahm die Einfahrt, unter den circa zwanzig anderen Fahrzeugen würde der Mercedes nicht auffallen. Kurz nach mir kam ein weiteres Auto auf das Gelände, mit zwei Männern besetzt, wie ich zu erkennen glaubte. Diese stellten sich ans andere Ende und begannen eine intensive Unterhaltung. Ich konzentrierte mich auf mein Handy. Noch hatte sich der Kastenwagen meines Zielobjektes nicht bewegt. Gut, dass ich durch den GPS-Tracker nicht gezwungen war, in der Nähe zu warten.

Gespannt starrte ich weiter auf das Display. Eigentlich müsste Lars sich jetzt endlich in Bewegung setzen. Oder hatte er doch einen Abstecher zum Kiosk gemacht? Ich konnte nur darauf hoffen, dass Ben sich zurückhielt oder bei seinen Nachfragen äußerst geschickt vorging. Es wäre zu schade, wenn Lasse den Verdacht schöpfte, dass wir ihm auf der Spur waren.

Hätte ich Ben lieber einweihen sollen? Zu spät! Ich musste es nehmen, wie es kam.

Das Klingeln des Handys unterbrach meine Grübeleien. „Wir sind auf dem Rückweg und nehmen Felicitas mit. Ich fahre gleich vor dem Haus der Oma vor", erklang Toms Stimme.

Was, so spät schon? Tatsächlich, es war bereits halb acht.

„Soll ich dir anschließend Gesellschaft leisten?" Offensichtlich brannte er darauf, mich zu unterstützen.

„Lohnt sich nicht. Lasse hat seinen Besuch bei der Mutter beendet, anschließend noch mit einer Gruppe spielender Kinder geredet und hat sich danach auf den Weg zu seinem Auto gemacht. Ich rechne jeden Moment damit, dass er losfährt."

„Oha, meinst du, er sucht sich echt schon wieder ein neues Opfer?"

„Heute wird sich nichts mehr tun", beruhigte ich ihn. „Sind viel zu viele Zeugen unterwegs."

„Ich gebe dir Bescheid, sobald wir zu Hause angekommen sind, falls Lasse noch etwas vorhat, bei dem du mich gebrauchen kannst."

„Ich glaube nicht, dass der noch woandershin will. Wahrscheinlich treffe ich kurz nach euch ein. Ansonsten rufe ich dich an."

„Abwarten! Falls er wirklich bald wieder zuschlagen will, muss er bestimmt noch einiges vorbereiten."

Oder wir liegen völlig falsch, schoss es mir durch den Kopf, nachdem wir uns verabschiedet hatten. Dass er angab, als selbstständiger Fotograf zu arbeiten, konnte auch eine

Schutzbehauptung sein, weil er in die Arbeitslosigkeit gerutscht war und sich den anderen gegenüber nicht als Loser outen wollte. Der Garten konnte einem weiteren Angehörigen gehören und er durfte ihn für irgendwelche handwerklichen Arbeiten nutzen. Vielleicht sollten Tom und ich uns diesen doch morgen aus der Nähe anschauen, bevor ich Kommissar Janzen anrief und so vielleicht der Falsche in den Fokus rückte.

Ein neuerlicher Blick auf mein Handy erlöste mich aus meinen Grübeleien, der Kastenwagen hatte sich in Bewegung gesetzt, in meine Richtung. In spätestens drei Minuten würde Lasse an mir vorbeifahren.

Ich warte, bis er außer Sichtweite ist, beschloss ich, als er auf meiner Höhe war. Dazu kam es nicht mehr. Plötzlich schoss ein Bulli aus einer Hausausfahrt und ihm in die Spur. Geistesgegenwärtig bremste Lasse ab und schlug das Lenkrad ein. Knapp vor dem anderen blieb er stehen. Das Auto hinter ihm schaffte es ebenfalls anzuhalten. Drei Männer sprangen heraus, rannten zu dem Kastenwagen, rissen die Fahrertür auf und zerrten Lasse heraus.

Es war ein abgekartetes Spiel, erkannte ich, denn sie zogen den sich heftig Wehrenden zu dem Bulli. Du musst die Polizei anrufen! Bevor ich den Gedanken in die Tat umsetzen konnte, klopfte es an meine Scheibe. Wie von der Tarantel gestochen fuhr ich herum und blickte in das grinsende Gesicht von Kaya.

Viel erschreckender war allerdings die auf mich gerichtete Pistole. „Mach auf!", rief er und klopfte noch einmal mit dem Lauf gegen die Scheibe.

Statt zu gehorchen, saß ich wie erstarrt da. Von rechts ertönte ein lautes Knacken, die Beifahrertür öffnete sich und Ilias rutschte neben mich. Er drückte seine Waffe in meine Seite, während er mir geschickt mein Handy entwendete und es in den Fußraum fallen ließ. „Ich an deiner Stelle würde seiner Aufforderung folgen."

Mit zitternden Fingern drückte ich den Knopf zum Entriegeln der Türen.

„Steig aus!", forderte mich Ilias auf.

Kaya trat einen Schritt zurück. „Rüber zu uns!" Er nickte zu dem geparkten Auto, ein anderes Modell, als er sonst fuhr.

Warum hatte ich nicht deutlicher auf die zwei Männer geachtet, die wie ich sitzen geblieben waren?

Weil ich mir zu sicher gewesen war, dass ich Kemals Leute nicht mehr fürchten musste. Ich Idiot!

Ich setzte mich in Bewegung, es blieb mir ja nichts anderes übrig. Gleichzeitig warf ich einen Blick zurück auf die Straße. Lasse war verschwunden. In den Kastenwagen kletterte einer der Männer, die ihn überfallen hatten. Der Fahrer in dem dahinter haltenden Auto wartete gleichmütig, dass es weiterging. In spätestens zwei Minuten würde nichts mehr auf die Entführung hindeuten.

Am Auto angekommen erhielt ich einen auffordernden Stoß in den Rücken. „Hinten rein!"

Kaya nahm neben mir Platz, seine Waffe zielte weiterhin auf mich. Ilias setzte sich hinters Steuer und startete den Motor. Durch die Frontscheibe konnte ich sehen, dass die drei Autos vor uns losgefahren waren.

Wir hängten uns an sie dran, anscheinend hatten wir den gleichen Weg. Ilias und Kaya schwiegen, unterhielten sich nicht mal untereinander auf Türkisch, und ich tat ihnen nicht den Gefallen nachzufragen, was sie mit mir vorhatten. Ich dachte an den GPS-Tracker in meiner Jackentasche. Immerhin war ich dadurch aufzuspüren. Denn Tom würde sich bestimmt Sorgen machen, wenn ich mich nicht meldete, und meinen Standort überprüfen. Hoffentlich war er so clever, dass er schnellstmöglich Hilfe holte.

Wir bogen in die Derner Straße ein, langsam begann ich zu ahnen, wo die Reise enden würde, genau dort, wo ich mich niemals wieder hatte blicken lassen wollen, im Hafenviertel in der Nordstadt.

Ich schaute auf meine Armbanduhr. Es konnte nicht mehr lange dauern, bis Tom, sein Opa und Felicitas zu Hause ankamen. Wie schnell würde Tom sich bei mir melden wollen? Vermutete er, wenn ich nicht auf seinen Anruf reagierte, ich könne wegen der Verfolgung unseres Verdächtigen nicht telefonieren? Würde er meinen Weg auf seiner Handy-App verfolgen und es direkt noch einmal versuchen, wenn er sah, dass ich am selben Ort blieb? Was tat er dann? Meiner Spur folgen oder sich gleich an die Polizei wenden? Fragen, auf die ich keine Antwort wusste. Ich konnte nur hoffen, dass er richtig reagierte.

Als wir das Hafenviertel erreichten, dämmerte es. Wir ließen die mir bekannten Straßen hinter uns und fuhren weiter. Erst als die Schilder auf den vor uns liegenden Hafen hinwiesen, verringerte die Fahrzeugkolonne ihre Geschwindigkeit und nahm kurz darauf die nächste Abbiegung. Soweit ich erkennen konnte, erstreckte sich vor uns ein Gewerbegebiet, das aus riesigen Hallen bestand.

Der erste Wagen aus der Reihe scherte aus und verschwand durch eine breite Einfahrt, die anderen folgten. Die Scheinwerfer beleuchteten ein langgezogenes Gebäude mit mehreren Laderampen. Ilias hielt direkt davor.

„Aussteigen!", forderte Kaya mich auf.

Gleichzeitig mit mir wurde Lasse unsanft aus dem Bulli befördert. Er stöhnte und sackte in sich zusammen. Zwei der Männer zogen ihn hoch und schleiften ihn zu der Treppe neben einer der Laderampen. Ich erhielt einen unsanften Stoß.

„Du auch!", befahl Kaya.

Oben befand sich eine kleine Tür, durch die wir ins Innere traten. Das Hallenlicht flammte auf und in mir erstarb jeglicher Optimismus. Zwar gab es im hinteren Bereich ein paar hohe Regale, doch sie waren allesamt leer und nichts in dem Gebäude deutete darauf hin, dass hier noch gearbeitet wurde. Es handelte sich eindeutig um einen Unterschlupf, der vorwiegend für illegale Geschäfte genutzt wurde.

Die zwei Männer ließen Lasse fallen. Er benötigte drei Versuche, um sich in sitzende Position aufzurichten. Erst jetzt entdeckte ich seine Verletzungen. Das eine Auge war zugeschwollen, die Nase fast doppelt so dick, darunter und um den Mund herum befanden sich große Mengen geronnenen Blutes. „Was wollt ihr von mir“, nuschelte er. „Was habe ich euch getan?“ Er sprach, als hätten sie ihm gleich ein paar Zähne mit ausgeschlagen.

Ohne ihn zu beachten, trat Kaya neben mich und klappte sein Handy zu. „Boss kommt gleich. Dann wir klären alles.“

Ich reagierte nicht auf diese Ankündigung. Er gab mir einen heftigen Stoß, sodass ich ins Taumeln geriet. Hatte er erwartet, ich würde jetzt schon Angst zeigen?

Die hatte ich natürlich, wer hätte die nicht gehabt? Insgesamt stand ich sieben Männern gegenüber, die an sich schon furchteinflößend waren und, wie man an Lasse sehen konnte, nicht vor unnötiger Gewalt zurückschreckten. Daher bemühte ich mich, gelassen zu wirken. Das war gegenüber diesen Kerlen die beste Haltung. Mitleid war von ihnen sowieso nicht zu erwarten. Sie würden Kemals Befehle umsetzen, ohne sie zu hinterfragen, selbst wenn er ihnen auftrug, uns zu töten.

Ich warf wieder einen unauffälligen Blick auf meine Armbanduhr. Mittlerweile müsste Tom eigentlich Verdacht geschöpft haben. Wie viel Zeit benötigte er wohl, um uns Hilfe zu schicken?

Jede Minute, die du herausschinden kannst, ist wertvoll, machte ich mir klar. Versuche es mit Reden. Kemal hätte dich nicht hierherschleppen lassen, wenn er nicht noch einige Auskünfte von dir benötigte. Also sieh zu, dass du ihn hinhältst.

Eine gute Viertelstunde verstrich, bevor wir draußen Autotüren klappen hörten. Zusammen mit einem weiteren Mann betrat Kemal die Halle. Ohne mich zu beachten, trat er auf Lasse zu. „Du bist der Kindermörder!“, fuhr er ihn an.

Dieser zuckte zurück und wäre beinahe wieder umgefallen. „Nein“, wimmerte er. „Ich habe nichts mit deren Tod zu tun. Das könnt ihr mir nicht anhängen.“

Kemal zog ihn brutal an den Haaren hoch. „Red keinen Scheiß! Du hast sie zu dir gelockt und sie erwürgt und sie danach ausgestellt, um tolle Fotos von ihnen zu machen, die du verkaufen konntest.“

Lasse wand sich vor Schmerzen in seinem Griff. „Nein“, heulte er auf. „Ich bin unschuldig.“

Er klang so verzweifelt, so glaubhaft, dass ich zu zweifeln begann. Hatten Tom und ich wirklich den Richtigen im Visier gehabt?

39

Entweder war Lasse ein großartiger Schauspieler oder er war tatsächlich nicht der Täter. Als Kemal endlich von ihm abließ, krümmte er sich auf dem Boden zusammen und heulte wie ein Schlosshund.

Ärgerlich wandte der Boss sich an mich. „Wie bist du auf ihn gekommen?"

„In Derne ist zum Zeitpunkt, als er dort wohnte, ein Junge verschwunden und nie wieder aufgetaucht", begann ich zu erklären.

Er zog die Augenbrauen hoch. „Du vermutest, er hat schon zuvor jemand umgebracht?"

Ich zuckte die Schultern. „Es war ein Ansatz, den wir zuvor nicht bedacht hatten. Jedenfalls erschien es uns sinnvoll, ihn deshalb genauer unter die Lupe zu nehmen."

„Er wohnt in der Nähe von Brianna, seine Freundin gegenüber von den Yilmaz'", nickte er. „Was ist mit dem dritten Kind?"

Seine Leute mussten mich schon länger verfolgen. „Zu diesem haben wir bisher keine Verbindung gefunden", gab ich zu.

„Heute hat er sich wieder intensiv mit kleinen Jungen beschäftigt." Kemal strich sich sinnend über den Bart. „Wir nehmen ihn uns richtig vor", beschloss er und nickte seinen Männern zu. „Irgendwann wird er schon mit der Wahrheit herausrücken."

„Halt!" Ich trat mit erhobener Hand einen Schritt vor. „Habt ihr euch diesen Kleingarten von ihm schon genauer angesehen?"

Mit einer knappen Geste stoppte er die drei, die sich bereits in Bewegung gesetzt hatten. „Wo ist der?"

Tja, wenn ich jetzt mein Handy gehabt hätte, um Toms Wegbeschreibung nachlesen zu können! Ich kramte in meinem Gedächtnis. Zwischen Dortmund und Unna hatte er gesagt. Wenn ich mich richtig erinnerte, waren sie über die alte B1 gefahren und der Kleingarten befand sich ungefähr auf halber Strecke auf der rechten Seite.

Ich beschrieb den Standpunkt so gut wie möglich. „Es ist der zweite, wenn du aus Fahrtrichtung Dortmund kommst. Von außen ist er nicht gut einsehbar, aber es gibt ein Häuschen darauf, in dem sich der junge Mann", ich wies auf Lasse, „ziemlich lange aufgehalten hat. Wenn, so schätze ich, müssten sich dort entsprechende Beweise finden lassen." Und für uns reichte die Zeit, die sie zur Überprüfung benötigten, hoffentlich aus, dass die Polizei uns befreite.

Kemal betrachtete mich prüfend. Dann schien er zu einem Entschluss gekommen zu sein, denn er wechselte einige Worte mit Kaya. Der bestimmte zwei Männer, mit ihm zu kommen. Gemeinsam verließen sie die Lagerhalle.

„Geht ihr rein?", wagte ich nachzufragen, da Kemal keine Anstalten machte, mich zu informieren.

Er nickte knapp, warf einen abschätzigen Blick auf den wie ein Häufchen Elend am Boden kauernden Lasse und gab seinen Männern neue Befehle, bevor er sich in den hinteren Teil der Halle begab, sein Handy aus der Tasche zog und zu telefonieren begann.

Kurz darauf gesellte sich Ilias zu mir. „Du kannst dich ruhig hinsetzen", gestattete er mir großzügig. „Wie es aussieht, werden wir eine Weile warten müssen. Der Boss will sichergehen, dass er der Richtige ist. Nicht dass der Typ vor lauter Angst was gesteht, was er gar nicht getan hat."

Was ich mir bei Lasse durchaus vorstellen konnte. Kemals Männer waren schon jetzt nicht zimperlich gewesen, wenn sie das als harmlose Befragung ansahen, würde der junge Mann eine verschärfte nicht lange durchhalten. Um sich grässlichen Schmerzen zu entziehen, hatte schon so manch anderer Dinge zugegeben, die nicht der Realität entsprachen.

Ich hockte mich auf den Boden und lehnte mich gegen die Wand. Es war deutlich kälter geworden, hinsetzen würde ich mich nicht.

Ilias blieb in der Senkrechten. „Was schätzt du, wie lange dauert die Fahrt?"

Um diese Zeit dürfte nicht mehr viel los sein. „Zwanzig Minuten, allerhöchstens eine halbe Stunde."

„Hm." Begeistert war er eindeutig nicht. Er sah aus, als dächte er darüber nach, sich Lasse doch sofort vorzunehmen.

„Habt ihr mich die ganze Zeit über verfolgt?", versuchte ich ihn abzulenken.

„Seitdem du dein Auto kaum noch benutzt hast." Er grinste spöttisch. „Und dann hast du den Peilsender auch noch abgemacht, sehr dumm von dir. Damit war doch klar, dass du uns nicht dabeihaben willst. Und ihn an Ort und Stelle liegen zu lassen!" Er schüttelte strafend den Kopf. „Wir brauchten nur nachzugucken."

Wieder was dazugelernt!

„Blöd, dass uns das mit dem Garten durchgegangen ist. Genauso blöd war es, uns nicht miteinzubeziehen. Kemal ist echt sauer auf dich. Warum hast du das alles für dich behalten?"

„Weil ihr mir zu rigoros vorgegangen seid", gab ich zu. „Aus jedem Verdächtigen die Wahrheit herausprügeln zu wollen, ist nicht meine Welt. Ich sammele lieber zuerst entsprechende Beweise, die denjenigen be- oder entlasten."

„Unser Weg ist schneller", behauptete er.

„Das sieht man an Lasse", spöttelte ich.

„Er ist der Mörder, wollen wir wetten?"

Ich warf einen Blick auf den zusammengekrümmt daliegenden Lasse und bekam immer mehr das Gefühl, mich vergaloppiert zu haben. „Hundertprozentig überzeugt bin ich nicht", gestand ich. „Klar, alles weist auf ihn hin. Trotzdem sind es bisher nur Verdachtsmomente. Wir haben nicht einen Beweis."

„Das wird sich bald ändern", war er sich sicher. „Wir werden fündig, entweder in dem Garten oder in seiner Wohnung."

Entgeistert starrte ich ihn an. „Geht ihr da auch rein?"

„Sind längst drin", grinste er.

Kemal winkte ihn zu sich, bevor ich Näheres erfahren konnte. Ich wagte einen Blick auf meine Armbanduhr. Fast eine Dreiviertelstunde war seit unserem Eintreffen vergangen. Hoffentlich hatte Tom das Richtige unternommen.

Tom

Ich begleitete Opa hoch in seine Wohnung, bevor ich zu meinem Handy griff, um Alex anzurufen. Ich würde mich nicht abweisen lassen und darauf bestehen, an der weiteren Überwachung teilzunehmen. Vielleicht gelang es mir sogar, ihn anschließend zu einem nächtlichen Besuch des Gartens zu überreden, sobald wir uns davon überzeugt hatten, dass Lasse nach Hause zurückgekehrt war und gedachte, dort zu bleiben. Nach dem achten Klingeln wurde ich aufgefordert, eine Nachricht auf der Mailbox zu hinterlassen. Seltsam!

Na ja, vielleicht war er mit dem Mercedes unterwegs, dieser besaß keine Freisprecheinrichtung. Ich rief die Tracking-App auf, um nachzuschauen, wo er sich befand. Im Hafenviertel? Was wollte er denn da?

Wieder versuchte ich ihn zu erreichen und wieder meldete sich nur die Mailbox. Vielleicht verfolgte er unseren Verdächtigen zu Fuß und hatte sein Handy auf stumm gestellt. Ich beschloss, zu der angegebenen Straße zu fahren und mich dort selbst umzuschauen. Vielleicht rief Alex ja in der Zwischenzeit zurück. Im Gegensatz zu dem Mercedes verfügte der Fiat über eine entsprechende Anlage und ich konnte das Gespräch sofort annehmen.

Es war wenig los und ich erreichte mein Ziel zügig. Es handelte sich um eine große Lagerhalle, auf der Freifläche davor standen fünf Autos, darunter auch der blaue Kastenwagen von Lasse. Also war Alex ihm bis hierhin gefolgt und saß jetzt in einem Versteck, um ihn zu belauschen. Kein Wunder, dass er dabei nicht telefonieren konnte.

Ich parkte den Fiat auf dem Grundstück des Nachbargebäudes, und zwar so, dass man ihn von der Straße aus nicht sehen konnte. Wo Alex den Mercedes abgestellt hatte, wusste ich nicht, bestimmt ebenfalls außer Sichtweite.

Bevor ich mich auf den Weg zur Halle machte, blickte ich prüfend in alle Richtungen. Kein Mensch zu sehen, das Gewerbegebiet wirkte völlig verlassen. Am besten, ich schlich mich am Zaun entlang und versuchte Alex zu finden.

Bevor ich meinen Vorsatz in die Tat umsetzen konnte, öffnete sich eine kleine Tür an der Vorderseite und drei Männer traten heraus. Der Lichtschein aus dem Inneren war nur schwach, trotzdem war deutlich zu erkennen, dass es sich um Ausländer handelte. Ich zuckte zurück und ging in Deckung. Aus dieser heraus beobachtete ich, wie sie zu einem der Autos gingen und einstiegen. Die Innenbeleuchtung flammte auf. Ich erkannte in dem Beifahrer eindeutig Kaya. Was für eine Scheiße lief hier ab?

Hastig wich ich zurück auf das angrenzende Grundstück und kauerte mich neben einem dicken Pfosten zusammen. Aber der Wagen fuhr in die entgegengesetzte Richtung. Keiner hatte mich gesehen. Und nun? Was sollte ich tun?

Zuerst einmal schleichst du dich an die Halle heran und versuchst dir einen Überblick über die Lage zu verschaffen! Kaum zu Ende gedacht setzte ich mich in Bewegung, noch vorsichtiger und immer bereit, mich im Zweifelsfall sofort auf den Boden zu werfen. Daher kam ich nur langsam voran, obwohl alles in mir darauf brannte, vorwärtszustürmen. Vielleicht war Alex in Gefahr!

Endlich erreichte ich die Seitenwand und presste mich aufatmend dagegen. So schnell wie möglich umrundete ich das Gebäude, von Alex keine Spur. Also hielt er sich im Inneren auf, was nichts Gutes bedeuten konnte. Offensichtlich befanden sich er und Lasse in den Händen von Kemals Männern. Als ich die Tür, durch die Kaya und seine Begleiter herausgetreten waren, erreichte, hielt ich kurz inne, schätzte die Gefahr nach reiflicher Überlegung als zu hoch ein, drückte mich gegen das Wellblech und presste mein Ohr dagegen. Vielleicht gelang es mir herauszufinden, was sich in der Halle abspielte.

Tatsächlich hörte ich zwei undeutliche Stimmen, schob mich vorsichtig in die Richtung, aus der ich sie vermutete, und lauschte erneut. Alex! Das war Alex, der gerade redete. „Das sieht man an Lasse“, sagte er gerade.

„Er ist der Mörder, wollen wir wetten?“ Auch seinen Gesprächspartner erkannte ich an der Stimme. Ilias hatte eine sehr tiefe und dazu einen ausgeprägten Akzent. Es musste sich um ihn handeln.

Was Alex darauf erwiderte, konnte ich leider nicht verstehen. Deshalb presste ich mein Ohr fester an die Wand und hielt den Atem an.

„Das wird sich bald ändern“, antwortete Ilias auf eine von Alex gestellte Frage. „Wir werden fündig, entweder in dem Garten oder in seiner Wohnung.“

Die drei Männer, die weggefahren waren, befanden sich also auf dem Weg zum Garten oder zu Lasses Wohnung, kombinierte ich. Demnach blieb mir ein kleiner Spielraum.

Kurz darauf verstummte die Unterhaltung. Ein kratzendes Geräusch ertönte, als wenn sich jemand an der Wand hinabgleiten ließ. War das Alex? Sollte ich es riskieren, von außen mit dem Schlüssel gegen das Wellblech zu schaben, um ihn auf mich aufmerksam zu machen?

Letztendlich verzichtete ich lieber darauf und zog mich zurück in die Büsche, die sich neben der Lagerhalle befanden. Ich zückte mein Handy und wählte den Notruf. Ohne polizeiliche Unterstützung würde es mir nicht gelingen, Alex und Lasse zu befreien.

40

Tom

Die Sache gestaltete sich schwieriger als gedacht. Als ich nach Kommissar Janzen fragte und betonte, es handele sich um eine äußerst dringende Sache, wurde ich gebeten, erst einmal genauer zu erklären, weshalb ich Hilfe benötigte.

„Mein Freund und ein Bekannter werden in einer Halle am Hafen von einer türkischen Gang gefangen gehalten", begann ich. „Diese denken, der Bekannte sei der Kindermörder. Sie wollen ihn umbringen, sobald sie Gewissheit haben."

Der Beamte, der den Notruf annahm, unterbrach mich zum ersten Mal. „Und Sie? Wie sind Sie darauf aufmerksam geworden?"

„Ich war in der Gegend unterwegs und erkannte sie, als sie an mir vorbeifuhren", fabulierte ich drauflos. „Ich bin ihnen gefolgt und konnte sie kurz belauschen, als sie im Gebäude waren. Die wollen in der Wohnung und dem Kleingarten des Verdächtigen nach Spuren suchen und ihn dann, falls sie welche finden, töten."

„Wurde der Mord explizit angedroht?", unterbrach er mich zum zweiten Mal.

Wie lange wollte er es noch hinauszögern, seine Kollegen rauszuschicken? „Hören Sie, es handelt sich bei denen um Dealer, für die zählt ein Leben nicht. Informieren Sie bitte Kommissar Janzen, der den Fall bearbeitet, der weiß, um wen es sich handelt. Und schicken Sie um Himmels Willen endlich Ihre Leute los! Sonst könnte es zu spät sein."

Er ließ sich nicht aus der Ruhe bringen, ich musste ihm die genaue Adresse diktieren, danach machte er mir eindringlich klar, dass ich mich außer Sichtweite halten und alles Weitere seinen Kollegen überlassen solle.

Kurz darauf vibrierte mein Handy, das ich geistesgegenwärtig auf lautlos geschaltet hatte. „Herr Ackermann?", ertönte die Stimme des Kommissars.

Mir fiel ein riesiger Brocken vom Herzen. Die Hintergrundgeräusche zeigten an, dass er bereits unterwegs war.

„Alex ist von Kemal und seinen Leuten entführt worden und der Typ, den wir in Verdacht hatten, der Kindermörder zu sein, auch", platzte ich heraus. „Wie Sie wissen, fackeln die nicht lange. Die haben Leute, die die Wohnung von dem durchsuchen und ebenso den Kleingarten, in dem er sich letztens aufhielt. Wenn die relevante Hinweise finden, ist der Typ ein toter Mann. Was die mit Alex machen werden, weil er sie hintergangen hat, keine Ahnung."

„Moment, geben Sie mir bitte die Adressen. Ich schicke weitere Wagen los."

„Sekunde." Ich musste in meinem Handy nachschauen. Gut, dass ich mir beides notiert hatte. „Greifen Sie sich die erst, nachdem Sie die Männer hier vor Ort einkassiert haben", bat ich ihn anschließend. Nicht dass ich ihm vorschreiben wollte, wie er vorzugehen hatte. Ich traute bloß diesen Kerlen alles zu, auch dass sie sich, wenn sie erfuhren, dass sie aufgeflogen waren, an Lasse und Alex rächen würden.

Er antwortete nicht sofort, da er seinen Kollegen irgendwelche Anweisungen gab. „Ist uns schon klar", erwiderte er dann. „Wissen Sie, wie viele Männer sich in der Halle aufhalten?"

„Keine Ahnung", musste ich zugeben. „Drei sind losgefahren, kurz nachdem ich gekommen war, in einem Auto. Ich vermute, die sind zu einem der Ziele hin."

„Sie bleiben bitte in Deckung und kommen uns nicht in die Quere", befahl er mit strenger Stimme. „Wir sind in ein paar Minuten da."

Statt seiner Aufforderung Folge zu leisten, drückte ich mich noch enger in die Büsche. Ich würde mich nicht ausschließen lassen. Außerdem konnte ich so bis zuletzt ein Auge auf die Halle haben.

Alex

Nach einer Weile kehrte Ilias zu mir zurück. „Die Wohnung ist ein Ein-Zimmer-Appartement", erklärte er mir. „Das absolute Chaos, kaum Möbel, nur jede Menge Müll. Die Kollegen haben nichts gefunden, auch nicht auf seinem Computer."

Na, ich schätzte sie nicht so ein, als dass sie versteckte Dateien finden oder entfernte wiederherstellen konnten. „Und in dem Garten?"

Er verzog mürrisch das Gesicht. „Das einzige Auffällige war eine Plane auf dem Boden. Ansonsten gibt es dort nur das normale Werkzeug, das man für die Gartenpflege braucht."

Er war schon im Begriff, sich von mir abzuwenden, wurde mir klar. Um sich direkt Lasse wieder vorzunehmen?

Mir musste es irgendwie gelingen, noch mehr Zeit zu schinden. „Haben die Männer sich das Grundstück komplett angeschaut? Wenn er der Täter ist, hat er wahrscheinlich den ersten toten Jungen vor Ort vergraben. Deshalb hat man keine Spur von ihm gefunden." Hoffentlich sprang er auf diesen Hinweis an!

Er drehte sich auf dem Absatz um und ging zurück zu seinem Boss. Der blickte nachdenklich in meine Richtung, hob sein Telefon ans Ohr und gab seinen Männern Anweisungen.

Ilias kam wieder zu mir. „Da bin ich gespannt, ob die was finden."

„Wenn sie gründlich genug suchen", gab ich mich zuversichtlicher, als ich eigentlich war. „Er wird eine versteckte Ecke genommen haben. Trotzdem müsste man entsprechende Spuren erkennen. An den Beeten ist schon länger nichts mehr gemacht worden. Was ist mit seiner Fotoausrüstung? Wo war die?", hielt ich ihn auf, denn er war schon im Begriff mir den Rücken zuzukehren.

Er hielt inne. „Gute Frage", sagte er, ohne sich umzudrehen. Bei Kemal angekommen brachte er diese anscheinend umgehend vor. Sein Boss gab ihm Anweisungen, die ihn zu den wartenden Männern, die sich in der Nähe von Lasse niedergelassen hatten, führte. Zwei sprangen auf und verließen die Halle. Das konnte nur heißen, dass sie die Kamera weder in der Wohnung noch im Garten gefunden hatten. Demnach musste sie sich im Auto befinden – wenn es denn überhaupt eine gab. Vielleicht war er weder als Fotograf angestellt gewesen noch hatte er sich in diesem Bereich anschließend selbstständig gemacht. Wir hatten diese Fakten ja nicht überprüft. Vielleicht war er tatsächlich nur ein Angeber und seine Verbindungen zu den Verbrechensorten, obwohl augenfällig, waren Zufall.

Ich blickte angespannt zur Tür. Wenn doch nur endlich die Polizei einträfe!

Langsam wurde es echt mühsam, jeden Gedanken, der gegen diese Hoffnung sprach, zu verdrängen: Was ist, wenn Kemals Männer gleich mit der Kamera reinkommen und sich auf der Speicherkarte brisante Beweise befinden? Oder Kaya sich meldet und über das entdeckte Grab informiert? Würden die Lasse gleich hier an Ort und Stelle umbringen? Und was geschah mit mir?

Oder was, wenn Lasse tatsächlich unschuldig war beziehungsweise sich keinerlei Beweise für seine Schuld fanden? Wie würden sie dann reagieren? Dass Kemal uns einfach laufen ließ, konnte ich mir nicht vorstellen.

Genauso gering standen meine Chancen, wenn es ihnen doch gelang, ihm die Morde nachzuweisen, wurde mir klar. Mein „Ungehorsam" hatte mich in eine prekäre Lage gebracht. Vor seinen Männern konnte der Boss nicht einfach darüber hinweggehen und mich laufen lassen. Zudem schätzte ich ihn als extrem rachsüchtig ein. Er würde mich bestrafen wollen, mich vielleicht nicht unbedingt töten, mir aber garantiert eine Lektion erteilen, die ich so schnell nicht vergessen würde.

Ich schloss die Augen und versuchte Puls und Atmung wieder zu verlangsamen. Immerhin gab es noch Tom. Er musste es einfach schaffen, uns rechtzeitig zu Hilfe zu eilen.

Kemals Männer brauchten ziemlich lange, wie ich fand. Auch Kemal wurde langsam unruhig. Er rief Ilias zu, nachzuschauen, zumindest nahm ich das an, denn dieser winkte auffordernd einem der zwei übrigen Männer und setzte sich zusammen mit diesem in Richtung auf die Tür in Bewegung. Bevor sie diese erreicht hatten, flog sie auf und schwarzgekleidete, behelmte Männer stürmten herein. Während mehrere Schüsse durch das Innere des Gebäudes hallten, warf ich mich auf Lasse und drückte ihn zu Boden. Für uns war es besser, den Kopf unten zu halten.

Mit klopfendem Herzen lauschte ich den Geräuschen um mich herum. Laute Schritte, Geschrei, weitere Schüsse, Gepolter, ich blieb in Deckung und hielt den wie apathisch daliegenden Lasse fest.

Endlich ließ der Lärm nach. Ich wagte es hochzuschauen - und sackte vor Erleichterung gleich noch mal auf den Boden. Die Bande lag mit Handschellen gefesselt auf dem Boden. Nein, neben Kemal kniete ein Polizist und schüttelte an seinen Kollegen gewandt den Kopf. Als er sich erhob, sah ich den großen Blutfleck, der sich über sein Hemd ausbreitete. Er war bei dem Schusswechsel tödlich getroffen worden.

Auch Ilias schien einiges abbekommen zu haben. Er wälzte sich stöhnend auf dem Boden. Die Tür öffnete sich erneut und zwei Sanitäter und ein Notarzt stürmten herein. Die Polizisten neben Ilias winkten sie zu sich. Leider konnte ich nicht erkennen, wie schwer er verletzt war.

„Na, Herr Grahl? Wieder mal so gerade eben davongekommen.“ Ohne dass ich es bemerkt hatte, war Kommissar Janzen neben mich getreten.

Bevor ich antworten konnte, wies er zwei seiner Kollegen an, sich um Lasse zu kümmern und ihm Handschellen anzulegen.

„Also ist er wirklich der Täter?“, fragte ich.

Er nickte. „Auf dem Gartengelände fand sich die Leiche eines Jungen. Vermutlich handelt es sich bei ihm um den vermissten Nick.“

„Kaya und seine Leute sind ebenfalls in Haft?“

„Der Zugriff erfolgte, sobald meine Männer die Halle gestürmt hatten. Die anderen beiden, die die Wohnung durchsucht hatten …“ Er wurde durch einen lauten Disput an der Tür unterbrochen.

Es war Tom, der sich verzweifelt bemühte, den Polizisten, die ihn festhielten, zu erklären, wer er war und zu wem er wollte.

„Ihr könnt ihn durchlassen!“, rief Kommissar Janzen.

Der Freund kam auf mich zu gelaufen. „Alles okay mit dir?“

„Dank deiner Hilfe, du hast super reagiert.“ In meiner Erleichterung hätte ich ihn am liebsten fest umarmt, hielt mich aber zurück und warf ihm nur einen dankbaren Blick zu.

„Tja“, kam es gedehnt von dem Kommissar. „Wenn Sie nicht immer alles im Alleingang lösen wollten, Herr Grahl, blieben Ihnen solche Situationen erspart.“

„Es hat sich erst in den letzten Stunden zugespitzt“, wehrte ich mich gegen seine Verdächtigung, ihn nicht früh genug informiert zu haben.

„Genau“, pflichtete Tom mir bei.

„Das klären wir morgen im Präsidium. Kommen Sie bitte um drei beide in mein Büro.“

„Die Männer aus der Wohnung sind ebenfalls verhaftet worden?“, vergewisserte ich mich.

Er nickte wieder. „Gleichzeitig werden heute Nacht noch alle Personen kontrolliert, die wir bisher als Gefolgsleute identifiziert haben. Für Sie beide besteht keine Gefahr mehr.“

Tom und ich warteten schweigend, bis Ilias, der gerade auf einer Trage hinausgefahren wurde, verschwunden war, bevor wir die Halle verließen.

„Ich kann dir gar nicht sagen, wie dankbar ich dir bin“, begann ich. „Du hast …“

„… glücklicherweise richtig kombiniert und war bei dem Mann am Notruf so überzeugend, dass dieser augenblicklich den Kommissar informierte“, unterbrach er mich. „Im Endeffekt hast du es ihm und seinen Männern zu verdanken, die sich richtig ins Zeug gelegt haben müssen, so schnell vor Ort zu sein.“

Ich steckte die Hände in die Taschen und wurde dadurch an den GPS-Tracker erinnert. „Und dem Peilsender. Wenn ich den nicht bei mir gehabt hätte …“

Während der Rückfahrt tauschten wir uns aus, sodass wir vor unserem Haus angekommen beide im Bilde waren. Den Mercedes würden wir morgen früh abholen, heute fehlte uns dazu jeglicher Wille. Genau wie ich wollte Tom runterkommen und sich von der Aufregung erholen. Deshalb kam er nicht zu mir mit in die Wohnung und überließ es mir, Felicitas über das gerade überstandene Abenteuer aufzuklären. Netterweise hatte er ihr nach erfolgreicher Stürmung der Halle bereits eine Nachricht geschickt, dass es noch ein wenig dauern würde, bis wir nach Hause kamen, wir dafür jedoch den Fall geklärt hätten und der Verdächtige verhaftet worden sei.

Sie umarmte mich heftig, als ich eintrat. „Es ist tatsächlich vorbei? Ihr habt den Mörder gefasst? War es der Typ, den du observiert hast? Habt ihr gleich Kommissar Janzen hinzugezogen?“

„Das ist eine längere Geschichte“, wehrte ich ab. „Lass uns ins Wohnzimmer gehen, dann erzähle ich dir alles.“

Natürlich reagierte sie entsetzt, als ich ihr schilderte, wie Kemals Leute mich gefangen nahmen. Daher verschwieg ich ihr die Befürchtungen, die mich gequält hatten, und legte den Fokus auf Lasse und die Durchsuchungen seiner Wohnung und des Kleingartens, um letzte Gewissheit zu bekommen. „Ehrlich, als ich dieses Häufchen Elend vor mir liegen sah, begann ich arg zu zweifeln, ob er wirklich der Mörder sein konnte. Er schien mir viel zu weich, als dass er für derartige Taten infrage kam.“

„So kann man sich täuschen.“ Sie lehnte sich an mich. „Bin ich froh, dass endlich alles vorbei ist! Und wir müssen uns nicht mehr vor Kemal und seinen Leuten in Acht nehmen. Das ist eine echte Erleichterung.“

41

Dienstag, 19. April

Am nächsten Morgen rief ich, bevor Felicitas das Haus verließ, mit ihrem Telefon Frau Poschalla an, um ihr von dem glücklichen Ausgang des Falles zu berichten. Da ich nur die Mailbox erreichte, versprach ich, mich nach dem Gespräch im Kommissariat zu melden und ihr die Einzelheiten zu erzählen.

Anschließend holten Tom und ich den Mercedes ab, an dem sich, obwohl er nicht verschlossen war, niemand vergriffen hatte. Sogar mein Handy lag noch im Fußraum.

Wir erschienen pünktlich um drei im Präsidium und durften gleich hochgehen. Kommissar Janzen wartete schon an der Tür auf uns und hieß uns vor seinem Schreibtisch Platz zu nehmen. Ansonsten war das Büro leer, sein Kollege schien anderweitig beschäftigt.

Ich atmete heimlich auf, empfand ich es doch als viel angenehmer, nur mit ihm zu tun zu haben. So würden wir hoffentlich auch Antworten auf unsere Fragen bekommen.

„Dann fangen Sie mal an zu erzählen, wie Lasse Moldenhauer in Ihren Fokus geraten ist", forderte er uns auf.

Da er von meiner unseligen Verstrickung wusste, brauchte ich kein Geheimnis aus unseren Beweggründen zu machen.

„Nach dem aggressiven Verhalten von Kemals Leuten beschlossen wir, sie so gut wie möglich außen vor zu lassen",

begann ich. Ich berichtete von dem Fund des GPS-Trackers und dass wir deshalb vermehrt den Mercedes von Toms Großvater nutzten. „Erst hatten wir uns verrannt in die Annahme, dass eine der Familienhelferinnen entweder beteiligt war oder den Täter auf die Spur der Kinder brachte", gab ich zu. „Dann begannen wir zu überlegen. Diese drei Tatorte, an denen er seine Opfer in Szene setzte, waren dies tatsächlich seine ersten Verbrechen? Zwar hatte er sich zweimal fast erwischen lassen, war also nicht gerade wie ein Profi vorgegangen, trotzdem zogen wir die Möglichkeit in Betracht, dass es im Vorfeld schon weitere Versuche gegeben haben könnte."
Ich blickte Tom auffordernd an, dass er übernehmen sollte. „Wir durchforsteten die Zeitungen und stießen auf diesen vermissten Jungen", fuhr er fort. „Daraufhin nahmen wir sein Umfeld unter die Lupe. Wir trafen auf einen Kioskbesitzer, der bereit war, uns zu helfen, indem er nach Leuten suchte, die uns tiefere Einblicke in das dort lebende Klientel gaben."
„Wir nannten natürlich nicht die wahren Gründe, sondern behaupteten, wir seien an dem Thema Kindesmisshandlung interessiert, beziehungsweise Tom wolle darüber eine weitere YouTube-Serie drehen und würden deshalb auch in diesen Gegenden recherchieren", warf ich ein. Dem Kommissar gegenüber konnten wir ruhig zugeben, wie wir vorgegangen waren. „Der Sohn des Mannes war ein Fan von Tom. Das brachte uns die nötigen Pluspunkte."
„Und so kamen Sie auf Herrn Moldenhauer?"
Er verstand offensichtlich nicht, wir mussten noch mehr in die Tiefe gehen. „Wir fragten nach ehemaligen Kindern, die aus der Familie genommen wurden und im Heim landeten. Diese haben meist tiefgreifende Verletzungen erlitten, sodass ihre Zukunftsprognose düster ist. Jemand mit so einem Hintergrund konnten wir uns als Kindermörder vorstellen."
Kommissar Janzen zog zweifelnd die Augenbrauen hoch. „War das nicht eine reichlich gewagte Schlussfolgerung?"

„Es war nur ein neuer Ansatz", versuchte ich mich zu rechtfertigen. „Die Gespräche mit den Familienhelferinnen brachten mich darauf. Unsere Annahme war ja, dass der Täter die Fotos anschließend im Darknet verkaufte, es ihm also in erster Linie um das Geld ging. Wie kam er an seine Opfer? Musste es sich nicht um jemand handeln, der in diesen Umgebungen nicht auffiel, nicht sofort als Außenseiter erkannt wurde, jemand, der schnell einen Draht zu den Kindern fand?"

„Trotzdem." Er schüttelte den Kopf. „Zu vermuten, dass ein ehemaliger Heimzögling diese Morde beging, bleibt für mich ein äußerst seltsamer Gedankengang. Diese Kinder sind oft traumatisiert, insoweit stimme ich Ihnen zu. Als potenzielle Mörder würde ich sie nicht betrachten."

„Eigentlich wollten wir den jungen Mann nur kurz überprüfen, da er zum Zeitpunkt des Verschwindens von Nick dort gelebt hat und nun seit einiger Zeit sein Geld als Fotograf verdiente", übernahm wieder Tom, ohne auf den versteckten Vorwurf, wir würden diese Jugendlichen alle in einen Topf werfen und für zukünftige Mörder halten, einzugehen. Dem war eindeutig nicht so. Es handelte sich bei unserem Vorgehen eher um den verzweifelten Versuch, endlich den Täter zu finden, weshalb wir nach jedem Strohhalm gegriffen hatten.

„Dann stellten wir fest, dass er seit kurzem in der Nähe von Brianna wohnte, und bei einer ersten Verfolgung, dass seine Freundin im Haus gegenüber der Yilmaz' lebte. Das waren in unseren Augen zumindest starke Verdachtsmomente, ihn im Auge zu behalten."

„Und warum haben Sie mich nicht darüber informiert?"

„Das hatten wir für heute geplant", sagte ich ehrlich. Sollte ich ihm von meinem Gefühl beim ersten Anblick Lasses nach seinem Kirmesbesuch erzählen? Dass ich ihn deswegen weiter beobachten wollte, aus Angst, er würde schon wieder zuschlagen wollen? Nein, das würde zu weit führen. Er war ein Mann der Fakten.

„Was ist gestern Abend passiert?“

„Blöderweise war mir nicht aufgefallen, dass Kemals Männer mich und wohl auch Lasse beschattet hatten. Sie überraschten mich auf einem leeren Parkplatz, brachten gleichzeitig Lasse zum Anhalten und in ihre Gewalt und fuhren mit uns zu dieser Lagerhalle.“ Ich berichtete, was sich dort ereignet hatte und wie es mir gelang, die Lage zu entschärfen, sodass genügend Zeit blieb, uns zu befreien.

„Ziemlich knappe Angelegenheit“, befand der Kommissar. „Woher wusste Ihr Freund denn überhaupt, wo Sie sich befanden?“

Ich holte den GPS-Tracker aus meiner Jackentasche. „Den trug ich bei mir. Eigentlich wollte ich ihn Kaya oder Ilias unterjubeln, doch die waren zu misstrauisch. Einen weiteren haben wir, habe ich“, verbesserte ich mich schnell, denn so was war ja strafbar, „an Lasses Auto angebracht, damit meine Verfolgung nicht auffiel.“

Wieder schüttelte er den Kopf. „Und wir dachten, den hätten die Handlanger von Herrn Özcan ihm verpasst.“

So, wir hatten unseren Teil fast wahrheitsgemäß berichtet, nun war er dran. „Hat Lasse die Taten gestanden?“

„Nachdem wir ihn mit dem Fund der Leiche konfrontierten und den Fotos auf der im Gartenhäuschen gut versteckten Speicherkarte, konnte er nicht mehr leugnen. Zudem stimmte seine DNA mit den an den Tatorten gefundenen Spuren überein. Das haben wir allerdings gerade erst erfahren.“

„Auf seinem Computer finden sich bestimmt weitere Beweise“, vermutete Tom.

„Nicht unbedingt, bisher hat der zuständige Experte nichts Relevantes entdeckt. Ins Darknet eingestellt wurden die Fotos tatsächlich von einem anderen. Diesen Helfer nannte er uns ebenfalls ziemlich prompt. Er sitzt mittlerweile auch in U-Haft.“

„Hat er mit dem gemeinsame Sache gemacht?“ Ich wollte eine echte Aufklärung von ihm, nicht nur ein paar Hinweise.

Zu meinem Erstaunen lachte der Kommissar. „Es handelt sich bei ihm um einen Computerfreak, der für andere, deren Kenntnisse nicht gut genug waren und ihm einen Obolus zahlten, das von ihnen Verlangte auf diesen Seiten hochlud. Im Fall von Herrn Moldenhauer hat er auch sämtliche anderen Modalitäten übernommen, ist mit den Kunden in Kontakt getreten und hat das Geld auf ein separates Konto umgeleitet. Der war eine Art Goldesel für ihn. Die beiden machten halbe-halbe. Ja, es war schon erstaunlich, mit welcher Bereitwilligkeit Herr Moldenhauer gleich umfassend Auskunft gab.“

„Wie ist Lasse denn an den Typ gekommen?“ Schon erstaunlich, was es für seltsame Kombinationen gab.

Er verzog das Gesicht. „Ein ehemaliger Kollege aus dem Heim hat die beiden zusammengebracht.“

Ach, und mir warf er Diskriminierung vor? „Und Lasse selbst? Was war sein Motiv? Wirklich nur das Geld?“

Herr Janzen schüttelte den Kopf. „Er ist der Meinung, er sei ein hervorragender Fotograf, sozusagen ein Genie auf diesem Gebiet. Ob das zutrifft, kann ich nicht beurteilen. Sein ehemaliger Arbeitgeber hält sich bedeckt oder kann seine Fähigkeiten nicht einschätzen. Im Endeffekt hat er dort einen Schnellkurs bekommen, wie man die Leute im Studio vorteilhaft in Szene setzt und mit welchen Hilfsmitteln man die entstandenen Fotos bearbeitet, sodass die Kunden zufrieden sind. Gekündigt wurde er wegen seiner Unzuverlässigkeit. Er kam oft zu spät oder reichte auf den letzten Drücker eine Arbeitsunfähigkeitsbescheinigung ein.“

„Er hat nie eine richtige Ausbildung zum Fotografen gemacht?“, hakte ich nach.

„Er legte im Heim einen so guten Hauptschulabschluss hin, dass man ihn überredete, eine weiterführende Schule zu besuchen. Die brach er nach einem halben Jahr ab und bemühte sich tatsächlich darum, eine Ausbildung zum Fotografen zu finden, was sich jedoch als ziemlich schwierig herausstellte.

Mit achtzehn zog er zurück zu seiner Mutter." Herr Janzen seufzte. „Der junge Mann hat als Kind Schreckliches durchlebt, von beiden Eltern ausgehend. Er war derart traumatisiert, dass es nicht möglich war, ihn in einer Pflegefamilie unterzubringen. Mit Vater und Mutter gab es in der gesamten Zeit keinen Umgang. Wieso er plötzlich den Kontakt suchte und sogar zu ihr zog, ist ein Rätsel. Danach befragt, zuckt er nur die Schultern. Angeblich habe er beim ersten Kontakt direkt festgestellt, dass die Mutter sich geändert habe und sich bemühe, ihn zu unterstützen." Er verzog das Gesicht. „Immerhin war sie es, die ihm schließlich die Wohnung besorgte."

„Wie alt ist er denn?" Ich hatte gedacht, er sei knappe achtzehn, das konnte nach den Aussagen des Kommissars nicht stimmen.

„Zweiundzwanzig, er sieht jünger aus und benimmt sich auch nicht altersentsprechend." Wieder seufzte er. „Teilweise hatte ich das Gefühl, mit einem Kind zu reden. Dann wieder ist er …" Er unterbrach sich und begann den Satz noch einmal. „Er ist nicht dumm, ja, er hat eine gewisse Bauernschläue und versuchte sich anfangs aus allem herauszuwinden, bis wir ihm die Beweise vorlegten. Danach kippte er sofort um, verlangte nicht mal nach einem Anwalt. Er klang richtiggehend stolz, als er zugab, der Fotograf dieser Bilder gewesen zu sein. Die Morde hingegen tat er als eher nebensächlich ab. Ich denke, er hat die Schwere seiner Taten nicht richtig begriffen. Ihm hätten die Kinder leidgetan, behauptet er. Amir sei von seinen Brüdern unterdrückt worden, besonders der Große hätte seinen Frust an ihm ausgelassen. Brianna sei viel zu lieb gewesen, mit der hätte es sowieso ein schlimmes Ende genommen. Kadisha sei von der Mutter ständig gemaßregelt und beschimpft worden. Er stellt es tatsächlich so dar, als habe er die Kinder erlöst."

„Ein Fall für einen Psychiater", stellte Tom fest.

Der Kommissar nickte. „Ich vermute, er wird nicht in einem normalen Gefängnis landen.“

Dieser schmächtige junge Mann, der so harmlos aussah, eher selbst wie das typische Opfer, der wahrscheinlich Schwierigkeiten hatte, sich gegenüber Gleichaltrigen durchzusetzen, war ein eiskalter Killer! Mir fiel es immer noch schwer, diese Tatsache zu verarbeiten. „Wie hat er sich mit den Kindern angefreundet?“, wollte ich wissen.

„Er hatte schon in der Einrichtung einen guten Draht zu den Jüngeren. Er konnte sich auf ihre Art des Spielens einlassen, war an ihrem Tun interessiert. Genau dieses Verhalten hat er bei den drei Kleinen angewendet. Bei Brianna war es am einfachsten, sie stieg sofort in sein Auto, als er ihr anbot, ihr kleine Hundebabys zu zeigen. Amir hat er mit einem Eis gelockt. Dadurch, dass er oft mit seiner Freundin hinterm Haus saß, kannten die beiden sich. Er wusste von den Problemen mit den Brüdern und hatte ihm schon mehrfach Süßigkeiten zugesteckt. Daher hatte er kein Problem, ihn zum Mitfahren zu bewegen.“

„Und Kadisha? Gibt es da auch eine Verbindung“

„Seine Großeltern wohnen in dem Hochhauskomplex. Er musste sie auf Anweisung seiner Mutter öfter besuchen. Dabei hat er die Kleine wohl auch schon mal angesprochen, wenn er sie allein antraf. Er wusste, wann die Mutter gewöhnlich zum Einkaufen ging, und passte das Kind ab. Als sie um die Ecke gerannt kam, stand er an seinem Auto. Er hat ihr zugewunken, sie ist zu ihm hin, er hat ihr vorgegaukelt, sie solle die Mutter erschrecken, indem sie sich vor ihr versteckte. Wie gesagt, durch seine eigene kindliche Art schaffte er Vertrauen.“

„Wie lief es bei dem ersten Opfer ab?“ Irgendetwas an Lasses Plan musste schiefgelaufen sein, dass er ihn im Kleingarten verbuddelte.

„Der Nick war ein ganz anderes Kaliber, er klaute, bedrängte alte Leute, mehrfache Sachbeschädigung ging auch auf sein

Konto", ein flüchtiges Lächeln glitt über Herrn Janzens Gesicht. „Den hätten wir demnächst häufiger bei uns zu Gast gehabt. Herr Moldenhauer hatte anfangs die diffuse Idee, Fotos in Richtung Kinderpornografie zu machen und diese zu verkaufen. Nick erschien ihm als der ideale Partner. Sie sind wohl in Streit geraten, weil der Junge sich teilweise weigerte, Herrn Moldenhauers Vorstellungen umzusetzen. Er gab an, er habe ihn nur abwehren wollen, dieser hätte ihn angegriffen. Dabei sei er unglücklich gestürzt und habe sich das Genick gebrochen." Herr Janzen zuckte die Schultern. „Ob diese Version stimmt, wird der Gerichtsmediziner feststellen müssen."

„Er hat die Fotos von dem toten Jungen ins Darknet eingestellt und damit so viel Geld gemacht, dass er beschloss, diesen Weg weiterzuverfolgen", vermutete Tom.

„Sämtliche Bilder, die er aufgenommen hatte", verbesserte ihn der Kommissar. „Und ja, die des Toten brachten ihm besonders gute Einnahmen. Nach seiner Aussage drängte ihn sein Kumpel, also der, der die Verbindung ins Darknet herstellte, dazu, diese Schiene weiterzuverfolgen, wie er sich ausdrückte. Um weniger Stress zu haben, wandte er sich den Kleineren zu, die sich nicht dermaßen wehren konnten. Er betonte, ihm sei der künstlerische Aspekt bedeutend wichtiger gewesen als die reine Zurschaustellung der toten Kinder. Sie hätten sehen sollen, wie er sich aufplusterte. Er ist stolz auf die geleistete Arbeit."

Wie gestört musste der junge Mann sein, um die Auswirkungen seiner Taten nicht zu sehen? Was war ihm wohl zugestoßen, dass er sämtliches Mitgefühl für seine Opfer und deren Angehörige verloren hatte? Auch wenn es falsch war, ich gönnte ihm die Abreibung, die er von Kemals Männern bekommen hatte, von Herzen. Apropos! „Was passiert mit den Festgenommenen aus der Halle?"

Herr Janzen grinste breit. „Meine Kollegen waren die ganze Nacht über damit beschäftigt, Herrn Özcans Handy auszulesen und die Kontakte zu verfolgen. Am frühen Morgen gab es dementsprechende Hausdurchsuchungen und Verhaftungen. Ich denke, der komplette Ring ist zerschlagen." Er wurde wieder ernst. „Dieses Mal sollten Sie beide äußerst zurückhaltend sein, was Ihre Beteiligung an dieser Geschichte betrifft. Je weniger bekannt wird, dass Sie involviert sind, desto besser."

Epilog

Zwei Wochen sind vergangen und das Bild ist mittlerweile eindeutig. Die an den Leichen und zurückgelassenen Gegenständen gesicherten Spuren lassen sich alle Lasse Moldenhauer zuordnen. Bei dem Fund in der Kleingartenanlage handelte es sich tatsächlich um den vermissten, zehnjährigen Nick, er wurde erwürgt. Zwar fand sich eine Verletzung am Hinterkopf, die wahrscheinlich eine Bewusstlosigkeit verursachte, doch war diese Verletzung eindeutig nicht die Todesursache. Der junge Mann hat also tatsächlich vier Kinder getötet.

Die Summen, die er für seine Fotos und Filme – Tom hatte wieder mal recht behalten - im Darknet kassierte, sind trotz der erklecklichen Provision seines Helfers enorm. Es ist schon erschreckend, wie viel Geld abartige Voyeure bereit sind, für ihr „Vergnügen" zu zahlen.

Auch mit meinem Verdacht, dass Lasse schon bald ein nächstes Opfer auf dem Kirmesplatz präsentieren wollte, lag ich richtig. Dafür hatte er den kleinen Jungen auserkoren, der ihm in Derne so zutraulich entgegengelaufen war. Allerdings befand er sich noch in den Vorbereitungen, wie er offen erklärte.

Seine Freundin, wirklich erst vierzehn Jahre alt, wusste nichts von seinen Taten. Sie hielt ihn für einen erfolgreichen Fotografen und folgte ihm willig zu seinen ausgesuchten Zielen, da er ihr gegenüber behauptete, dort seine nächsten Bilder schießen zu wollen. Sie hatten sich eine Zeit lang oft auf dem Grundstück an ihrem Wohnhaus aufgehalten. Lasse stellte es so dar, als habe er auch Aufträge in verschiedenen Kindergärten und wolle deshalb gern die Kleinen bei ihrem Tun beobachten. Als die Polizei sie zu Hause aufsuchte, wurde gleich erhöhter Hilfebedarf festgestellt und das Jugendamt informiert.

Wie mir Herr Janzen erst im Nachhinein verriet, waren seine Kollegen schon längere Zeit hinter Kemal und seinen Männern her. Vermutlich lag es daran, dass die Polizei auf Toms Anruf derart prompt reagierte. Jedenfalls haben sie mittlerweile den kompletten Ring zerschlagen.

Ilias hat sich von seinen Verletzungen wieder erholt und wird genau wie Kaya und die anderen aus der Gang bald vor Gericht gestellt. Keiner weiß, wie die Ermittler sie in der Halle aufstöberten, somit sind Tom und ich außen vor und können uns beruhigt zurücklehnen.

Selbst dem Reporter Herrn Pickard gegenüber bin ich nicht von der offiziellen Version abgewichen, dass wir nur durch die besondere Aufmerksamkeit der Polizei rechtzeitig befreit wurden und ihnen die Lösung des Falls gelungen ist. Dafür hat er sämtliche Informationen, die ich gesammelt hatte, von mir erhalten und darf sie in seinen Artikeln verwenden. Meine einzige Bitte dazu lautete: Es darf nichts auf Tom und mich hinweisen, keiner darf wissen, wie tief wir selbst in die Suche nach dem Täter verstrickt waren.

Dementsprechend werde ich auch meinen nächsten Krimi umgestalten müssen. Dieses Mal gebührt die Ehre allein der Polizei.

Meinen netten Damen vom Friedhof habe ich die gleiche Geschichte aufgetischt. Ja, ich war bis zuletzt beteiligt und wurde sogar gefangengenommen. Dank der Ermittler kam die Geschichte zu einem guten Ende.

Mirko und Tim gegenüber waren Tom und ich natürlich offen - und mussten uns jede Menge Vorwürfe anhören. Dass wir sie komplett rausgehalten hatten, wollten sie uns anfangs kaum verzeihen. Auch meinen Einwand die gefährliche Situation mit Kemal betreffend wischten sie ungnädig zur Seite. Schließlich seien wir Freunde, da helfe man sich gegenseitig, besonders wenn es um eine derartige Bedrohung gehe. Um des lieben Friedens Willen blieb uns nichts anderes übrig, als hoch und heilig zu versprechen, sie beim nächsten Mal wieder miteinzubinden.

Die Einzige, bei der wir ebenso offen berichteten, war Frau Poschalla. Wie versprochen rief ich sie an, nachdem wir den Besuch im Kommissariat hinter uns gebracht hatten.

„Ich weiß nicht, ob ich froh oder traurig darüber sein soll, dass hiermit auch meine Arbeit endet", gestand sie. „Natürlich bin ich glücklich, dass der Kerl endlich geschnappt wurde. Nur ist das, was ich bisher herausgefunden habe, so explosiv … ich glaube, ich mache trotzdem weiter. In den Unterlagen finden sich besorgniserregende Beschreibungen, viele der herausgenommenen Kinder haben echten Horror hinter sich. Ob bei denen selbst die beste psychologische Behandlung noch etwas bewirken kann?"

Spontan schlug ich ihr vor, sich mit Tom und mir zu treffen. Denn dieser hatte angekündigt, das Thema Kindesmisshandlung zum Thema seiner nächsten YouTube-Filme zu machen. Was lag da näher, als dass die beiden sich zusammentaten?

Schon bei ihrem ersten Gespräch merkten sie, dass ihnen die gleichen Dinge am Herzen lagen. Der gemeinsame Austausch wurde intensiv fortgesetzt, Frau Poschalla brachte zusätzlich ihre Tochter, die im Jahr zuvor mit ihrem Jurastudium angefangen hatte, mit dazu. Tom und sie verstanden sich auf Anhieb beziehungsweise es wurde schnell deutlich, dass es auf beiden Seiten mehr war. Immer öfter treffen sie sich nun allein, angeblich um an dem Skript zu arbeiten, aber ich bin mir sicher, dass auch die private Seite nicht zu kurz kommt.

Gestern hat sich Frau Dudek bei uns gemeldet. Sie ist uns so dankbar für unsere Einmischung, dass sie Tom anbot, ihre Geschichte anonymisiert in einem seiner Beiträge vorzustellen. Adam und Sila seien zwei völlig andere Kinder geworden, erzählte sie, viel offener und freier. Trotzdem würde es dem Kinderpsychologen nach, den sie mit ihnen aufsuchte, noch lange dauern, bis sie die Erlebnisse verarbeitet und überwunden hätten.

Leider habe ihr Mann immer noch nicht aufgegeben, zu versuchen, sie und die Jungen zurückzugewinnen. Anscheinend verstünde er gar nicht, was er seinen beiden angetan habe. Er sei vollkommen davon überzeugt, sie nicht zu hart angefasst zu haben, er habe im Prinzip nur die Erziehungsmaßnahmen seiner Eltern übernommen. Ihm hätten diese schließlich auch nicht geschadet, sondern ihn zu dem Mann gemacht, der er sei.

Frau Poschalla war erschüttert, als sie von diesen Worten erfuhr. Tom dagegen brachten sie auf die Idee, ein oder vielleicht sogar zwei Folgen seiner neuen Serie mit den Berichten von Angehörigen und leidtragenden Kindern zu gestalten. Zusätzlich wollte die Familienhelferin bei Kollegen aus den entsprechenden Einrichtungen nachfragen, ob diese auch eigene Erfahrungen schildern könnten.

Damit lag vor Tom wieder ein langes Projekt, das viel von seiner Zeit beanspruchen würde. Er tat Felicitas und mir gegenüber, als sei diese Arbeit nichts Besonderes. „Alex' nächster Fall, für den er meine Hilfe benötigt, liegt in weiter Ferne. Was soll ich sonst mit all der freien Zeit machen, die ich habe?"

Doch wir wissen natürlich ganz genau, dass er einfach der Typ ist, der Unrecht und unhaltbare Zustände aufdecken muss. Wie immer wird er nicht eher ruhen, bis er jeden Bereich, den dieses Thema betrifft, in den Fokus genommen hat.

Im Gegensatz zu ihm ist bei meiner Freundin und mir wieder der Alltag eingekehrt. Ich bin dabei, das Manuskript für den neuen Krimi zu verfassen. Dank meiner vielen Notizen läuft es wie geschmiert. Nur bei der Auflösung muss ich aufpassen. Wie Kommissar Janzen es mir riet, werde ich mich als Opfer hinstellen und meine Rettung allein der Polizei zuschreiben. Auch wenn Kemals Organisation zerschlagen ist, keiner weiß genau, wie viele Personen unentdeckt blieben und nun auf Rache sinnen. Um Ruhm geht es mir ja nie, mir reicht es, den Täter hinter Gittern zu wissen — und in diesem Fall ganz besonders. Sich an unschuldigen Kindern zu vergehen, ist in meinen Augen das Mieseste, was jemand tun kann. Dafür gibt es keine Entschuldigung.

Nachtrag:

Kindesmisshandlung

Nachdem ich Toms gesammelte Notizen gelesen habe, ist es mir ein dringendes Bedürfnis, euch, meine Leser, ein wenig tiefergehender zu informieren. Das, was er ausgegraben hat, ist wie immer kaum bekannt und nur selten ein Thema.

Schon im Jahre 2014 brachte der Tagesspiegel einen Bericht zum Thema Kindesmisshandlung (Kindesmisshandlung in Deutschland - Falsche Toleranz – 30.01.2014):
„Laut Polizeistatistik werden in Deutschland derzeit jährlich 3600 bis 4000 Minderjährige, oft sehr kleine Kinder, krankenhausreif geschlagen."
„Deutschlands offizielle Statistik weist 160 getötete Kinder pro Jahr auf, die Dunkelziffer liegt bei mindestens 320 bis 350 getöteten und etwa 200000 misshandelten Kindern pro Jahr. Bundesweit wurden 2012 rund 40000 Kinder vom Jugendamt in Obhut genommen, so viele wie nie zuvor. Geschätzte 60 Prozent der schweren Misshandlungsfälle – vermutlich viel mehr – landen nie vor Gericht." (5)

Seitdem ist die Lage eher schlimmer geworden. Von 2013 bis 2020 stieg die Zahl der Kindeswohlgefährdungen kontinuierlich an. Erst im Jahr 2021 zeigte sich ein leichter Rückgang von 60.551 (2020) Fällen auf 59.948. Ungefähr die Hälfte bezog sich auf akute Kindeswohlgefährdung. (6)

„Etwa jedes zweite der rund 59 900 von einer Kindeswohlgefährdung betroffenen Kinder war jünger als acht Jahre (49 %), jedes vierte sogar jünger als vier Jahre (25 %).
„Die Hälfte der betroffenen Jungen und Mädchen nahm zum Zeitpunkt der Gefährdungseinschätzung bereits eine Leistung der Kinder- und Jugendhilfe in Anspruch und stand somit schon im Kontakt zum Hilfesystem.“ (8)

„Die seelischen und körperlicher Schäden aller Formen der Kindesmisshandlung prägen diese Kinder häufig ein Leben lang. Suchtanfälligkeit und Gewaltbereitschaft sind nur zwei mögliche Folgen, die dazu führen können, dass sich der Kreislauf von Bedrängnis und Gewaltausübung von Generation zu Generation fortsetzt. Zwar erzeugt Gewalt gegen Kinder nicht notwendig wieder Gewalt – die Biografien von jugendlichen (und erwachsenen) Gewalttätern deuten jedoch auf einen Zusammenhang hin. Viele von ihnen haben in ihrer Kindheit Gewalt erfahren.
Als Täter von Kindesmisshandlung und -vernachlässigung treten Frauen und Männer etwa gleich häufig in Erscheinung. Sie entstammen allen sozialen Schichten. Oft entsteht die Tat aus einer Überforderungssituation heraus. Auch die Täter und Täterinnen bedürfen dringend der Hilfen von außen.“ (1)

Bei einer Tagung „Gesellschaftliche Folgekosten von Vernachlässigung und Misshandlung in der Kindheit“ (7) schätzte das Universitätsklinikum Ulm (Kinder- und Jugendpsychiatrie/Psychotherapie), dass jährliche Traumafolgekosten von 11 Milliarden Euro entstehen. (J. M. Fegert, 19.11.2016 – Dornbirn, Powerpoint-Präsentation, Seite 72)

Der Deutschlandfunk brachte zu diesem Thema im Januar 2016 eine Sendung (4), die die Verhältnisse in Deutschland und Schweden vergleicht:

„Die Entscheidung ein Kind von seinen Eltern zu trennen, ist folgenreich. Formal steht in Deutschland Elternrecht vor Kindesrecht."

„Das oberste Ziel ist es von Amts wegen, dass Kinder bei ihren leiblichen Eltern aufwachsen."

Die Jugendämter, so heißt es, stehen in einem ständigen Konflikt: „Wenn sie zu spät reagieren, stehen sie am Pranger... Aber wehe, sie nehmen ein Kind zu früh aus der Familie."

In Schweden dagegen werden ungefähr sechsmal so häufig Kinder aus der Familie genommen. Dort „ist die Zahl der Kinder, die durch häusliche Gewalt zu Tode kommen, deutlich gesunken."

Wer Kinder vernachlässigt oder misshandelt muss mit einer Freiheitsstrafe zwischen 6 Monaten und 10 Jahren rechnen. (1)

Die Tat beziehungsweise die Taten müssen allerdings erst einmal zweifelsfrei nachgewiesen werden, was sich oft gar nicht so einfach gestaltet, wie ein Bericht vom hr-Fernsehen vom 3.2.2022 zeigt (2).

Auch Prof. Dr. Michael Tsokos versucht schon seit Jahren dieses Schattenthema immer wieder in den Fokus zu rücken (Tabuthema Kindesmisshandlung vom 2.2.2021 (3)). In seinem Buch „Deutschland misshandelt seine Kinder" (2014) spricht er von schätzungsweise 200.000 geschlagenen und misshandelten Kindern – pro Jahr. Er ist der Meinung, dass unser System versagt. Die Mitarbeiter des Jugendamtes seien durch die Vielzahl der Fälle überfordert, die freien Träger, die die Kinder betreuten, seien im Prinzip darauf angewiesen, das Kind, auch das misshandelte oder von Misshandlungen bedrohte, in der Familie zu halten, damit weiterhin Geld fließt,

dazu gäbe es Ärzte, die immer noch wegschauten und sich hinter ihrer Schweigepflicht versteckten. Er mahnte schon damals eine Umstrukturierung des Systems an. (9)
Hat er damit Erfolg gehabt? Die Fallzahlen der letzten Jahre sprechen eine andere Sprache. Das Jugendhilfesystem muss dringend überarbeitet werden.

Quellennachweis
(1) https://www.polizei-beratung.de/themen-und-tipps/gewalt/kindesmisshandlung/fakten/
(2) https://www.ardmediathek.de/video/doku-und-reportage/kinderschutz-in-der-pandemie/hr-fernsehen/Y3JpZDovL2hyLW9ubGluZS8xNjA5OTg
(3) https://www.youtube.com/watch?v=ePBrnSadyvg
(4) https://www.deutschlandfunkkultur.de/raus-aus-der-familie-wenn-eltern-ihren-kindern-schaden-100.html
(5) https://www.tagesspiegel.de/politik/kindesmisshandlung-in-deutschland-falsche-toleranz/9409498-all.html
(6) https://de.statista.com/statistik/daten/studie/1175170/umfrage/festgestellte-kindeswohlgefaehrdung-in-deutschland/
(7) https://fachverband-traumapaedagogik.org
(8) https://www.destatis.de/DE/Presse/Pressemitteilungen/2022/08/PD22_340_225.html
(9) https://www.deutschlandfunk.de/kindesmisshandlung-mit-dem-leid-der-kinder-kasse-machen-100.html

Nachwort

Die beschriebenen Schauplätze, soweit sie sich auf Dortmund beziehen, sind real, die Geschichte und die handelnden Personen dagegen frei erfunden und der Fantasie des Autors geschuldet. Ähnlichkeiten mit lebenden Personen sind nicht beabsichtigt.

Lieber Leser, liebe Leserin

Misshandelte Kinder und die Folgen – natürlich ist Lasse ein besonders krasses Beispiel, doch wie Sie auf den vorhergehenden Seiten gelesen haben, sind die Auswirkungen von massiver körperlicher und/oder psychischer Gewalt in der Kindheit groß.
Der Staat setzt zuallererst auf Familienhilfen, denn die Kinder aus ihrer gewohnten Umgebung herauszunehmen, ist eher als letzte Möglichkeit angedacht – 2019 betrug die Zahl dieser Helfer erstmals über eine Million. (1)
2021 gab es zusätzlich rund 122.700 Unterbringungen in einem Heim und 87.300 in einer Pflegefamilie. (2)
13,63 Millionen Kinder und Jugendliche lebten 2021 in Deutschland. Wenn man nun bedenkt, dass die Familienhilfen meist nicht nur ein Kind in der jeweiligen Familie betreuen, bekommen diese Zahlen eine noch brisantere Relevanz. (3)

Ob und inwieweit diese Hilfen ausreichen, kann ich natürlich nicht beurteilen, doch auch mich schocken die jedes Jahr in der Statistik genannten Fälle von schwerer Kindesmisshandlung und toten Kindern aufgrund von Misshandlungen.
Das Buch von Prof. Dr. Michael Tsokos („Deutschland misshandelt seine Kinder" (2014)) ist für alle, die das Thema weitergehend interessiert, nur zu empfehlen.

Ich hoffe, die Geschichte hat Ihnen gefallen.
Bei Fragen oder Anregungen können Sie mich gern über E-Mail kontaktieren, ich antworte bestimmt – karinjhfranke@web.de

KJ Weiss – Karin Franke, zwei Namen, zwei unterschiedliche Genre, eine Autorin. Auf der nächsten Seite finden Sie eine Liste mit sämtlichen bisher erschienenen Büchern.

Herzliche Grüße

Karin Franke – Pseudonym KJ Weiss

(1) https://www.destatis.de/DE/Presse/Pressemitteilungen/2020/11/PD20_456_225.html
(2) https://www.destatis.de/DE/Presse/Pressemitteilungen/2022/10/PD22_454_225.html
(3) https://de.statista.com/statistik/daten/studie/197783/umfrage/minderjaehrige-kinder-in-deutschland/

KJ Weiss – Romane
Laurie
Nur ein schmaler Pfad
Erbarmungsloses Spiel
Gedanken eines Mörders
tollkühn
namenlose Angst
Opferleid
Im Schatten des Vergessens
In ohnmächtiger Wut
Albtraum: Tod eines Kindes
Liebe - Trennung - Mord
Flickenteppich: Diagnose: Schizophrenie
Lukas: Irrwege eines Hochbegabten

Karin Franke - Krimis

Dortmund-Krimis
Getäuscht und belogen
Gepokert und geblufft
Verschleiert und versteckt
Verfolgt und gejagt
Getrieben und gelenkt

Die Richie-Reihe
Am eigenen Leib: Richies erster Fall
Je tiefer du gräbst: Richies zweiter Fall
Zwischen Lüge und Wahrheit: Richies dritter Fall
Jeder Tod hat seinen Preis: Richies vierter Fall
Inmitten der Krise: Richies fünfter Fall
Kinderseelen-Hölle: Richies sechster Fall
Schwarze Teufelin: Richies siebter Fall
Verkalkuliert: Richies achter Fall
In den Fängen eines Loverboys: Richies neunter Fall
Tote Sünder: Richies zehnter Fall